# 改訂版 奥の細道の旅 ハンドブック

久富哲雄【著】

三省堂

芭蕉庵（長谷川雪旦画）

『江戸名所図会』巻七（天保 7 年 1836 刊）

笠をはる芭蕉（狩野正栄画）

蝶夢著『芭蕉翁絵詞伝』（寛政４年1792成る）（複製による）

那須野越え（同上）

『芭蕉翁絵詞伝』

乙字が瀧（亜欧堂田善画）

石井雨考編『青かげ』（文化 11 年 1814 刊）

壺の碑（多賀城碑）見物

『芭蕉翁絵詞伝』

塩竈《しおがま》の図

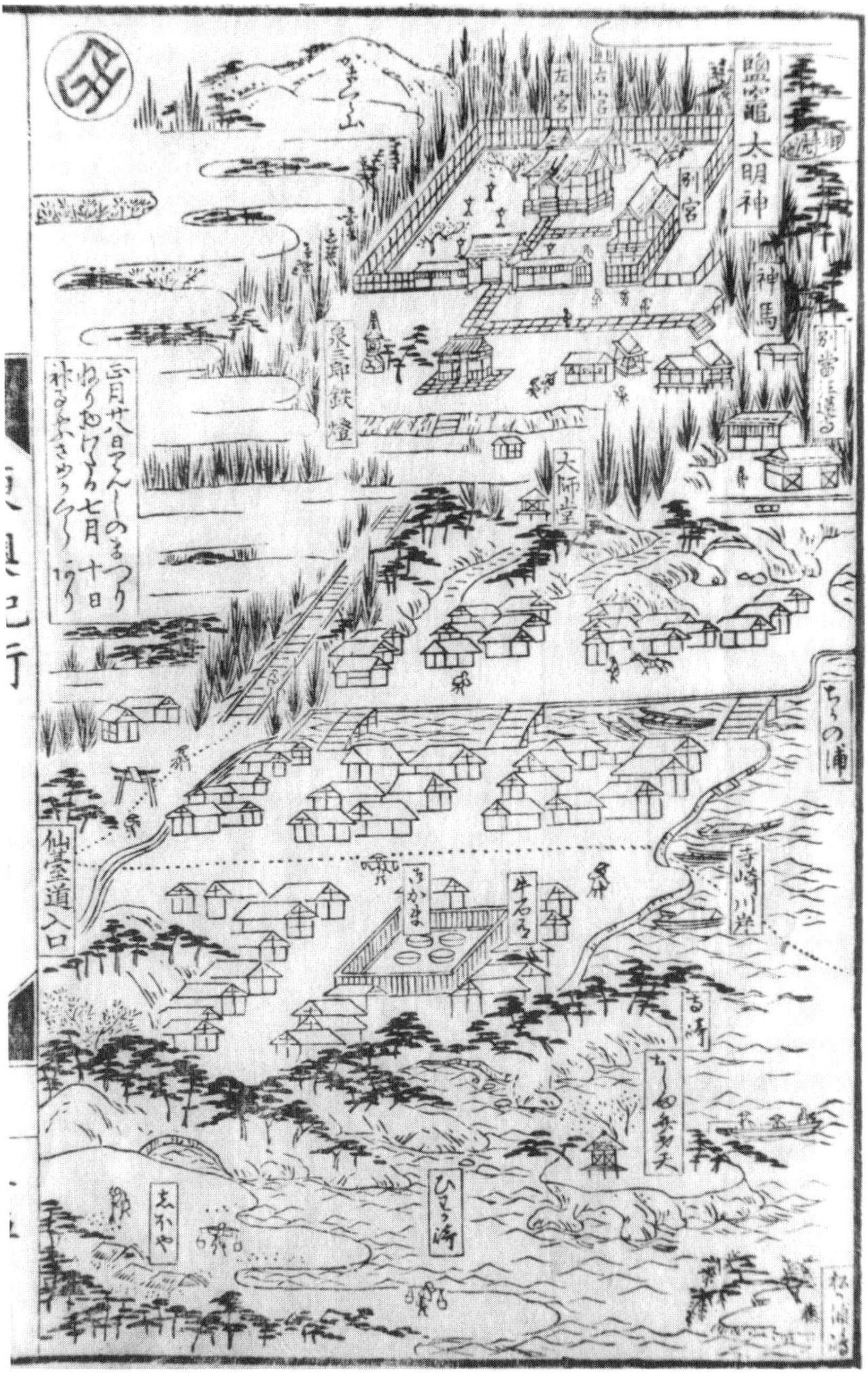


長久保赤水著『標注図画東奥紀行』（寛政 4 年 1792 刊）

松島の図

西行もどし松
やくし堂
長老坂
ちそう堂
竹の浦
法性いん
小松崎
茶屋
ざぜん堂
屏風島
寧一山碑
亀崎
雲居和尚
松吟庵
そとは
かね島
二子島
千貫島
おてい島
ゑびす島
毘沙門島
小松島
鯨島
宮戸島
弁天


『標注図画東奥紀行』

立石寺絵図

『羽州山寺立石寺宝珠山略絵図』（文久元年 1861 刊）

出羽三山登拝

『芭蕉翁絵詞伝』

羽黒山南谷の図

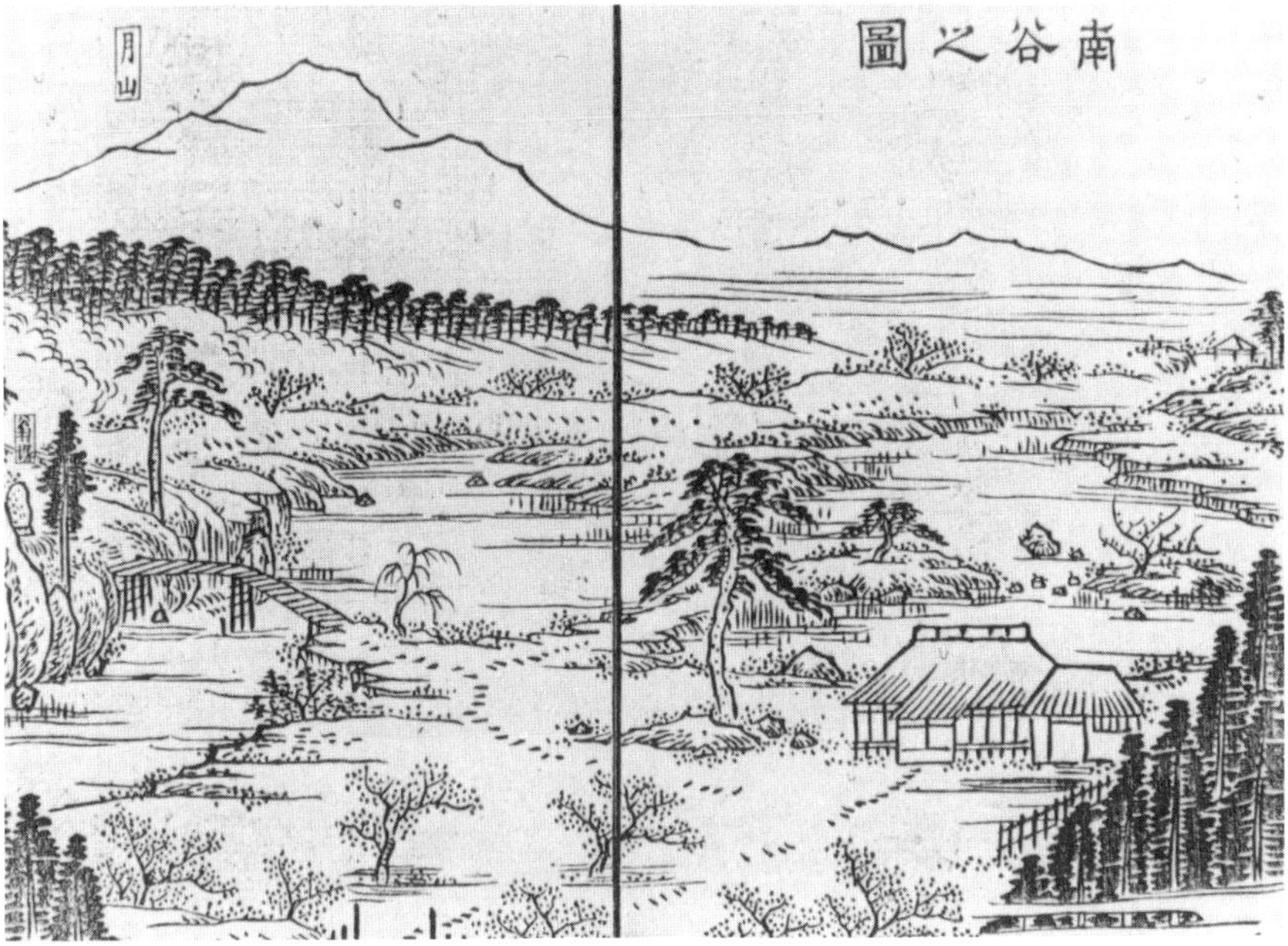


松童窟文二編『南谿集』（文政元年 1818 刊）

象潟絵図（部分）

『羽州由利郡象潟皇宮山蚶満禅寺』（刊行年不詳）

親不知・市振

『芭蕉翁絵詞伝』

同上（部分拡大）

『芭蕉翁絵詞伝』

多太《ただ》神社　実盛の兜を見る

『芭蕉翁絵詞伝』

那谷寺《なたでら》　大悲閣の図

和田文次郎著『那谷寺誌』(明治 32 年 1899 刊)

汐越の松

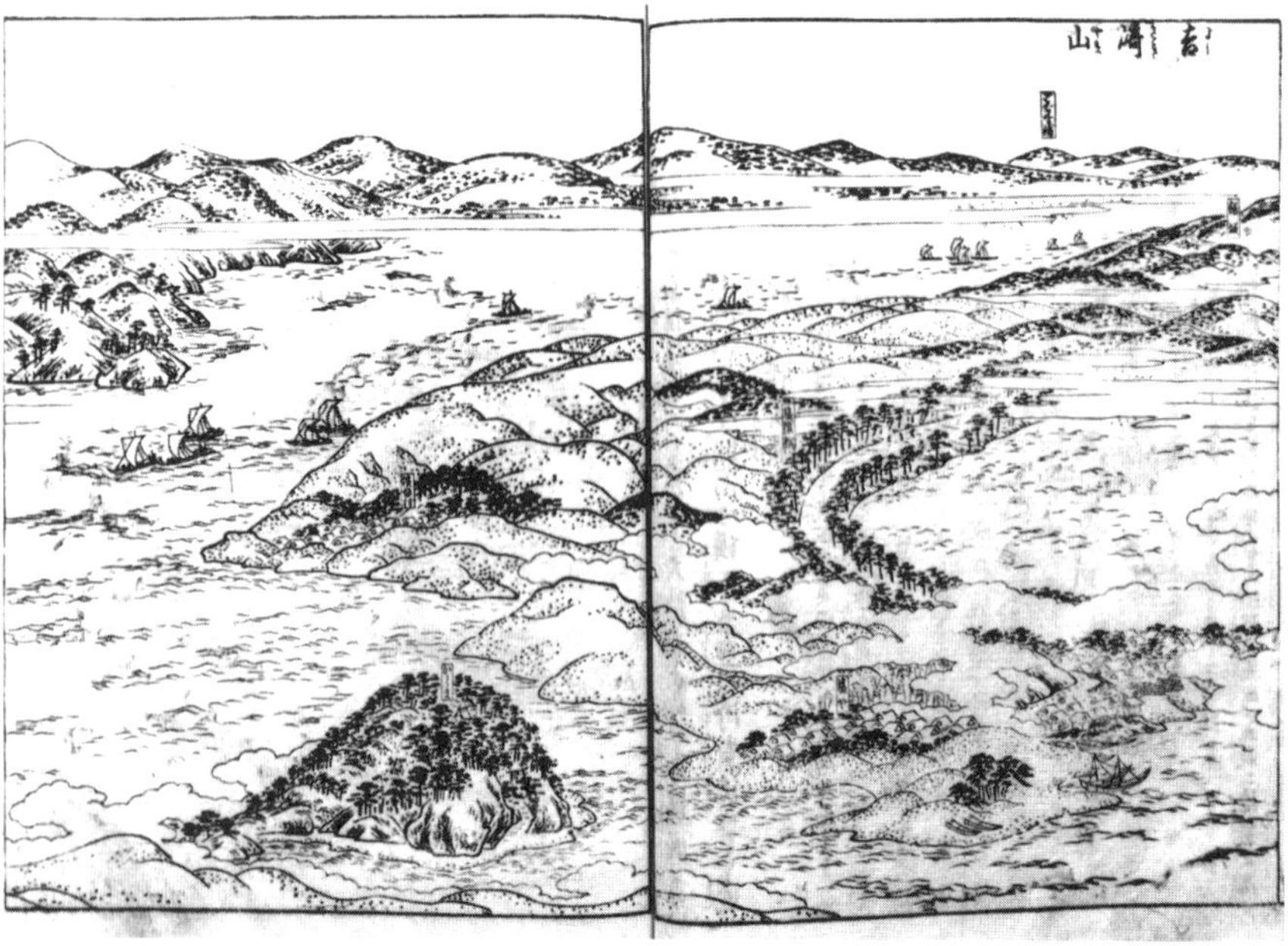

釈了貞著『二十四輩順拝図会』前篇巻二（享和３年1803刊）

敦賀の湊

『二十四輩順拝図会』前篇巻二

# はしがき

貞享《じょうきょう》元年（一六八四）の秋以後、漂泊と庵住をくりかえしていた松尾芭蕉は、旅の成果として『野ざらし紀行』『鹿島詣《かしまもうで》』『笈《おい》の小文《こぶみ》』『更科《さらしな》紀行』『おくのほそ道』という俳諧紀行五編を書き残しました。

中でも最後の『おくのほそ道』は、元禄二年（一六八九）の旅の後、数年を費して構想を練り推敲《すいこう》を重ねた珠玉の作品で、今日に至るまで永く広く愛読されています。また、芭蕉のたどった奥羽北陸の各地に、芭蕉の詩魂との出会いを求めて旅する人も絶えません。

芭蕉を思慕する旅人の道案内にもと、先に『奥の細道を歩く事典』を出版致しましたところ、幸いにも世に迎えられました。今般再び上梓の機会を得ましたので、奥の細道紀行三百年記念に建てられた記念館・句碑・銅像などの記事を補足し、地図にも若干手を加えるなどして現況に近づけるように努めました。本書を片手に芭蕉翁と同行二人の楽しく有意義な旅を続けて頂きたいと思います。

平成六年五月十六日

久富哲雄

# 改訂版の序

本書の出版後八年の間に、新しく芭蕉句碑・文学碑が建立されたり、市街地にも変化が生じたりして、地図や本文の増補訂正を行う必要を痛感致しましたので、なるべく現今の状況を伝え得るように補訂を施しました。しかし、なお不行届きの点についてお気付きの際には宜しく御教示のほどお願い申し上げます。

平成十四年五月

著者

**執筆　久富《ひさとみ》　哲雄《てつお》**
大正十五年（一九二六）山口県に生まれる。東京大学文学部大学院修了。近世俳文学専攻。鶴見大学名誉教授。著書に『おくのほそ道雑攷』『奥の細道の旅』『おくのほそ道全訳注』『おくのほそ道論考』などがある。平成十九年（二〇〇七）没。

一、本書は、芭蕉『おくのほそ道』の足跡をたどろうとする人々の案内役になるようにと考えて執筆したもので、芭蕉の足跡探訪編と、これを補足する資料編の二部より成ります。

一、『おくのほそ道』中のすべての土地を案内することはページ数の関係で不可能ですから、『おくのほそ道』に記載されてはいても芭蕉が立寄らなかった所は省略に従い、芭蕉が足跡を遺した土地でも止むを得ず割愛した所もあります。事情御諒察のほどお願い申し上げます。

一、地図中の符号のうち、黒い▲は芭蕉句碑を、Ωはその他の句碑類を示すものです。多くは注記を省略してありますので、本文をごらん下さい。

# 目次

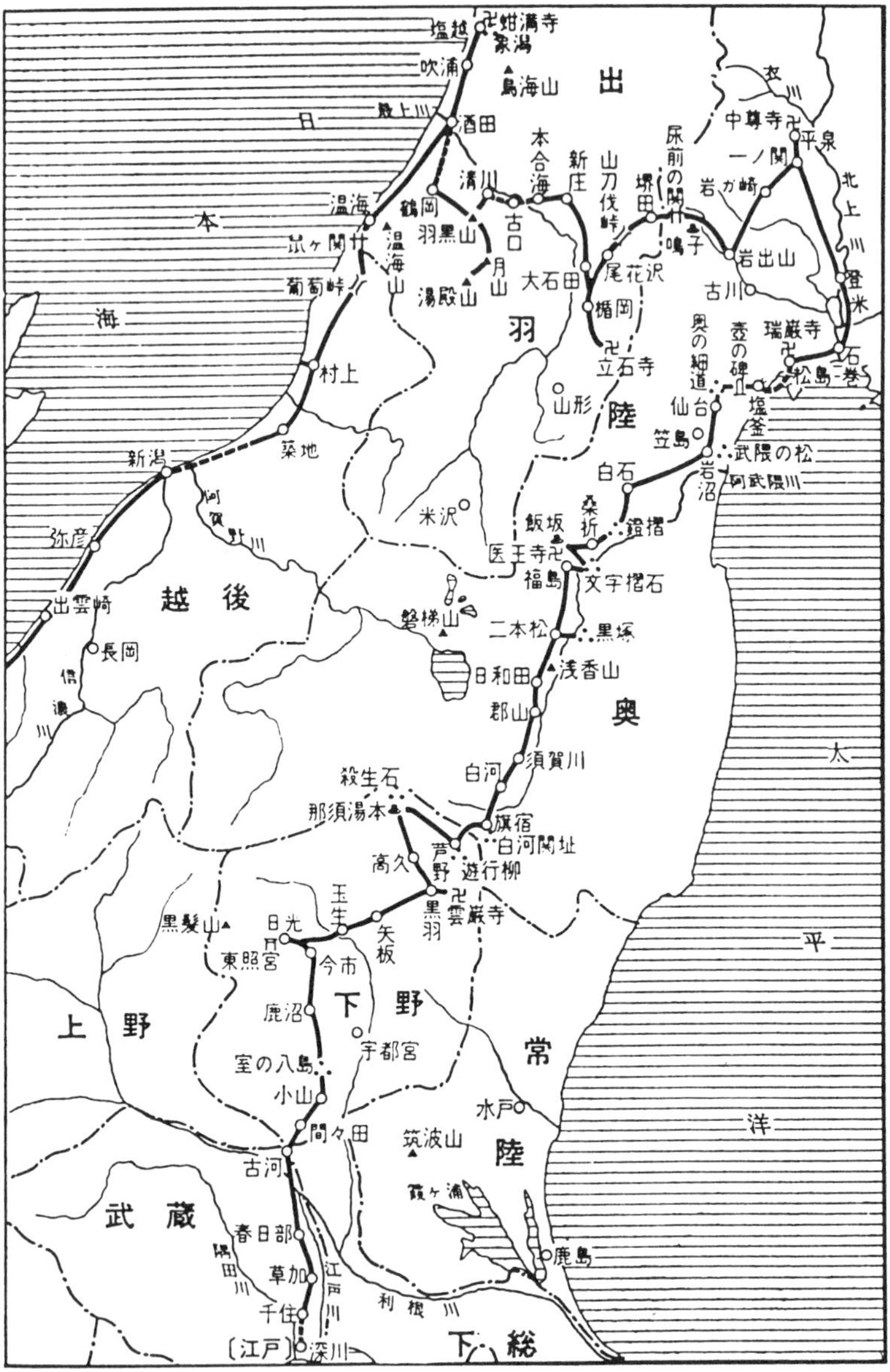

蚶満寺
塩越
象潟
吹浦
鳥海山
出
日
最上川
酒田
本
温海
鶴岡
清川
本合海
新庄
山刀伐峠
尿前の関
堺田
鳴子
中尊寺
平泉
一ノ関
岩ガ崎
衣川
北上川
古口
羽黒山
月山
湯殿山
鼠ヶ関
温海山
葡萄峠
海
尾花沢
大石田
楯岡
岩出山
古川
登米
羽
立石寺
奥の細道
壺の碑
瑞巌寺
松島
石巻
塩釜
村上
山形
陸
仙台
笠島
武隈の松
岩沼
阿武隈川
築地
新潟
阿賀野川
白石
米沢
飯坂
桑折
鐙摺
医王寺
福島
文字摺石
弥彦
越後
出雲崎
長岡
磐梯山
二本松
黒塚
浅香山
日和田
信濃川
郡山
奥
太
須賀川
白河
殺生石
那須湯本
旗宿
白河関址
芦野
遊行柳
高久
玉生
雲巌寺
黒羽
矢板
黒髪山
日光
東照宮
今市
平
鹿沼
下
野
上
野
宇都宮
常
室の八島
小山
水戸
洋
間々田
筑波山
陸
古河
霞ヶ浦
武
蔵
春日部
隅田川
鹿島
草加
江戸川
利根川
千住
〔江戸〕
深川
下
総

『おくのほそ道』足跡全図

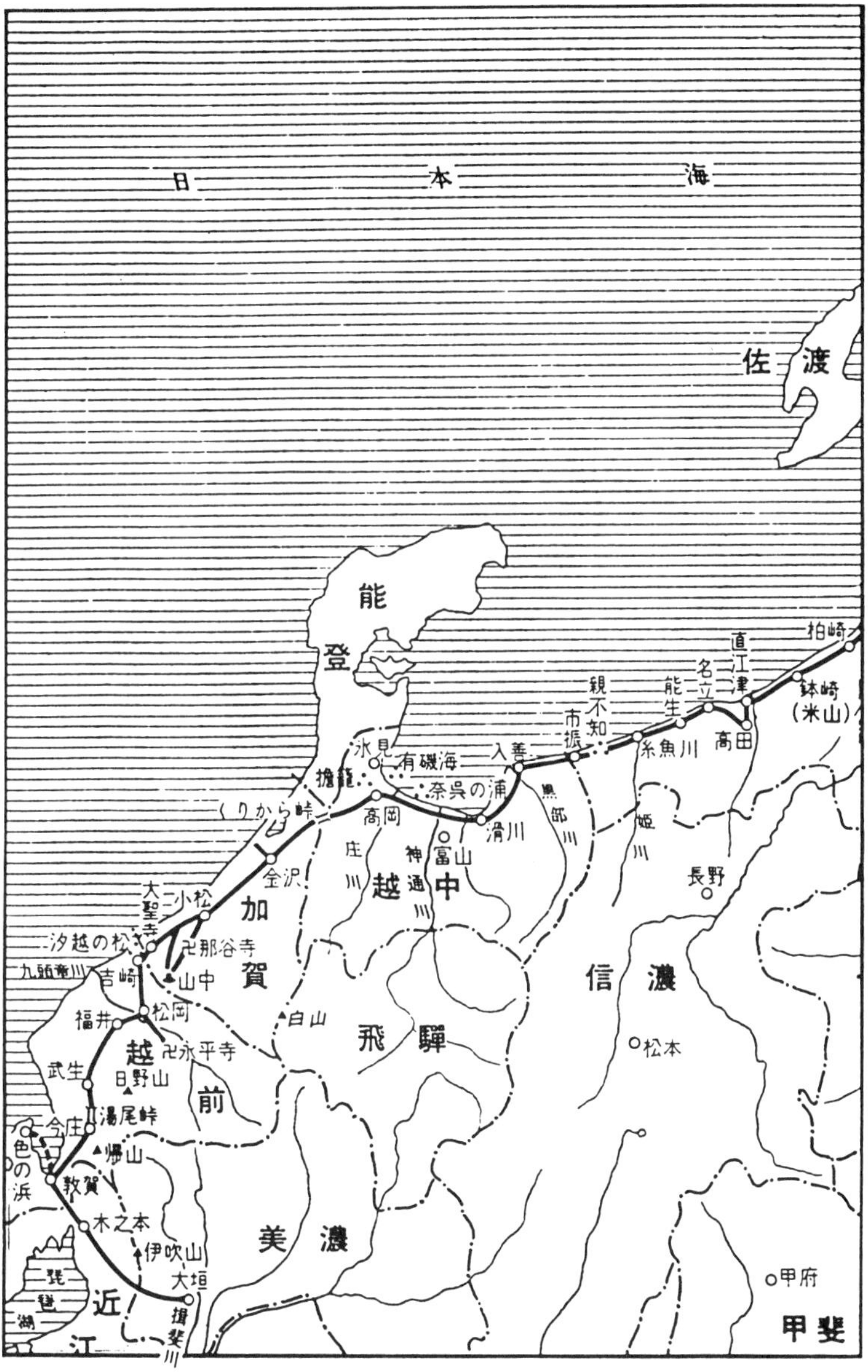
日本海
佐渡
能登
柏崎
直江津
名立
能生
親不知
市振
鉢崎（米山）
高田
糸魚川
入善
氷見
有磯海
擔籠
奈呉の浦
くりから峠
高岡
滑川
黒部川
姫川
庄川
神通川
富山
越中
金沢
加賀
長野
大聖寺
小松
汐越の松
那谷寺
九頭竜川
吉崎
山中
信濃
福井
松岡
白山
飛騨
越前
永平寺
松本
武生
日野山
湯尾峠
今庄
色の浜
帰山
敦賀
木之本
伊吹山
大垣
美濃
琵琶湖
近江
揖斐川
甲府
甲斐

# 第一部 『おくのほそ道』を歩く

与謝蕪村筆『奥の細道画巻』より

旅立ち（行春や鳥啼き魚の目は泪）

# 一　深《ふか》川《がわ》

伊賀国上野（いま三重県上野市）の藤堂新七《とうどうしんしち》郎良精《ろうよしきよ》（藤堂藩伊賀付侍大将《さむらいだいしょう》、五千石）の嗣子、良忠（俳号蟬吟《せんぎん》）に出仕していた松尾宗房が主君の夭逝《ようせい》にあい、致仕《ちし》して江戸に下ったのは、寛文十二年（一六七二）二十九歳の春であった。

江戸出府後は、杉山杉風《さんぷう》や小沢卜尺《ぼくせき》らの世話になって生活の方途を講じたらしい。延宝三年（一六七五、三十二歳）の夏には宗房《そうぼう》から桃青《とうせい》と改号し、本邦の李白たらんとの気概を示しているが、やがて延宝六年（三十五歳）の春には俳諧の宗匠として立机した模様である。

同八年初夏には『桃青門弟独吟二十歌仙』を刊行し、江戸俳壇に一勢力を形成するに至ったが、感ずるところあって宗匠生活を廃し、同年冬、住まいを江東深川の草庵に移した。

草庵は杉風所有の生簀《いけす》の番小屋程度のものに若干手を加えたものであったかと思われる。最初の庵号を杜甫《とほ》の詩句にちなんで泊船堂《はくせんどう》と称した。翌九年の春、門人李下《りか》から芭蕉を贈られ、この芭蕉が繁茂したことから芭蕉庵という庵号が生まれたという。芭蕉は元禄五年（一六九二、四十九歳）八月作「芭蕉を移詞《うつすことば》」に、

　いづれのとしにや、栖《すみか》を此《この》境に移す時、ばせを一もとを植《うう》。風土芭蕉の心にや叶《かなひ》けむ、数株《すしゅ》の茎を備へ、其《その》葉茂重《しげりかさな》りて庭を狭《せば》め、萱が軒端もかくる計也《ばかりなり》。人呼《よび》て草庵の名とす。

と書いて、芭蕉庵の由来を説明しているが、天和二年（一六八二、三十九歳）ごろから俳号を芭蕉と自称するに至ったようである。

那須野（かさねとは八重撫子の名成るべし）

この天和二年十二月二十八日、駒込《こまごめ》の大円寺から出火した江戸大火に第一次芭蕉庵は類焼し、芭蕉は高山麋塒《びじ》（秋元藩家老）を頼って甲斐国谷村《やむら》（いま山梨県都留《つる》市の内）に赴き、約半年間滞在した。

翌三年五月江戸に帰った芭蕉は、同年冬、山口素堂らの尽力により、旧庵の傍に新築された芭蕉庵にはいった。以後、漂泊の旅を主とする芭蕉の晩年が始まるのであるが、『野ざらし紀行』『鹿島詣《かしまもうで》』『笈《おい》の小文《こぶみ》』等の旅の本拠は、この第二次芭蕉庵であった。

第二次芭蕉庵の位置については、尾張国鳴海《なるみ》（いま名古屋市緑区の内）の俳人下里知足《しもさとちそく》の『知足斎日々記《ひにっき》』貞享二年四月九日の条に、

　江戸深川本番所《もとばんしょ》森田惣左衛門御屋敷松尾桃青芭蕉翁一宿、如意寺ニて俳諧歌仙有。

とあるので、おおよその推定はできる。

今の万年橋が当時「元番所のはし」と呼ばれていたことは、延宝八年（一六八〇）刊『江戸方角安見図』によって知られる。同書には「元番所《もとばんしょ》のはし」即ち万年橋の北側に「元番処」と記してある。その辺は現在の江東区常盤町一丁目二番、十八番の地に相当するが、当時は関東郡代伊奈半十郎の支配地で、森田は当地の家主の一人、芭蕉はその店子《たなこ》だったかと想像される。

元禄二年（一六八九、四十六歳）三月初旬、芭蕉は草庵を「人に譲り」杉風の別墅《べっしょ》採茶庵《さいとあん》に移り、同月二十七日「奥羽長途の行脚」に出発した。これが『おくのほそ道』の旅である。

元禄四年（一六九一、四十八歳）十月末、二年半以上もたってようやく江戸に帰着した芭蕉は、橋町に仮寓《かぐう》していたが、翌五年五月中旬、杉風・枳風《きふう》・曾良・岱水《たいすい》らの斡旋で新築された第三次芭蕉庵に移り住んだ。旧庵の近くであったらしいことは、「芭蕉を移詞」に、「猶このあたり得《え》立《たち》さらで、旧《ふる》き庵もやゝちかう……」と見える

須賀川・可伸庵（世の人の見付けぬ花や軒の栗）

医王寺（笈も太刀も五月にかざれ帋幟）

ことから推測できる。

芭蕉庵変遷のあらましは、以上のとおりである。現在、東京都江東区常盤一丁目三番十二号の地に、芭蕉庵址として、芭蕉稲荷神社が祀《まつ》られているが、もちろんおおよその位置を示すだけのものに過ぎない。

深川には芭蕉稲荷神社のほかに、芭蕉記念館（昭和五十六年四月下旬開館）があり、門をはいると左側に芭蕉句碑が建っている。

草の戸も住み替る代ぞひなの家

碑陰には「江東区長小松崎軍次書　昭和甲子時雨忌」と見え、昭和五十九年秋の建立と知られる。また、館の入口に向かって右側には、「芭蕉を記念して」と題する説明銅版を嵌めこんだ碑も建ててある。

隅田川寄りの築山には茅葺き石造りの小さい芭蕉庵があり、中には芭蕉の石像を安置し、傍に芭蕉句碑二基が、芭蕉稲荷神社境内より移建してある。

ふる池や蛙飛こむ水の音　はせを

碑陰には「要津寺《ようしんじ》に安永二年四月深川親和七十三歳書の芭蕉句碑あり。昭和卅年六月真鍋儀十之を模書す。発起人、飯田源次郎」と刻す。

川上とこの川下や月の夜　芭蕉

碑面向かって左下に小さく「大塚仲町田中清太郎」とあるのは建碑者であろう。碑陰には「昭和三十年五月納之」。

芭蕉庵の背後には、

當芭蕉庵旧跡ニ建設セラレアリシ御堂ハ大正十二年ノ関東大震災ニ全部焼失シテ仕舞ツタ。其ノ後些々タル御堂ガ爰《ここ》ニ建ラレ有シモ、本年ハ翁ノ二百五十回忌ニ相當スル故、桃家ハ一門ノ協力ニ依リ、将来絶対ニ消滅セヌ様、石堂ニ新築セリ。尚堂内ニ安置セル石ノ尊像ハ天下一品ト称セラレル所ノ東京都玉川芭蕉堂内ニ安置シアル桃家秘

# 深 川

千歳3丁目
要津寺
千歳鮨
旭庵
長慶寺
中央信金
新大橋
森下
森下駅前
森下駅
歩道橋
御船蔵跡碑
新大橋
新大橋
植むら
森下駅
森下町局
深川神明宮
三井住友銀行
芭蕉記念館
みやこ
高橋
旧新大橋碑
伊せ喜
隅田川
芭蕉稲荷
史跡展望庭園
芭蕉庵
芭蕉像
万年橋
小名木川
高橋
清澄白河駅
深川江戸資料館
大鵬部屋
北の湖部屋
江東清澄局
清洲橋
清澄白河駅前
清澄白河駅
臨川寺
霊巌寺
中文
村高
清澄白河駅
清澄庭園
松平定信墓
清澄庭園前
芭蕉句碑
平野1丁目
老人福祉センター
仙台堀川
海辺橋
採荼庵跡
芭蕉像

塩竈の夜（琵琶法師）

蔵ノ尊像ヲ模写彫刻シタルモノ也。又堂内ノ石ノ蛙ハ大正六年大洪水ノ際、旧跡カラ掘出サレタルモノナリ。以上爰ニ銘記ス。

昭和十八年十月十二日

桃家々元十世太白堂主人

と刻した石板が嵌めこんである。ここにいうところの「芭蕉庵旧跡」とは、芭蕉稲荷神社境内のことで、この庵もそこから移建したものである。また「堂内の石の蛙」は、館内二階展示室奥のケースの中に入れてある。

庭園には芭蕉の句に詠まれた草木を植えて、その名称と句とを記した木札がつけてある。館内二階三階の展示室には、芭蕉関係の書幅・短冊・古文書等の資料が展示してある。

芭蕉記念館から南へ約八十メートル行くと、路傍に「旧新大橋跡」の標柱がある。

旧新大橋は元禄六年十二月この地先の隅田川に架設起工し、五十二日間で完成し、長さ百間、幅員三間七寸あり。当時橋名は両国橋を大橋と称していたので、この橋を新大橋といった。近くの深川芭蕉庵に住んでいた芭蕉は新大橋の工事中、「初雪やかけかゝりたる橋の上」の句をよみ、また橋の完成をみて、「ありがたやいたゞいて踏む橋の霜」の句をよんだ。

昭和三十三年十月一日　江東区第九号

この碑から約百五十メートル行って、万年橋の手前を右折すると、「芭蕉庵史蹟　芭蕉稲荷神社」の前に出る。以前この狭い境内にあった石造りの芭蕉庵も句碑も、今は芭蕉記念館の築山に移建され、あとに「史蹟芭蕉庵跡　昭和五十六年十月吉日、真鍋儀十敬書」（碑陰、昭和五十六年十一月吉日建之　史蹟保存会　堀内一雄　飯田繁蔵）の記念碑と「芭蕉記念館此ヨリ北百五十米」の標柱、ほかに「深川芭蕉庵旧地の由来」と題する解説板が建っている。解説文を抄出しておく。

◆**芭蕉庵史蹟展望庭園**　芭蕉稲荷先の堤防の手前を左に登った所。芭蕉の座像が設置され、芭蕉や萩なども植えてある。

川深一　市振の宿（一家に遊女もねたり萩と月）

芭蕉没後、この深川芭蕉庵は武家屋敷となり、幕末、明治にかけて滅失してしまった。たまたま大正六年津波来襲のあと、芭蕉が愛好したといわれる石造の蛙が発見され、故飯田源次郎氏等地元の人々の尽力により、ここに芭蕉稲荷を祀り、同十年東京府は常盤一丁目を旧跡に指定した。昭和二十年戦災のため当所が荒廃し、地元の芭蕉遺蹟保存会が昭和三十年復旧に尽した。しかし、当所が狭隘であるので、常盤北方の地に旧跡を移転し、江東区において芭蕉記念館を建設した。

昭和五十六年三月吉日　芭蕉遺蹟保存会

芭蕉稲荷神社近くの堤防に登って隅田川を眺めると、すぐ下手に小名木《おなぎ》川が流れこんでいるが、この辺が「芭蕉を移詞《うつすことば》」に、

浙江《せっかう》の潮《うしほ》、三《みつ》またの淀《よど》にたゝへて、……

と書かれている三股《みつまた》で、川上に新大橋、川下に清洲《きよす》橋が見える。

芭蕉当時には、この辺から遠くは富士山を望み、近くは上野・谷中の高台や浅草寺本堂の屋根も見えていたらしい。『おくのほそ道』の、

月は在明《ありあけ》にて光おさまれる物から、不二の峰幽《かすか》にみえて、上野・谷中の花の梢、又いつかはと心ぼそし。

という記述や、「芭蕉を移詞」の、

地は富士に対して、柴門《さいもん》景を追《おう》てなゝめなり。

という一節、さらには次に掲出する句からもそれは推測することができよう。

深川や芭蕉を富士に預行《あづけゆく》　ちり（野ざらし紀行）

花の雲鐘は上野か浅草か　（芭蕉真蹟）

観音のいらかみやりつ花の雲　（芭蕉真蹟）

芭蕉当時「元番所のはし」と称されていた万年橋を渡って清洲橋通りに出、向う側の歩道を二百五十メートルばかり東進すると瑞甕山臨川《りんせん》

山中温泉（今日よりや書付消さん笠の露）

寺《じ》(江東区清澄三丁目四ノ六)がある。芭蕉のころは臨川庵と称していたのだが、常陸国鹿島(いま茨城県鹿嶋市)の根本寺の住職仏頂和尚が止宿していて、日本橋から深川に退隠した芭蕉が仏頂に参禅した所である。本堂前に「臨川寺芭蕉由緒の碑文」の石碑その他が建っている。

臨川寺の南方には東京都立清澄庭園があり、園内の涼亭の南の広場には、

古池やかはづ飛こむ水の音　はせを

の大きい句碑（九世晋永湖謹筆。昭和九年十月吉日　山岸利久堂謹鐫）が建っている。

清澄通りに出て南進すると、仙台堀川に架かる海辺橋があり、橋を渡った右側に、採茶庵と、その濡れ縁に腰掛けた旅立ちの姿の芭蕉像が見える。そばに「採茶庵《さいとあん》跡」の標柱がある。

芭蕉の門人鯉屋杉風は今の中央区室町一丁目付近において代々幕府の御用をつとめ、深川芭蕉庵もその持家であったが、また平野町内の三百坪ほどの地に採茶庵を建て、みずからも採茶庵と号した。芭蕉はしばしばこの庵に遊び、「白露もこぼさぬ萩のうねりかな」の句をよんだことがあり、元禄二年奥の細道の旅はこの採茶庵から出立した。

昭和三十三年十月一日　江東区第七号

この碑は杉山家の資産目録に「深川元木場平野町北角」とあるのに拠って建てられたと思われるが、この辺は元禄二年当時はまだ開けておらず、同目録に「深川六間堀西側」とある所の方が、採茶庵の位置としては芭蕉庵からも近いので適当であろうと考えられる。

森下町交差点より両国方面へ進み、次のバス停千歳三丁目の手前、そば処旭庵と千歳鮨の間を左折して約二百メートル行くと、右側に東光山要津寺《ようしんじ》がある。

山門をはいるとすぐ右側に「芭蕉翁俤《おもかげ》塚《づか》」、それから「ふる池や」句碑が目につく。自然石

全昌寺（庭掃きて出でばや寺に散る柳）

に刻した、

ふる池や蛙飛こむ水の音　はせを

の句碑は、いま芭蕉記念館にある「ふる池や」句碑の基になったものである。その碑陰には、

雪は古池に和して水音をつたへ
月の一燈花の清香もをのづからなる
此翁の徳光をあふぐのミ

白妙の雪より出たり後夜の月　夜雪菴普成
夕汐やのぼれば月のみやこ鳥　雪松庵亀求
うつろハじくとてちる花歟　玉雪斎子交

と見え、向かって右側面には「安永二癸巳歳四月十二日　深川親和七十三歳書」とある。

芭蕉翁俤塚は、向かって右・左の側面に「宝暦十三年」「癸未十月雪中菴門人建」と刻してある。この俤塚の背後に、大島蓼太《りょうた》の、

碑《いしぶみ》に花百とせの蔦植《つたうゑ》む

の句碑があり、向かって右・左の側面に「門人翠兄建」「東江居士書」と見え、碑陰には、上部に「芭蕉翁百回忌発句塚碑」と横書きの題額を置き、下部に漢文で碑銘十行が刻してある。

## 二　千住《せんじゅ》・草加《そうか》

芭蕉庵を人に譲り、杉風の別宅採茶庵に仮寓していた芭蕉は、元禄二年（一六八九）の「弥生《やよひ》も末の七日」（陽暦五月十六日）の早朝、船で小名木川から隅田川に出て流れをさかのぼり、千住大橋の北側のあたり（いま東京都足立区千住橋戸町）に上陸したものと思われる。

浅草雷門—三の輪駅前—千住車庫間の草43系統の都営バスの南千住六丁目停留所で下車して約百メートル北進すると、素盞雄《すさのお》神社が鎮座する。社殿の東側に、森昌庵追慕の碑と並んで、

# 千住

文政三年（一八二〇）建立の芭蕉句碑がある。

碑面上部には、『おくのほそ道』の「千寿といふ所より（ママ）」以下「行はるや」の句までを刻し、この句文に次いで、

　亡友巣兆子、翁の小影をうつし、またわれをして、その句を記せしむ。　鵬斎老人書
　　千寿　鯉隠立石　群鶴刻

とあり、下部には芭蕉の座像を刻して、その脇に「後学秋香斎巣兆拝筆」、碑陰には「文政三庚辰十月十二日　十日庵　一雨　燕市　佐可和幸次郎書」と見える。碑は戦災で炎にさらされたらしく、碑面の剥落しているのが惜しまれる。

碑の前方に「素盞雄《すさのお》神社《じんじゃ》と文人たち」と題する解説板が建ててある。


千住宿界隈や隅田川沿岸の社寺には、江戸の文人が残した碑《いしぶみ》が多く見られる。

この境内にも、文人が建てた二基の碑がある。文政三年（一八二〇）建立の松尾芭蕉の句碑と、旗本《はたもと》池田家の主治医の死を悼んで、天保十二年（一八四一）に建てられた森

◆**芭蕉句碑**　旧碑の面影そのままに復刻再建され、碑陰末尾に「御鎮座壱千弐百年祭奉祝記念　復刻」とある。碑の左後に「荒川区指定文化財松尾芭蕉の碑」の標柱、その側面に句碑の説明文を記し、「昭和六十年二月十五日指定　東京都荒川区教育委員会」とある。

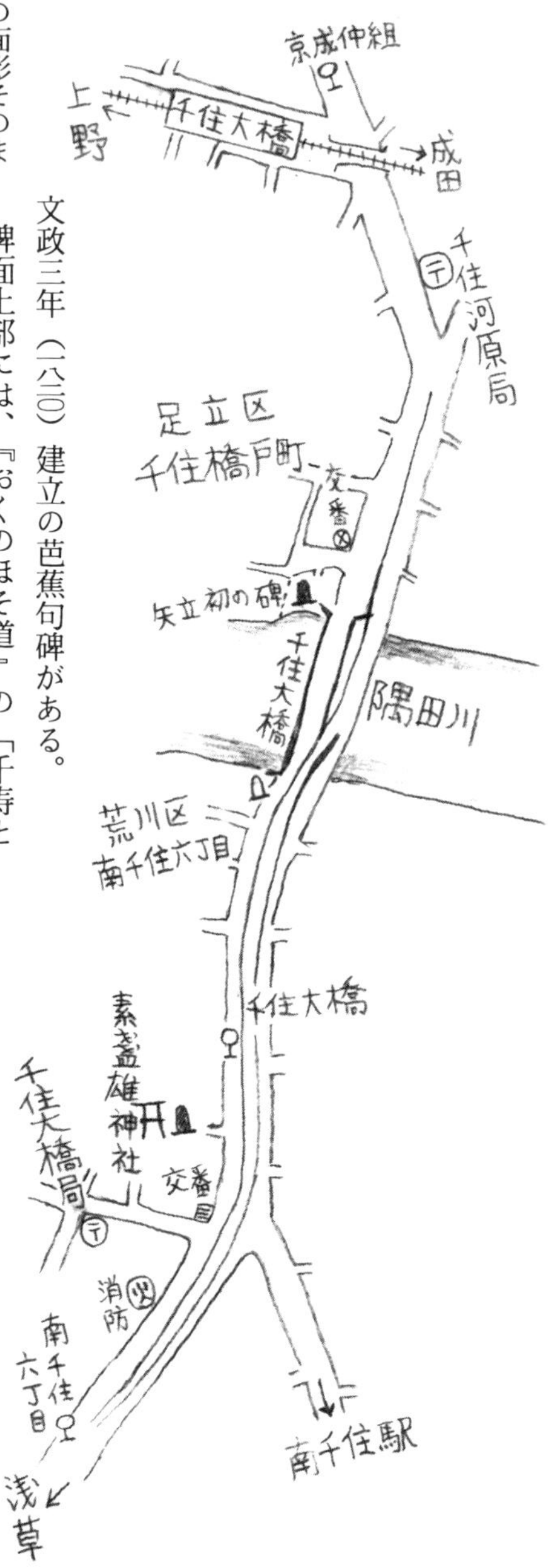

福井・等栽宅

昌庵《しょうあん》追慕の碑である。

　芭蕉の句碑は、谷文晁の弟子で関屋《せきや》在の建部巣兆《たけべそうちょう》・儒学者で書家としても名高い亀田鵬斎《かめだほうさい》らが、森昌庵追慕の碑は、『江《え》戸《ど》名所図会《めいしょずえ》』などの挿絵で知られる長谷川雪《せっ》旦《たん》、この近隣に住んでいた俳人・随筆家の加藤雀庵らがそれぞれ建碑にかかわった。

　これらの碑は、文人たちの交流を今日に伝えている。

　芭蕉の座像画は俳人巣兆で関屋の人、書は鵬斎で金杉の人、立石者《りつしやくしや》は山崎鯉隠《りいん》で千住二丁目の人、いずれも当時の代表的文化人である。

　素盞雄神社東側の歩道を北へ約二百メートル行くと、千住大橋の手前に、「千住大橋」と題する解説文を刻し、「名所江戸百景より」「千住の大はし」のレリーフを嵌めこんだ記念碑が建ててある。千住大橋の歴史を読んでみよう。

　〃千住大橋〃は〃千住の大橋〃とも呼ばれている。最初の橋は、徳川家康が江戸城に入って四年目の文禄三年（一五九四）年に架けられた。隅田川の橋の中では、一番先に架けられた橋である。

　当初は、ただ〃大橋〃と呼ばれていたが、下流に大橋（両国橋）や新大橋がつくられてから〃千住〃の地名を付して呼ばれるようになった。

　江戸時代の大橋は木橋で、長さ六十六間（約百二十メートル）、幅四間（約七メートル）であった。

　奥州・日光・水戸三街道の要地をしめて、千住の宿を南北に結び、三十余藩の大名行列がゆきかう東北への唯一の大橋であった。

　松尾芭蕉が、奥州への旅で、人々と別れたところも、ここである。

　現在の鉄橋は、関東大震災の復興事業で、

◆**大橋公園**　入り口に「千住大橋と奥の細道」と題する解説、蕪村筆「奥の細道図屏風」出立ちの条、「名所江戸百景千住大はし」の図等を掲載する案内板が建ててある。

## 草加

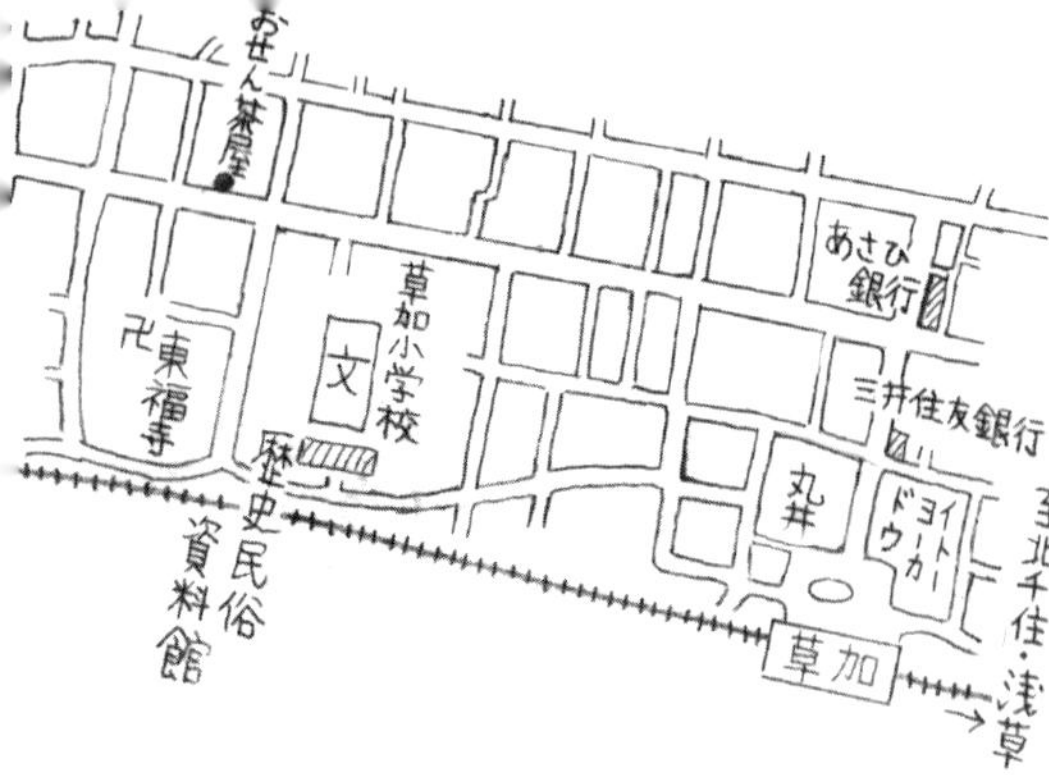


昭和二年（一九二七年）に架けられ、近年の交通量の増大のため、昭和四十八年（一九七三年）新橋がそえられた。

昭和五十九年三月　東京都

千住大橋を渡るとすぐ左側の足立区立大橋公園の中に碑が見える。「史跡おくのほそ道矢立初《やたてはじめ》の碑」の題で、『おくのほそ道』の「千じゅと云《いふ》所にて」以下「見送《みおくる》なるべし」までを刻してある。碑陰には、

江戸時代の俳人、松尾芭蕉の著わした俳文紀行「おくのほそ道」は、日本の古典文学として内外に親しまれている。

同書によれば、深川を舟で出発した芭蕉は、旧暦元禄二年（一六八九）三月二十七日、千住に上陸し旅立っていった。千住の河岸には古くから船着場があり、このあたりが上り場であった。

千住は、寛永二年（一六二五）、三代将軍家光のとき、日光道中の初宿に指定され、日光・奥州・水戸の各道中の宿駅としてにぎわった。

昭和四十九年十月十二日　東京都足立区

とあり、別に大きな「おくのほそ道行程図」も建てられていて、芭蕉がこの近くに上陸して、「前途《せんど》三千里のおもひ」を胸に、陸奥国《みちのく》めざして歩みを運んだ往時が偲《しの》ばれる。ここから北へ約二百メートルほどで、京成電鉄の千住大橋駅に到達する。

日光街道千住宿の次の宿場町は草加である。『おくのほそ道』には、深川の杉風の別墅《べっしょ》採茶庵を出発した「其《その》日漸《やうやう》早加と云《いふ》宿にたどり着《つき》にけり」と書いている。「早加」は、「草加」の私小説的手法による表記の改変であろう。私小説的性格を有する『おくのほそ道』では、この手法は例えば黒羽《くろばね》の章では、「浄坊寺何がし」「其《その》弟桃翠」という人名にも見られる（正しくは浄法寺・翠桃）。草加宿は千住・越ケ谷《こしがや》間の

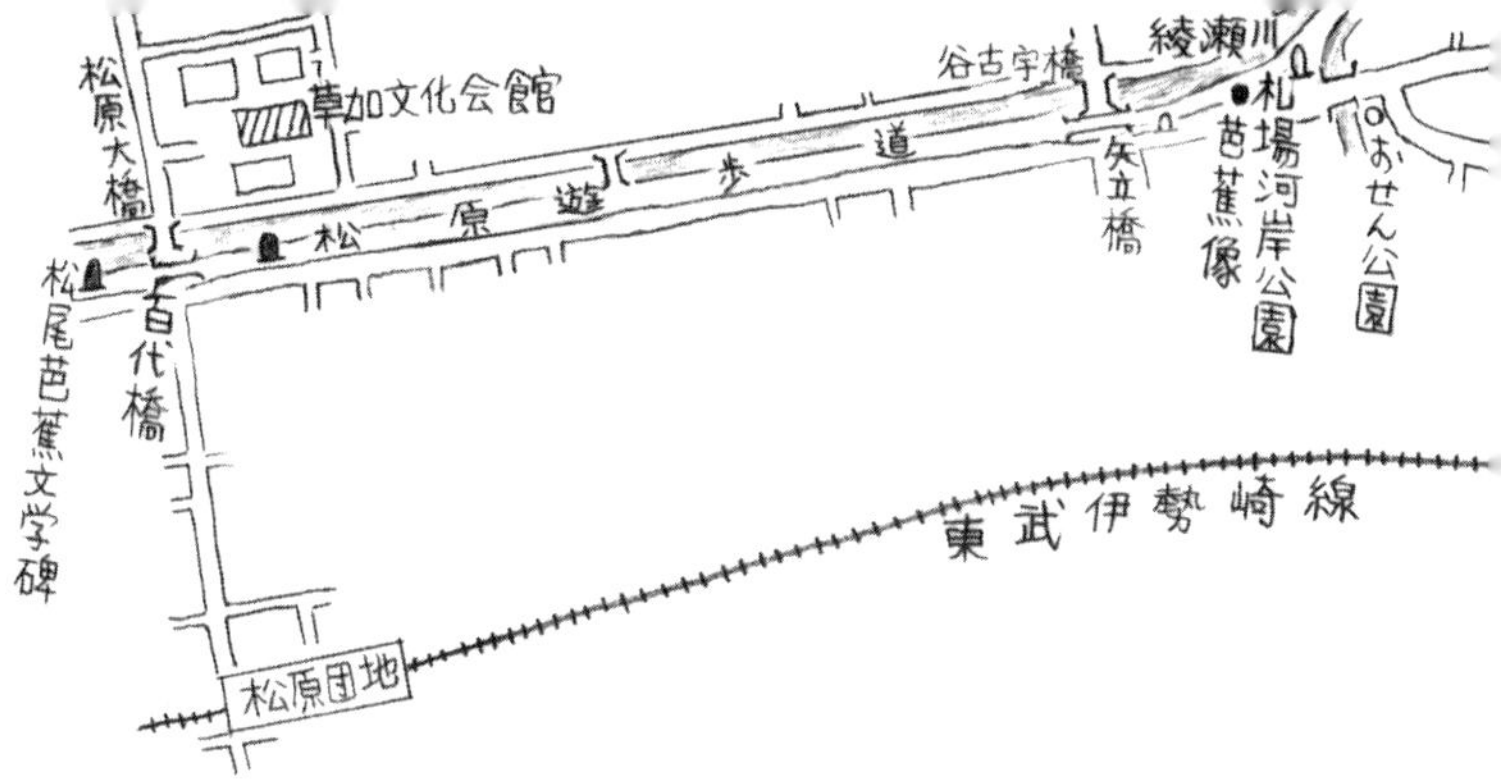


「間《あい》の宿《しゅく》」として、寛永七年（一六三〇）に設けられたという。

東武伊勢崎線の草加駅で下車し、あさひ銀行のある所の十字路を北へ旧道を歩いて行くと、茶店風の休憩所と高札に似せた掲示板、奥に和風トイレなどのある「おせん茶屋」があり、道路脇の角に「日光街道」の石標が建ててある。

更に進んで県道に入り、伝右川を渡ると、右側に望楼《ぼうろう》の目立つ札場河岸公園がある。そこには芭蕉像が建ち、台座表に「松尾芭蕉翁」とあり、裏には「もし生きて 帰らばと 元禄二年三月廿七日 芭蕉 奥の細道の 旅の第一歩を この地に印す 平成元年三月 尾形仂《つとむ》」「制作麦倉忠彦 標題揮毫岡野仁右衛門 碑文撰揮毫尾形仂（以下略す）」と刻してある。

休憩所脇の道路際には、正岡子規の、

梅を見て野を見て行きぬ草加まで　子規

の句碑もある。碑陰の解説「子規と草加」によれば、「俳人正岡子規が草加を訪れたのは、明治二十七年の三月、高浜虚子とともに郊外に梅花を探る吟行の途次」であったという。

公園を出て少し北へ行くと、遊歩道の左側に「日本の道百選日光街道」の大きい顕彰碑がある。この辺から綾瀬川沿いに約一五〇〇メートルにわたって続く草加松原の松並木は、往時の日光街道の面影を今に伝えるものであろう。

松並木の遊歩道にはまず矢立橋《やたてはし》、次いで百代《ひゃくたい》橋《はし》がある。橋の手前左側に、「橋名由来」碑があり、「月日は百代の過客にして 行きかふ年もまた旅人なり 松尾芭蕉「奥の細道」」と刻す（昭和六十二年の建立）。

その右側には「奥の細道国際シンポジウム ドナルドキーン植樹」「第三回奥の細道シンポジウム尾形仂植樹」の標柱があり、萩および馬《あ》酔《せ》木《び》が植えられている。ともに『おくのほそ道』仙台宮城野の章にその名が見えるものである。

百代橋の下には「日本の道百せん日光街道草加松原」（贈市制三十周年記念草加市金融団）の石碑があり、橋を渡って北へ少し行くと、「松尾芭蕉文学碑」が建っていて、『おくのほそ道』の「ことし元禄二とせにや……（中略）……路次の煩となれるこそわりなけれ」の一節が刻してある。碑陰には「碑文書　木村笛風　寄贈　一九九〇―九一年ライオンズクラブ　国際協会三三〇―C地区ガバナー　高橋仲嘉　設置　草加市長今井宏」と見える。

草加市では、奥の細道芭蕉企画事業として、毎年秋ごろ、『おくのほそ道』関連の講演会等が催されている。

## 三　室《むろ》の八島《やしま》

室の八島というのは大神《おおみわ》神社のことで、いま栃木市惣社町に鎮座する。芭蕉が、春日部《かすかべ》から間々田・小山・喜沢・飯塚を経て、室の八島に参詣したのは三月二十九日（陽暦五月十八日）のことであった。

芭蕉当時の室の八島の模様について、貝原益軒著『日光名勝記』（正徳四年刊）には次のように書いてある。

○金崎より合戦場《かっせんば》へ一里三十町。金崎より室《むろ》の八嶋《やしま》に行《ゆく》には、合戦場へゆかずして、左の方へ一里半ゆけバ惣社《そうしゃ》村あり。其《その》村に林有《あり》。林の内に惣社大明神あり。是《これ》、下野《しもつけ》の惣社なり。其社《そのやしろ》の前に室のやしま有。小嶋のごとくなるもの八あり。其《その》まハりハひきくして池のごとし。今ハ水なし。嶋の大《おほき》さいづれも方二間程あり。其嶋に杉少々生《おひ》

◆『日光名勝記』　地誌・紀行。一冊。貝原益軒著。正徳四年（一七一四）刊。活字本、『益軒全集巻之七』ほか。

## 室の八島

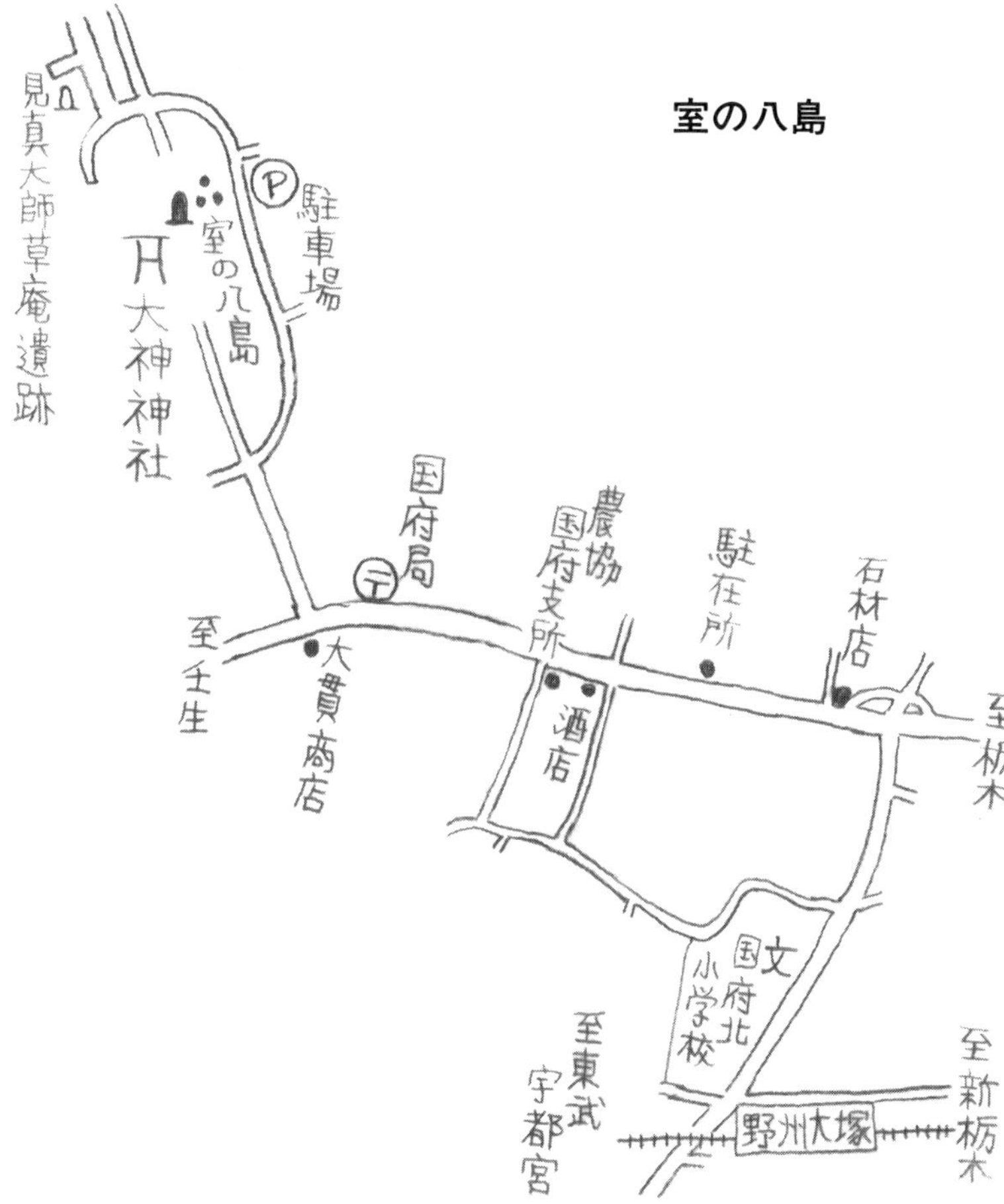


たり。室の八嶋古哥《こか》に多くよめる名所也。しまのまハりの池より、水気の烟のごとく立《たち》けるを賞翫《しやうぐわん》しける也。其村の人あまたに問《とひ》しに、今ハ水なきゆへ、烟もなしといへり。わづかなる所なり。此地《このち》ハ日光より小《を》山《やま》に出る道の壬生《みぶ》といふ所にちかし。

『おくのほそ道』の本文は、芭蕉に随行した河合曾良《かわいそら》の説明を主にして記述されている。そのなかで、「煙を読習《よみならは》し侍《はべる》」と言っているのは、歌枕としてこの室の八島の地を詠む時には、煙にちなんだ歌を詠むのが習わしになっているとの意である。

次に「このしろ」伝説については、『慈元抄』（永正七年成）巻上に見えるものが古いが、ここには高橋梨一著『奥細道菅菰抄《すがこもしよう》』（安永七年刊）所載の記事を参考に掲げる。

むかし此処《このところ》に住《すみ》けるもの、いつくしき娘をもてりけり。国の守《かみ》これを聞玉《きゝたま》ひて、此むすめを召《めす》に、娘いなミて行《ゆか》ず。父はゝも亦《また》たゞひとりの子なりけるゆへに、奉る事をねがハず。とかくするうちに、めしの使数重なり、国の守《かみ》の怒《いかり》つよきときこえければ、せむかたなくて、娘ハ死《しに》たりといつわり、鱅魚を多く棺に入《いれ》て、これを焼キぬ。鱅魚をやく香は、人を焼《やく》に似たるゆへなり。それよりして、此うをゝこのしろと名《な》付侍《づけはべ》るとぞ。哥に、　あづま路のむろの八嶋にたつけふりたが子のしろにつなじやくらん　此事《このこと》十訓抄にか見え侍ると覚ゆ。このしろハ子代《コノシロ》にて、子のかハりと云事也。

此魚上つかたにてハつなじと云。

大神《おおみわ》神社の拝殿内部正面には「正一位惣社大明神の」扁額、別に「室八嶋山大明神」という額も掲げてある。社殿より右前方の杉木立の中には、池と八つの島があり、島にはそれぞれ、浅間《せんげん》・筑波《つくば》・鹿島《かしま》・香取《かとり》・雷電《らいでん》・熊野《くまの》・二荒《ふたら》の各神社及び天満宮の小祠が祀ってある。『日光名勝記』の記述とほとんど変わりがないように思われる。この室の八島の池のほとりに、芭蕉句碑がある。碑面に、

いと遊に結びつきたるけふりかな　　芭蕉翁　秋巌書

碑陰には助刻として東京・東野各十名の俳人名を挙げ、次いで、「幹事　対梅宇乙彦　補翼月之本為山」と記し、「明治二年己巳春三月呆雲閣春峰建之　羣鶴鐫」と、建立者と建立年月が刻してある。

社殿の右にある小社（護国神社）の右前に、先のとがった小さな歌碑がある。碑面は、

くるゝ夜は衛士のたく火をそれと見よ
むろのやしまも都ならねば

と読める。これは藤原定家の作で、『新勅撰集』所収の歌である。碑陰には「文化四丁卯年三月吉日　当国家中村　伏木権右衛門謹建」とあ

る。芭蕉来遊一一八年後の建立である。

『曾良旅日記』俳諧書留の冒頭には、

室八島

糸遊に結つきたる煙哉　　翁

あなたふと木の下暗も日の光　　翁

入かゝる日も糸遊の名残哉《程〻に春のくれ》

鐘つかぬ里は何をか春の暮

入逢の鐘もきこえず春の暮

と、五句を列記する。前書の「室八島」がどの句までかかるか問題はあるが、第一句が室の八島の歌枕としての伝統に従って「煙」を詠んだものであることは確実である。

## 四　日《につ》光《こう》

室の八島明神に参詣した芭蕉は、壬生《みぶ》・楡木《にれぎ》を経て鹿沼《かぬま》で一泊し、翌四月一日（陽暦五月十九日）日光におもむいて、東照宮を拝観した。芭蕉は江戸浅草の清水寺よりの紹介状を持って、まず養源院を訪ね、養源院から使僧の案内で大楽院に行って東照宮拝観を願い出たが、折から幕府の絵師狩野探信が東照宮増修の打合せのために門人多数を連れて大楽院に来ていたので、午後三時近くまで待たされた模様である。

『曾良旅日記』四月一日の条を見ると、

午ノ尅日光へ着。雨止。清水寺ノ書、養源院へ届。大楽院へ使僧ヲ被添《そへらる》。折節大楽院客有之《これあり》。未ノ下尅迄待テ御宮拝見。

と書いてある。東照宮『御番所日記』（『日光叢書第一巻』所収）元禄二年（一六八九）四月一日の条には、「卯月朔日　細雨及申ノ后止　猿橋斎司」とあり、三項目の記事が見えるが、その第三項目に、

一、巳ノ刻狩野探信弟子共大勢召連来リ、

裏見の瀧（『旅行用心集』）

御拝殿東ノ御着座之間絵并彩色等写、未ノ刻ニ支廻、罷帰リ候。

と記してあって、『曾良旅日記』の記事に符合する。

東照宮に参拝した芭蕉は、東照宮の威徳、ひいては徳川幕府の勢威に対して、すなおに敬意と讃嘆の気持をあらわし、

今此御光一天にかゝやきて、恩沢八荒にあふれ、四民安堵の栖穏なり。猶憚多くて筆をさし置ぬ。

あらたうと青葉若葉の日の光

と『おくのほそ道』に書いている。

「あらたうと」の句は、『曾良旅日記』俳諧書留に見える、

あなたふと木下暗も日の光　翁

が初案で、真蹟も伝存している、

日光山に詣

あらたふと木の下闇も日の光　芭蕉桃青

という再案を経て、定まったものと考えられる。「木の下闇」は初夏四月の季語であるが、暗い感じを伴うのに対し、同じ初夏四月の季語「若葉」は明るい感じがする。そんなところから改案したものであろうか。あるいは常緑樹の青葉と落葉樹の若葉の入りまじった初夏の日光山の美しさを目にしての改作であろうか。

句意は、ああ尊く感じられることであるよ、この青葉若葉の降りそそぐ初夏の日の光に輝いているさまは、というのであって、「日の光」に地名「日光」を詠みこんで、東照宮に対する讃美の句としたものである。

江戸時代、武士は陽明門の中の石畳、庶民は陽明門の前に土下座して東照宮を拝んだというが、芭蕉当時における東照宮拝観の手続きについて、貝原益軒は、

石の階一丈程あるをのぼり、二王門に入る。其内に常に御門番有て、みだりに人をいれ

◆『日本賀濃子《かのこ》』　地誌。十二冊。『日本鹿子』とも。磯貝舟也編・石川流宣画。元禄四年（一六九一）刊。

ず。旅客参詣の事、亭主より輪番の社僧に胡乱《うろん》ならざる客の由言入て、社僧の証拠の手形を取て、御門番に見せしめて出入す。

と『日光名勝記』（正徳四年刊）に書いている。

四月二日の芭蕉の行動を『曾良旅日記』によって見ると、

辰ノ中尅宿ヲ出。ウラ見ノ瀧・ガンマンガ淵見巡、漸ク及午《ごにおよぶ》。

というわけで、午前中に裏見の瀧と含満の淵を見物したことが分かる。

裏見の瀧について、『おくのほそ道』には、

岩洞の頂より飛流して百尺、千岩の碧潭に落たり。岩窟に身をひそめ入て瀧の裏よりみれば、うらみの瀧と申伝え侍る也。

暫時は瀧に籠るや夏の初

と書いてある。簡にして要を得た説明と評すべきであろう。芭蕉が須賀川の相楽等躬亭に滞在中、四月二十六日付で江戸の杉山杉風にあてた書簡に添えた曾良の書簡によると、

日光うら見の瀧

ほとゝぎすへだつか瀧の裏表　翁

うら見せて涼しき瀧の心哉　曾良

の二句が裏見の瀧見物の成果であったことが知られる。

『日本賀濃子』（元禄四年刊）巻之九、下野国の部には、

裏見《ウラミ》の瀧《タキ》　不動立

日光山よりひつじ申に当れり。日光より一里半程アリ。瀧の所へハ山を越テ又下る也。瀧の少前に岩のほらあなあり。二間に三間ほどあり。其内にしやうず河原のうば石にて作る。其外石塔三つ四つあり。新湯殿といふて山伏参詣してほんでん《(ママ)》を納る也。それより瀧へ下り瀧のうらより見る也。たき高サ二丈ほどあり。瀧の広さ三間ほどあり。瀧のうらに石にて不動作り瀧の下に立る。

中〱凡人一人昼も行がたし。所の者にたづぬれバ天狗の住家と云。おしといふ者ハ此瀧のちかく成木の枝にかけると云ゝ。

とあり、また含満の淵については、

がんまんが渕《フチ》　日光ニ有。べう〱たる渕也。向に大山のごとく成岩ふちへおほひかゝりたり。弘法大師川をへだてがんまんぼろをんと云梵字《ボンジ》書れけれバ向の大岩の渕にのぞきかゝりし所へぼん字あらハれたり。

と見える。貝原益軒著『日光名勝記』には、

大谷川《だいやがハ》の上《かみ》に、釜が淵とて、景よき奇絶《きぜつ》の所あり。弘法大師護摩《ごま》を修《しゅ》したる所とて、石の釜あり。其上に亭《あづまや》有。石の柱なり。其辺大なる岩一《ひとつ》あり。長さ十間余《あまり》有。其下に瀧有、淵あり。むかひにも大なる立岩有て側《そば》てり。梵字《ぼんじ》をきざめり。上に不動の石《せき》仏《ぶつ》あり。それより川ばたをつたひて、川上の方へゆけば、僧のかたちを石にて刻《きざみ》たるが、凡《およそ》八十四北に向《むかひ》てならびつらなれり。高四尺、横二尺五寸許《ばかり》、下の石台高一尺五寸許、石像の大さ皆同じ。其石像のつらなる間は一町ばかり有。

と、やや詳しい説明がしてある。両書ともに「弘法大師」としているところは、「晃海《こうかい》」が正しいようである。

さて、芭蕉の足跡に従って日光に行くとなれば、日光例幣使街道を通ることになる。この街道は、京都御所（朝廷）より日光東照宮の四月の大祭に派遣された日光例幣使が通行した道筋で、東照宮造営奉行松平正綱が寛永二年（一六二五）から二十年かかって杉並木を植えつけた。いま東武日光線の新鹿沼駅前より文挟《ふばさみ》方面へ行くと、境石という所から有名な日光杉並木が始まる。約三十分歩くと日光線の文挟《ふばさみ》駅前に到達するが、杉並木はなお今市まで続いて、宇都宮よ

**◆日光杉並木**　杉並木の散策を楽しむには、文挟駅下車が便利であろう。

りの日光街道の杉並木と合する。

東照宮へは日光駅よりバスで神橋下車、大谷川にかかる日光橋を渡って、表参道より参拝するのが順道である。

芭蕉が東照宮拝観を願い出た大楽院は、今の東照宮美術館の位置にあった。養源院跡は美術館・社務所・客殿の東北裏手にあり、入口には「養源院跡」と題する説明板が建ててある。

寛永三年（一六二六）水戸頼房の養母英勝院が、於六《おろく》の方の菩提を弔うために建てた寺である。家康の側室であった於六の方の院号が養源院であったことから、そのまま寺号とした。水戸家が代々の大檀家で、元禄二年（一六八九）には、松尾芭蕉が奥の細道行脚の途中、この寺を訪れてから東照宮に参詣した。明治以降廃寺となった。

二基の墓碑があるが、向かって右側の墓碑は中央に「養源院」、その両側に「寛永二年」「三月廿八日」とあり、左側の丈の高い墓碑は中央に「英勝院　寿位」、その両側に「寛永十九年」「八月廿三日」と見える。

東照宮山内、東照宮宝物館に向かって左側、もみじの大木の前には、小杉放菴筆の、

芭蕉翁おくの細ミち日光山吟
あらたふと青葉わか葉の日の光　放菴書

の句碑がある。碑陰には「芭蕉翁元禄（ママ）二年四月日光山参詣門人曾良随行　昭和卅一年九月建　日光市　東照宮　輪王寺　二荒山神社」と刻してある。

揮毫者小杉放菴は本名国太郎、別号未醒。日光市出身の洋画家（明治一四〜昭和三九）。『おくのほそ道』の所々を描いた『奥の細道画冊』の著（昭和七年刊、昭和四七年複刻、春陽堂）がある。

裏見の瀧へはバス停「裏見の瀧入口」で下車。瀧は明治三十五年九月の風水害で落ち口が崩

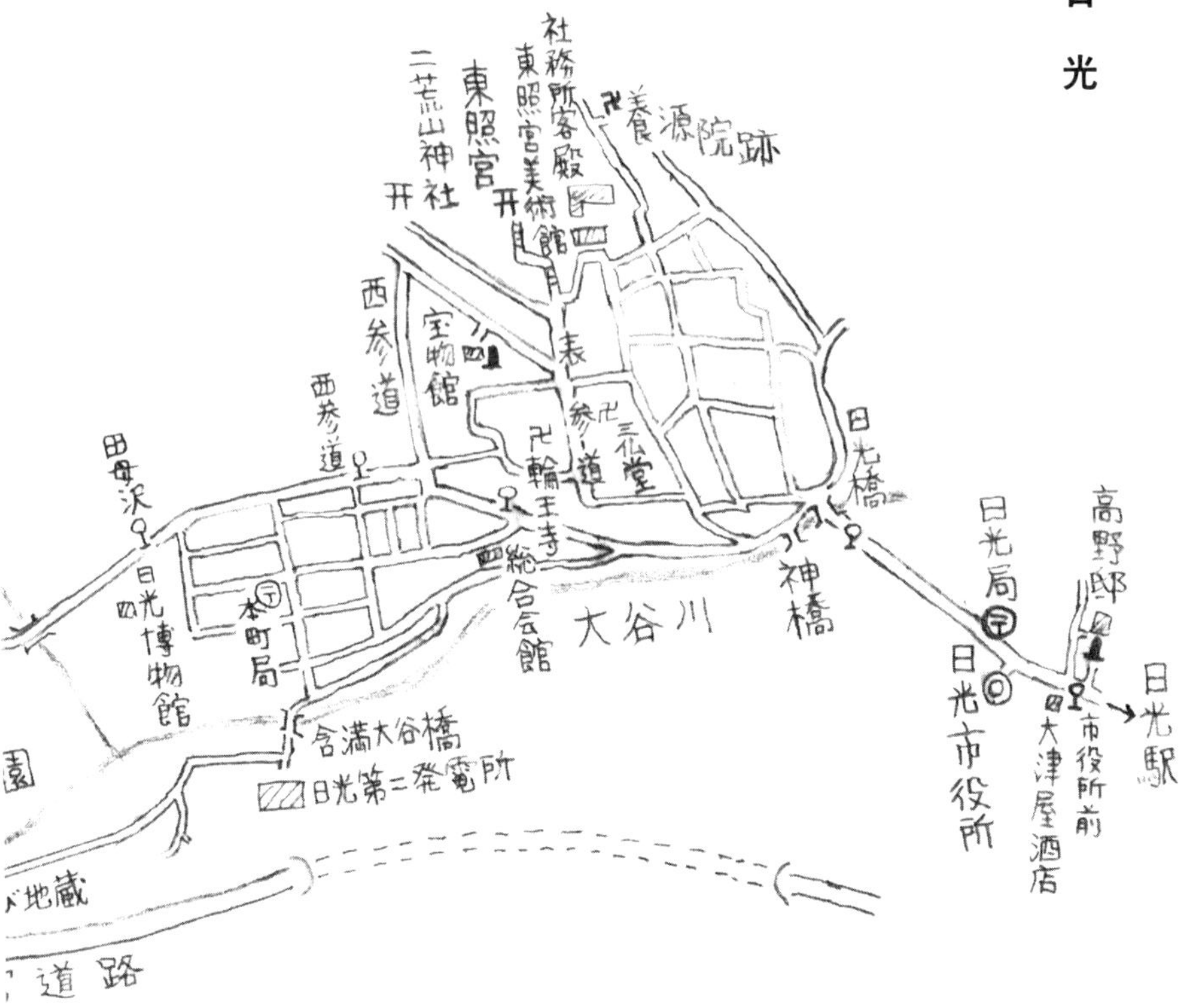


れ、昔に比して瀧の裏が狭く低くなったと思われる。瀧の裏へは登れば登れぬことはないが、足をすべらさぬよう、充分以上の用心が肝要である。

　再びバス道路に帰り、安良沢《あらさわ》郵便局の向い、交番脇の道を入り、左に折れて下ると安良沢小学校がある。正門を入ると、右側の校舎を背にして芭蕉句碑がある。揮毫者小杉放菴。

　　芭蕉翁おくの細道うら見たきの吟

　しばらくは瀧にこもるや夏の初　　放菴書

碑陰には「昭和卅一年五月この碑を建つ　安良沢小学校創立記念　日光市　花石町　久治良町　安良沢町　和の代町　石工加藤兵吉」とある。

　大谷川を右に見ながら休憩所歩多留庵《ほたるあん》を過ぎて、右に「大日堂跡」の標柱を見て河原に出ると、左側に大日堂の跡が整備されている。

　崖を背に並ぶ三基の地蔵の左側に、小さな芭蕉句碑が建っている。碑面は、

◆**含満の淵**　大日堂跡の所から新しく架設された大日橋を対岸に渡り、下流に向かって進むと左側に東屋《あずまや》が見える。その下が含満の淵である。

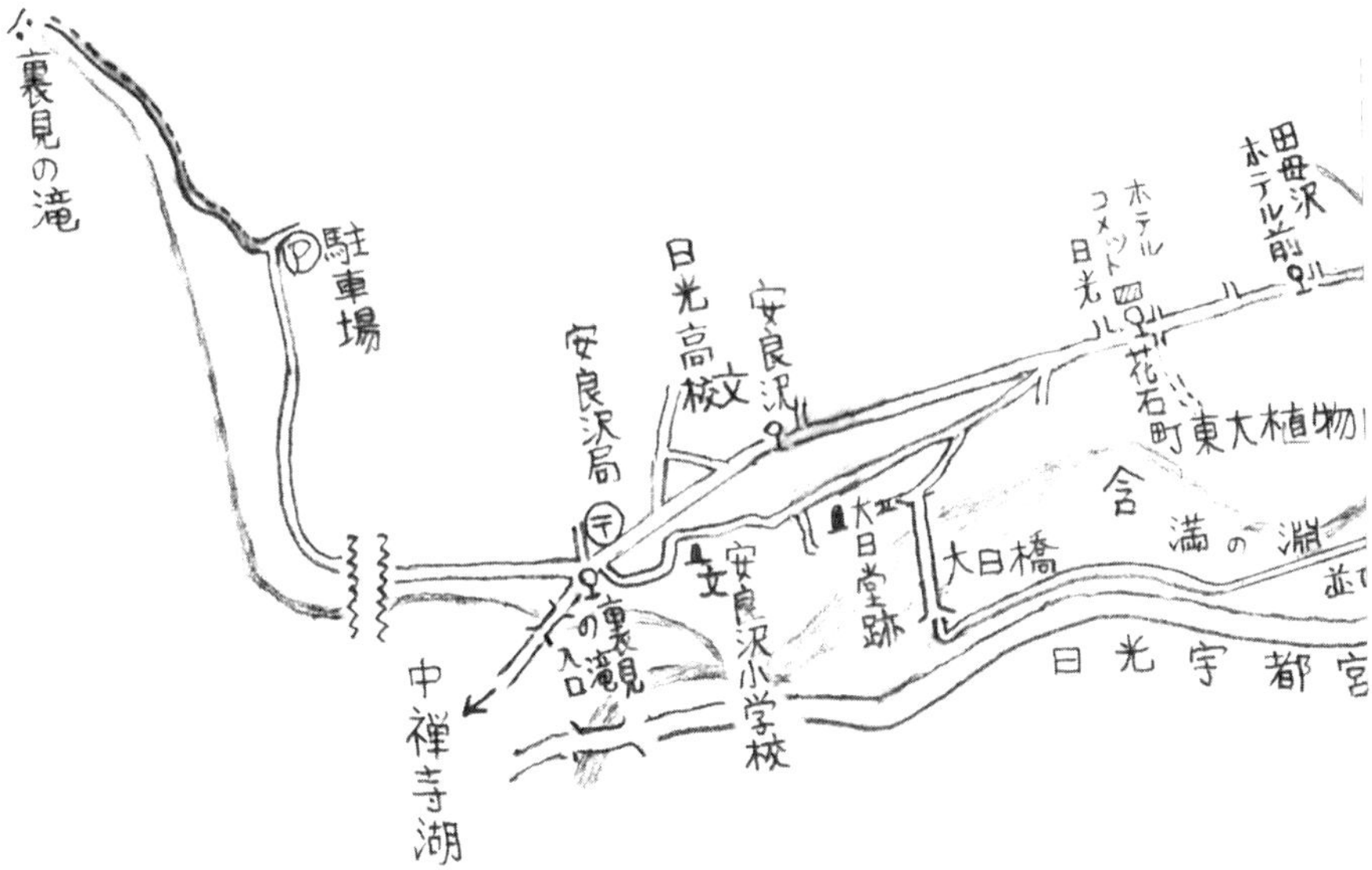


あらたふと青葉若葉の日の光り

で、碑陰には「古の碑は去る年水の為めに跡を失ひしを其まゝ棄置なば心なきにゝて口惜しければ原の石ずりを写し其俤を改るになむ　明治四十二年十月山門の某建之」と刻してあって、建碑の由来が判明する。

　次に含満の淵に行こう。含満の淵は、バス停「花石町」下車、東京大学理学部付属植物園に入園して大谷川のほとりまで行けば眺められるが、バス停「西参道」まで引返して含満大谷橋を渡り、川と平行の道を川上の方に進み、含満児童公園・石の公園の脇を通り、大正天皇御製碑（水辺夏月　衣手もしぶきにぬれて大谷川月夜涼しく岸づたひせり）の先、慈雲寺の扁額のかかる山門を入り、さらに進むと崖の上に東屋《あずまや》が建っている。その下の水の激する所が含満の淵で、対岸の絶壁に晃海が刻ませたという梵字が見える。このあたりには川に向かって多くの

◆**高野氏邸の芭蕉句碑**　おくのほそ道三百年を記念して平成元年四月に、旧碑の側に一・五倍に拡大の新碑が建てられた。

◆**本意**　和歌・連歌・俳諧において、詩歌に詠む題材の根本的な性質・情趣・在り方について いう語。

石地蔵が並んでいる。含満の淵のあたりは恰好の散歩道で、閑静な境地である。

バスを日光市役所前で降りると、道路をはさんで反対側の駐車場の奥に、下鉢石町の高野《こうの》忠治氏邸がある。同家の庭には、

日光山に詣　　　芭蕉桃青
あらたふと木の下闇も日の光
此真蹟大日堂の碑と異同ありてしかも意味深長なり。よって今茲に彫付て諸君の高評をまつ。
　　　　高野道文識

の芭蕉句碑がある。句は芭蕉の真蹟の形を忠実に伝えていて、注目に値する。「道文」は、正しくは高野将監逹久《みちひさ》。道文は歌人としての雅号。代々輪王寺宮に仕え、戊辰《ぼしん》の役には勤皇の事につとめたが、明治二年四月江戸浅草の客舎に病没（享年六十一歳）したというから、幕末ごろまでの建碑であろうと思われる。

『おくのほそ道』本文に「黒髪山は霞かゝりて雪いまだ白し」と見えるのは、山名の黒に白いものを取合わせて詠む和歌の伝統を継承した、歌枕としての黒髪山の本意《ほんい》を述べたもので、必ずしも実景を叙しているのではない。

## 五　黒羽《くろばね》・雲巌寺《うんがんじ》

日光山参拝を終えた芭蕉は、四月二日（陽暦五月二十日）「日光ヨリ廿丁程下リ」、志渡渕《しどふち》川にかかる筋違《すじかい》橋のたもとを左の方へ切れて大谷《だいや》川を渡り、右折東進して、瀬尾・川室・大渡・船生を経て、玉入で「名主ノ家」に宿を借り、翌三日には矢板・大田原と那須野を進み、黒羽（いま栃木県大田原市）の郊外余瀬村（いま大田原市のうち）の翠桃（『おくのほそ道』には桃

翠）宅に身を寄せた。

黒羽・余瀬では、城代家老浄法寺（『おくのほそ道』には浄坊寺と記す）図書高勝・その弟岡忠治豊明の手厚いもてなしを受けた。芭蕉の当地滞在は二週間の長きに及んだのであるが、『おくのほそ道』には、前半に黒羽・余瀬を中心とする記事（犬追物の跡見物、玉藻稲荷・金丸八幡参詣、光明寺参詣）を配して「夏山に足駄を拝む首途《かどで》哉《かな》」の句で結び、そのあとに芭蕉参禅の師「仏頂和尚山居」の跡をたずねて雲巌寺に「杖を曳」いた時の記事を続け、「木啄も庵はやぶらず夏木立」の句で締めくくっている。旅の事実を整理した構成に、芭蕉の創作的手法の一端をうかがうことができよう。

西那須野駅東口のバスターミナルから東野バス羽黒出張所行きに乗車し、大田原の市街地を過ぎ、八幡神社前で下車すると、ここは『おくのほそ道』に、

八幡宮に詣《まうづ》。与市扇の的を射し時、別しては我国《わがくにの》氏神正八まんとちかひしも、此《この》神社にて侍《はべる》と聞《きけ》ば、感応殊《ことに》しきりに覚えらる。

と見える金丸《かなまる》八幡宮（いま那須神社）である。

那須与一が源平屋島の合戦で扇の的を射る時に祈願をこめたのは、那須湯本の温泉《ゆぜん》神社であるが、当時この地では、与一が祈願したのは金丸八幡宮であると言い伝えられていたのであろう。芭蕉より七年後に『おくのほそ道』の跡をたどって当社に詣でた天野桃隣が、

与市宗高氏神、八幡宮は館ヨリ程近し。宗高祈誓して扇的《あふぎのまと》を射たると聞《きけ》ば、誠《まことに》感応弥増《いやまし》て尊かりき。

と書いているのは、必ずしも『おくのほそ道』の記述によりかかったものとばかりは言いきれまい。

東野バス黒羽出張所よりあともどりをして左折すると、左側に光明山常念寺がある。この寺

◆天野桃隣　俳人。伊賀上野の人で江戸に出て神田に住んだ。芭蕉とは親密な間柄であった。芭蕉三回忌には『おくのほそ道』の跡をめぐり、『陸奥鵆《むつちどり》』を刊行した。享保四年（一七一九）没、七十余歳。

の参道右側に、

野を横に馬牽《ひき》むけよほとゝぎす　はせを

の句碑が建っているが、揮毫者・建碑者・建立年代は刻されていない。この句は、芭蕉が黒羽から那須湯本の殺生石を見物に行く途中、野間（いま黒磯市のうち）の手前の那須野で、馬子より「短冊得させよ」と乞われた時、その風流心に感じて詠み与えたものである。

芭蕉が厚遇を受けた浄法寺図書高勝の書院跡は「芭蕉公園」となっている。黒羽山大雄寺《くろうさんだいおうじ》の参道入口より五十メートル先、道路の左側には「芭蕉の道入口」の導標・「芭蕉の道案内図」・「行春や鳥啼魚の目は泪　芭蕉翁」の句碑が並ぶ。そこから登って建物の横を通り、門を入って行くと左側に芭蕉句碑が二基。向う側には、

山も庭もうごき入るや夏坐敷　楸邨書 1959

と、俳誌『寒雷』主宰の加藤楸邨氏揮毫に成る芭蕉句碑が建ててある。この句は『曾良旅日記』俳諧書留に、

秋鴉主人の佳景に対す

山も庭にうごきいるゝや夏ざしき

とある句形が正しいが、芭蕉の随行者河合曾良の母方の甥、河西周徳が『ゆきまるげ』を編集する時に上五を「山も庭も」と誤ったため、その後高桑闌更編の板本『雪満呂気』以来、この誤りが踏襲されてきたものである。

手前に建てられているのは連句碑で、

芭蕉翁みちのくに下らんとして我蓬戸を音信て猶しら河のあなた須加川といふ所にとゞまり侍ると聞て申つかハしける

雨はれて栗の花咲跡見かな　桃雪
いづれの草に啼おつる蟬　等躬
夕食くふ賤が外面に月出て　芭蕉
秋来にけりと布たぐる也　曾良
楸邨書

とあり、碑陰には、

昭和五十五年仲春
第十七代桃雪亭々主
浄 法 寺 直 之 建 之
第十一代野田石材店主
野 田 征 行 刻 之

と見える。浄法寺直之氏は浄法寺家の当主であり、俳誌『寒雷』所属の俳人でもある。

先述の「行春や」の句碑の斜向いには「くろばね物産店」がある。この句碑の所の坂道から始まって、芭蕉公園（浄法寺桃雪亭跡）を経て「芭蕉の広場」へと続く約八百メートルの遊歩道は「芭蕉の道」と名づけられている。

階段を下って道路に出ると、左側に「田や麦や中にも夏のほとゝぎす　芭蕉桃青翁」の句碑があり、更に進んで芭蕉の広場に行くと、『おくのほそ道』の「黒羽の館代浄坊寺何がしの」以下「夏山に足駄を拝む首途《かどで》哉」までを刻した文学碑があり、広場の西南隅には「鶴鳴《つるなく》や其声に芭蕉やれぬべし　芭蕉翁」の句碑もある。

芭蕉の館の庭には、那須野越えの乗馬姿の芭蕉とお供の曾良の銅像と、『おくのほそ道』の「那須の黒ばねと云所に」以下、「あたひを鞍つぼに結付て馬を返しぬ」までを刻した文学碑がある。館内には、芭蕉エントランスホール、芭蕉展示室、大関記念室等がある。

芭蕉の館から堀割にかかる橋を渡ると城址公園に出る。黒羽城の跡である。黒羽城は名古屋城・姫路城などのような天守閣のある城郭ではなく、留守居役家老の浄法寺図書高勝を「館代」と芭蕉が書いているように、周囲に堀をめぐらし、堤防で囲んだ所に本丸その他を構えた館城《やかたじろ》のようなものであったらしい。城址公園の入り口に昔の絵図を大きく描いて建ててある。西方は那珂川に臨み、切り立った崖の高さは約九十メートルもあり、要害の地を占めていたことが知られる。

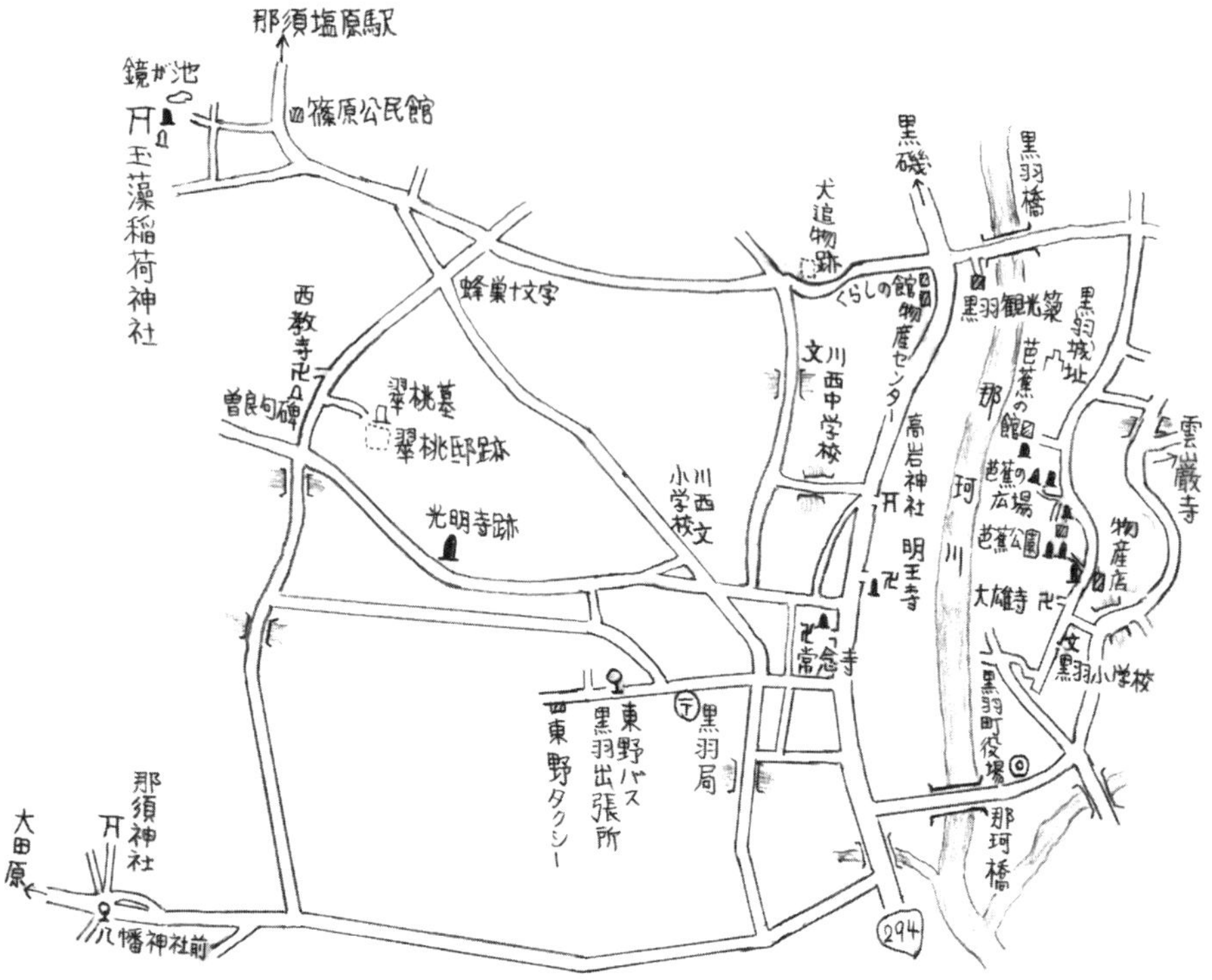


大雄寺は黒羽《くろう》山《さん》久遠院大雄寺と称する曹洞宗永平寺派の古刹で、天正四年（一五七六）領主大関高増の建立に成り、大関氏の菩提寺である。参道の入り口に「不許入葷酒山門」と刻まれた石柱のあるのが目を惹く。

墓地は寺院に向かって左手にある。最も奥まった高所に大関家の墓所があり、そのすぐ下段に浄法寺家の墓所がある。高勝の墓は浄法寺家の墓地の向かって左端にあり、「随如軒寛心大裕居士」と法名が刻まれている。

高厳山明王寺の本堂前には、「秣おふ」歌仙の名残の裏から採った、

今日も又朝日を拝む石の上　芭蕉

の句碑（碑陰、彊書、寄進者猪股とく殿）が建てられている。

『曾良旅日記』四月十二日（陽暦五月三十日）の条に「図書被見廻、篠原被誘引」とあるのは、『おくのほそ道』に、「那須の篠原をわけて玉藻

# 芭蕉公園付近

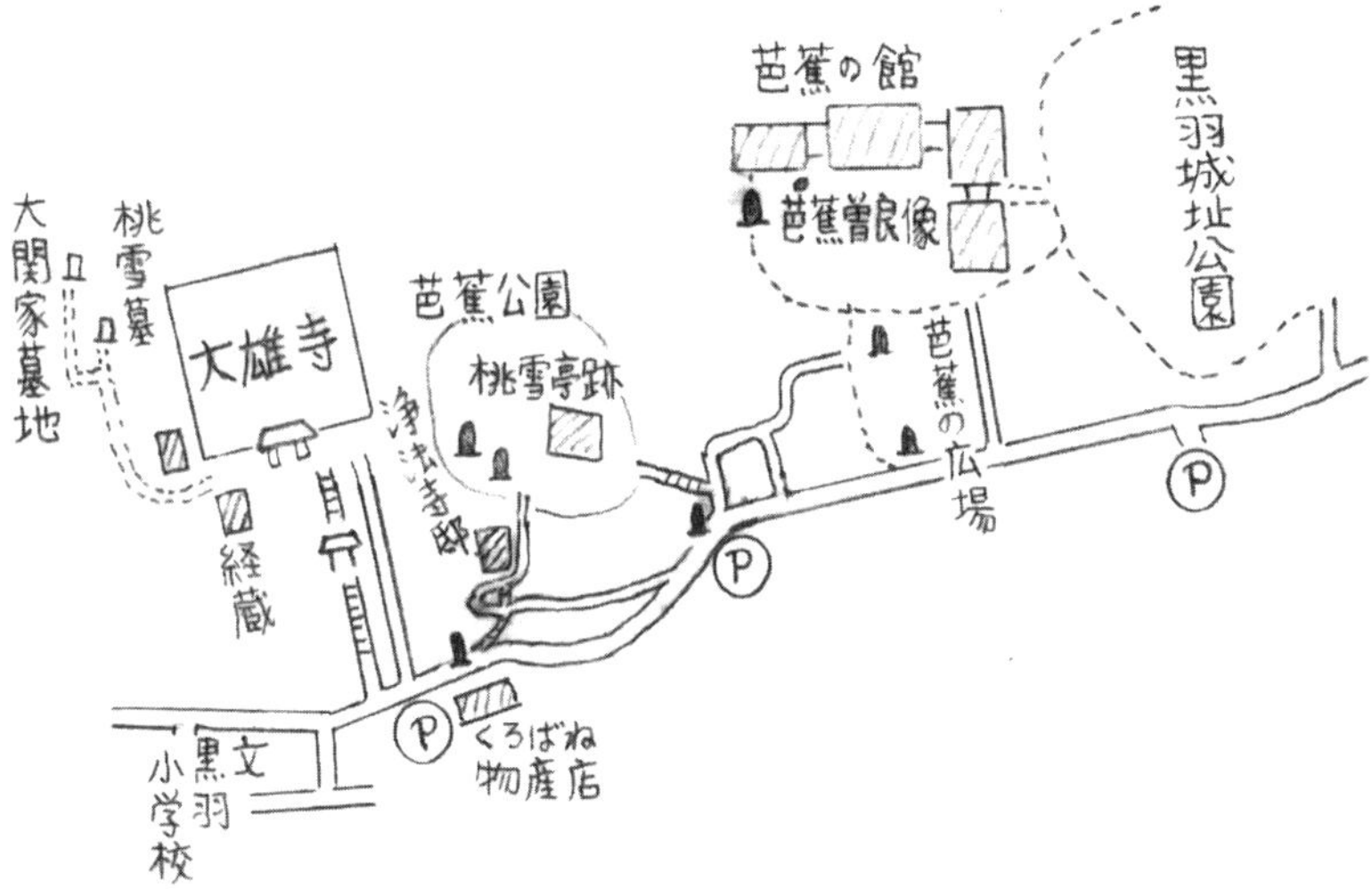


の前の古墳をとふ」と見えるのに相当する。黒羽町大字蜂巣字篠原に玉藻稲荷がある。参道の入り口には「那須篠原玉藻稲荷神社」の標柱が建っている。境内には昭和三十三年建立の、大竹孤悠氏（俳誌『かびれ』主宰。昭和五十三年没）揮毫に成る、

　秣おふ人を枝折の夏野かな　芭蕉　孤悠書

の句碑がある。句は『曾良旅日記』俳諧書留に「奈須余瀬　翠桃を尋て」という前書で収載されている歌仙の発句である。

　社前の石鳥居には、左右の柱に、

　夫當社玉藻大明神者《ハ》三國傳來之野干也。往昔人皇七十六代近衛院之御宇、化《シテ》而成《リ》二美女《ト》一名謂《ヲフ》二玉藻苒《ト》一也。以《テ》二艶媚《ヲ》一仕《ヘ》レ帝《ニ》、帝寵彌深《シ》矣。帝會不豫、醫薬無《シ》レ験。召《ニ》二阿部泰成《ヲ》於殿内《ニ》一禱《ル》レ之《ヲ》。於《テ》レ是《ニ》玉藻苒化《シテ》而為《リ》二白狐《ト》一走入《リテ》二于那須《ノ》篠原《ニ》一。旹久壽二年三浦介平義継上総介平廣常蒙《リテ》二

勅命《ヲ》二而駆《リ》レ之《ヲ》終《ニ》埋《ム》二于此地《ニ》一。其《ノ》後建久四年
源頼朝公為《シ》二遊猟《ヲ》一至《リ》二于那須野《ニ》一尋《ヌ》レ故《ヲ》。
以《テ》建《テ》レ祠《ヲ》崇《メ》レ霊《ヲ》號《シテ》謂《フ》二玉藻稲荷大明神《ト》云《フト》一。
爰《ニ》大豆田之住磯忠陸発《シ》二大清浄願《ヲ》一造二立《シ》
一基之華表《ヲ》一永《ク》備《フルコト》二寳祚《ニ》一焉爾《リ》。銘《ニ》曰《ク》玉藻
狐、身従《リ》二天竺臻《リ》一、霊魂止《マリ》レ此《ニ》為《ルト》二稲荷神社《ト》一。
別當即成山成就院光明験寺十一世権律
師法橋源珍謹誌

旹寛政十二年庚申龍集四月吉祥日建之
華表寄進　大豆田村　磯又右衛門忠陸
石工　田町　伊藤新五郎　藤原鈴雄

と漢文で縁起が刻してある（訓点は筆者）。

鳥居の横の池は鏡が池と呼ばれ、説明板に、

三浦介義明が九尾の狐を追跡中姿を見失ってしまったが、この池の渕に立ってあたりを見まわしたところ、池の面近くに延びた桜の木の枝に蟬の姿に化けている狐の正体が池にうつったので、三浦介は難なく九尾の狐を狩ったと伝えられ、これが鏡が池と呼ばれるようになったという。

と見える。池の向うの小高い所が狐墳らしく、小祠があるが、もとより伝説に付会したものに過ぎまい。

玉藻稲荷より引返し、蜂巣の交叉点を右折して余瀬に入ると、右側に白旗山西教寺があり、

かさねとは八重撫子の名なるべし　曾良

の句碑が、境内に建っている。側面に「かな女書」とあって、長谷川かな女氏（俳誌『水明』主宰。昭和四十四年没）の揮毫としられる。もと黒羽町役場前庭にあったが、昭和四十九年春に移建したもののようである。

西教寺の少し先を左の方にはいって行くと、水田の一画に墓地があり、翠桃の墓がある。向かって左から三つ目、正面に「不説軒一忠恕唯庵居士」と法名を刻し、左側面に「きゆるとハ我ハおもはじ露の玉色こそかはれ花ともミゆ

覧」という辞世が辛うじて読まれ、右側面には「享保十三年戊申天初冬廿八日」と、没年月日が見える。

公民館の先を左折して行くと、水田を隔てた左手の小高い所に、「修験光明寺行者堂址入口」の標柱が建っており、そこには、

夏山に足駄を拝むかどでかな　ばせを

の句碑がある。ここは修験光明寺の跡と伝えるが、今は堂宇の面影さえもない。この安倍能成《よししげ》氏（文部大臣・学習院院長。昭和四十一年没）揮毫の句碑によって往時を偲ぶのみである。元禄のころは黒羽藩主大関氏の臣、津田源光権大僧都が住職で、いま句碑のある所の津田家はその後裔にあたる。

さて、雲巌寺に行くには東野バス羽黒出張所より雲巌寺行きバスが出る。雲巌寺は東山雲巌寺と称する、臨済宗妙心寺派の名刹である。武茂川の流れにかかる朱塗りの瓜瓞橋を渡って、「神光不昧」の扁額を仰ぎながら山門をはいると、左側に、

たて横の五尺にたらぬ草の庵　むすぶも
くやしあめなかりせば　　仏頂禅師
木つゝきもいほはやぶらず夏こだち
芭蕉翁

と、仏頂和尚の和歌と芭蕉の句を併刻した句歌碑がある。碑陰右端には「享和三癸亥年初夏上旬　山主毛堂建　葛庵拾来敬書」とあり、左側には「明治十二年己卯年九月中旬　碑破裂ニ付再建　発起人　下金沢麗々庵如石　スカ川社源治郎　山主石川大愚誌　木村伊勢松謹鐫」と見えて、享和三年（一八〇三）建立のものを明治十二年九月に再建したことが判明する。

芭蕉が黒羽から約十二キロの道のりを歩いて見に来た「仏頂和尚山居跡」は、本堂に向かって右側にある受付所横の手洗所の脇を奥に進んで、階段を裏山に登ると奥行き数メートルの細

長い平坦な所があり、そこに「臨川開祖仏頂禅師塔所」および「仏頂禅師山居之跡」の碑が建ててあるあたりであったらしい。後者には、

山菴ト號セリ。芭蕉翁ガ奥ノ細道ニ見ユ。禅師示寂ノ後モ幾世カ住菴セシモ漸次廃墟トナレリ。大正十五年山内ニ水道設備ヲ施スニ當リ斯ノ地ニ防火用水槽ヲ築ケリ。由ッテ老衲ノ婆心亦来生ノ為ニ無華ノ一枝ヲ手折ルノミ。

皇紀二千六百年初夏

現雲巌古稀翁憲道

と記されている。いま仏頂和尚山居の跡は立入り禁止となって、入り口は閉鎖されている。

那珂川にかかる黒羽橋の下流に黒羽観光簗《やな》があるので、夏季に黒羽・雲巌寺探訪の際には、ぜひ鮎の賞味を勧めたい。

## 六　殺《せっ》生《しょう》石《せき》

四月十六日（陽暦六月三日）芭蕉は黒羽を立ち、野間を経て、高久に至った。『曾良旅日記』には、

高久ニ至ル。雨降リ出ニ依、滞ル。……宿角左衛門、図書ヨリ状被添《そへらる》。

と見え、浄法寺図書高勝より紹介状をもらって、高久村の角左衛門方に宿泊したことが分かる。

この時、芭蕉が角左衛門に書き与えた句文の真蹟が伝存している。

みちのく一見の桑門同行二人なすの篠原をたづねて、猶殺生石みむと急ぎ侍る程に、あめ降出ければ先此ところにとゞまり候。

落くるやたかくの宿の郭公　　風羅坊

## 高久

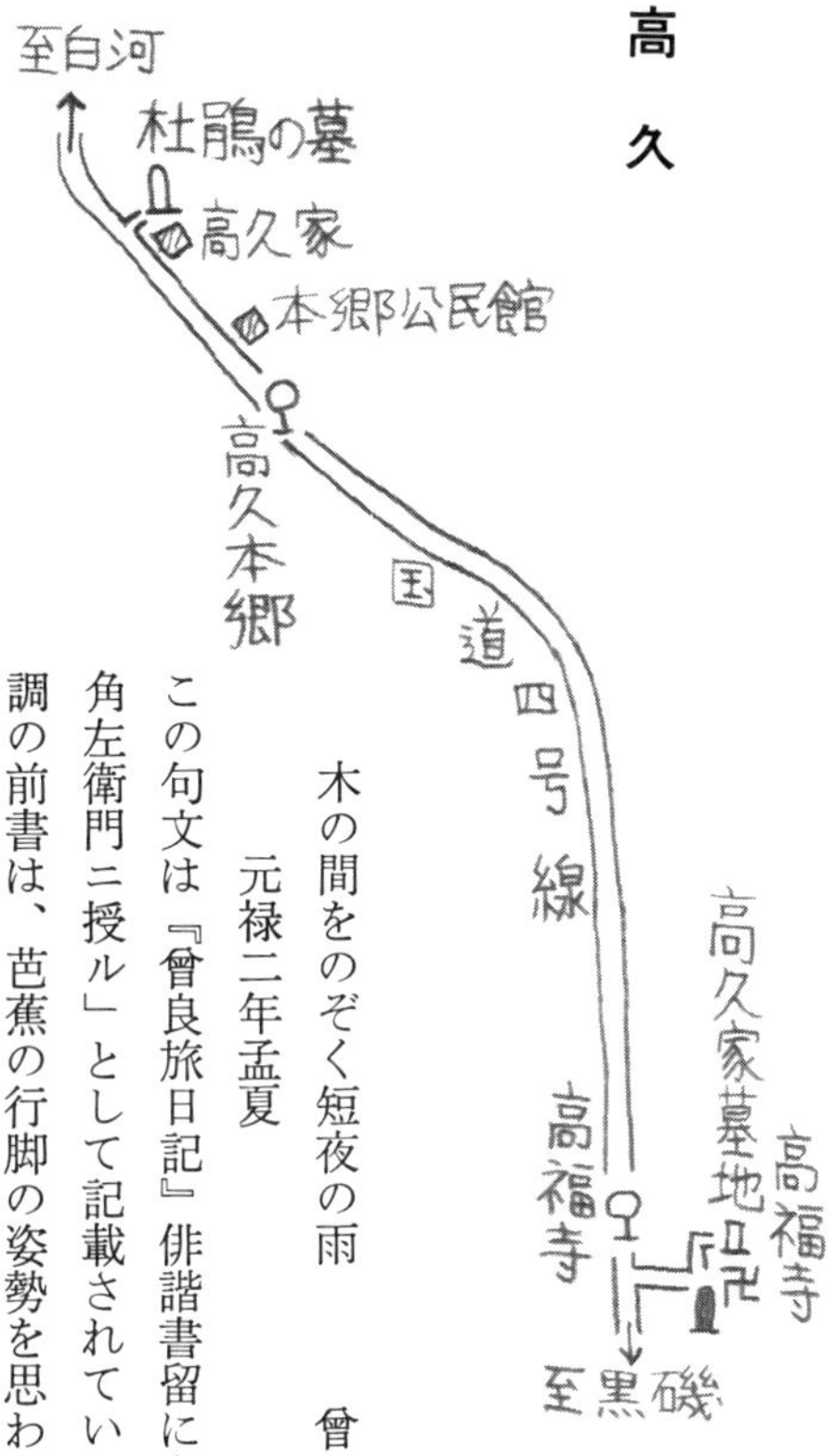


木の間をのぞく短夜の雨　　曾良
　元禄二年孟夏

この句文は『曾良旅日記』俳諧書留にも「高久角左衛門ニ授ル」として記載されている。謡曲調の前書は、芭蕉の行脚の姿勢を思わせるが、目的地が謡曲の名所「殺生石」であることから当然の筆致であったと思われる。

高久角左衛門は黒羽領高久・原・松子三十六ヶ村の大名主（庄屋）であったが、その墓は東北本線黒磯駅より国道四号線を北へ二キロ近く行ったところ、高野山高福寺の高久家墓所にあり、北面している三基の大きい墓碑の中央のものがそれである。コの字型に配置されている墓所の奥（東）に向かって、右側の、入口から二つ目の墓碑で、表面に、

　松林浄休居士
　本如妙貞大姉　霊位

とあり、右側面には「享保十八癸丑年八月十四日　高久覚左衛門信近」、左側面には「享保十二丁未　正月十六日　飯塚七郎兵衛娘」と刻してある。「角左衛門」は耳に聞いた名前の宛て字で、「覚左衛門」が正しいことが判明する。享年七十二歳と伝える。

高福寺参道の正面、広場中央の松とサルスベリの木の下に芭蕉句碑がある。

　高久村庄屋が
　家にやどりて
　落来るやたかくの
　　宿のほとゝぎす
　一と間をしのぐ
　　ミじか夜の雨　曾良

大正二年六月、原賢祐・斎藤静蓬の発起で建て

◆**高久家**　高久家の前には「芭蕉二宿の地」の標柱が建ち、庭には「みちのく一見の……落くるやたかくの…　風羅坊　木の間をのぞく…　曽良」の句碑が平成元年に建てられた（三八頁下段十一行以下参照）。

られたという（丸山一彦氏監修『下野のおくのほそ道』）ように、前書の右下に「発起　原賢祐」、碑陰に「大正二年六月　斎藤静蓬臺石建立」とある。曾良の付句には誤りがある。

　高福寺から約八百メートルほど北、道路の右側に高久家がある。「昔の屋敷は、現在の住宅より西方、水田を隔てた高い所にあり、同家ではそこを古屋敷と呼んでいるという」（『下野のおくのほそ道』）。高久家の裏山の国道に面した登り口に「那須町指定芭蕉翁塚」及び「史跡芭蕉翁塚（杜鵑の墓）」の標柱と、

　芭蕉は元禄二年、旧四月十六日、門人曾良を伴い、黒羽余瀬の鹿子畑桃翠（ママ）宅を出発し、途中、野間で馬を返し、此処高久に来て名主覚左衛門方に泊った。翌十七日も雨のため逗留し、十八日午の刻（今の十二時）に殺生石を見んものと、馬で松子を経て、那須湯本へと向った。これを記念するため、芭蕉の歿後六十一年を経た宝暦四年八月、覚左衛門の孫青楓が、嵩雲柱の撰並びに書で、桃青芭蕉君の碑を建て、杜鵑の墓と称した。尚、同行の曾良の日記には、「落くるやたかくの宿の時鳥　芭蕉」と認め、覚左衛門に授けたと記してある。

　　　　那須町教育委員会

という説明板が建ててあって、その由来が判明する。

　標柱の所から小高い丘に登ると、雑木林の中に高さ一・二メートルほどの石柱が青苔に覆われて建っている。正面に「芭蕉菴桃青君碑」とあり、左側面には前掲の時鳥の句文を七行に刻し、右側面から裏面にかけては全漢文の碑誌があり、文末に「皇和宝暦甲戌秋八月　東都陳人嵩雲柱撰并書」と見える。碑面の風蝕・磨滅がひどく、碑文は極めて判読し難いが、那須町文芸家協会発行『あられ』昭和三十七年九月号に、

「芭蕉菴桃青君碑と高久の宿について」と題する伊藤一兆氏稿が掲載してあり、苦労して判読された碑文が紹介されている。その後さらに佐藤敏夫氏が「杜鵑之碑再説」と題して解読を試みられたものもある（高久家蔵）。碑文は初めに芭蕉の略伝をしるし、次に元禄二年四月に曾良を伴って高久の里を訪れ、時鳥の吟を残したことを述べている。

　高久覚左衛門邸に二泊した芭蕉は、十八日（陽暦六月五日）松子を経て、那須湯本の五左衛門方に着いた。翌十九日の『曾良旅日記』の記事は次のとおりである。

　午ノ上尅、温泉へ参詣。神主越中出合、宝物ヲ拝。与一扇ノ的射残ノカブラ壱本・征矢十本・蟇目ノカブラ壱本・檜扇子壱本金ノ絵也・正一位ノ宣旨・縁起等拝ム。夫より殺生石ヲ見ル。宿五左衛門案内。……温泉大明神ノ相殿ニ八幡宮ヲ移シ奉テ両神一方ニ拝レサセ王フヲ、

　湯をむすぶ誓も同じ石清水　翁

　　殺生石

　石の香や夏草赤く露あつし

　最初の「温泉」は「温泉大明神」に同じで、現在の温泉《ゆぜん》神社のことである。参道にかかると左側に以前は宝物館があった。天野桃隣編『陸《む》奥《つ》衛《ちどり》』（元禄十年刊）には、

　那須温泉　黒羽ヨリ六里余。……八幡宝物、宗高扇・流鏑・蟇目・乙矢・九岐ノ鹿角温泉アリト人ニ告グル鹿也・主護ヨリ奉納ノ笙。外ニ縁起アリ。

と見え、『曾良旅日記』の記事に符合する。宝物館には、芭蕉や桃隣が拝観した物はおおよそ揃っていた。「正一位湯泉大明神」の古額があり、温泉神社の読み方を教えてくれた。古絵図とその版木もあり、芭蕉当時の温泉の町並みと安政五年（一八五八）の山崩れ後の変遷がうかがわれた。

# 殺生石

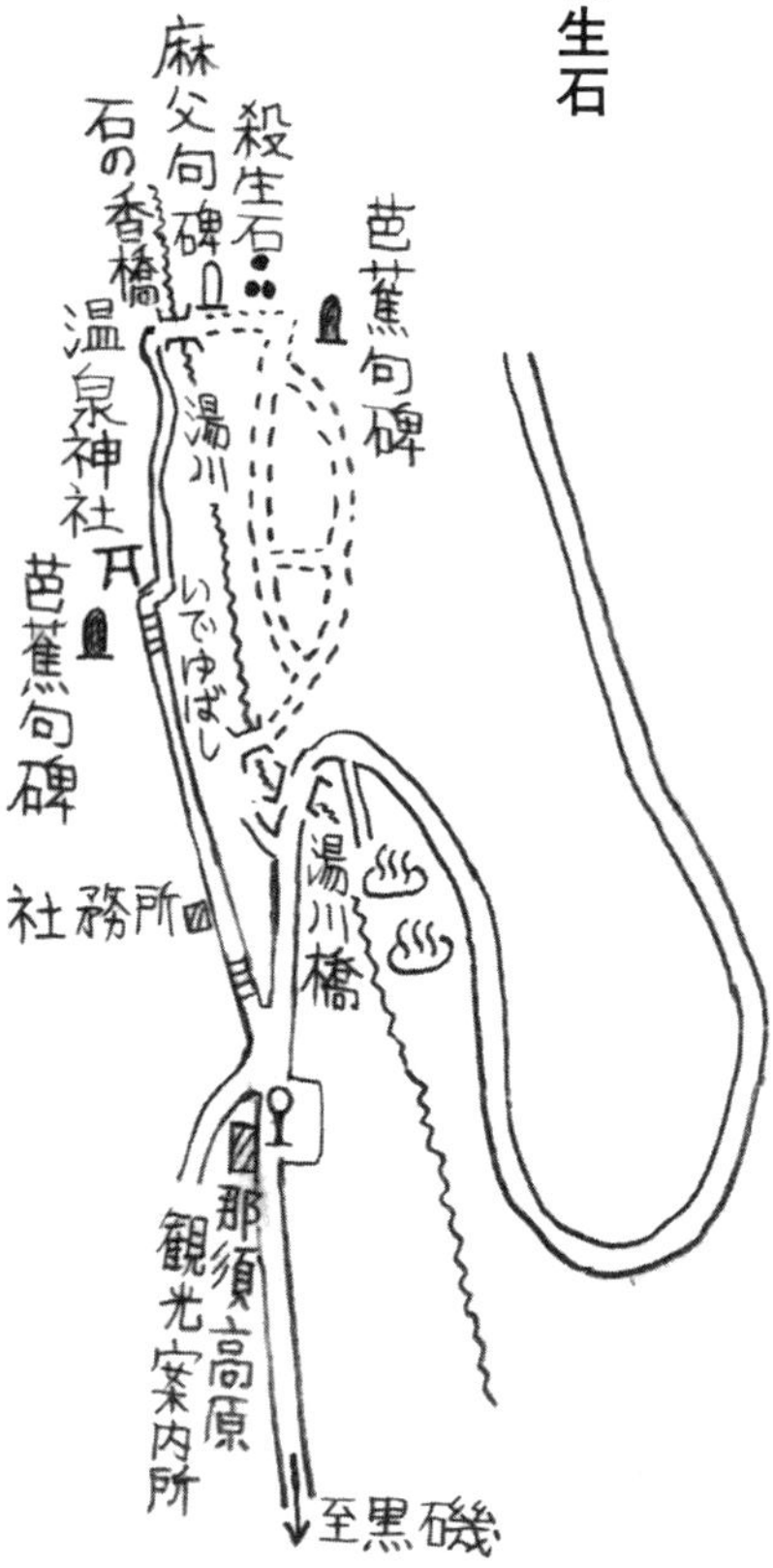


すなわち、那須温泉の昔の温泉宿は、人見綱為蔵板『下野国那須郡那須湯本図』（天保十五年頃）によると、今よりも湯川の上流に、湯川の両側に並んでいた模様である。ところが安政五年六月の山津波で湯本の温泉宿二十軒が全滅したので、この湯場の宿屋は、温泉神社前の坂道の両側、つまり現在の位置に移住した。このことは、明治二十一年六月人見環発行（和泉屋蔵板）の木板絵図と前掲絵図とを比較すればよく分かる。

社務所の前を通り、境内を進んで行くと、拝殿前の石段の左側に、

湯をむすぶ誓もおなじ石清水　芭蕉翁

の句碑がある。この句は『おくのほそ道』には見えないが、前引のとおり『曾良旅日記』に書きとめられていて、芭蕉作であることに疑いはない。

温泉神社は大巳貴命《おおなむちのみこと》・少彦名命《すくなひこなのみこと》を祭神とし、相殿には誉田別命《ほんだわけのみこと》を祀る。源平屋島の合戦の時、那須与一が扇の的を射た話は著名であるが、『平家物語』巻十一「扇」の章には、

与一目を瞑《ふさ》いで、南無八幡大菩薩、別しては我が国の神明、日光権現、宇津宮那須湯泉大明神、願はくはあの扇の真中射させてたばせ給へ。是を射損ずる程ならば、弓切り折り自害して、人に二度《ふたたび》面を向かふべからず。今一度本国へ向かへんと思《おぼ》し召さば、此の矢はづさせ給ふなと、心の中に祈

念して、目を見開いたれば、風も少し吹き
弱って、扇も射よげにぞなったりける。

と見える。この時、那須与一が祈願をこめた「那須湯泉大明神」がこの温泉神社であるが、『おくのほそ道』には、金丸八幡がそれだと土地の言伝えに従って書いている。当社は第四回神社振興対策神社の指定を受け、昭和六十年の九月に拝殿の造営が完成し、面目を一新した。正面には「延喜式内温泉神社　出雲大社宮司　千家尊祀敬書」の扁額が掲げてある。

拝殿に向かって右手の坂道を下り、湯川にかかる石の香橋を渡ると、左側に、

飛ぶものは雲ばかりなり石の上

の句碑があり、作者名を当初「芭蕉」とし、のちにセメントで埋めてある。この句の作者は、実は越中国の麻父で、蝶夢編『俳諧名所小鏡』中巻下（寛政七年刊）に、

殺生石　石の香や夏草赤く露白（ママ）し　芭蕉
雪解《ゆきどけ》やあらはれ出《いで》し石ひとつ　闇指
飛《とぶ》ものは雲ばかりなり石の上　麻父

と出ているものである。

殺生石は前が柵で囲んであり、「史跡　殺生石　栃木県」の標柱が建っている。大きい石が殺生石というつもりなのだろうが、殺生石の正体は、この辺から絶えず発生する硫化水素・亜硫酸ガス・二酸化炭素等の有毒ガスで、石そのものが「毒気」を吐くわけではない。

殺生石の由来

殺生石は昭和二十八年一月十二日史跡に指定されました。

この由来の概略は、昔中国や印度で美しい女性に化けて世を乱し悪行を重ねていた白面金毛九尾の狐が今から八百年程前の鳥羽天皇の御世に日本に渡来しました。

この妖狐は「玉藻の前」と名乗って朝廷に仕え、日本の国を亡ぼそうとしましたが、

時の陰陽師阿部泰成にその正体を見破られて那須野ヶ原へと逃れて来ました。
その後も妖狐は領民や旅人に危害を加えましたので、朝廷では三浦介・上総介の両名に命じ、遂にこれを退治してしまいました。
ところが妖狐は毒石となり毒気を放って人畜に害を与えましたので、これを「殺生石」と呼んで近寄ることを禁じていましたが、会津示現寺の開祖源翁和尚が石にこもる妖狐のうらみを封じましたので、ようやく毒気も少なくなったと語り伝えられています。芭蕉は元禄二年四月十八日、奥の細道紀行の途中にこの殺生石を訪れ、

　石の香や夏草あかく露あつし

と詠んでいます。

　注　意

殺生石附近は、絶えず硫化水素ガス等が噴気していますので、風のない曇天の日は御注意下さい。

　昭和五十二年十月二十五日　那須町

という説明板も建ててある。
芭蕉来遊時の殺生石の状況は、『陸奥鵆』に見える次の記事によって推測できる。

殺生石　此山間割レ残りたるを見るに、凡《およそ》七尺四方、高サ四尺余、色赤黒し。鳥獣虫行懸リ度《たび》く死ス。知死期《ちしご》ニ至リては、行《ゆき》逢《あふ》人も損ず。然る上、十間四方ニ囲み、諸人不入《いれず》。辺《ほとり》の草木不育《そだたず》、毒気いまだつよし。

殺生石の所から賽の河原の方に向かって左前方に、

　いしの香やなつ草あかく露あつし　芭蕉翁

の句碑がある。その手前には「昭和五十五年国立劇場十二月歌舞伎公演　玉藻前曦袂《たまものまえあさひのたもと》　上演記念参拝名簿」の碑もあり、中村歌右衛門以下全十名の歌舞伎俳優の名前が見える。

# 七　遊行柳《ゆぎょうやなぎ》

四月二十日（陽暦六月七日）午前七時半前後に芭蕉は那須湯本を立ち、漆塚を経て、芦野の里（いま栃木県那須郡那須町芦野）に遊行柳《ゆぎょうやなぎ》（『おくのほそ道』には「清水ながるゝの柳」と記す）を訪ねた。「湯本ヨリ総テ山道ニテ能不知《よくしらず》シテ難通《とほりがたし》」と『曾良旅日記』にあり、不案内な山道に難渋した模様である。

遊行柳は、その地で西行法師が、

　道のべに清水流るゝ柳かげしばしとてこそ
　　立ちどまりつれ（『新古今集』『山家集』）

の和歌を詠んだと伝えられる柳である。芭蕉が遊行柳とせずに「清水ながるゝの柳」と書いているのは、この西行の和歌を強く意識していたからに相違ない。

ところで、『西行物語』（正保三年刊）巻上には、鳥羽院《とばのいん》が大治二年（一一二七）十月十日ごろ鳥羽殿《とばどの》に行幸され、御所の襖《ふすま》に「清水ながるゝ柳のかげに旅人のやすむさまをかきたる」絵をごらんになり、その絵を題として当時の歌人たちに歌を詠ませられた時、西行が「道野《みち》べ（ママ）の清水ながるゝ柳かげしばしとてこそたちどまりけれ（ママ）」の歌を詠んだことになっている。これによると、この和歌は画讃であって、西行が実際に芦野を通った時に柳かげに立ち寄って詠んだものではないことになる。

しかし、謡曲『遊行柳』においては、遊行上人の奥州下向《げこう》の際、朽木《くちき》の柳の精が現われて、西行の歌が詠まれた場所を教えたということになっている。また、西山宗因が『松島一見記』（寛文二年旅）に、

遊行柳（『東国名勝志』）

下野国芦野といふ所に、西行法師のよめる清水流るゝ柳のもとにて、

時雨にもしばしとてこそ柳陰

と詠んでいるように、芭蕉当時においては、一般に、西行が下野国《しもつけのくに》に下って詠んだ歌と信じられていたようである。

旅の歌人西行に私淑することの深かった芭蕉が、大いなる感激をもって西行ゆかりの柳かげに立ったことは、『おくのほそ道』本文で充分に推測されるところである。芭蕉がこの柳を訪ねたいと熱望したのは、勿論彼の西行思慕の情によるものであるが、なお謡曲の『遊行柳』がその一端を担《にな》っていたことも否定できまい。一般に「遊行柳」と言うのは、この謡曲に基づく呼称である。

さて、与謝蕪村は寛保三年（一七四三）ごろ、この遊行柳を訪れている。『反古衾《ほごぶすま》』（宝暦二年刊）には、

神無月はじめの頃ほひ下野の国に執行して、遊行柳とかいへる古木の影に目前の景色を申し出《いで》はべる

柳ちり清水かれ石ところ〴〵

と見える。この句の前書は、蕪村の真蹟自画讃には、

赤壁前後の賦、字々みな絶妙、あるが中に、山高月小水落石出といふものことにめでたく、孤鶴の群鶏を出《いつ》るがごとし。むかしみちのくに行脚せしに、遊行柳のもとにて忽《たちまち》右の句をおもひ出《いで》て、

とあり、当時、画業を主として漢画に傾倒し、俳諧を従としていた蕪村をして、眼前のわびしい冬枯れの柳の情景を一句にまとめさせる契機となったのが、蘇東坡作「後赤壁賦《こうせきへきのふ》」であったことが分かる。そこでこの蕪村の句がおのずから漢詩的表現となったのであろうし、蕪村の門人高井几董《きとう》が『蕪村句集』(天明四年刊)にこの句を入れるに際して、

柳散清水涸石処々

と漢詩仕立てにして、この句の背後にひそむ中国趣味を強調したものであろう。

「清水ながるゝの柳」は、那須町芦野の、鏡山を背にした温泉神社の鳥居前に植え継がれている。以前は灌漑用の小川沿いに行くと鳥居前の柳の所に至ったが、近年耕地の統合整理のために鳥居に至る少し前の所で小川も道もぐるりと曲がってしまった。したがって、柳の前に小川はない。参道の脇に小川が流れてはいるが、「清水ながるゝ柳」という呼称はあてはまらなくなったように思われる。現在玉垣の中に植え継がれている柳は、昭和四十九年四月初旬の植樹らしい。

鳥居に向かって参道の右側に、

道の辺に清水流るゝ柳かげ
しばしとてこそ立どまりけれ　新町中

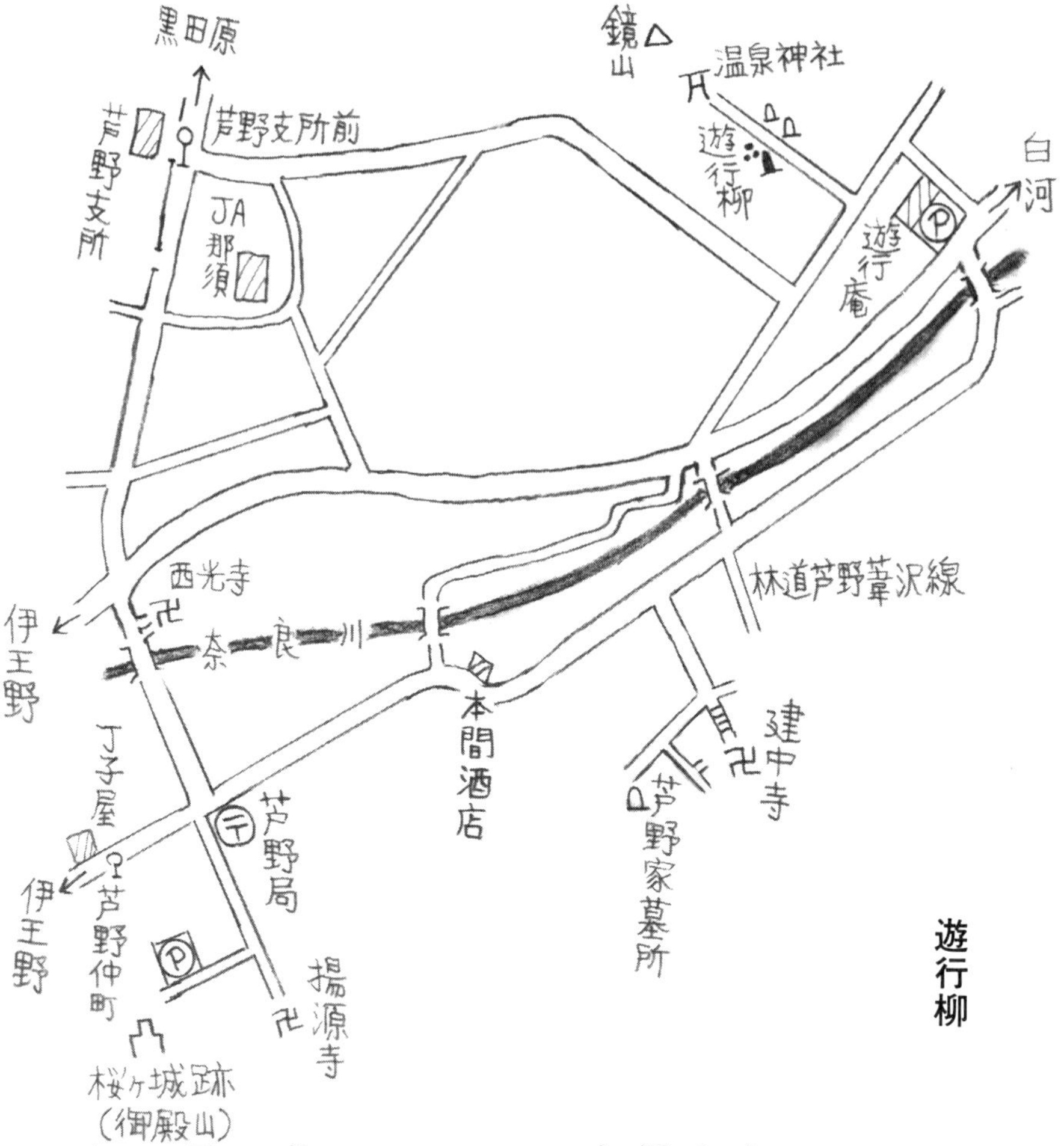


## 遊行柳

の西行歌碑がある。新町《あらまち》は当地の字《あざ》である。

西行歌碑の向い側、柳の横には、

田一枚うゑてたち去る柳かな　芭蕉

の句碑がある。碑面下部に「江戸春蟻建」と見える。春蟻は、『新撰俳諧年表』に「井上氏、称十二郎、臨海楼と号す、江戸人、狂歌を能《よく》し、酒船と号す」と見える。文化十年九月没。碑の右側面には「執事大平重成」、裏面には「寛政十一己未歳四月　石工梅香」とある。

西行歌碑の後、鳥居の前には、

柳散清水涸石処々　蕪村　風生書

の蕪村句碑（碑陰、昭和二十三年二月蘆華吟社　石工菊地清吉）も建ててある。富安風生氏は俳誌『若葉』の主宰者、昭和五十四年二月没。

西行歌碑の前には、「史跡遊行柳」の標柱と「遊行柳の由来」の碑もある。

温泉神社は、その背後に恰好のよい鏡山を控えた小社である。境内の、社殿に向かって右側

の石燈籠には、「奉寄進　上宮温泉大明神社前石燈籠　一基」とあり、その側面に、

元禄四辛未年閏八月二十六日藤原資俊敬白

と刻してある。『おくのほそ道』に、

此所の郡守戸部某の、此柳みせばやなど、折〳〵にの給ひ聞え給ふ……

とある芦野の領主、芦野民部資俊が、芭蕉の来遊二年後に寄進したものと判明する。

芦野資俊の墓は、建中寺正面の石段の手前を右に坂道を登った所の、芦野家新墳墓の中にある。坂道途中の説明板には次のように見える。

芦野氏新墳墓

この墓所には三十一墓の墓碑があるが、この中最も古く豪壮な墓碑は（一六九二年）五十六才で歿した十九代芦野民部資俊（法号巴陵院殿傑心常英大居士）

次いで自然石で作られた二十代芦野左近資親　享保十年歿（一七二五）　法号（円通院殿台巌高天大居士）の墓碑で、以下二十七代芦野民部資原までの百六十五年間の芦野氏藩主の墓碑九墓、夫人その他の墓碑二十二墓となっている。

ただし十九代資俊は、ここに埋葬したが、二十代資親以後の藩主は皆江戸で歿し、駒込千駄木の惣禅寺に埋葬して、後ここに分骨埋葬したものである。

那須町教育委員会

資俊の墓は、墓地の中央にあり、玉垣に囲まれ、最も大きく堂々たるものである。正面に、

巴陵院殿傑心常英大居士　神儀

とあり、右側面に「芦野民部資俊塔」、左側面に「元禄五壬申暦林鐘廿六日卒」（林鐘は陰暦六月の異称）と刻し、裏面には「孝子資親敬立」と見える。

遊行柳からほど近い所に、広い駐車場を備えた無料休憩所「遊行庵」がある。

## 八　白河《しらかわ》の関《せき》

白河の関は古来有名な歌枕の地であり、芭蕉が『おくのほそ道』の旅で白河の関址を訪ねることを目的の一つとしていたことは、本文に「春立《たて》る霞の空に白川の関こえんと……」と書いていることからも明らかである。

しかしながら、肝心の白河の関がどこに置かれていたかについては、諸説がある。文化九年(一八一二)まで白河藩主であった松平定信は、その著『退閑雑記』(寛政九年自序)の中に、

白坂へいたる。例のごとく境明神へまうでぬ。こゝを関《せきの》明神などいひて、白川の関の旧跡といふ、あやまりなり。此《この》みちははるか後にひらけしなり。もとは旗宿《はたじゅく》の道に小川あり、いまも白川といふ。此《この》川のあたりに玉つしま明神と住吉明神をまつりたる、こゝが古関のあとなり。其《その》関のほとりゆへに関山《せきさん》てふ名もあるなり。

と書きしるして、旗宿(いま福島県白河市旗宿)の地に白河の古関があったとしている。

芭蕉が旗宿に到着したのは四月二十日(陽暦六月七日)であるが、『曾良旅日記』の同日の記事には、

関明神、関東ノ方ニ一社、奥州ノ方ニ一社、間廿間計《ばかり》有。両方ノ門前ニ茶や有。小坂也。これヨリ白坂へ十町程有。古関を尋て白坂ノ町ノ入口ヨリ右へ切レテ旗宿へ行。廿日之晩泊ル。

とあって、芦野より寄居を経て関明神を拝して陸奥国に入り、白坂の手前から「右へ切レテ」山の中の道をたどり、旗宿に至ったことが分か

◆『退閑雑記』　随筆。前編十三巻・後編四巻。松平定信著。寛政六年(一七九四)起稿、同十二年(一八〇〇)後篇成る。活字本、『続日本随筆大成6』ほか。

◆『日本国華万葉記』　地誌。十四巻二十一冊。菊本賀保著。元禄十年（一六九七）刊。『日本賀濃子《かのこ》』に次ぐ日本全国の地誌。影印本、『古板地誌叢書(1)～(4)』。

る。そして、翌二十一日の記事には、

町ヨリ西ノ方ニ住吉・玉嶋ヲ一所ニ祝奉宮有。古ノ関ノ明神故ニ二所ノ関ノ名有ノ由《よし》、宿の主《あるじ》申ニ依テ参詣。ソレヨリ戻《もど》リテ関山へ参詣。

と見える。これを前掲『退閑雑記』の記事と照合してみると、後に定信が「古関蹟」の碑を建てた所（いま白河神社の鎮座する旗宿字関の森）を、芭蕉は古関の跡と教えられたように考えられる。

『日本国華万葉記』（元禄十年刊）巻之十一、陸奥国の名所之部を見ると、

白川の関　白川とハいへど川ハなし。山ミちなり。山を向ひあハせ領境より番所有。こゝを二所の関といへり。孝徳《カウトク》天皇の御宇《ぎょう》諸国関の㝡初《さいしょ》と也。

とある。明確な位置についての文辞は見当らないが、白河の関が七世紀の中頃、孝徳天皇の御代（六四五～六五五）に設置されたとする説が注目される。

文治二年（一一八六）西行法師が白河の関を通過し、「関屋の柱」に和歌を書きつけたという（『山家集』）から、この頃までには白河の関は廃され、関屋のみが残っていたものであろう。

建治三年（一二七七）一遍上人が奥州に下って白河の関に至った時のことが『一遍上人絵詞伝縁起』（万治三年刊）に見え、西行と同じく「関屋の柱」に和歌を書き残したと書いてあるから、この時代までは、関屋は荒廃しながらもなお残存していたものと推測される。

白河の関の所在地を関の森に確定したのは前述の松平定信で、彼は寛政十二年（一八〇〇）「古関蹟」の碑を建てた。芭蕉来遊一一一年後のことである。

昭和三十四年七月より同三十八年八月まで、関の森において学術的専門的発掘調査が行われ

## 白河の関址

て、ここが関跡として立証されたとして、昭和四十一年九月十二日、史蹟として国の指定を受けたが、なお不明の点が多いとして疑問を投げかける説もある。

元禄九年（一六九六）に行脚をした天野桃隣の『陸奥衢《むつちどり》』（元禄十年刊）を見ると、

関山《せきさん》へ登ル。峯ニ聖観音。聖武帝勅願所成就山満願寺。坊の書院よりの見渡し、白河第一の景地也。

◆『陸奥衢』　俳諧。五冊。天野桃隣編。芭蕉三回忌の元禄九年に『おくのほそ道』の跡をたどった記念の集。元禄十年（一六九七）刊。活字本、『古典俳文学大系7蕉門俳諧集(二)』ほか。

奥の花や四月に咲《さく》を関の山

此所往昔の関所と也。本道二十丁下りて城下へ出《いで》、関を越《こゆ》る。

とあって、関山を白河の関址と教えられている。『曾良旅日記』によれば、芭蕉も旗宿から関山に登って白河の町へ出ているが、関址のことには触れていない。既述のように、芭蕉は関の森を白河の関址と教えられ、それに従ったもののように思われる。

　さて、芭蕉の足跡を、『曾良旅日記』にいう「関《せきの》明神」の所からたどることにしよう。ここは下野・陸奥両国の国境《くにざかい》である。栃木県側の明神はさびれていて、境内にも見るべきものはない。福島県側の白坂関明神は今は境神社と呼ばれ、境内には、

　風流のはじめや奥の田うへ唄　　はせを

の句碑がある。碑陰には篆書《てんしょ》で「田播冢碑」という題額と、隷書《れいしょ》全漢文の碑誌を刻し、末尾に「安永丁酉夏五月日　後学旭窻晋江 建」とあって、安永六年（一七七七）の建立と分かる。

碑誌の文中には、

翁嘗テ奥羽ノ勝ヲ探ラント欲シ、元録己巳ノ夏、此ノ地ヲ踰テ須加川ノ主相良等躬ノ家ニ至ル。主曰ク、白河ノ関ハ名蹟也。豈咏嘆莫ラン乎。賓曰ク、客路悠遠ニシテ身ハ疲レ心ハ倦メドモ、猶且ツ風気ノ異情ニ感興シ、致景ニ酔ヒテ、絶テ修辞ヲ究ムルニ由無シ。亦無情ニ過ン也。因テ此ノ咏有ル也ト、自ラ親シク短冊ニ書シテ以テ之ヲ示ス。

と、『おくのほそ道』須賀川の条の一部を漢文訳したところが見られる（岩越二郎氏「白坂堺明神の田植塚」による）。別に、

　能因にくさめさせたる秋はこゝ　　大江丸

　卯の花や清水のすえの里つゞき　　思楽

等の句碑もある。大伴大江丸は本名を安井政胤

と言い、江戸後期の俳人。大阪の人で、大島蓼《りょう》太《た》の門人。文化二年（一八〇五）没、享年七十三歳。

境神社の向い側の小高い所に「従是北《これよりきた》白川領」（左側面、従是北白坂町境杭迄弐拾九丁四拾五間）と刻した標柱が建ててある。昔の街道はその高さまであったのを、何度も道路の改修工事を行なって、今日のようになったものらしい。

ここには福島県が「おくのほそ道自然歩道起点」の標柱も建てている。「おくのほそ道自然歩道」というのは、白坂関明神から伊達郡の国見町貝田まで、芭蕉が歩いたと考えられるルート二〇六キロの本道と、これに関連する回り道を付加した文学散歩の道筋である。地図は境神社境内にある。

白坂の部落の手前、右側には旗宿へ通ずる道の入り口がある。道路左側の道標がそこを教えてくれる。今は小型車が通れるように道路は整備されているが、徒歩約二時間半で関の森に着く。六月二十日前後には卯の花も見られるし、鶯の鳴き声、蛙の合唱と、山路の散歩が楽しめる。

旗宿字関の森の白河神社の参道の両側に、近年うつぎが三十本ばかり植えられた。『おくのほそ道』にいうところの「卯の花の白妙に」を見せようという趣向であろう。

白河神社の鳥居に向かって右前に、松平定信が建てた「古関蹟」の碑がある。碑陰には次のような漢文の碑誌が刻してある（訓点は筆者が施したもの）。

白河関址《ハ》、埋没《シテ》不《ルコト》知《ラレ》其処所《ヲ》者久矣《シ》。旗宿村西《ノ》有《リ》叢祠、地隆然《トシテ》而高《シ》。所謂白河遶《めぐりテ》其下《ヲ》而流《ル》焉。考《ヘ》之《ヲ》圖史詠歌《ニ》、又徴《シ》地形老農言《ニ》、此其為《ル》遺址《タルハ》較然《トシテ》不《ル》疑《ハ》也。廼《すなはチ》建《テ》碑《ヲ》以標《スルコト》焉爾《しかり》。

寛政十二年八月一日

白河城主従四位下行左近衛権少将兼

越中守源朝臣定信識

この碑の前を右に進み、左に登ると、そこには『おくのほそ道』の碑がある。白河の関の章の本文を銅版にして嵌《は》めこんだ碑で、加藤楸邨氏の揮毫である。

さらに左上方、社殿の方に進むと、「昭和六年秋、白河川柳能因会建立」の、

関所から京へ昔の三千里　　剣花坊
白河を名どころにして関の跡　五花村

の二句を刻した川柳碑がある。その次の大きな石碑には、

後鳥羽天皇御製　雪にしく袖に夢路もたえぬべし　また白河の関の嵐に

と刻してある。第八十二代後鳥羽天皇が歌道に秀で、源通具・藤原有家・同定家・同家隆・同雅経等に『新古今集』を撰進せしめられたことは著名である。

白河神社の社殿には、「式内白河神社縁起」が掲げてあり、社殿の右前には、

たよりあらバいかで都へつげやらむ
けふしら河のせきはこえぬと　平　兼盛
みやこをバ霞とゝもにたちしかど
あきかぜぞふくしら河の関　能因法師
秋風に草木のつゆをはらハせて
きミがこゆれバ関守もなし　梶原景季

という三首の和歌を併刻した古歌碑があり、碑陰には、

古関蹟《ノ》碑存重之工既竣《ニをはル》矣。然《ルニ》同志諸君所《ノ》二寄贈《スル》二之金尚余《ルコト》若干。則《チ》採二択《シテ》関之歌三首《ヲ》一而、刻《ス》二諸《これヲ》石《ニ》一。抑亦表二彰《スル》古蹟《ヲ》一之微志也。

明治二十二年三月　　菊池甚四郎

とある（訓点は筆者）。荒廃していた「古関蹟」の碑の保存をはかるため、今日見るような形に整備したが、その時の浄財の余りでこの和歌三首の碑を建立したというのであろう。

白河神社の境内はカタクリの自生地として知られる。カタクリは古くはカタカゴと言い、大

伴家持の、
　物部《もののふ》の八十少女《やそをとめ》らが汲《く》みまがふ
　寺井の上《うへ》の堅香子《かたかご》の花
という歌（『万葉集』巻十九。四一四三）が著名。花の見ごろは四月中旬から二十日前後である。

旗宿の部落を出はずれた所に「霊桜之碑」がある。『曾良旅日記』四月二十日の条の終りに、

　旗ノ宿ハヅレニ庄司モドシト云テ、畑ノ中桜木有。判官ヲ送リテ、是ヨリモドリシ酒盛ノ跡也。土中古土器有。寄《(マヽ)》妙ニ拝。

とあるのは、ここのことである。石碑の裏には漢文で建設の由来を刻し、末尾に「明治四十四年十月　従五位曾我鏡誌并書」とある。前に説明板が建ててあるので写しておく。

庄司戻《しょうじもど》し桜

治承四年（AD一一八〇）兄、源頼朝の挙兵を知り、奥州平泉から鎌倉に馳《はせ》参ぜんとする義経に対し、信夫《しのぶ》の庄司佐藤基治は、自子継信、忠信を従わせ、自らもこれを送りて此地《この》まで参り、袂別するにあたり、「汝等忠義の士たらば、この桜の杖が生《いき》づくであろう」と諭《さと》して、携えし杖を此の地にさし立てた。後、戦に臨み兄弟共々勇戦奮斗して討死した。桜霊あるか、活着繁茂せしと伝う。此《この》老樹天保年間野火にて枯死すと。

石碑のそばの桜は、白河神社境内のカタクリ

## 宗祇戻し

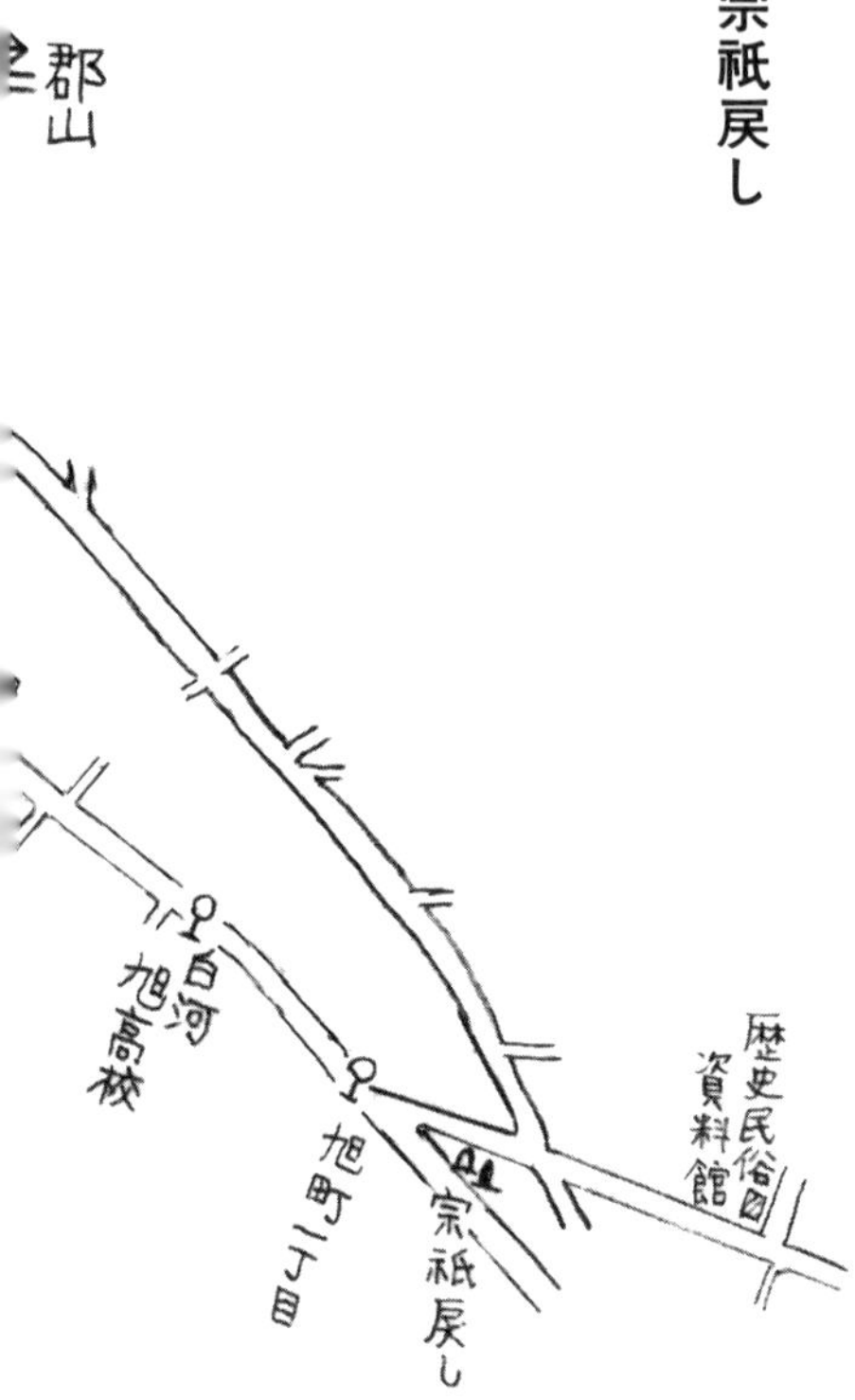

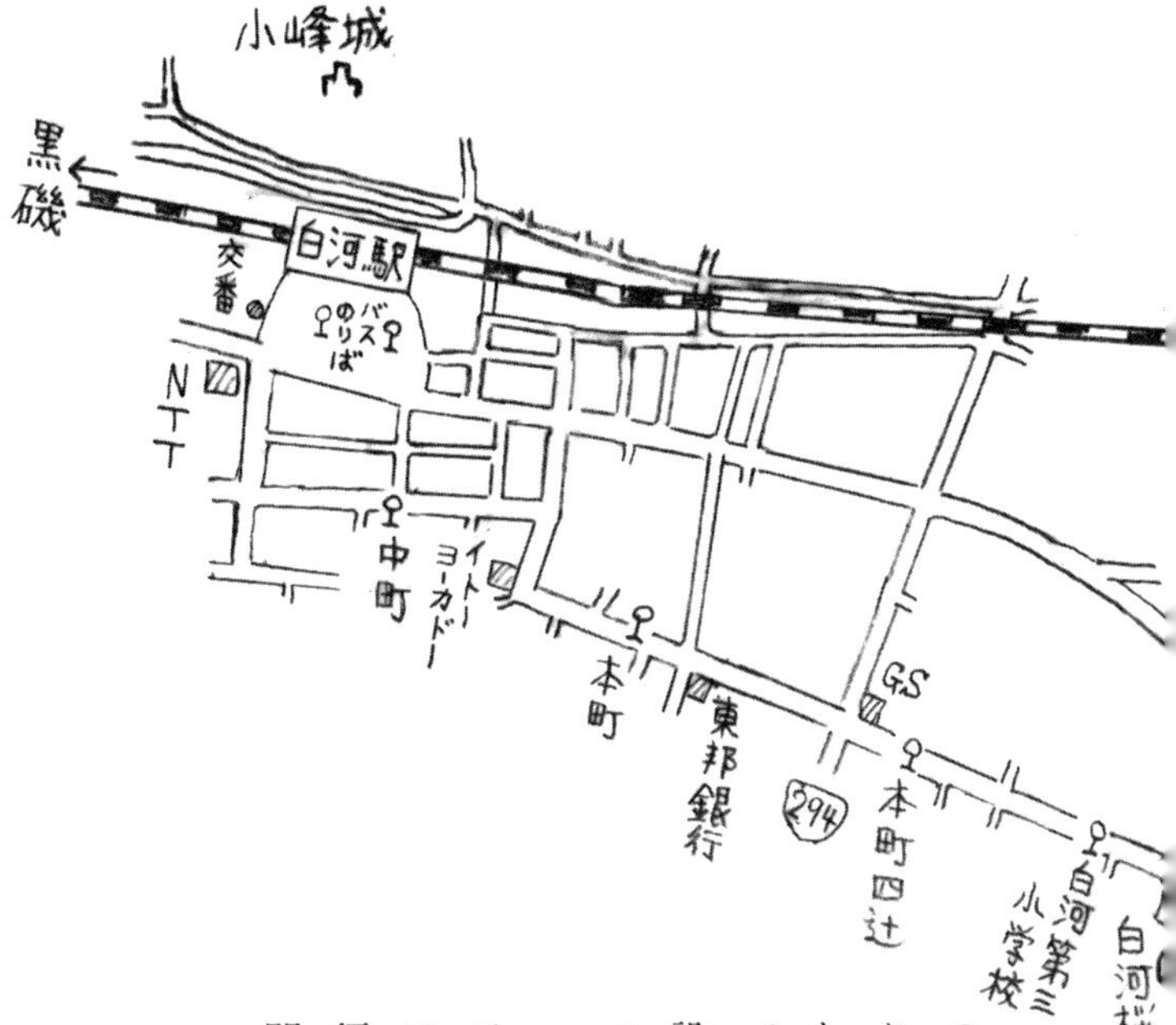


の花よりも一週間ばかり後に開花する。ここから東の方に、頂上にパラボラアンテナが建設されているのが関山である。

『曾良旅日記』四月二十一日（陽暦六月八日）の記事のあとに、須賀川で相楽《さがら》等躬《とうきゅう》に聞いた話として、

宗祇もどし橋　白河ノ町ノ右、かしまへ行道、ゑた町有。其きわに成程かすか成橋也。むかし、結城殿数代、白河を知玉フ時、一家衆寄合《よりあひ》、かしまにて連歌有時、難句有之《これあり》。いずれも三日付ル事不成《ならず》。宗祇旅行ノ宿ニテ被聞之《これをきかれ》て、其所へ被　趣《おもむかれし》時、四十計の女出向《いでむかひ》、宗祇に「いか成《なる》事にていづ方へ」と問《とふ》。右ノ由尓々《しかじか》。女「それは先に付侍りし」と答てうせぬ。

　　月日の下に独りこそすめ
付句　かきおくる文のをくにハ名をとめて

ト申ければ、宗祇かんじられてもどられけり卜云伝《いひつたふ》。

と見える「宗祇もどし橋」は、現在では橋はないけれども、「宗祇戻し」と呼ばれて、白河市街の東端、石川・棚倉街道と鹿島を経て泉崎に至る街道の分岐点にある。

バス停は旭町一丁目、白河駅よりバスで六、七分、徒歩では二十分余りの所で、「宗祇戻し」の碑や芭蕉句碑などが、石地蔵と一緒に建っている。

◆**宗祇戻しの碑と芭蕉句碑**の説明板には次の記録がある。

宗祇戻《そうぎもど》しの碑《ひ》

文明十三年（一四八一年）白河城主結城政朝が鹿嶋神社の神前で一日一万句の連歌興行を催した。これを伝えきいた都で名高い連歌の宗匠、宗祇法師が、はるばる奥州にくだり、三十三間堂の前を通り、一女性に行きあい鹿嶋連句の終了を告げられた。その時宗祇は女の背負っていた綿を見て「売るか」と問うたところ、女はすぐに「阿武隈の川瀬に住める鮎にこそうるかといへるわたはありけれ」と和歌で答えた。これを聞いて宗祇は東奥の風流に感じ、ここから都へ引き返したと言い伝えられています。

「宗祇戻し」の碑面には、

文明年間時の歌人飯尾宗祇鹿島神社に於ける万句興行の連歌会に出席の途次、偶此地に綿を負へる少女に逢ひ、戯れに其の綿は売るかと問ふ。然るに少女答ふるに左の歌を以てす。

大隈の川瀬に住める鮎にこそうるかといへるわたはありけれ

宗祇大に驚き恥ぢて、是より都へ帰ると云傳ふ。即ち此名あり。

と、その由来を刻し、碑陰には、

昭和九年道路改修ト共ニ此ノ旧蹟ノ湮滅セントスルヲ恐レ、新タニ此ノ碑ヲ建テテ後ノ世ニ傳ヘントスルモノ也

昭和九年晩秋建立　白河川柳能因会

鮎の歌宗祇を戻す面白さ　東北川柳五花村

と見える。

『曾良旅日記』所載の等躬所伝と異なるところが面白い。

この「宗祇戻し」の碑と石地蔵の間に「白河城羅郭岐路碑」がある。碑面には「宗祇戻し」の由来が全漢文で刻してあり、文末には「文化五年壬午夏六月」と見える。碑陰には、

此處ニ元岐路碑アリテ其側面ニ宗祇戻ノ由来ヲ記セリ。年處ヲ経ルニ従ヒ其碑ノ文字磨滅シ不明ノ箇所多シ。能因會竝ニ第十區有志発起ナリ町役場及ビ保勝會ノ協賛ヲ得再建ヲ企テ、宗祇戻ノ碑ハ能因會ノ力ニヨリ成レリト雖未ダ懐舊ノ責ヲ失フノ感アリ。依テ別ニ玆ニ岐塗碑ノ全文ヲ刻ミ、此地ノ舊跡タルヲ後世ニ偲バントシ建置シタルモノナリ。

昭和九年十一月　第十區有志

とあって、これが再建碑であることが分かる。

「岐路」というのは、石地蔵の左側に道標があり、それには、

芭蕉《ばしょう》の句碑《くひ》

「早苗にも我色黒き日数哉《ひかずかな》」

これは芭蕉が白河の関を越えた折の句で、須賀川から白河の俳人何云《かうん》に当てた手紙のなかにあります。この句碑は天保十四年（一八四三年）芭蕉の百五十回忌に、乙丸ら白河の俳人によって建立されました。

右たなくら
　左いしかハ　道

と刻してあって、古くは棚倉道・石川道の分岐点であったことが知られる。

「宗祇戻し」の碑と並んで道路側にあるのが芭蕉句碑で、

　早苗にも我色くろき日数かな　はせを翁

と読める。碑の左側横裏には「癸卯乃初冬　百五十回忌追福の為是を建」と見え、右側後には「智玉　亀玉　蒼江　廣々　明照　鹿街」と六俳人の名を記し、「後学乙丸拝書」と刻してある。芭蕉百五十回忌追福のために建てたというのであるから、天保十四年（一八四三）十月の建立と見て差支えあるまい。

「早苗にも」の句は、芭蕉が白河の関址を訪れた時の吟で、『曾良旅日記』俳諧書留に、

　みちのくの名所〳〵こゝろにおもひこめて、先せき屋の跡なつかしきまゝにふる道にかゝり、いまの白河もこえぬ。

　早苗にも我色黒き日数哉　翁

の形で出ている。やがてこの句が、

　西か東か先早苗にも風の音

と改作されたことは、同じく俳諧書留に見え、また須賀川より白河の俳人何云あてに出した芭蕉書簡によっても知られる。

「西か東か先早苗にも風の音　芭蕉」の句碑は、白河神社入口より少し庄司戻し桜の方に行った右側の小高い所にあり、碑陰には「おくの細道三百年を記念してここに芭蕉翁の句碑を建てる　平成元年八月二日　青雲社　主宰目黒十一　塙町清水鈴木勝富書　施工緑川石材店」と刻してある。

また、白河神社に向かって右前方に「白河関の森公園」が整備され、ビジュアルハウス（白河の関映像館）・おくの細道遊歩道・白河の関・

江戸の関所・ふるさとの家等がある。公園入口に芭蕉・曾良像があり、台石正面には「風流の初やおくの田植うた　芭蕉　夘の花をかざしに関の晴着かな　曽良　寿金石書」と芭蕉・曽良の句を刻し、裏側には「題名おくのほそ道　作者日展会員原田新八郎　松尾芭蕉おくのほそ道紀行三百年記念 平成元年 白河市長小野亀八郎」とある。

## 九　須《す》賀《か》川《がわ》

四月二十一日（陽暦六月八日）旗宿を立ち、白河を経て矢吹で一泊した芭蕉は、翌二十二日須賀川（いま福島県須賀川市）に至り、相楽《さがら》等《とう》躬《きゅう》を訪ねて一週間滞在した。等躬は別号を乍単《さたん》斎《さい》と言い、須賀川宿の駅長であったと伝えるが確証はない。しかし、須賀川俳壇の指導者的立場にあったことは確かである。

芭蕉の須賀川における動静を『曾良旅日記』によって抄録すると、

廿二日　須か川、乍単斎宿。俳有。

廿三日　同所滞留。晩方へ可伸ニ遊、帰ニ寺々八幡を拝。

廿四日　主の田植。昼過より可伸庵ニテ會有。……雷雨、暮方止。

廿五日　主、物忌《ものいみ》。別火。

廿六日　小雨ス。

廿七日　曇。三つ物ども。芹沢の瀧へ行。

廿八日　発足ノ筈定ル。矢内彦三郎来テ延引ス。昼過ヨリ彼宅へ行而及暮。十念寺・諏訪明神へ参詣。

という次第であった。二十二日の「俳有」というのは、『曾良旅日記』俳諧書留所載の、

奥州岩瀬郡之内　須か川

相楽伊左衛門ニテ

風流の初やおくの田植哥　翁

覆盆子《いちご》を折て我まうけ草　等躬

水せきて昼寝の石やなをすらん　曾良

を初めとする三吟歌仙のことで、翌二十三日に満尾したらしい。

二十三日は夕方になって「栗の木陰をたのみて世をいとふ僧」可伸を訪ね、帰りに「寺々八幡」を拝んだ。「寺々」というのは岩瀬寺《がんらいじ》と徳善院、あるいは岩瀬寺の北隣に続いていた妙林寺を含めることもできよう。「八幡」は八幡神社で、明治初年に須賀川小学校開設に際し、神社敷地を小学校の敷地として提供し、八幡神社は町の鎮守神炊館神社（もとの諏訪大明神）内に移された。その移転以前の八幡神社の隣に岩瀬寺があった。今は須賀川小学校は移転し、そこには須賀川市総合庁舎が建てられている。

二十四日は等躬宅の田植であった。曾良が、

この日や田植の日也と、めなれぬことぶきなど有て、まうけせられけるに、

旅衣早苗に包食《つつむめし》乞《こは》ん　ソラ

の句を詠んだのは、この日の行事に興味をそそられたからであろう。午後は可伸庵に俳席が設けられ、

かくれがやめだゝぬ花を軒の栗　芭蕉

と、可伸に対する挨拶の句を発句とする七吟歌仙が興行された。この歌仙の芭蕉真蹟は今日に伝わり、『俳文芸』第五号（昭和五十年六月）に井本農一博士により紹介された。

二十七日には、「旅衣早苗に包食乞ん　ソラ」「茨《ふき》やうを又習けりかつミ草　等躬」「雨晴て栗の花咲跡見哉　桃雪」を発句とする三つ物と四句の俳席を持ち、芹沢の滝を見物に出かけた。

二十九日は午前九時前後に須賀川を出発し、

途中で石河の瀧を見物し、守山を通って「日ノ入《いる》前、郡山ニ到テ宿ス」。

いま須賀川には当時の等躬邸は残っていない。等躬邸は須賀川市本町《もとまち》の伊藤薬局から南の須賀川電報電話局にかけての、かなり大きい屋敷であったと言われている。

僧可伸が等躬編『伊達衣《だてごろも》』（元禄十二年刊）の中に、

> 予が軒の栗は更に行基のよすがにも非ず、唯実《たゞみ》を取りて喰ふのみなりしを往《い》にし夏芭蕉翁みちのく行脚の折から一句を残せしより人々愛《めづ》る事と成《なり》侍りぬ。
>
> 梅が香を今朝は借すらん軒の栗　須賀川 栗斎可伸

と述べた、いわゆる「軒の栗」は、可伸庵址すなわち安達屋北山陶器店の裏庭の土蔵脇に三代目と称する栗の木が繁茂していたが、今その辺は須賀川電報電話局の敷地と化し、その西南の一隅（通用門の脇）に栗の木三本が記念樹として植えられ、大きく成長している。そこには「軒の栗可伸庵址」の標柱と、「軒の栗」と題する『おくのほそ道』須賀川の章の一節（「此宿の傍に」より「世の人の」の句まで）を刻した碑が建てられ（共に、昭和三十四年四月二十二日、須賀川市の建立）、また「世の人のみつけぬ花や軒の栗　はせを」の句碑もある。碑陰には「文政八年乙酉八月建置　雨考　竹馬　英之　阿堂」と見える。建立者の代表格雨考は須賀川の俳人で石井氏。その編著『青かげ』（文化十一年頃刊）は、中に亜欧堂田善製作の銅版画「石河の滝」や『曾良旅日記』の抄録写しなどを収載することで知られる稀覯本《きこうぼん》である。

ここの「軒の栗」の開花期は白河の関址付近の卯の花の開花期とほぼ時を同じくし、年によって若干の差異はあるけれども、おおむね六月二十日前後がその時期と考えてよいだろう。

◆『伊達衣』　俳諧。二冊。相楽等躬編。元禄十二年（一六九九）自序。同年刊か。活字本、『日本俳書大系3蕉門俳諧後集』他。

須賀川市役所の構内入口の右側に芭蕉記念館がある。須賀川を訪れた芭蕉が八日間滞在してから三百年を経た記念に建設されたもので、芭蕉にかかわる掛軸等を展示し、映像版『おくのほそ道』の放映も常時行なわれている。

須賀川市役所前に出て、北へ二百メートルばかり行った所に萬年山長松院がある。長松院は曹洞宗の禅寺で、等躬の菩提寺である。境内に等躬の句碑がある。碑面は、

あの辺ハつく羽山哉炭けふり　等躬

で、碑陰には「昭和三十三年五月　主催　本町一丁目　後援　長松院　相楽家　須賀川史談会　須賀川観光協会　桔槹吟社　須賀川玉藻《ホトトギス》会」と刻してある。本堂裏の墓地にある等躬の墓碑には、

正徳五乙未十一月拾九烏
向　雄　萬　帰　居　士
心
安　室　喜　心　大　姉
元文戊午六月十八烏

と等躬夫妻の法名が刻してあり、芭蕉来遊の後二十六年を経た正徳五年（一七一五）十一月十九日に、等躬が没したことが分かる。墓碑の背後には、

相楽等躬の墓（正徳五年（一七一五年）没七八歳）
白河藩郷士で須賀川宿の駅長をつとめた。若くして江戸に出て俳諧を学び、延宝のころには芭蕉とも交流があった。
芭蕉が「奥の細道」行脚で須賀川に一週間も滞在したのは、等躬との交流のためであった。等躬は「葱摺《しのぶずり》」などを著わしている。
句碑
「あの辺はつく羽山哉《か》炭けふり」　等躬
晩年には平城主内藤露沾《ろせん》の知遇を受け平城で客死した。　須賀川市

の説明板が建っている。

長松院の東方約五百メートルの所に来迎山十

◆「軒の栗」句碑　須賀川電報電話局通用門脇に可伸庵跡が整備され、そこに移されている。

念寺がある。十念寺の参道右側に、

風流のはじめや奥の田うゑ唄　はせを

の大きな句碑があり、碑陰に「安政二季龍集乙卯暮春　晴霞菴多代女営之　東都晩翠山綏書」と見えるので、須賀川出身の江戸末期の女流俳人市原多代女の建立と知られる。傍の小祠境内には、その多代女の、

終に行道はいづくぞ花の雲　多代女

の句碑(右側面、嘉永六龍集癸丑孟夏日　催幹東明　一之　時考　忠之)がある。十念寺本堂裏の墓地には、稿本『蕉門録』(寛延四年跋)の著者藤井晋流（宝暦十一年没、八十二歳）や市原多代女（慶応元年没、九十歳）の墓がある。

十念寺の北東五百メートル余りの丘の上に須賀川市立博物館と歴史民俗資料館があり、その前庭には、

五月雨に飛泉《たき》ふりうづむ水かさ哉　翁

の句碑がある。碑陰に「老曾森」の三字を刻し、台石の裏面に「須賀川市仁井田　小橋一吉寄贈　昭和五十三年一月建立　須賀川市教育委員会」とあるのは、土を掘り返さねば判読できない。句は石河の瀧での作であるが、句形に誤りがある。

芭蕉が須賀川に滞在中の二十七日に行った「芹沢ノ滝」は、丘陵地の小川にかかる小さな滝で、いま須賀川市五月雨の地に、修復されて往時の名残《なごり》をとどめている。須賀川市浄水場の東南、「芹沢の滝跡」の案内標識に従い、細流沿いに五、六分畦道《あぜみち》を進むと、「奥の細道芹沢の滝跡」碑（平成元年建立）と「芹沢《せりざわ》の滝」と題する説明板の建ててある滝の跡に着く。

二十九日に芭蕉は須賀川をたって郡山に向かったが、途中で石河の瀧を見物している。石河の瀧は乙字《おつじ》が瀧とも呼ばれ、市街より五キロ余り南、須賀川市と石川郡玉川村の境界の阿武隈川にかかっている。芭蕉は須賀川滞留中にこの

# 須賀川

至須賀川駅
吉田医院
北町
博物館
芭蕉
民俗資料館
グランドホテル
神炊館神社
二階堂神社
常陽銀行
宮先町
ホテル虎屋
十念寺
長松院
等躬句碑
須賀川局
赤トリ井デパート
観水楼
玉木屋
中町
ホテルサンルート
八幡町
体育館
芭蕉記念館
市役所
図書館
公民館
桔梗屋書店
伊藤薬局
北山陶器店
NTT須賀川
軒の栗
可伸庵跡
大黒屋菓子舗
本町

瀧を訪ねる予定であったが、阿武隈川が雨で増水していたので中止し、二十九日郡山に赴く途中で立寄ったものである。当初中止した時の事情は、『曾良旅日記』俳諧書留所載の、

　須か川の駅より東二里ばかりに石河の瀧といふあるよし。行て見ん事をおもひ催し侍れバ此比の雨にみかさ増りて川越す事かなハずといゝて止ければ、

さみだれは瀧降りうづむみかさ哉　翁

　案内せんといハれし等雲と云人のかたへかきてやられし。薬師也。

という句文に明らかである。石河の瀧について、『曾良旅日記』二十九日の条には、

　石河瀧見ニ行。須か川より辰巳の方壱里半計有。瀧より十余丁下ヲ渡リ、上へ登ル。歩ニテ行バ瀧ノ上渡レバ余程近由《ちかきよし》。阿武隈川也。川ハゞ百二三十間も有之《これあり》。瀧ハ筋かヘニ百五六十間モ可有《あるべし》。高サ二丈、壱丈五六尺、所ニより壱丈斗ノ所も有之。

と記述してある。石井雨考編『青かげ』には、「陸奥国石川郡大隈瀧芭蕉翁碑之図文化十一年甲戌五月　亜歐田善製」の銅版画を収載する。ここにいう「芭蕉翁碑」は、いま瀧の傍の瀧見不動尊に近い杉木立の中にある。

　五月雨の瀧降うづむ水かさ哉　はせを

と刻し、左側面に「文化十癸酉十一月十二日東都如意庵一阿建之」と見えるが、『青かげ』に「さいつ比人〴〵を催してかの句を石にゑりて川の傍に建たり」と記すから、実質的には雨考が建てたということになるだろう。

　乙字が瀧へは、駅前より龍崎《たつざき》経由石川行きのバスの便がある。阿武隈川にかかる橋を渡って左側に下りると、瀧見不動尊のお堂があり、瀧がよく見える。対岸からの眺望もすばらしい。乙字が滝への途中に有名な牡丹園がある。牡丹の見ごろは五月中旬である。

# 一〇　安積《あさか》山《やま》

四月二十九日（陽暦六月十六日）郡山に一泊した芭蕉は、翌五月一日には浅香山（安積山）や黒塚を訪ね、福島まで行って宿をとっている。『曾良旅日記』五月一日の条には、

日出ノ比《ころ》宿ヲ出《いで》、壱里半来テヒハダノ宿、馬次《むまつぎ》也。町はづれ五六丁程過テあさか山有。壱リ塚ノキハ也。右ノ方ニ有《ある》小山也。アサカノ沼左ノ方、谷也。皆田ニ成《なり》、沼モ少《すこし》残ル。惣而《そうじて》ソノ辺山より水出《いづ》ル故、いづれの谷ニも田有《あり》。いにしへ皆沼ナラント思也《おもふなり》。

と見え、「あさか山」と「アサカノ沼」について記述してある。

歌枕「あさか山」「アサカノ沼」は古来著名な所であるから、芭蕉も特別な関心をいだいていた模様で、須賀川では等躬にその位置などについて質問している。等躬編『荵摺《しのぶずり》』は、

此二子、我草屋に莚しき、しばらく物し給ふほどに、馴《なれ》し武蔵のむかし〱より今の心の奥のゆくりなき事語まゝに、安積郡浅香山・あさかの沼は爰よりいづくの渡りにかなど尋ね給ふめる。浅香山は日和田といふ駅を越えて、一里塚あなるみぎりにて侍る。あさかの沼はあやしげなる田の溝などを今は申《まうす》めるにぞ。いにしへ藤中将の伝へられし花かつみの草のゆかりも、いづれのなにとしる人侍らはずと答《こたへ》ながら、

という前書で、「茨《ふき》やうをまた習ひけりかつみ草　等躬」の句を発句とする曾良・芭蕉との三つ物を掲げている。

これによると、芭蕉は浅香山や浅香の沼につ

◆荵摺　俳諧。二冊（天理図書館蔵、合一冊）。相楽等躬編。元禄二年（一六八九）五月以降成り、同年刊か。活字本、『ビブリア』第96号、『鶴見大学紀要国語国文学篇』第31号。影印本、『天理図書館綿屋文庫 俳書集成』第31巻所収。

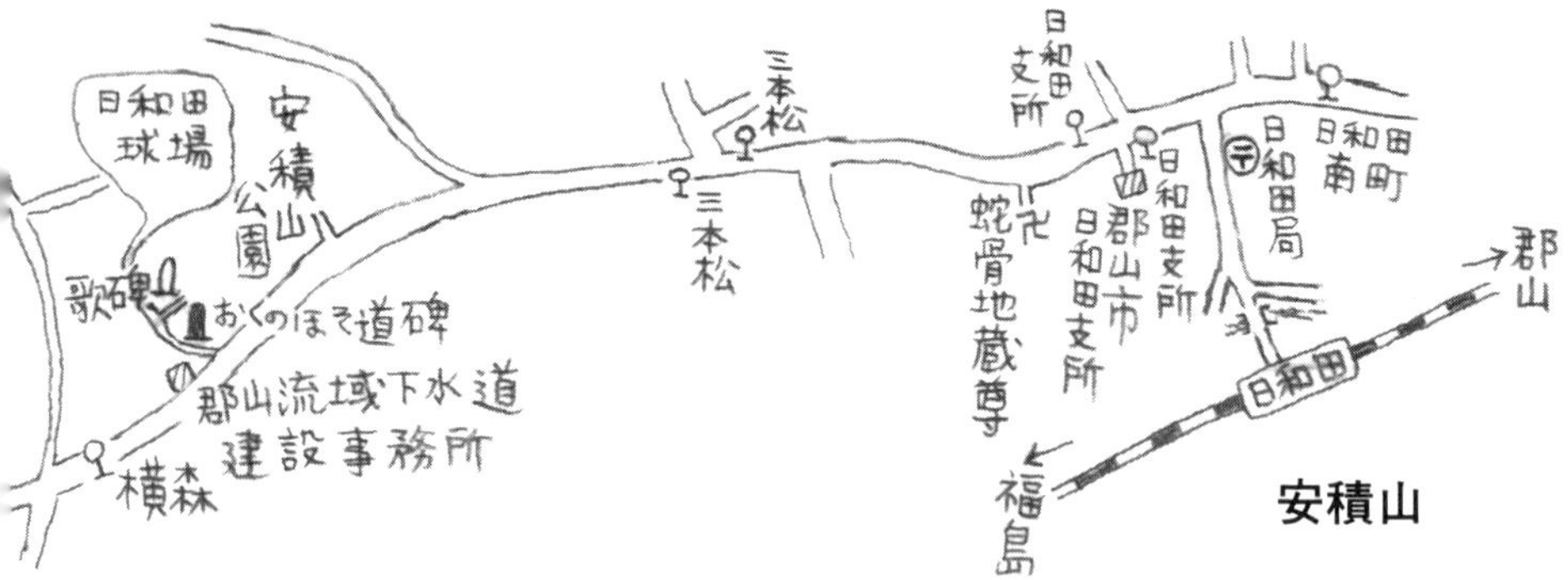


## 安積山

いては教えられる所があったが、古歌に詠まれた「花かつみ」については等躬もよくは知らなかったということが判明する。

『おくのほそ道』に、芭蕉が「いづれの草を花かつみとは云ぞ」と人々に尋ねたが誰も知らなかったので、「かつみ〳〵と尋ね」歩いたというのは、花かつみに対する関心の深さを示す文飾である。

東北本線日和田駅で下車して直進すると旧道に出る。芭蕉の歩いた道である。北の方へ徒歩約二十五分で安積《あさか》山に着く。山というよりも小丘で、登り口に「安積山公園」の碑が建ててあり、丘の最も高い所には「御即位記念安積山公園　安正書」の石碑（大正四年の建立）がある。

道路にもどり丘陵沿いに北に進むと、右には小道がある。十メートルばかり先の所に「芭蕉ヶ丘」の標柱が、文字は判読困難ながら建っており、『おくのほそ道』碑（「あさか沼」の文題で、「等窮が宅を出て……」以下「日ハ山の端にかゝりぬ」までを刻し、末尾に「奥の細道より研水書」と記す）がそこにある。碑陰には「町制施行四十周年記念　昭和三十九年十月寄贈者伊藤庄三郎　研水柳沼七郎書（以下略す）」と見える。東京オリンピックとほぼ同じ時に建てられたものと分かる。

この碑の上の方に一基の歌碑がある。

あさか山かげさへミゆる山の井の
浅きこゝろをわがもはなくに
　釆女歌　　正三位尊福書

碑の裏面には「立太子禮記念　大正五年十一月三日」と刻してある。釆女の歌は、『万葉集』巻十六（三八〇七）には結句「わが思はなくに」とあり、『古今和歌六帖』には下の句が「浅くは人を思ふものかは」となっている。井原西鶴の『一目玉鉾』（元禄二年刊）巻一にもこの歌形で掲出してあるから、当時はこの歌形で広く行われていたと想像される。歌碑の「もはなくに」は「思はなくに」に同じであるが、当時の『万葉集』の読み方に従ったものと思われる。

安積山公園方面に行くバスは、郡山駅前バスターミナルから、旧国道経由の二本松行き・本宮行きなどが出ている。

## 一一 黒《くろ》塚《づか》

五月一日（陽暦六月十七日）郡山の宿を出て日和田の町はずれに安積山や安積の沼などを訪ねた芭蕉は、その足で謡曲で著名な黒塚《くろづか》を訪ねた。『曾良旅日記』には、

二本松の町、奥方ノはづれに亀ガヒト云町有。ソレより右之方へ切レ、右ハ田、左ハ山ギワヲ通リテ壱リ程行テ、供中ノ渡ト云テアブクマヲ越舟渡し有り。その向ニ黒塚有。小キ塚ニ杉植テ有。又近所ニ観音堂有。大岩石タヽミ上ゲタル所、後ニ有。古ノ黒塚ハこれならん。右ノ杉植し所は鬼ヲウヅメシ所成らんト別當坊申ス。天台宗也。

と、二本松からの道筋と、黒塚の状況についての記述がある。

謡曲『黒塚』（観世流では『安達原《あだちがはら》』）の梗概を記しておく。奥州安達が原で行き暮れた那智の山伏東光坊祐慶の一行が一つ家の燈火をしるべに宿を求めると、女あるじは一旦は断るがたっての願いに山伏たちを家に入れ、糸繰り車を回しながら定めなき身の上をかこち、渡世の苦しさを歎くが、夜寒のもてなしに裏山に薪を拾いに出かける。その時、自分の寝間をのぞくなと念を押す。その言葉に疑いを持った能力《のうりき》は祐慶の目をぬすんでのぞき見をし、おびただしい人の

# 安達ヶ原黒塚

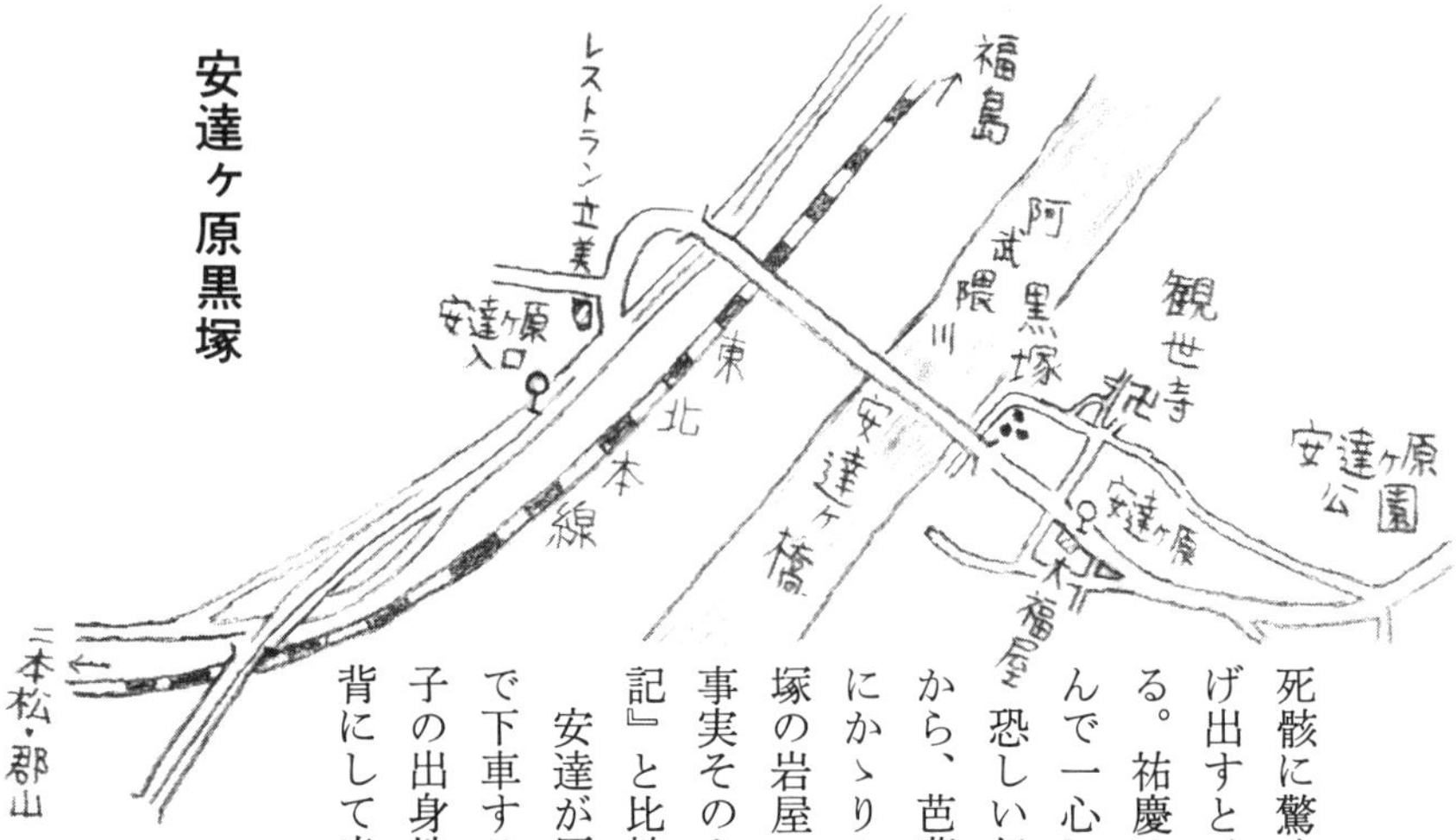


死骸に驚く。能力の報告に驚いた山伏たちが逃げ出すと、女は鬼女の本体を現わして襲いかかる。祐慶は如意輪観世音菩薩を念じ、数珠をもんで一心に祈り、遂に鬼女を調伏するのである。

恐しい伝説の所で、しかも秋の夜の話であるから、芭蕉は『おくのほそ道』に「日は山の端にかゝりぬ」とし、長居は無用とばかりに「黒塚の岩屋一見し」と書いたものであろう。旅の事実そのままの記述でないことは、『曾良旅日記』と比較すれば容易に分かることである。

安達が原黒塚を訪ねるには東北本線二本松駅で下車する。二本松は詩人高村光太郎の妻智恵子の出身地として知られる。駅前には、駅舎を背にして光太郎の詩碑がある。

阿多多羅の山の上に
毎日出てゐる青い空が
智恵子のほんとの空だと
いふ　　高村光太郎

バス乗り場は駅前通りを直進し、突きあたりの商工会議所の隣、二本松神社参道入り口脇の遠藤商店の所にある。バスはぐるりと回り道をするので、急ぎの場合はタクシーの方がよい。鉄道線路や阿武隈川をまたぐ安達ヶ橋の手前にバス停安達ヶ原入口がある。この辺で下車して安達ヶ橋（昭和五十六年三月竣功）にかかると、右側の橋柱に、「みちのくの安達太良真弓つるはけて引けバか人のわをことなさん　萬葉集」の歌が刻してある。これは『万葉集』巻七（一三二九）に「寄㆑弓」の題で出ているものである。橋の東端左側にも和歌が彫付けてあり、それは「みちのくの安達ヶ原の黒塚に鬼こもれりと聞くハまことか　平兼盛」と読める。

橋を渡り切って下った所に、「安達ヶ原黒塚」はここから左折せよという標識がある。山門の右側には「天台宗量教院真弓山観世寺」、左側には「名所奥州安達ヶ原黒塚」の標札を掲げる。

## 観世寺境内

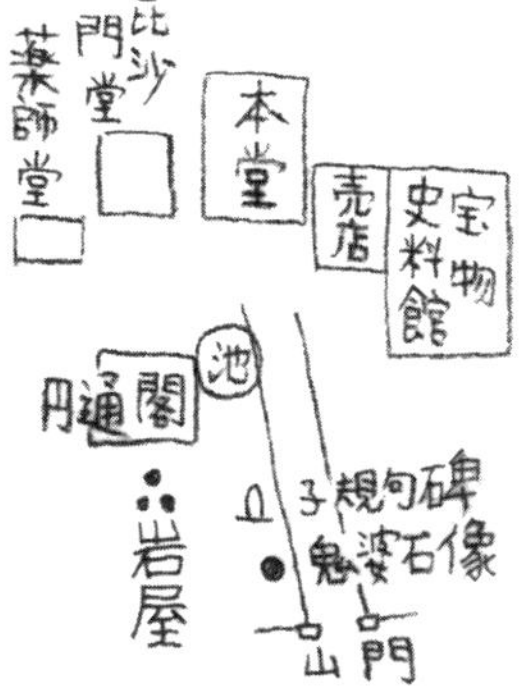


参道の左側には鬼婆の石像があり、その次に正岡子規の句碑がある。碑面は、

黒塚にて
涼しさや聞けば
昔は鬼の家　規

で、傍に「この句は明治二十六年夏、俳聖正岡子規が景勝の地、安達ヶ原黒塚を訪れ、地元の歌人大槻光枝翁の歌　黒塚の鬼の岩屋に苔むしぬ　しるしの杉や　幾世経るらん　と書き有るを見て、その返歌として奉納されたものです」と書いた説明板が建っている。

参道正面に真弓山観世寺本堂がある。本堂から見て左前に売店と宝物史料館、右前に円通閣がある。円通閣の裏側に「黒塚の岩屋」がある。大きな岩の上に比較的扁平な岩が乗って庇《ひさし》のように突き出ているのが最も目立つが、その前に建つ「笠岩《かさいわ》」の標識は、「名所　奥州安達ヶ原鬼婆の住家　ここ安達ヶ原は元はうっそうとした荒莫たる原野で、ここに大きな奇岩怪石が今日まで残っておりますが、この笠岩の所に仮のいおりを造って旅人を泊らせては秘かに妊婦の通るのを待っていた住家です（後略）」と説明する。

鬼婆の話は伝説であるが、果してこの岩屋は何であったのか。「阿武隈川を渡って北進してくる内地人を、この一線で防御するための」「古のトーチカ」で、「古代蝦夷人がこしらえたトーチカがそのままに残っていた所」に「人を喰う老婆や鬼が住ん」だのかも知れないという説が、岡田利兵衛氏著『随筆集』に見える。

山門を出てすぐ右に道をとり、阿武隈川の方へ少し行くと、大きい杉の木が立っている。老杉の根元には「黒塚」の標柱と「黒塚　みちのくの安達の原の黒塚に鬼こもれりと聞ハまことか　平兼盛」の歌碑が建ててある。歴史的事実はともかくとして、『曾良旅日記』に別当坊の言葉として引くように、ここは鬼婆を埋めた墓とするのが適当であろう。老杉はその墓碑に相当する。

## 一二　文知摺石《もじずりいし》

福島の「キレイ」な宿に一泊した芭蕉は、五月二日（陽暦六月十八日）文知摺石《もじずりいし》を訪ねた。例によって『曾良旅日記』を見ると、

快晴。福嶋ヲ出ル。町ハヅレ十町程過テイガラベ村ハヅレニ川有。川ヲ不越《こえず》右ノ方へ七八丁行テアブクマ川ヲ船ニテ越ス。岡部ノ渡リト云。ソレヨリ十七八丁山ノ方へ行テ、谷アヒニモジズリ石アリ。柵フリテ有。草ノ観音堂有。杉檜六七本有。虎が清水ト云小ク浅キ水有。福嶋より東ノ方也。其辺ヲ山口村云。

と、文知摺石までの道順が詳しい。石の様子は桃隣編『陸奥衛』の記述の方が分かりよい。

福嶋より山口村へ一里、此所より阿武隈川の渡しを越《こえ》、山のさしかゝり、谷間に文字摺の石有《あり》。石の寸尺は風土記に委《くわしく》見えたり。いつの比《ころ》か岨《そば》より転落《ころびおち》て、今は文字の方下に成《なり》、石の裏を見る。扇にて尺をとるに長サ一丈五寸、幅七尺余、楢《なら》の丸太をもて囲ひ、脇よりの目印に杉二本植《うゑ》、傍の小山に道祖神安置ス。

芭蕉がわざわざ見物に行ったのは、信夫《しのぶ》の里が著名な歌枕であり、そこに文知摺石があったからにほかならない。『類字名所和歌集』に九十四首、『松葉集』には二十六首の古歌を収録するところからも「信夫《しのぶ》」が著名な歌枕であったことが知られよう。

「しのぶもぢずり」は『日本賀濃子』巻九の陸奥国の「名物出所之部」に「信夫摺《シノフスリ》」と出ているように、陸奥国の名産であったらしいが、

◆『類字名所和歌集』　和歌。八冊。里村昌琢編。元和三年（一六一七）刊。活字本「笠間叢書155」。

◆『松葉集』　和歌。十六冊。『松葉名所和歌集』とも。内海（六字堂）宗恵編。万治三年（一六六〇）刊。活字本「笠間索引叢刊57」。

その実体は分明を欠く。布を模様のある石の上に当て、忍ぶ草などの緑色の葉や茎をそのまま布に摺りこんで染めたものらしい。「もぢずり」は、もじり乱れた模様をいうのであって、「文知摺」（文字摺）は単なる宛て字に過ぎない。「しのぶ」については、㈠信夫郡から産出したものだから、㈡忍ぶ草を摺りつけたものだから、㈢乱れ模様が忍ぶ草に似ていたから、等の諸説があって定まらない。

　さて、文知摺石は芭蕉・桃隣以後、長年月の間に埋没したので、明治十八年五月、信夫郡長柴山景綱が千余人の助力を得て発掘し、ここに至る直線の新道をも開いたという（山口道賀著『信夫文字摺之記』明治四十一年刊）。

　文知摺観音の前の普門橋を渡り、鐘楼を左側に見ながら境内にはいると、正面の小高い所に芭蕉の句碑がある。碑面は、

　早苗とる手もとや昔しのぶ摺

で、碑陰には「寛政六載甲寅夏五月　洛　丈左坊建之」と刻してある。『曾良旅日記』俳諧書留に、

　しのぶの郡しのぶ摺の石は茅の
　下に埋れ果て、いまは其わざも
　なかりければ、風流のむかしに
　おとろふる事ほいなくて、
　五月乙女にしかた望んしのぶ摺　翁

と見えるのは初案で、立花北枝編『卯辰集』（元禄四年刊）所載の「早苗つかむ手もとやむかししのぶ摺」の再案を経て、『おくのほそ道』所載の「早苗とる」の句形に定まったものであろう。前掲の句文には、芭蕉の「しのぶ摺」への憧れと、既に摺り染めが行われなくなっていることを知った時の落胆ぶりをうかがうことができる。

　芭蕉句碑の背後の、谷間のような所に柵に囲まれて文知摺石がある。傍に「石の伝説」と題する説明板が建ててある。

　遠い昔の貞観《じょうがん》年中（九世紀なかばすぎ）の



◆『卯辰集』　俳諧。二冊。立花北枝編。元禄四年（一六九一）刊。活字本、『日本俳書大系5蕉門俳諧続集』ほか。

ことです。陸奥国《むつのくに》按察使《あぜち》　源《みなもとの》　融《とおる》公が、おしのびでこのあたりまでまいりました。夕暮れ近いのに道もわからず、困り果てていますと、この里（山口村）の長者が通りかかりました。

　公は、出迎えた長者の女《むすめ》、虎女《とらじょ》の美しさに思わず息をのみました。虎女もまた、公の高貴さに心をうばわれました。

　こうして二人の情愛は深まり、公の滞留は一月余りにもなりました。

　やがて公を迎える使いが都からやってきました。公は始めてその身分をあかし、また会う日を約して去りました。

　再会を待ちわびた虎女は慕情やるかたなく、「もぢずり観音」に百日詣りの願をかけ、満願の日となりましたが、都からは何の便りもありません。

　嘆き悲んだ虎女が、ふと見ますと、「もぢずり石」の面に慕わしい公の面影が彷彿《ほうふつ》とうかんで見えました。なつかしさのあまり虎女がかけよりますと、それは一瞬にしてかきうせてしまいました。虎女は、遂に病いの床についてしまいました。

　みちのくの忍ぶもぢずり誰ゆえに、みだれそめにし我ならなくに（河原左大臣源融）

公の歌が使いの手で寄せられたのは、ちよ（う）ど、この時でした。

　公の歌をひしと抱きしめながら虎女は、その短い生涯をとじたといわれています。もぢずり石を、一名「鏡石」といわれるのは、このためだと伝えられています。

信夫文知摺保勝会

『おくのほそ道』に「里の童部《わらべ》」の言葉として、「往来《ゆきき》の人の麦草をあらして此石《このいし》を試《こころみ》侍《はべる》」と見えるのは、「鏡石」としての伝承によるものである。佐久間洞巌著『奥羽観蹟聞老志』

◆『奥羽観蹟聞老誌』　地誌。二十冊。佐久間洞巌（義和）著。享保四年（一七一九）成る。活字本、『仙台叢書（十五）・（十六）』ほか。

（享保四年成る）に、
往昔好事者《ノ》磨《スレバ》二麦葉《ヲ》石上《ニ》一則見《チル》二所レ思《フ》之人影《ヲ》一。近郊《ノ》麦隴為《ニ》レ之就《ガク》レ蕪《ニ》。故《ニ》農夫悪《にくミ》レ之《ヲ》、圧二倒《シテ》其《ノ》石《ヲ》二而埋《ム》二土中《ニ》一。其《ノ》石猶存《セリ》焉。

とあるのも、文知摺石の、鏡石としての性格を裏付ける。

境内入り口、受付の向い側の石段を登って右の方に進むと、「堀田正虎表碑」が杉の木の前にあり、その先に「陸奥の忍ふもぢ摺誰故に乱れ初にし我ならなくに　河原左大臣」の歌碑がある。正面には観音堂が建っている。「本尊は行基菩薩一刀三礼の作と伝えられる二寸二分（六・五cm強）の木造観音で、三十三年毎にしか開帳されない秘仏」（説明板）であるという。

観音堂の裏手を右に行くと、明治二十六年七月、『はてしらずの記』の旅の途次、正岡子規が立ち寄って詠んだ、

葱摺の古跡にて

**◆境内入り口**　普門橋を渡った右側に奥の細道紀行三百年を記念して俳聖松尾芭蕉像が建てられている（平成元年四月二十三日建立）。

## 文知摺石

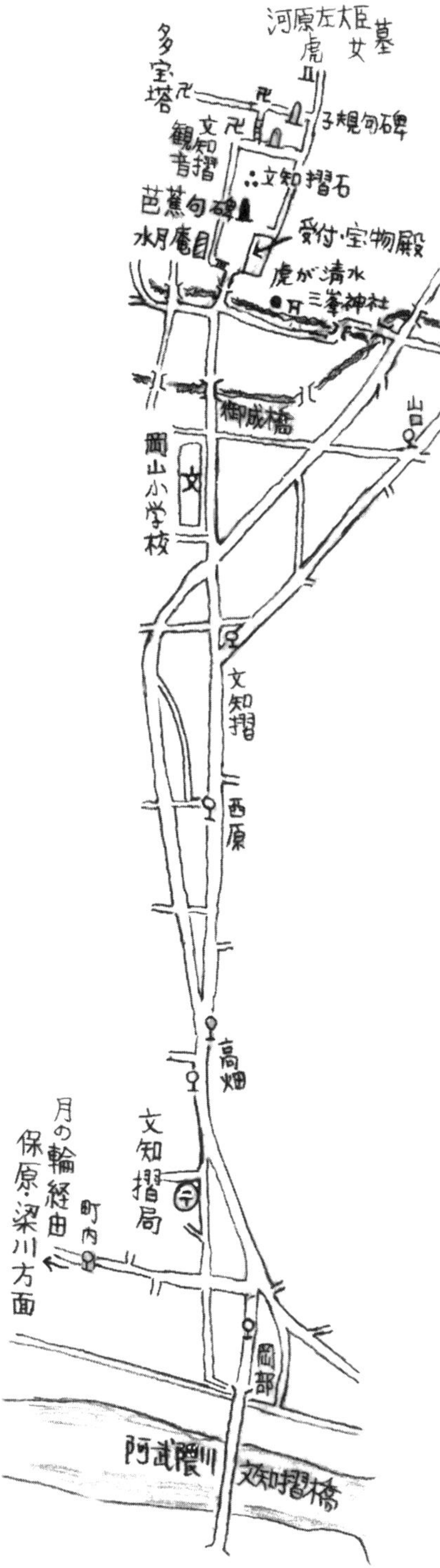

涼しさの昔をかたれしのぶずり　子規

の句碑（昭和十二年十一月の建立）がある。書は子規の真蹟に基づくものという。また、人肌石の傍には、

若緑しのぶの丘に上り見れバ
人肌石は雨にぬれゐつ　芋銭子

の歌碑がある。日本画家小川芋銭子は、明治四十四年九月と大正四年六月と、二度にわたりこの地に遊んだという。歌碑は昭和二十三年四月の建立である。

さらに奥の方に少し登ると夜泣石があり、その先には河原左大臣源融・虎女の墓というのがある。昭和五十八年四月の建立に成るこの墓は、まことに立派なものである。虎女の墓は境外にあったのを改葬移転したと「墓誌」に見えるから、虎が清水のそばにあった虎女の墓を移したものと思われる。

文知摺石の見物を終えた芭蕉は、「月の輪のわたしを越《こえ》て瀬の上と云《いふ》宿に出」た。阿武隈川にあった月の輪の渡しは、川筋の変化で既になくなってしまった。福島駅前からは月の輪経由の保原《ほばら》・梁川《やながわ》行きなどのバスで約二十分、バス停月の輪で下車し、進行方向左側の道にはいると、四軒目の佐藤氏宅の庭先に月の輪渡し跡の記念碑が建っている。

碑の上部は欠落してしまっているが、碑面には「芭蕉旧跡月輪渡」とあったものであろう。昭和四十九年九月三十日に訪ねた時には、碑はビニールで覆ってあり、コスモスがあるいは白く、あるいは淡紅色に咲き乱れて碑を見守っていた。その日、飯坂温泉で乗ったタクシーの運転手が、自作の歌として、

今昔の川の流れは変らねど
月の輪渡し面影もなし

の一首を披露してくれた。古いことながら、旅先で出会った風流として忘れがたい。

# 一三　医王寺《いおうじ》・飯坂温泉《いいざかおんせん》

文知摺石を見物した芭蕉は「月の輪のわたしを越《こえ》て瀬の上と云《いふ》宿に出」、佐場野の医王寺の佐藤庄司《しょうじ》一家の墓に詣でた後、飯坂温泉に宿をとった。五月二日（陽暦六月十八日）のことである。『曾良旅日記』には、

瀬ノ上ヨリ佐場野ヘ行《ゆく》。佐藤庄司ノ寺有《あり》。寺ノ門ヘ不入《いらず》、西ノ方ヘ行。堂有。堂ノ後ノ方ニ庄司夫婦ノ石塔有。堂ノ北ノワキニ兄弟ノ石塔有。ソノワキニ兄弟ノハタザホヲサシタレバはた出シト云《いふ》竹有。毎年弐本づゝ同じ様ニ生ズ。寺ニハ判官殿笈《おい》・辨慶書《かき》シ経ナド有由《あるよし》。系図モ有由。

と見える。『おくのほそ道』には瀬の上から丸山城址に行き、そのあと医王寺に行ったように書いてあるが、医王寺の条と飯坂の苦痛にみちた一夜を大きく取り上げるための、芭蕉の創作的手法と見るべきところであろう。

瑠璃光山医王寺は、平安時代淳和天皇の御代、天長三年（八二六）弘法大師の創建と伝え、弘法大師作という薬師如来を本尊とする真言宗豊山派の寺院で、佐藤基治・継信・忠信の菩提寺でもある。

芭蕉は医王寺で継信・忠信「二人の嫁がしるし」を見て、「女なれどもかひぐしき名の世に聞えつる物かなと袂をぬらしぬ」と書いている。芭蕉の感涙を誘った継信・忠信兄弟の嫁の話を、古浄瑠璃『八島《やしま》』四段目より引用して置こう。

あらいたはしや庄司殿《しやうじ》、いよく病《やま》ふぞまさりける。尼公《にこう》あまりの物うさに、二領《りやう》の

◆『東遊記』紀行・随筆。正続二編、各五冊。橘南谿著。寛政七年(一七九五)・同九年刊。活字本、『東洋文庫248 249東西遊記(1)(2)』ほか。

橘南谿著『東遊記』(寛政七年序)の「甲冑堂」の項には、「婦人の甲冑して長刀を持《もち》たる木像二ツを安置」してあるのは、「佐藤次信忠信二人の妻」の像だとし、その由来を、

其昔義経鎌倉殿の義兵をあげ給ふを聞《きき》、秀衡にいとま乞して鎌倉へ趣き給ふ時、佐藤庄司我子の次信忠信を御供に出《いだ》せり。其後義経京都へ攻登り、平家を追落し、一の谷・八島などにてさばかりの大功をたて給ひて、再度奥州へ来り給ひし時、はじめつき従ひて出たりし亀井・片岡など皆無事にて帰国せしに、次信は八島にて能登殿の矢先にかゝり、忠信は京都にて義の為に命をおとし、兄弟二人とも他国の土となりて形見のみかへりしを、母なる人かなしみ歎きて、無事に帰り来る人を見るにつけて、せめては一人なりとも此《この》人々のごとく帰りなばと泣沈みぬるを、兄弟の妻女其心根を推量し、ものゝ具取いだし、二人のよめにきせ申《まうし》、忠信《たゞのぶ》中門にたゝせおき、継信《つぎのぶ》参りて候ぞ、忠信参りて候ぞや、父上《ちゝうへ》、とのたまへば、今をかぎりの庄司殿、がつはと起きさせ給ひつゝ、二人のよめの姿をば、つくぐ〳〵と御覧じて、そのいにしへのおもかげの、あるとのみばかりにて、今の心はなぐさみぬ。…(中略)…是はうつゝにおもかげを見ることのうれしさよ、あら恋《こひ》しの継信や、あら恋しの忠信と、これを最期《さいご》のことばとして、あしたの露《つゆ》と消えたまふ。上下万民《ばんみん》おしなべて、あはれととはぬ人はなし。

芭蕉のいう「二人の嫁がしるし」は医王寺の墓地には見当らない。『曾良旅日記』五月三日の条に「次信・忠信が妻ノ御影堂有」と見える、斎川の甲冑堂《かっちゅうどう》に祀られていた二人の木像から受けた感銘を、医王寺の記事の中に織りこんだものであろう。

我が夫の甲冑を着し、長刀を脇ばさみ、いさましげに出立《いでたち》、只今兄弟凱旋せしと其《その》俤を学び、老母に見せ、其心をなぐさめしとぞ。其頃の人も二人の婦人の孝心あはれに思ひしにや、其姿を木像に刻みて残し置しと也。

と書きしるしている。古浄瑠璃『八島』の内容とは差異があるが、芭蕉は現地でこのような形の説話を聞いたかも知れない。しかし、二人の嫁がそれぞれ夫の甲冑を着けて舅を慰めた勇姿は世間の人々に感銘を与え、広く知られていたと考えられるから、古浄瑠璃『八島』の内容を、芭蕉の感涙の源泉として置く。

福島駅より福島交通飯坂温泉行き電車で「医王寺前」で下車。「醫王寺➚」という大きな看板があり、矢印の方向に、所々に果樹園のある道を十数分歩くと医王寺の山門前に出る。川向うの北に見えるのは、大鳥城址のある丸山である。

医王寺の境内、本堂より見て右前に芭蕉句碑がある。

笈も太刀もさつきにかざれ紙のぼり　はせを翁

碑陰には「寛政庚申冬十月隈東 谷蕪川建焉」とあり、松平定信が「古関蹟」の碑を建てたのと同じ寛政十二年(一八〇〇)の建立と知られる。この古碑のそばには、上部に「笈も太刀も」の句を配し、下部に「此の句碑は寛政十二年十月隈東の谷蕪川と言う人が芭蕉翁歿後百六年目に建立したものであります」という説明碑がある。

医王寺の什物としては、弁慶自筆下馬札・弁慶の笈・弁慶筆の大般若経・義経所用の直垂《ひたたれ》の切地・二股の竹旗竿その他があり、宝物室に陳列してある。

佐藤一家の墓碑は、山門をはいって直進した所にある薬師堂の背後にある。東面して基治・乙和姫夫妻の墓、その東北に継信・忠信兄弟の墓が南面して建っている。

◆福島駅　駅東口、ルミネの向かい、バス降車場10の近く、福島駅前北地下道出入口の脇に芭蕉・曾良の旅姿像が建っている。

電車の終点飯坂温泉駅の駅前広場には、摺上《すりかみ》川を背にして行脚姿の芭蕉像が建ち、銅版の説明文も添えてある。芭蕉像は日展評議員彫塑家太田良平氏の制作で、昭和五十七年睦月の建立である。

飯坂温泉駅を出て、右手に摺上川に沿うように旅館街を行くと、新十綱橋の少し先の右側に花水館がある。花水館の門前には「俳聖芭蕉ゆかりの地入口」の標柱が建っている。その脇の小路の石段を川岸の方に降りて行くと、ホテル脇の小公園に「俳聖松尾芭蕉ゆかりの地」と題する記念碑が建ててある。碑面には『おくのほそ道』飯坂の章の、「其夜飯塚（飯坂）にとまる」以下「桑折の駅に出る」までを記し、碑陰には、

銘

元禄二年（一六八九）奥の細道旅行の芭蕉は、信夫文字摺・医王寺・大鳥城跡をたずねた後、五月二日飯坂に泊りました。その頃飯坂は、すでに温泉地として栄えていましたが、芭蕉は、土間にむしろをしいたような、貧しい家に一夜をすごしました。その場所が滝の湯であったと伝えられています。

今、この滝の湯跡に記念碑を建て、奥の細道本文の一節を刻み、ながく俳聖のこゝろをしのぶよすがといたします。

昭和四十三年十一月二日　　（以下略）

と、横井博氏の撰文で、「ゆかりの地」たる理由が述べてある。

『曾良旅日記』五月二日の条には、医王寺の記事のあとに、

川ヲ越、十町程東ニ飯坂ト云所有。湯有。村ノ上ニ庄司館跡有。……昼より曇、夕方より雨降。夜ニ入《いり》、強《つよし》。飯坂ニ宿。湯ニ入。

と簡単な記事があるだけで、宿の名称は書いてないが、古老の言い伝えによると、芭蕉は滝の湯の湯番小屋に泊ったのだという（横井博氏著

# 飯　坂

『ふくしま奥の細道』）。雨漏りのする貧家の土間に莚を敷いてやすんだが、蚤や蚊の襲来で眠れず、持病まで起こって気を失うほどの苦痛を味わったと、『おくのほそ道』には書いてあるが、『曾良旅日記』の記事からは芭蕉の苦しみは読み取れない。「羇旅辺土の行脚」を強調するための文飾であろうか。

もと来た道をあともどりして、昭泉閣の所を右折して行くと鯖湖神社の所に出る。この辺は飯坂の古い温泉街で、いま公衆浴場の鯖湖湯は、飯坂の古い元湯であったと言われる。鯖湖神社の社殿に向かって左隣には「お湯かけ薬師如来」像が立ち、その左には鯖湖の碑の由来を記した説明板が建ててある。（訓点は久富）

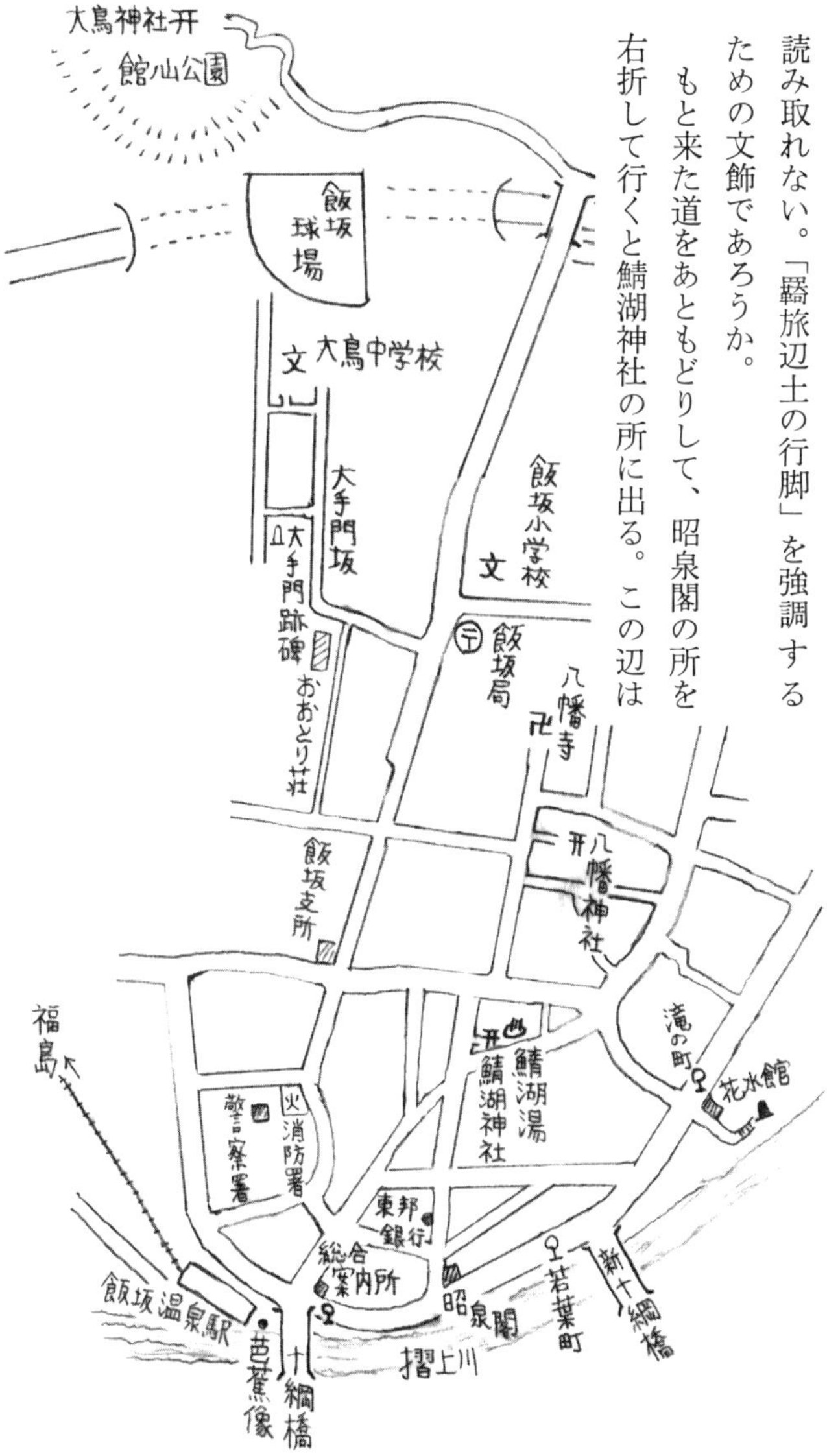

鯖湖之碑の由来

勅選和歌集拾遺集より

あかずしてわかれしひとのすむ里は
　さばこのみゆる山のあなたか

碑文は白河楽翁公（松平定信）の筆による
（鯖湖の恋歌）

鯖湖碑陰記

土人以テ㆓古ノ鯖湖ヲ㆒即チ為シ㆓此ノ地ト㆒。聞ク㆓之ヲ老公ニ㆒。
老公書シテ賜フ㆓古歌ヲ㆒。刻シテ㆑碑ニ樹ツ㆑之ヲ。臣典謹ンデ識シ㆓
其ノ陰ニ㆒詔シ㆓後世ニ㆒使ム㆓之ヲシテ知ラ㆒㆑之ヲ。

文化十三年丙子　白河廣瀬典識

漢詩説明

この地の人が鯖湖はここであるということを松平定信がきいて古歌を書かれたので、臣の廣瀬典がこれを碑にきざんで建てた。

正碑移転記

正碑ノ或ヒハ恐レ㆓罹災センコトヲ㆒　相議シテ移ス㆓之ヲ八幡祠畔ニ㆒。
爰ニ代フルニ以テス㆓此ノ石ヲ㆒。

明治三十五年元旦　如電大槻修

漢詩説明

老公が書かれた正碑が災にあってなくなることを心配して、正碑を飯坂町八幡神社に移し、代りの副碑をここに建てた。

平成二年葉月　湯澤町内会　鯖湖神社氏子

『おくのほそ道』にいう佐藤庄司の旧館は、飯坂町の西方館山《たてのやま》にあった大鳥城址である。芭蕉は「丸山」と書いているが、今は館山《たてのやま》と呼んでいる。飯坂温泉駅から徒歩約一時間の所である。頂上は広場になっていて、大鳥神社（祭神は佐藤基治父子。昭和四十年十月建立）と吉川英治氏撰文の「大鳥城跡」の碑がある（昭和三十三年十月建立）。

「大手の跡」というのは、大鳥中学校から百メートル余り離れた果樹園に通じる道の傍に、「大手門の跡」という石碑が建っているだけで、往時の面影はしのぶべくもない。

# 一四　武隈《たけくま》の松《まつ》

芭蕉は飯坂から桑折《こおり》・越河《こすごう》・貝田・斎川・白石を経て、五月四日（陽暦六月二十日）岩沼に至り、歌枕として著名な武隈の松を感慨深く眺めた。武隈の松に関しては、藤原清輔著『奥義《おうぎ》抄《しょう》』に詳しい記述が見られる。

うゑしときちぎりやしけむたけくまの
　まつをふたゝびあひみつるかな

武隈の松はいづれのよゝりありけるものともしらぬ人は、うゑしときとよまれたれば、おぼつかなくもや思ふとて書きいでゝ侍るなり。此《この》松は昔よりあるにはあらず。宮内卿藤原元善といひける人の任に、たちの前にはじめてうゑたる松なり。みちのくにの舘はたけくまといふところにあり。この人ふたゝびかの国になりて後のたびよめる歌なり。たけくまのはなはの松ともよめり。重之歌に云、

たけくまのはなはにたてるまつだにも
　わがごとひとりありとやはきく

たけくまのはなはとて、山のさしいでたる所のあるなりとぞ、近くみたる人はまうしし。この松野火にやけにければ、源満仲が任に又うう。其後又うせたるを橘道貞が任にうう。其後孝義きりて橋につくり、のちたえにけり。うたてかりける人なり。なくともよむべし。

『おくのほそ道』に「代々あるは伐《きり》、あるは植継《うゑつぎ》などせしと聞《きく》」とあることが具体的に述べられているが、「孝義きりて橋につくり」は、「此《この》木を伐《きり》りて名取川の橋杭《はしぐひ》にせられたる事」と表

現内容に差異がある。伝承の過程で変化したものか、それとも芭蕉の思い違いであろうか。『曾良旅日記』五月四日の条には、次のように書いてある。

岩沼入口ノ左ノ方ニ竹駒明神ト云有リ。ソノ別当ノ寺ノ後ニ武隈ノ松有。竹がきヲシテ有。ソノ辺、侍やしき也。古市源七殿住所也。

## 武隈の松

佐々木喜一郎氏著『二木松考』によると、「古市源七殿」云々は、里人が「古内源吉」と語ったのを、仙台弁のこと故曾良が間違えたものと思う。「市」と「内」、「七」と「吉」であるから。この古内源吉は当時の岩沼館主で、古内家の四世、真厳君である。諱《いみな》は広慶、通称を主膳、又能登といった。源吉は小字である。芭蕉来岩の元禄二年には十二歳であった。

という次第である。

東北本線と常磐線の分岐点、岩沼駅で下車し、南方へ徒歩約十五分で、「岩沼市指定名勝二木の松」の標柱の建つ武隈の松に至る。松は朱塗りの玉垣の中にあり、傍に「二木松碑」と題して、

うゑしときちぎりやしけむたけくまの
松をふたゝびあひ見つるかな　藤原元良

たけくまの松は二木をみやこ人
いかゞと問はゞみきとこたへむ　橘季通

の二首を刻した歌碑が建っている。

現存の二木の松は、前掲『二木松考』によると、第七代目にあたり、文久二年（一八六二）に烈風で倒伏したものの後、岩沼南町の呉服屋作間屋万吉（七代目）が玉浦村二ノ倉浜に恰好の松を探し得て植え継いだものであるという。

武隈の二木の松から竹駒神社までは五分ほど。「竹駒神社」の扁額を掲げる朱塗りの大鳥居の前に、「敕宣正一位日本三大稲荷竹駒神社」の標柱が見られる。大鳥居をはいると、右側に二木塚がある。

芭蕉翁　さくらより松は二木を三月越し

と碑面に芭蕉の句を刻し、左側面に「當社より二木の松へ二丁餘」とある。この芭蕉句碑は寛政五年（一七九三）の芭蕉百回忌に、東龍斎謙阿が建立したものだそうで、「芭蕉翁六世東龍斎謙阿　朧より松は二夜の月にこそ」の句碑も並んでいる。

## 一五　笠《かさ》島《じま》

『曾良旅日記』五月四日（陽暦六月二十日）の条を見ると、武隈の松の記述の次に、

笠嶋（名取郡之内）岩沼・増田之間、左ノ方一里斗有。三ノ輪・笠嶋と村並而有由《ならびてあるよし》。行過テ不見《みず》。

と書いてある。『おくのほそ道』には、笠島には藤中将実方《とうのちゅうじょうさねかた》の塚・道祖神の社《やしろ》・形見の薄《すすき》があると里人に教えられ、是非とも行って見たかったが、「此比《このごろ》の五月雨に道いとあしく、身つかれ侍れば、よそながら眺やりて過」ぎたと、無念さをにじませた記述が見られる。旅の事実のみを書いた『曾良旅日記』の記事と、文芸作品としての『おくのほそ道』の差異を見せつけられるような箇所である。

# 笠島

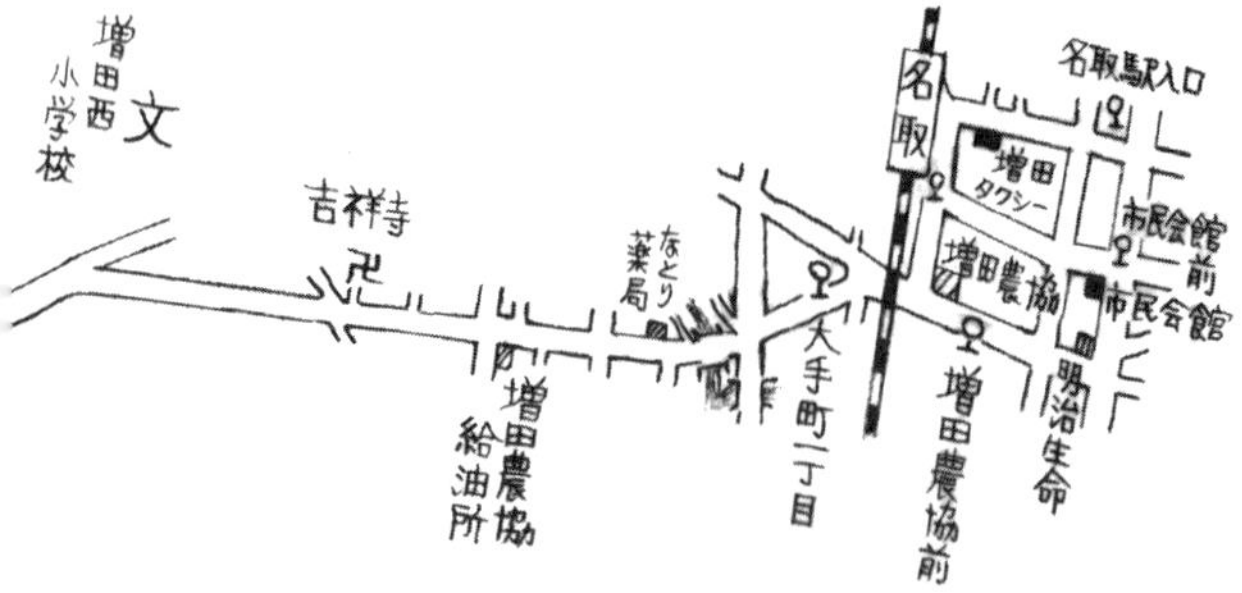


芭蕉が笠島への思慕の情をいだいたのは、一つは藤原実方ゆかりの道祖神社とその墓に詣でることであり、二つには実方の塚に西行が詣でて和歌を残した、そのゆかりの形見の薄に心惹かれたからであろう。

平安中期の歌人藤原実方は、正暦二年（九九一）右近衛中将、同五年には左近衛中将に任ぜられたので、藤原姓を略して藤中将と称された。長徳元年（九九五）陸奥守に任ぜられ、同四年任地において客死したが、その最期については、『源平盛衰記』巻七「笠島道祖神事」の章に、

終に奥州名取郡、笠島の道祖神に被蹴殺《けころされ》にけり。実方馬に乗《のり》ながら、彼《かの》道祖神の前を通らんとしけるに、人諫《ひとのいさめ》て云《いひ》けるは、此《この》神は効験無雙の霊神、賞罰分明也、下馬して再拝して過《すぎ》給へと云。…(中略)…実方、さては此《この》神下品《げぼん》の女神にや、我《われ》下馬に及ばずとて、馬を打《うつ》て通《とほり》けるに、神明怒を成《なし》て、馬をも主《ぬし》をも罰し殺し給けり。其《その》墓彼《かの》社の傍に今に是有《これあり》といへり。

と見えている。その墓について、時代は下るが、『二十四輩順拝図会後篇陸奥出羽下野四』（文化六年刊）には次のように書いてある。

藤中将実方朝臣の塚ハ……蓑輪の里笠嶋道祖神の社をうしろへ下る所にあり。……かたハらにかたミの薄《すゝき》といふあり。即《すなはち》塩出山の麓なり。又中将住《すみ》給ひし跡とて塩出村の農民代ゝ久兵衛といふ者ありて彼《かの》塚を守り祭祀等の事をつかさどれり。

次に、「かた見の薄」というのは、実方の墓前に植えてあった薄のことで、その墓に詣でた西行の和歌にもとづく呼称である。

みちの国にまかりたりけるに野中に常よりもとおぼしきつかのみえけるを人にとひければ、中将の御はかと申ハこれがこと也と申ければ、中将とハ誰がことぞと

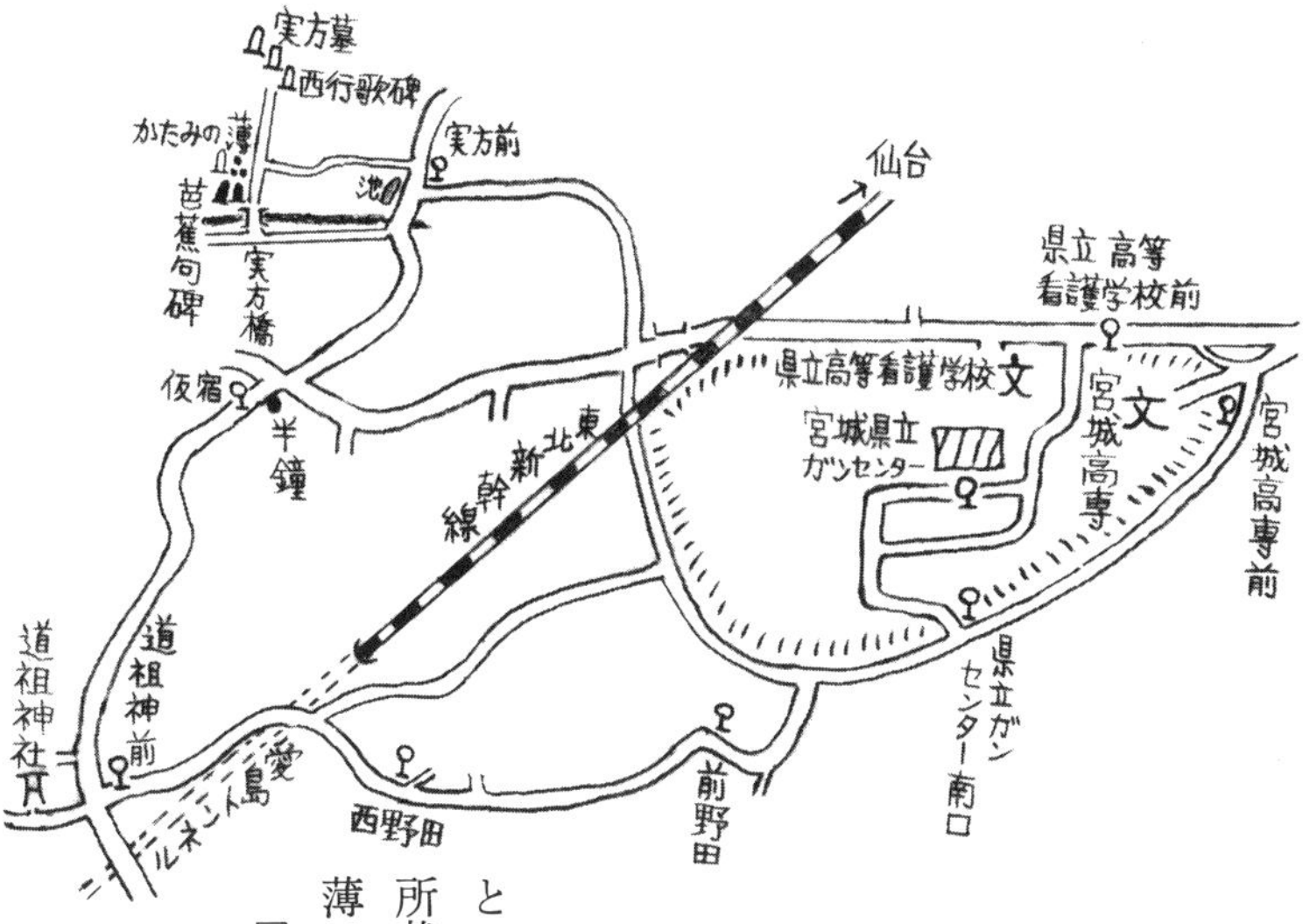


又問ければ、実方の御ことなりと申ける。いとかなしかりけり。さらぬだに物哀におぼえけるに霜がれの薄ほのぐみえ渡りて、後にかたらむ詞なきやうにおぼえて、

朽もせぬ其名バかりをとゞめをきてかれのゝ薄かたみにぞみる

という『山家集』（『新古今集』にも）所載の和歌によって作られた名所の薄である。

『曾良旅日記』俳諧書留には、

中将実方の塚の薄も道より一里ばかり左りの方にといへど、雨ふり日も暮に及《およ》侍れば、わりなく見過しけるに、笠嶋といふ所にといづる（ママ）も、五月雨の折にふれければ、

笠嶋やいづこ五月のぬかり道　翁

と『おくのほそ道』笠島の章の原型ともいうべき句文が書きとめてある。発句の上五文字を「笠島は」と改めたのは、『おくのほそ道』執筆時であろう。

笠島道祖神社や藤原実方の墓に詣でるには、東北本線名取駅で下車し、駅前にある増田タクシーを利用するのが便利である。

道祖神社の所在地は、名取市愛島《めでしま》字笠島である。鳥居には「正一位道祖神」の扁額が掲げられ、傍に「道祖神社」の標柱が建っている。境内には「道祖神社」と題する説明板が建ててあるので、参考のために掲げておく。

名取市愛島笠島に鎮座する道祖神社は、もと「延喜式神名帳」にある社（これを式内社という）名取郡二座のうちの一つで佐具《さぐ》叡《え》神社とよばれていた。

道祖神とは、旅人のさいさきを守る神であり、また路に邪魅を遮《さえ》る神であったから、岐神《くなどのかみ》・遮《さえ》の神・道陸神《どうろくしん》・さくえの神などともよばれた。猿田彦大神のことであるという説もある。いずれにしても、陸奥の国府の所在地である多賀城に通ずる古官道であった東《あづま》街道沿いに奉祀《ほうし》されたのは当然であろう。しかし、神域は、道路の改変によって、何度か変わったらしい。いまの社殿は、江戸時代の初期、当時の仙台藩主によって現在地に建立されたものと伝えられるが、近年屋根を瓦葺《かわらぶ》きに改めて面目を一新した。この道祖神社が、芭蕉の関心をひいたのは、陸奥守《むつのかみ》としてこの地に下った藤原実方朝臣《あそん》が、この社前を乗り打ちした時、急に乗馬が驚き、落馬した実方朝臣は、それがもとでこの地で薨《こう》じたという故事による。「古人も多く旅に死せるあり」と芭蕉が書いた古人のなかで、まず念頭に思いうかんだのが、みちのくの歌枕探勝の先駆者であったこの風流貴公子であろうことは、十分想像される。

芭蕉は、白石から仙台への道すがら、笠島から塩手（いずれも現在の名取市愛島）にかけての、実方朝臣の伝承や遺跡に心ひかれながらも「此比《このごろ》の五月雨に道いとあしく身つかれ侍れば、よそながら眺やりて過《す》ぎ」、その感懐を「笠島はいづこさ月のぬかり道」の一句に託した。この句はここから東南約六キロメートル離れた名取市館腰一ノ橋のほとりにある道祖神路の道標にきざまれている。

「藤中将実方の塚」は、道祖神社の北方約一キロの、名取市愛島塩手字北野三十九の地内にある。道路脇に建つ標柱の所を左折し、少し行って右に小川を渡ると一叢《ひとむら》の薄があり、「笠島はあす

◆小川を渡る　実方橋を渡ると「笠島はいづこ」の芭蕉句碑と「おくのほそ道」碑が並んでおり、その後ろの一叢の薄には「かたみのすすき」の標識が建ててある。

の草鞋のぬぎ処　松洞馬年」の句碑がある。竹林の中を進むと、杉の木立の中に、玉垣に囲まれた墳墓と三基の碑があり、傍に説明板が建っている。

「中将実方朝臣之墳」と刻した碑の右側面には「陸奥国にまかり下りしに」以下の詞書と「くちもせぬ」の西行の和歌を記し、裏側には「延喜式神名帳　陸奥国一百座名取郡二座之内　佐具叡神社　至山上半里」と書いてあり、西行和歌の末尾に「瓠形菴雄渕《おぶち》写」と見える。雄渕は実方追善のこの碑を建てた時に、諸家の句を乞うて、『かたみのすすき』一巻を刊行した。時は実方八百年忌にあたる寛政十年（一七九八）のことである。

他の二基は、

西行法師の歌　従一位侯爵久我通久書

朽もせぬ其名ばかりを留置て
かれ野のすゝきかたみにぞ見る

かたみの薄

明治四十年十一月　荘司益吉立石

および、「さくらがり雨はふりきぬおなじくはぬるとも花のかげにかくれむ」の実方作の和歌を上部に、下部に漢文の碑誌を刻した大きい歌碑（漢文の碑誌の末尾に「明治四十年十一月友部仲吉撰」とある）である。

## 一六　仙台《せんだい》・奥《おく》の細道《ほそみち》

武隈の松を見た芭蕉は、名取川を渡って、五月四日（陽暦六月二十日）の夕方仙台に至り、国分町の大崎庄左衛門方を宿とした。仙台には五・六・七の丸三日間滞在した。『おくのほそ道』には、「画工加右衛門と云《いふ》もの」が「聊《いさゝか》心ある者と聞て知る人」になり、仙台近郊の名所を案内してもらったことを記し、さらにその風流心をも賞揚している。

芭蕉が仙台で名所見物をしたのは、六日に亀が岡八幡宮に参詣したことを除けば、他はすべて七日のことに属し、『おくのほそ道』本文に符合する。

『曾良旅日記』五月七日の条は次のとおりである。

快晴。加衛門(北野加之)同道ニ而権現宮を拝、玉田・横野を見、つゝじが岡ノ天神へ詣、木の下へ行。薬師堂、古《いにし》へ国分尼寺之跡也。帰リ曇。夜ニ入、加衛門・甚兵へ入来。冊尺并横物一幅づゝ翁書給。ほし飯一袋・わらぢ二足、加衛門持参。翌朝のり壱包持参。夜ニ降。

木《き》の下《した》の薬師堂の古めかしい仁王門の傍に、「薬師堂」と題する説明板が建ててある。

薬師堂の建っているこの地は、いまから約千二百五十年前の奈良時代聖武《しょうむ》天皇の勅願によって建てられた陸奥国分寺(金光明四天王護国之寺)の址で、附近一帯は古今集東歌《あずまうた》にある、

みさぶらひ御笠《みかさ》と申せ宮城野の
木《こ》の下露《したつゆ》は雨にまされり

に由来して木の下とよばれていると同時に、歌枕(古歌によまれた名所)として、多くの人によって和歌によまれてきた。この歌に見られるような欝蒼《うっそう》としげった木立ちの中に一きわぬけ出るように七重の塔がそびえ、南大門・中門・金堂・講堂など七堂伽藍が天平《てんぴょう》の甍《いらか》をいただいて、力強い木組をみせていたのだろう。その壮大な規模は近年の考古学的な発掘研究によって、はっきり確認された。

落雷や兵火によって土に帰った荘厳の上に慶長九年(一六〇四)仙台藩祖伊達政宗によって、旧国分寺金堂址に建てられたのが薬師

## 仙台（榴ヶ岡・木の下）

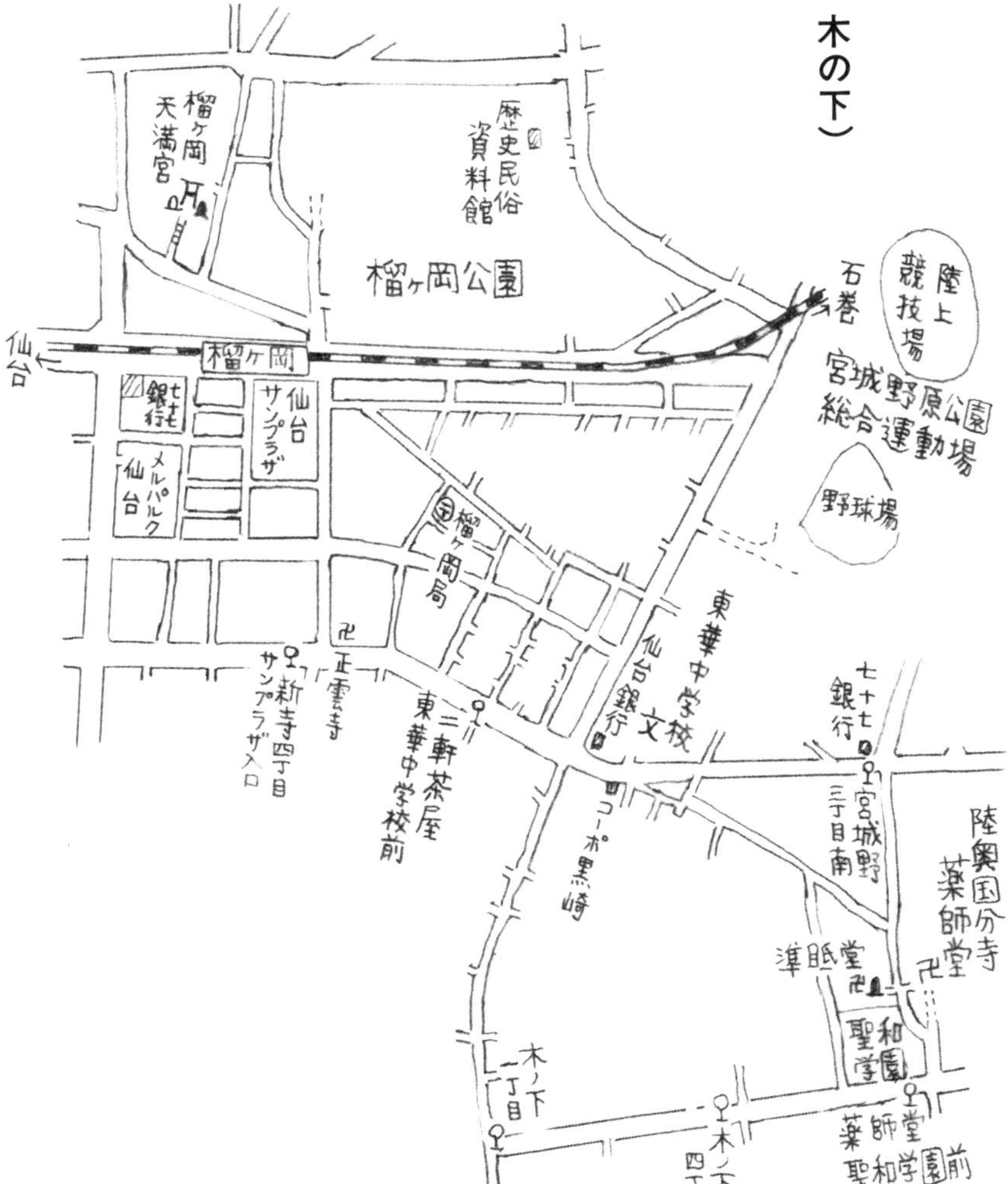
榴ヶ岡天満宮
歴史民俗資料館
榴ヶ岡公園
石巻
陸上競技場
宮城野原公園総合運動場
野球場
仙台
榴ヶ岡
七十七銀行
仙台サンプラザ
仙台メルパルク
榴ヶ岡局
正雲寺
新寺四丁目
サンプラザ入口
三軒茶屋
東華中学校前
仙台銀行
東華中学校
七十七銀行
コーポ黒崎
宮城野三丁目南
陸奥国分寺薬師堂
準胝堂
聖和学園
木ノ下一丁目
木ノ下四丁目
薬師堂聖和学園前

◆曰人《わつじん》　俳人。遠藤氏。名は定矩。仙台藩士。『芭蕉翁系譜』(文政五年稿)・『蕉門諸生全伝』(文政年間稿) ほかの著がある。天保七年(一八三六)没、七十九歳。

## 岩切付近

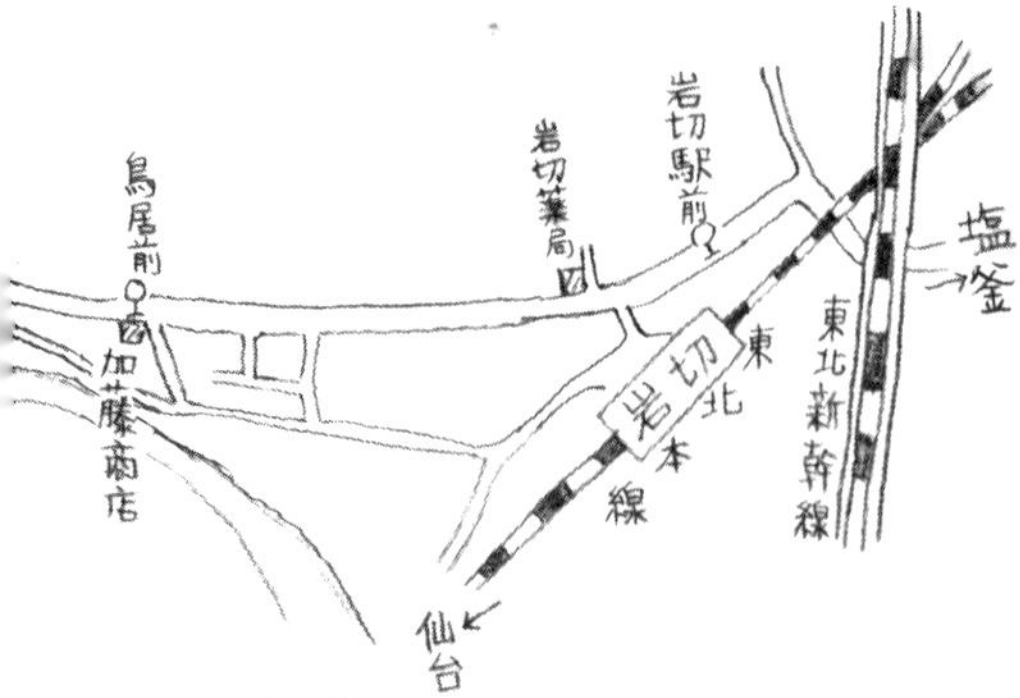


堂である。

元禄二年(一六八九)五月七日(太陽暦で六月二十三日)滞仙三日目、折からの梅雨《つゆ》の晴間の快晴にめぐまれた芭蕉は門人曾良《そら》とともに、仙台の俳人北野加之《かし》(画工嘉右衛門)の案内で、東照宮(権現宮)や榴岡天満宮に参拝し、また玉田・横野の歌枕を訪ねたあと、ここ木ノ下の薬師堂へも杖をひいた。「日影ももらぬ松の林に入て、爰《ここ》を木の下と云とぞ、昔もかく露ふかければこそ、みさぶらひみかさとはよみたれ」と書きのこされた面影は偲ぶべくもないが、嘉右衛門との風雅の交《まじわ》りの名残りをとどめる「あやめ草足に結《むすば》ん草鞋の緒」の句碑が境内の一隅にある。

参道正面の本堂の前には「国分薬師堂」と刻した標柱がある。薬師堂の西側、道路を越えた向う側の準胝堂の北側に、

あやめ草足に結ん艸鞋の緒　芭蕉翁

の句碑が建っている。碑陰には句碑建立の由来を漢文で記すが、その中の一節を訓点を付して揚げる。

嚮ニ桃青翁巧ニスレ俳ヲ。嘗テ抖二擻シ于奥羽ニ一乃チ与二藩ノ画工某一善クス。臨ンデレ別ニ有リ二鞋綦ノ吟一載セテ存ス二集中ニ一。距ルコトレ今ヲ九十有四霜ト云フ。爰ニ雪中菴嵐雪四世駿東六花菴慕ヒ二其ノ高風ヲ一、復タ雲二遊ス于斯ニ一。竊カニ謂ヘラク　碑スルモノ二于翁ノ句ノ於藩ニ一衆シ矣。然レドモ　皆他邦之吟ナリ。今所レ鐫ル是確カナリ二于藩ニ一。竟ニ上ス二此ノ句ヲ於石ニ一。

文末には「天明壬寅歳小春日　行脚官鼠建之暮かねて鴉啼なり冬木立」とあって、天明二年(一七八二)に駿府の俳人六花菴二代官鼠の建てたものであると知られる。

古来萩の名所として名高い宮城野は、『曾良旅日記』歌枕覚書に、

宮城野　仙台ノ東ノ方、木ノ下薬師堂ノ辺也。惣テ仙台ノ町も宮城野ゝ内也。

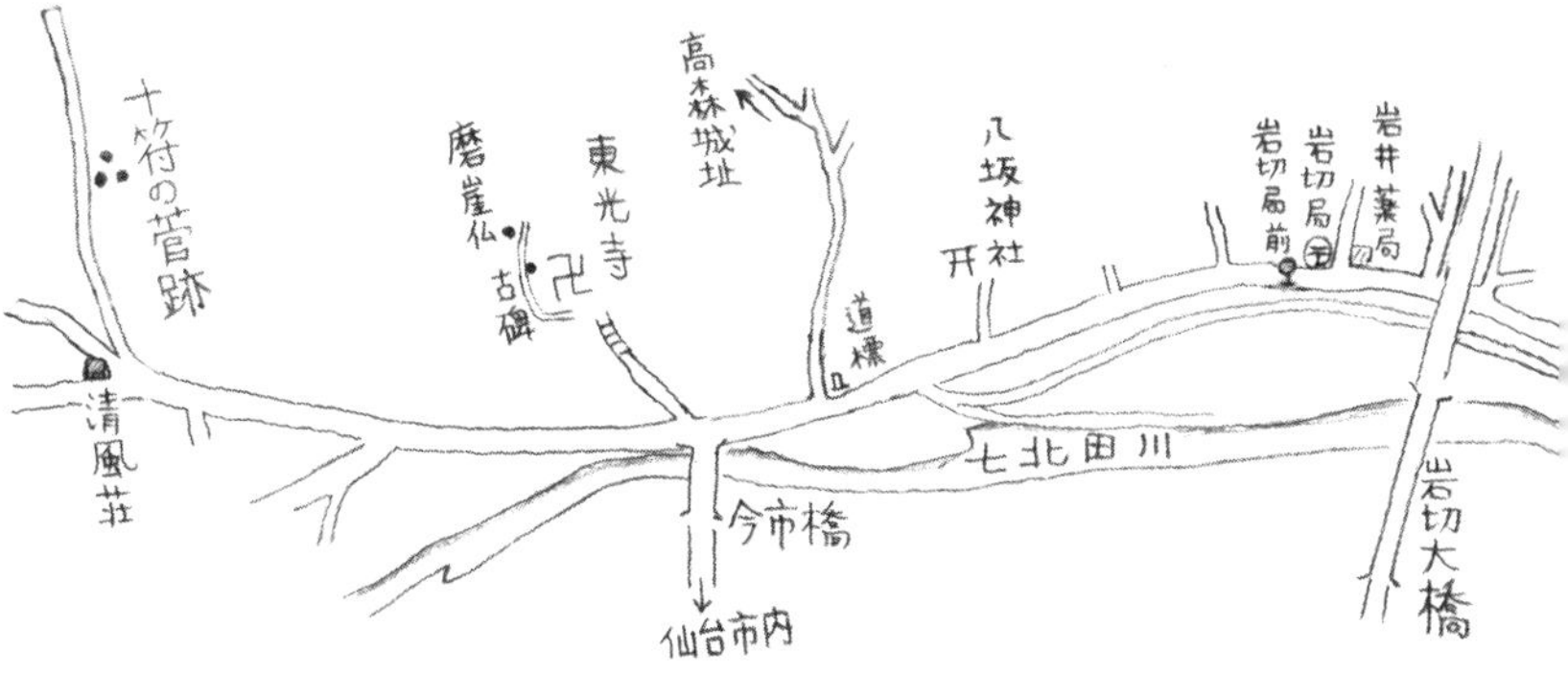


とあるが、薬師堂の北の方で、もと陸軍練兵場、いま宮城野原総合運動場となっているあたりがその中心部だったのであろう。

躑躅岡《つつじがおか》天満宮は仙石線榴《つつじ》が岡駅から程近い丘上にある。境内には歌碑・句碑のたぐいが多く見られるが、それらの中に、蓮二（各務支考《かがみしこう》）の句と併刻した芭蕉の「あか〳〵と日はつれなくも秋の風」（寛保三年二月、雲裡坊門人等により建立）の句碑があり、その向い側には、大島蓼太《りょうた》の「五月雨やある夜ひそかに松の月」の巨碑や、「道ばかり歩いてもどる枯野かな」の遠藤曰人《わつじん》の句碑などが見られる。

拝殿脇に馬酔木《あせび》があるのは、『おくのほそ道』に「玉田・よこ野、つゝじが岡はあせび咲《さく》ころ也」とあるのに因《ちな》んで、昭和年代に植樹されたものである。

五月八日（陽暦六月二十四日）芭蕉は画工加右衛門より贈られた画図を頼りに塩竈・松島方面に向かって仙台を立ち、「おくの細道の山際に十符《とふ》の菅《すげ》」を見た。

「奥の細道」という固有名詞が中世の文献に見えるのは、筑紫の僧宗久の観応年間（一三五〇～一三五二）の旅の『都のつと』及び道興准后の文明十八年（一四八六）六月から翌年三月に至る旅の『廻国雑記』の二書のみで、どこが「奥の細道」なのか、その位置については確定できない。

近世に入ると、大淀三千風編『松嶋眺望集』（天和二年刊）下巻「野田玉河」の条に、

　此辺《このあたり》、浮島・野中の清水・沖の石・奥の細道・轟《トヽロキ》の橋などいふ処あり。

とあるのが、近世の文献における「奥の細道」の初見であり、次いで、同じく三千風著『日本行脚文集』（元禄三年刊）巻之七、「奥州仙台亀岡八幡宮遠眺詞并二十八景品定」の条の、二十八景の中に「奥細道」がはいっている。この二十八景は、貞享四年（一六八七）の春、三千風が亀

岡八幡宮で撰定したものであるから、当地方の名所としての「奥の細道」は、延宝期から貞享期にかけて、大淀三千風一派によって再整備されたものと考えてよいであろう。そして、それが井原西鶴著『一目玉鉾』（元禄二年刊）・芭蕉『おくのほそ道』（元禄七年成）と継承されるのである。

『曾良旅日記』歌枕覚書の、「十府浦」の鰭紙《ひれがみ》に、

今市ヲ北へ出ヌケ、大土橋有。北ノツメヨリ六七丁西へ行所ノ谷間、百姓やしきノ内也。岩切新田ト云。カコヒ垣シテ有。今モ国主へ十符ノコモアミテ貢ス。道、田ノ畔也。奥ノ細道ト云。田ノワキニスゲ植テ有。貢ニ不足スル故、近年植ル也。是ニモカコヒ有故、是ヲ旧跡ト見テ帰者多シ。仙台より弐里有。塩ガマ・松嶋へノ道也

とあるのによれば、「奥ノ細道」は、今市橋を北へ渡った所から「六七丁西へ行所ノ谷間」にあった十符の菅の辺の「田ノ畔」の道をいうように思われる。

仙台の北郊、今市の集落を過ぎて、七北田《ななきた》川（岩切川・冠《かんむり》川とも）に架した今市橋を渡ると、本松山東光寺の門前に出る。「奥の細道」は、この東光寺門前から十符の菅あたりまでの道筋の名称であったらしいが、その場所や範囲を明らかにすることは難しい。

天野桃隣編『陸奥鵆』（元禄十年刊）巻五には、

仙台より今市村へかゝり、冠川土橋を渡り、東光寺の脇を三丁行テ、岩切新田と云《いふ》村、百姓の裏に、十符の菅アリ。又同所道端の田の脇にもあり。両所ながら垣結廻《ゆひめぐら》し、菅は彼百姓が守《もる》となん。

と、曾良の記録と同じような記事が見られる。

十符の菅の産地の跡について、曾良と桃隣の記事から考えると、東光寺門前より約五百メートルばかり行った所の谷間《たにあい》で、百姓屋敷の内の

田圃に栽培されていたらしい。東光寺門前より約五百メートル西というと清風荘の辺になるが、そこから少し行った右側の民家の庭先に植え継がれているのが十符の菅の名残であろう。

東光寺門前から塩釜街道を東へ行くと、すぐに「青麻道」の道標（明和三年九月の建立）が目につく。さらに進むと、岩切郵便局の東、岩井薬局角に、

従是　右ハしほがまミち　是より一リ二十五丁
　　　左リまつしまミち　是より三リ二十七丁

の道標（天保七年の建立）が建ててある。

## 一七　多賀城碑《たがじょうひ》

『曾良旅日記』五月八日（陽暦六月二十四日）の記事に、「仙台ヲ立《たち》、十符菅《とふのすげ》・壺碑《つぼのいしぶみ》ヲ見ル」とある「壺碑」は、今日の多賀城碑のことである。顕昭著『袖中抄《しゅうちゅうしょう》』には、

顕昭云、いしぶみとは陸奥のおくにつぼのいしぶみ有。日本の東のはてと云《いへ》り。但《たゞし》田村の将軍征夷の時、弓のはずにて石の面に日本の中央のよしを書付《かきつけ》たれば石文と云《いふ》と云り。信家の侍従の申《まうし》しは、石の面ながさ四五丈計なるに文をゑり付《つけ》たり。其所をつぼと云也。私云、みちの国は東のはてとおもへど、えぞの嶋は多くて千嶋とも云《いへ》ば陸地をいはんに日本の中央にても侍るにこそ。

と、坂上田村麻呂が蝦夷征伐の時、弓の弭《はず》で日本の中央であることを書きつけたのが「つぼのいしぶみ」であるという。

「つぼのいしぶみ」は、古歌に詠まれてはいるものの、所在地不明の謎の歌枕であったが、江戸

◆『松島眺望集』　俳諧・地誌。二冊。大淀三千風編。天和二年(一六八二)刊。活字本、『古典俳文学大系4談林俳諧集(二)』他。

時代になって多賀城址で発掘された古碑がそれだとして信じられていたのである。一例として、三千風編『松嶋眺望集』が挙げられる。同書は、

壺碑

良玉　おもひこそ千島のおくをへだつとも
などかよはさぬつぼのいしぶみ　法橋顕昭

此処、塩釜仙台の中間市川村といふ。

と記し、多賀城碑の寸法と碑文を紹介している。また西鶴著『一目玉鉾』にも、「壺石文《つぼのいしふみ》」の見出しで多賀城碑の寸法、碑文の一部を記し、「田村将軍鉾を持て此碑《このひ》のうちに爰を日本の中央のよし傳《つた》へり」としている。「弓のはず」が「鉾」に変わっているが、『袖中抄』の伝承が多賀城碑に付会されていることが分かるのである。

『曾良旅日記』歌枕覚書の「壺碑」の鰭紙《ひれがみ》には、

仙台より塩竈へノ道、市川村ト云《いふ》(所)ノ屋敷ノ中ヲ右ヘ三四丁田ノ中ヲ行バ、ヒクキ山ノ上リロニ有。仙台より三リ半程有。市川村ノ上ニ多賀城跡有。

と多賀城碑への道順を記している。芭蕉も曾良も、市川村の碑、すなわち多賀城碑を壺碑として少しも疑いをはさんでいないのである。

多賀城碑を訪ねるには、東北本線国府多賀城駅で下車し、北口から北西方向に徒歩十数分を要するが、仙石線多賀城駅下車で、タクシーを利用する方法もある。登り口に「つぼのいしぶみ是より二丁四十間すぐみちあり」(右側面、享保十四乙酉五月穀旦和州南都古梅園松井和泉椽…)の標柱がある。

この道しるべの碑のことが、中山高陽著『奥游日録』(明和九年旅)に出ている。

ナンゴウ市川道、右に壺碑への道有。南都古梅園道しるべの石を立《たて》をく。これより二丁四十間有とあり。山の傍に瓦ぶきの小堂見ゆ。四方格子にして錠を鎖す。石は青石にて面は磨《みがき》たるなりに平也。字は浅く彫《ほり》たれども磨滅せず、分明に見ゆ。墨本にて見

しよりも奇石也。

道しるべの碑が、現在の道筋でいうと、旧塩釜街道と塩釜新道の分岐点あたりに建てられていたことが分かるし、壺碑（多賀城碑）が四方を格子戸で囲んだ瓦ぶきの覆堂《おおいどう》の中にあったことも分かる。覆堂のようすは今日と変わる所はないように思われる。

芭蕉が訪ねた時には道しるべの碑などはなく、覆堂もない露天の石碑であった。しかし、『大日本史』編纂に際し、奥羽地方の資料採訪に家臣丸山可澄を遣わした水戸光圀が、丸山可澄の記録たる『奥羽道記』に、多賀城碑が「文字も苔むしたる所もありて、中々急ニは写兼《うつしかね》たる故……」と、ほとんど放置状態である旨を記していることなどを承けて、伊達綱村に保存措置をとるように依頼したことから覆堂が造られたのである。光圀の綱村あての書簡の中には、

陸奥守殿御領内宮城郡壺之石碑之事、古今かくれなき碑ニ而《にて》候。近来及破損《はそんにおよび》候由傳承候。御領内之事を外よりケ様《かやう》之事申候段、指出《さしいで》申たる様ニ候得共《さふらへども》、何卒《なにとぞ》修復を加へ、碑之上ニ碑亭を建、永代迄傳リ申様ニ仕度《つかまつりたき》願ニ候。

とある。丸山可澄の旅は元禄四年四月二日から六月七日までの間であったから、光圀の書状はその後まもなく書かれ、多賀城碑覆堂の伊達家による造立も、そんなに遠くないころに行われたであろうと推測される。

芭蕉が『おくのほそ道』に書いている多賀城碑の碑文は抄録であるから、次にその全文を紹介しておく。

多賀城
去京一千五百里
去蝦夷国界一百廿里
去常陸国界四百十二里
去下野国界二百七十四里
去靺鞨国界三千里

西　此城神亀元年歳次甲子按察使兼鎮守将
軍従四位上勲四等大野朝臣東人之所置
也天平寶字六年歳次壬寅参議東海東山
節度使従四位上仁部省卿兼按察使鎮守
将軍藤原恵美朝臣朝獦修造也
　　天平寶字六年十二月一日

多賀城碑の覆堂のそばに「重要文化財 多賀城碑」と題して説明板が設置してある。

　多賀城碑は、砂岩を加工して碑面をつくり文字を彫り込んだもので、高さ約二メートル、幅約一メートル、厚さ約七〇センチメートルで、碑面は西を向いて立てられています。（次に、上段に碑文、下段に用語解説を記すも、いま略す）

　碑面には、上部に大きく「西」の字があり、その下に長方形の枠線の中に十一行一四〇字が刻まれています。碑文の内容は……前半は多賀城の位置を京や国の境からの距離で示しています。後半は、多賀城が神亀《じんき》元年（七二四）に大野《おおの》朝臣《あそん》東人《あづまひと》によって設置されたこと、天平宝字《てんぴょうほうじ》六年（七六二）藤《ふじ》原恵《わらえ》美《み》朝臣《あそん》朝獦《あさかり》によって修造されたことを記され、最後に碑が建てられた年月日が刻まれています。碑文の内容から藤原恵美朝臣の業績を顕彰するために建てられた多賀城の修造記念碑とみることができます。

覆堂の近くに芭蕉句碑がある。碑面上部に、

　あやめ草足に結ん草鞋の緒　はせを

下部に『おくのほそ道』の「むかしよりよみ置る歌枕」以下「泪も落るばかり也」までの部分を抄刻し、碑陰に六俳人の句を連らねる。

多賀城碑より北方に少し行った所が多賀城政庁跡で、立派に整備されている。旧塩釜街道はその北側を通っていたようである。

多賀城碑の南東、国府多賀城駅南口に、東北

# 多賀城碑・末の松山・沖の石

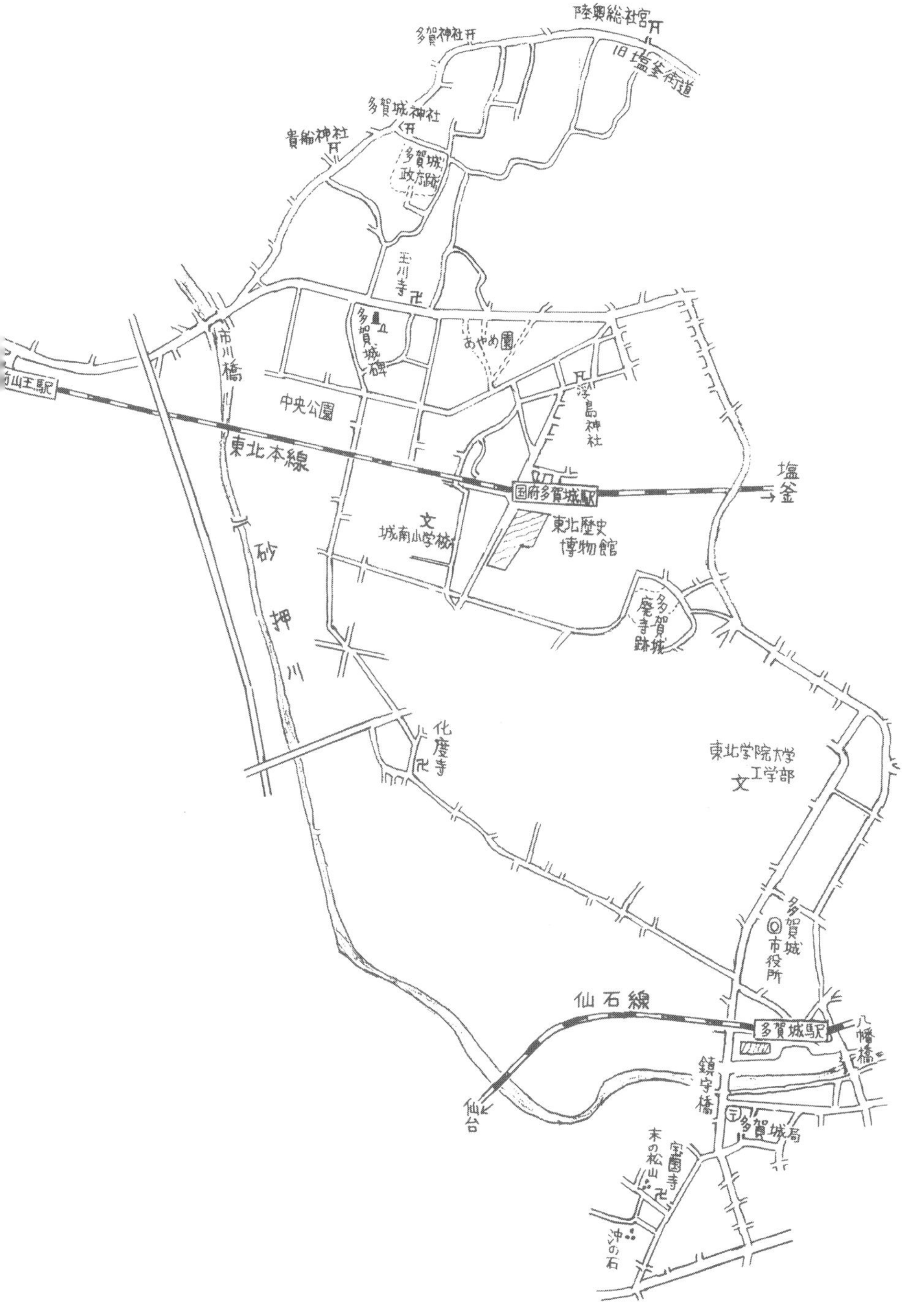

歴史博物館があり、宮城県内をはじめ東北各地にある歴史資料の保存・研究調査をすすめ、調査・収集した資料の公開・展示をも行なっているので、見学を勧めたい。

## 一八　末《すえ》の松山《まつやま》・沖《おき》の石《いし》・野田《のだ》の玉川《たまがわ》

壺碑（多賀城碑）を見物したのち、芭蕉は塩釜に行って御釜神社に詣で、それから末の松山・沖の石・野田の玉川・おもわくの橋・浮嶋等を見物し、塩釜の法蓮寺門前の治兵衛という者の家に宿泊した。

末の松山というのは、古くから名高い歌枕であった。『曾良旅日記』歌枕覚書の「末松山」の項には、

　塩がまの巳午ノ方三十丁斗、八幡村ニ末松山宝国寺ト云寺ノ後也。市川村ノ東廿丁程也。仙台より塩がまへ行ば右ノ方也。多賀城ヨリ見ユル。

と、その所在地が記してある。

沖の石は、二条院讃岐の和歌に付会した歌枕で、「興井《おきのゐ》」とも呼んだらしい。『曾良旅日記』歌枕覚書には、

　興井（末ノ松山ト壱丁程間有）八幡村ト云所ニ有。仙台より塩竈へ行右ノ方也。塩竈より三十町程有。所ニテハ興ノ石ト云。村ノ中、屋敷之裏也。

と所在地・呼称についての記事がある。その形状について、桃隣編『陸奥衢』は、

　八幡村百姓ノ裏ニ興の井有。三間四方の岩、廻りは池也。処の者は沖の石と云《いふ》。

と記している。曾良も桃隣も、土地の人は「沖の石」と言っている由を書きとめているから、芭蕉も教えられた呼称に従ったものであろう。

## 野田の玉川

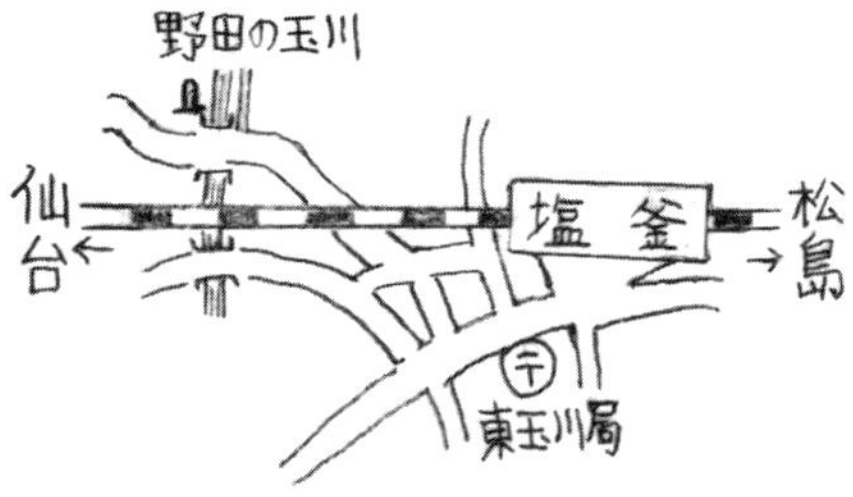


「末の松山は寺を造《つくり》て末松山といふ」と芭蕉の書いている末松山宝国寺は、いま多賀城市八幡、仙石線多賀城駅で下車し、徒歩約十五分の所にある。参道の入口に「末松山寶国寺」の標柱が建っており、「末の松山」と題する説明板もある。説明文の中ほどに、『おくのほそ道』の行文に触れて、

「愛」の歌枕から玄宗と楊貴妃の故事を彷彿《ほうふつ》とさせ、すべてを無常に沈潜させてゆくという手法は美事《みごと》である。芭蕉の感動は「末の松山」のもつ歴史の重さを無視しては考えられないが、同時に、「おくのほそ道」のこの行文は、「末の松山」の歴史に新しい一ページを加えたのであった。

と記述してある。本堂裏手の墓地に隣接して、連理の枝を模した大きい松が二本聳えているのが、今日の末の松山である。松の根元に石碑があり、中央に「末の松山」、その両側に「契りきなかたみに袖をしぼりつゝ」「末の松山波こさじとは　清原元輔」と刻してある（昭和三十二年九月の建立）。

この松の所から道路を渡り、坂道を南方へ百メートル下ると、そこに沖の石がある。池の中に岩のある状景は、あるいは昔と大差ないのではあるまいか。説明板には、「多賀城市指定文化財沖の石」の題下に次のように書いてある。

古来より歌枕（名所）として知られている。寛文九年（一六六九）伊達四代藩主綱村は、この奇観を愛し、奥《おく》の井守《いもり》を置き、（奇）観の保護にあたらせた。（和歌省略）

野田の玉川は、古来日本六玉川の一として名高い歌枕であった。佐久間洞巌の『奥羽観蹟聞老志』によれば、「在リ㆓塩釜村以南ニ㆒。往昔ハ有リ㆓河流㆒、潮汐モ亦来往」していたが、当時は「為リテ㆓廃地ト㆒而、唯遺スノミ㆓野田之溝梁ヲ㆒耳」（訓点は筆者）という状態であったという。

◆六玉川《むたまがわ》　歌枕として著名な六か所の玉川。井手の玉川（山城国）・野路の玉川（近江国）・野田の玉川（陸奥国）・調布《たづくり》の玉川（武蔵国）・高野の玉川（紀伊国）・玉川の里（摂津国）。

野田の玉川は、いま多賀城碑の東方、徒歩で二十分余りの所、東北本線塩釜駅からは徒歩で五分余りの、塩釜市と多賀城市の境界を流れる細流である。以前は小川が流れていたが、やがてコンクリート護岸の溝と変じ、今では舗装道路の下に隠れてしまい、野田の玉川は名のみとなってしまった。

民家の庭先の二本の巨松のもとに小祠があり、能因法師の「夕されば……」の和歌を表に、裏面に「天明七年晩夏」という建碑の年と、建立者たる塩釜の俳人白坂文之の「玉川や田うた流るゝ五月雨」の句を刻した石碑が建っている。傍の「野田の玉川」と題する説明板の後半を抜き書きしておこう。

奈良時代以降、鎮守府（のち胆沢城《いざわじょう》へ）、国府の置かれた多賀城は、みちのくの文化の中心でもあり、周辺には歌枕も多く散在している。それら歌枕群は、江戸時代に入っても、仙台藩の政策によって、整備保存されていた。

歌枕には、古人の風雅の歴史が秘められている。芭蕉はその歴史の跡を慕いながら、「おくのほそ道」の旅を重ねていったのである。

「野田の玉川」は、すでにコンクリートの溝《こう》渠《きょ》と化したが、三百余年の昔、芭蕉はこの流れのほとりに佇《たたず》み、「末の松山」への道を歩《あゆ》んで行ったのである。

## 一九　塩竈神社《しおがまじんじゃ》

塩竈神社は塩釜市一森山に鎮座、古くから東北鎮護、陸奥国一宮《いちのみや》として、朝野の崇敬が厚く、

## 塩竈神社

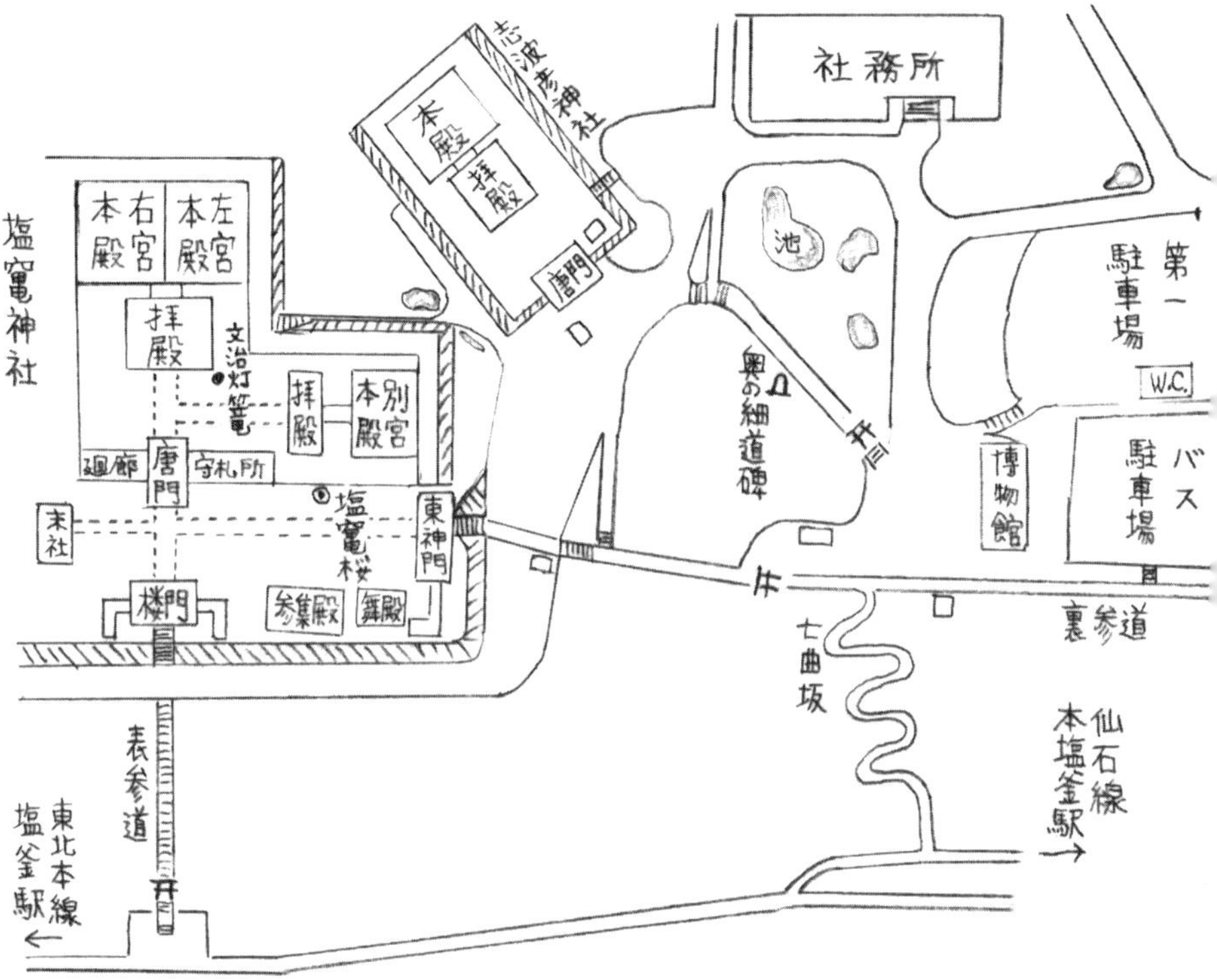


塩土老翁神《しおつちのおじのかみ》(別宮)・武甕槌神《たけみかづちのかみ》(左宮)・経津主神《ふつぬしのかみ》(右宮)の三神を祀る。

芭蕉の塩竈神社参拝は五月九日(陽暦六月二十五日)のことで、『曾良旅日記』には、

快晴。辰ノ尅、塩竈明神ヲ拝。

とのみあり、建物のことも石段のことも燈籠のことも書きとめられてはいない。「辰ノ尅」は午前五時前から同七時半過ぎまでであるが、『おくのほそ道』に「早朝塩がまの明神に詣《まうづ》」「朝日あけの玉がきをかゝやかす」と見えるのをそのまま信じれば、五時半ごろには参拝していたように思われる。

塩竈神社は藩主伊達政宗によって慶長十二年(一六〇七)に造営され、忠宗は鐘楼を寛永十三年(一六三六)に再興、綱宗も社殿の造営を志したが果さず、四代綱村が後をついで、寛文三年(一六六三)に完成させた。現在の社殿は、綱村が元禄の末に造営を計画し、次の吉村の宝永元年(一七〇四)に峻工

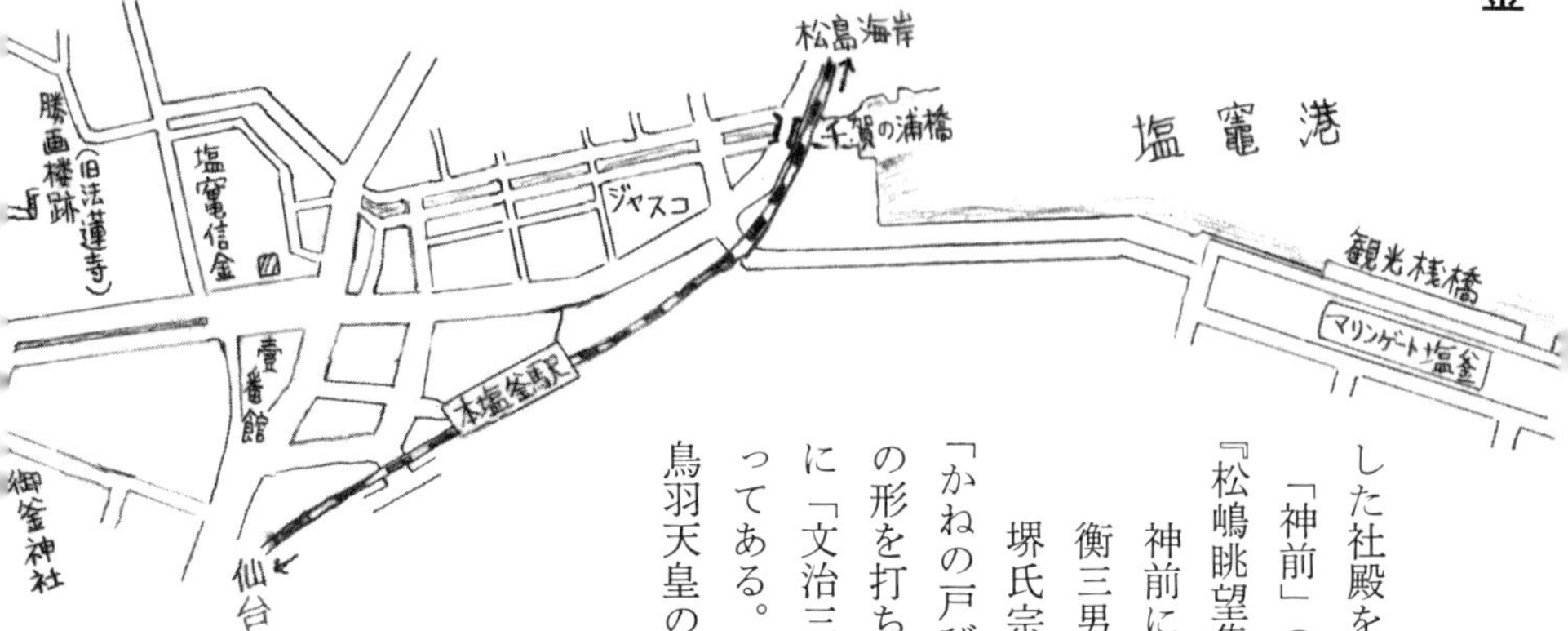


した社殿を、昭和になって修補したものという。

「神前」の「古き宝燈」について、三千風編『松嶋眺望集』は次のように記す。

　神前にたけ一丈一尺の鉄塔あり。むかし秀衡三男泉の三郎建立、再興寛文年中、仙台堺氏宗心。荘厳美なり。

「かねの戸びら」の、向かって左に日、右に月の形を打ち抜きにし、右上端に「奉寄進」、左端に「文治三年七月十日和泉三郎忠衡《ただひら》敬白」と彫ってある。文治三年（一一八七）は平安朝末期、後鳥羽天皇の御代、後白河法皇の院政時代であるが、鎌倉の源頼朝が勢力を得てきたころで、この年二月源義経が陸奥に逃れ、十月には藤原秀衡が没するという、奥州藤原氏にとっては危急存亡の年でもあった。藤原氏が塩竈神社の御庇護に頼ろうとして寄進したものと推測されるところである。

塩竈神社へは仙石線本塩釜駅下車が便利である。「陸奥国一宮」の扁額を掲げた塩竈神社の鳥居の奥には石段が見え、両側には鬱蒼たる木立ちが茂っている。この石段は表参道で、二〇二段あるという。『おくのほそ道』に「石の階《きざはし》九仭に重り」とあるのがこの急坂である。

坂をのぼって随神門をはいり、唐門に向かって右の方へ行くと、天然記念物の塩竈桜がある。この桜を見物することを芭蕉は奥羽行脚の目的の一つとしていたらしく、元禄二年（一六八九）一月の卓袋（推定）あての書簡の中に、「弥生に至り、待侘候塩竈の桜、松島の朧月…」と述べ、二月の惣七・宗無あて書簡にも「松嶋の月の朧なるうち、塩竈の桜ちらぬ先にと…」と期待を寄せているのである。

塩竈桜というは、松岡玄達著『怡顔斎桜品』（宝暦八年刊）によると、

　重瓣《やゑ》にて花と葉と雑《まじ》り出るなり。小輪にて

## 一九　塩竈神社

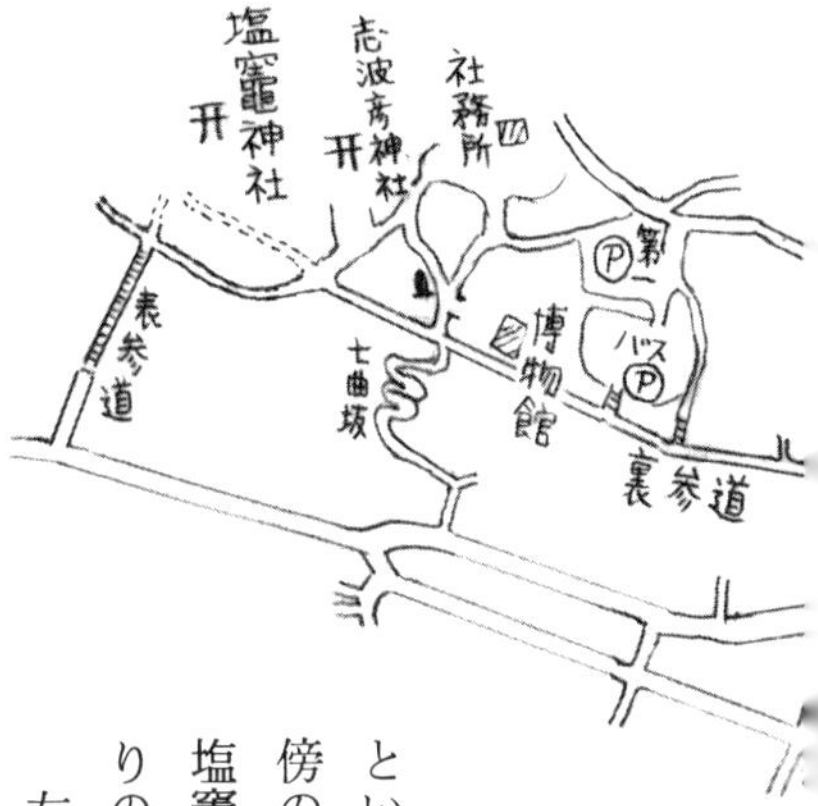


花形しぼミたるごとし。花瓣に皺《しは》ある故、
しぼミたるやうに見ゆ。

というような桜花である。天然記念物の標柱の傍の桜だけでなく、境内の桜はほとんどすべて塩竈桜のように見受けられる。見ごろは、みどりの日から子供の日までぐらいであろう。

左宮本殿の前には忠衡奉納の文治燈籠が据えてある。

東神門から志波彦神社の前に出、博物館の方への道を行くと、鳥居の手前右側に、「芭蕉翁奥の細道碑」があり、「塩竈の浦に入相の」以下「雄島の磯につく」までの文章が抄刻してある。傍に「塩竈神社」と題する説明板が建っている。

元禄二年五月八日（一六八九・陽暦六月二十四日）、芭蕉は塩釜に着き「法蓮寺（廃絶）門前（神社裏坂入口付近）に宿り、翌九日、塩竈神社に参詣した。……（中略）……

千賀の浦、籬島を眼下に見おろす一森山

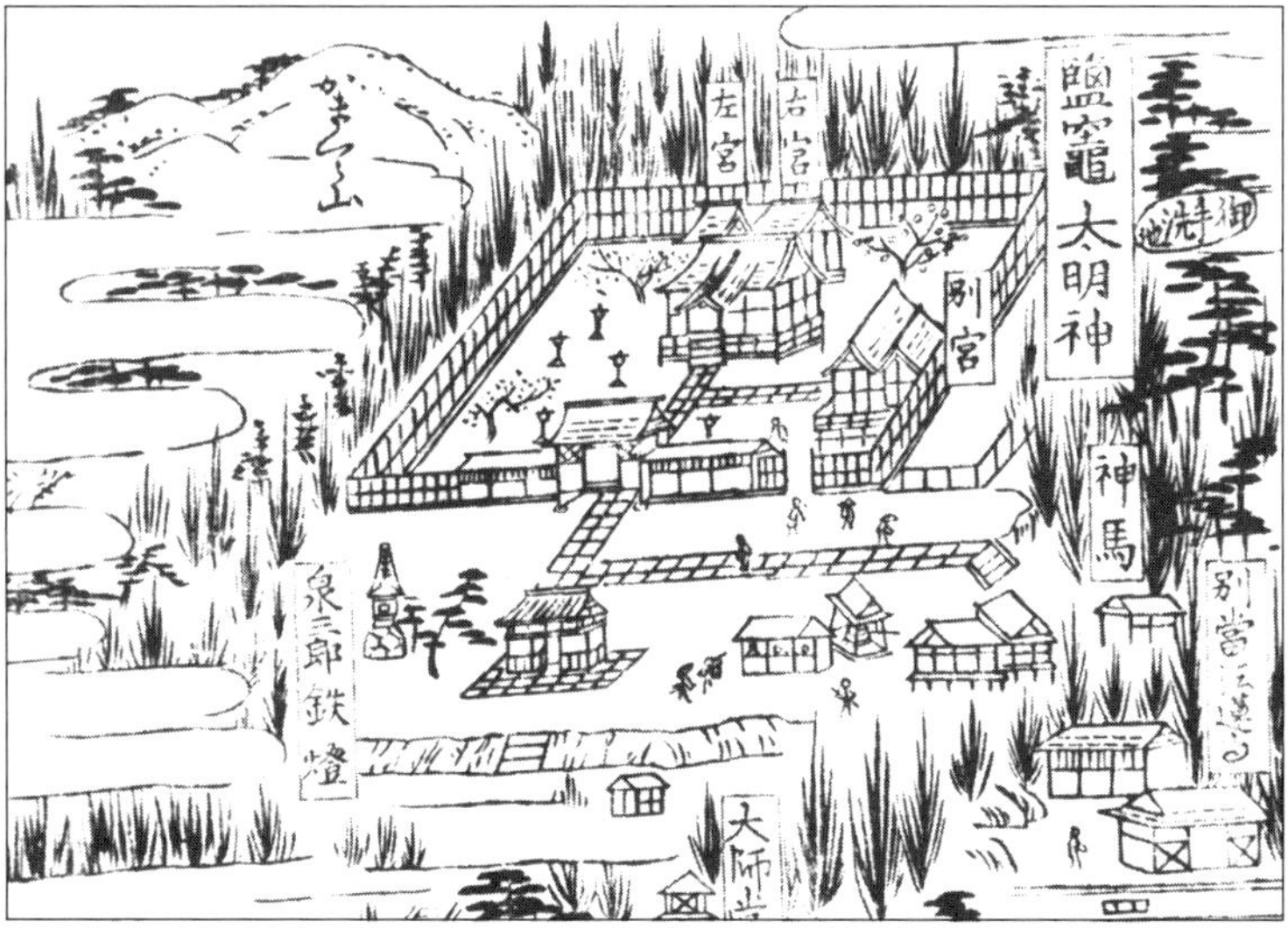

塩竈神社（『東奥紀行』）

に鎮座する塩竈神社は、陸奥国の一の宮として、歴代の人々の尊崇を聚《あつ》めて来た。江戸時代、新しい領主となった伊達政宗は、慶長十二年(一六〇七)、宏壮華麗な社殿を造営した。「石階百八十間」も、その一例である。

他方、塩竈神社は、歌枕「しほがま」の象徴的存在であり、国府・鎮守府のおかれた多賀城とも深いゆかりに結ばれていた。

この神霊に対する畏敬と、豪華で荘厳な社殿への驚異と、文化的伝統への共感とを塩竈神社に見出したとき、芭蕉は、みちのくに生きつゞける日本古来の風俗(美風)を発見し、感動の一章をつづったのである。

……(後略)……

だらだら坂の裏参道を下りきると、「芭蕉止宿の地」と題する説明板があり、芭蕉が「止宿したのはこの付近。隆盛をきわめた鹽竈神社別当法蓮寺は明治四年廃寺となった」と見える。

裏参道を出て新町川を渡って行くと、交叉点の右前に御釜神社がある。『曾良旅日記』五月八日の条に「出初ニ塩竈ノかまを見ル」とあるのは、芭蕉が御釜神社に詣でて神釜を拝んだことを物語っている。神釜は塩土老翁神《しおづちのおじのかみ》が塩を煮るのに用いたと伝え、四口奉置してある。

## 二〇 松《まつ》島《しま》

松島は日本三景の一つとして、また古来歌枕として著名な所であって、芭蕉の奥羽行脚の目的地の中に数えられていたことは、元禄二年一月・二月の芭蕉書簡に「松島の朧月」の語が見えることや、『おくのほそ道』の冒頭に、「松嶋の月先《まづ》心にかゝりて」と述べていることからも明らかである。

芭蕉が塩竈神社に参拝したのち船で松島へ渡り、瑞巌寺や雄島などを見物したのは五月九日（陽暦六月二十五日）のことで、『曾良旅日記』には、次のように記されている。

塩竈明神ヲ拝。帰而出船。千賀ノ浦・籬嶋・都嶋等所〻見テ、午ノ尅松嶋ニ着船。茶ナド呑テ瑞岩寺詣、不残《のこらず》見物。開山法身和尚（真壁平四良）（ママ）、中興雲居《うんご》。法身ノ最明寺殿被宿岩《やどられし》屈有。無相禅屈ト額有。ソレより雄嶋（所ニハ御嶋ト書）所〻ヲ見ル。御嶋、雲居ノ坐禅堂有。ソノ南ニ寧一山ノ碑之文有。北ニ庵有、道心者住ス。帰テ後、八幡社・五大堂ヲ見、慈覚ノ作。松嶋ニ宿ス。久之助ト云、加衛門状添《そふ》。

このような一日の行動が、『おくのほそ道』には、塩竈神社の一章のほかに、まず松島の美景を叙し、雄島を一見したのち松島の夜景を賞し、翌日瑞巌寺に参詣したという、三章の構成になっている。これは塩竈神社の記事と瑞巌寺の記事が続くことを避け、かつそれぞれの記事に独立性を与え、作品としてより効果的たらしめんとの、芭蕉の創作的意図に基づくものであろう。

松島というのは、いま宮城県松島湾の内外に散在する大小二百六十余の諸島と、湾岸の松島町を中心とする名勝地である。

瑞巌寺は寺伝によれば天長五年（八二八）慈覚大師の創建に成り、鎌倉時代に至り、北条時頼が当時宋《そう》より帰朝した法身を呼び寄せて再興させ、禅寺として松島山《しょうとうざん》円福寺と号した。くだって近世初頭、慶長十年（一六〇五）伊達政宗が円福寺再建に着手し、寺号を青龍山瑞巌寺と改称、同十四年落成、やがて海晏《かいあん》を招いて住職としたが、以後、伊達家の菩提寺となった。寛永十三年（一六三六）八月伊達忠宗に招請されて雲居が住職となり、寺門を中興した。今日、青龍山瑞巌寺は臨済宗妙心寺派の名刹として知られ、本堂・

松島の宿（絵入り『奥の細道』）

庫裡《くり》・廻廊・塀・門など、すべて国宝に指定されている。

さて、松島に行くには仙石線松島海岸駅下車が便利ではあるが、『おくのほそ道』の跡をたどる場合には、芭蕉と同じく塩釜港（本塩釜駅下車）から遊覧船で松島海岸（海松島）を目ざすべきであろう。「松島に遊ぶものハ塩竈より舟行するを善しとす。舟行にあらざれバ山水の美、島嶼《とうしょ》の奇を尽《つく》すこと能《あたは》ず」（作並清亮編『松島勝譜』）である。

船が塩釜港を動き始めて間もなく、左側に籬島が見える。『おくのほそ道』では塩釜泊りの箇所に「夕月夜幽に、籬が島もほど近し」と出ている島で、歌枕でもある。

松島海岸に着く少し前に、左手の方に雄島が見える。船着場の正面に瑞巌寺、右の方に行くと五大堂に至る。

「桑海禅林」という扁額を掲げる瑞巌寺の山

門をはいると「瑞巌寺」と題する説明板が建っている。杉並木の参道を進み、木戸の受付で拝観料を納めると、受付の向かい側に法身窟《ほっしんくつ》という洞窟がある。『松島勝譜』（明治二十一年刊）の解説を引用しよう。

　また無相窟ともいふ。瑞巌寺門の左にあり。巌を穿てること竪四間二尺横四間一尺五寸にて数十人を坐せしむべし。最明寺時頼この窟に宿して法身上人と改宗の事を約せりといふ。其後七八十年過て嵯峨天龍寺夢窻国師行脚して暫く此処に在り。よりてまた夢窻窟ともいへり。中に碑あり。題して最明寺副元帥平時頼道崇居士弘長三年癸亥十一月二十二日とあり。その側に豊聡王の像を安置す。また雲居禅師行状の碑あり。窟の上に法身無相窟の五字の額あり。

　本堂廊下にあがり、文王の間の欄間を仰ぐと、慶長十五年（一六一〇）虎哉和尚の撰文に成る額がある。『松嶋眺望集』の冒頭に「瑞岩寺方丈記」として掲載してある、瑞巌寺の由来を述べた文章で、漢文で記してある。

　夫《レ》松島者《ハ》日本第一《ノ》佳境也。四囲皆山也。山間皆海也。水光瀲灩、疑《フラクハ》《レ》是大湖三万六千頃《カト》。山色清浄《ナルコト》者、望《メバ》則《チ》波心七十二峯。青海中数百嶌嶼《ノ》、山畔許多之家、奇石怪松茂林脩竹、其風景《タルヤ》也可《ク》《レ》愛可《シ》《レ》楽《シム》。寔《ニ》天下《ノ》霊地也。……（後略）…　（訓点は筆者）

『松嶋眺望集』には、これに続いて「鐘之銘」を収載する。これも虎哉和尚の撰文で、慶長十三年に梵鐘ができた時の作である。その文章の中に、

　蓋《シ》松島者《ハ》天下第一之好風景《ニシテ》而、瑞巌者《ハ》日本無双之大伽藍也。　（送仮名は筆者）

という一条がある。

　芭蕉はこの両者にもとづいて、『おくのほそ道』松島の章を書き出したものであろう。

　宝物館青龍殿にはいると、通路の右側が売店、

左側が休憩所になっている。休憩所の通路寄りに黒い鐘が安置してある。この鐘に刻してあるのが前掲の「鐘之銘」である。

帰途につき木戸を出て右側を見ると句碑が多いのに気づく。「芭蕉翁奥の細道松島の文」は、碑面に「抑ことふりにたれど」以下「いづれの人か筆をふるひ詞を尽さむ」までを刻し、文末に「本城両足山廿三世無底叟霊応需書」とある。碑の左右側面及び裏面にかけては、多くの発句が見られる。

(左側)春の夜の爪あがりなり瑞巌寺　古人乙二
松島やこゝに寝よとの花すみれ　曰人
寝れば眼のうちに有けり千松島　催主大坂鼎佐
松島や水無月もはやくだり闇　同 江戸一具
(裏面)吹わたる千島の松に春の風　由誓
まつ島に明ごろの慾はなれけり　西馬
こゝろやゝまとめて月の千松島　須加川 多与女
さし汐に名をさへ涼し扇谷　禾月
松島やほのかに見えず秋の空　宗古
月こそと思ふに雪の千松島　心阿
(右側)松島やしまにかくれて残る秋　舎用
松島や□□□をなく□　如雲
嘉永四辛亥弥生の望建之
寒山樵夫　三餘　千常書

向かって左隣には、

ひとつづゝ終に暮けり千松島　晋永機

の句碑が建ち、他には、

松島はたねんのはしよ子や嶲　鴫堂門 尊三
泊り〳〵苦になる雪の松島や　尺木堂 龍石
膝抱ばひざへ来にけり秋の暮　二世宝晋斎 江左
島の底くゞりぬけてや浮ぶ鴨　潮月
明けの朝また見ん松の笑顔　東都瓢庵 午長

など、数多くの句碑が建ち並んでいる。

明治二十六年七月二十九日瑞巌寺を訪れた正岡子規は、その紀行『はて知らずの記』に、

瑞岩寺に詣づ。両側の杉林一町許《ばか》り、奥ま

# 松島

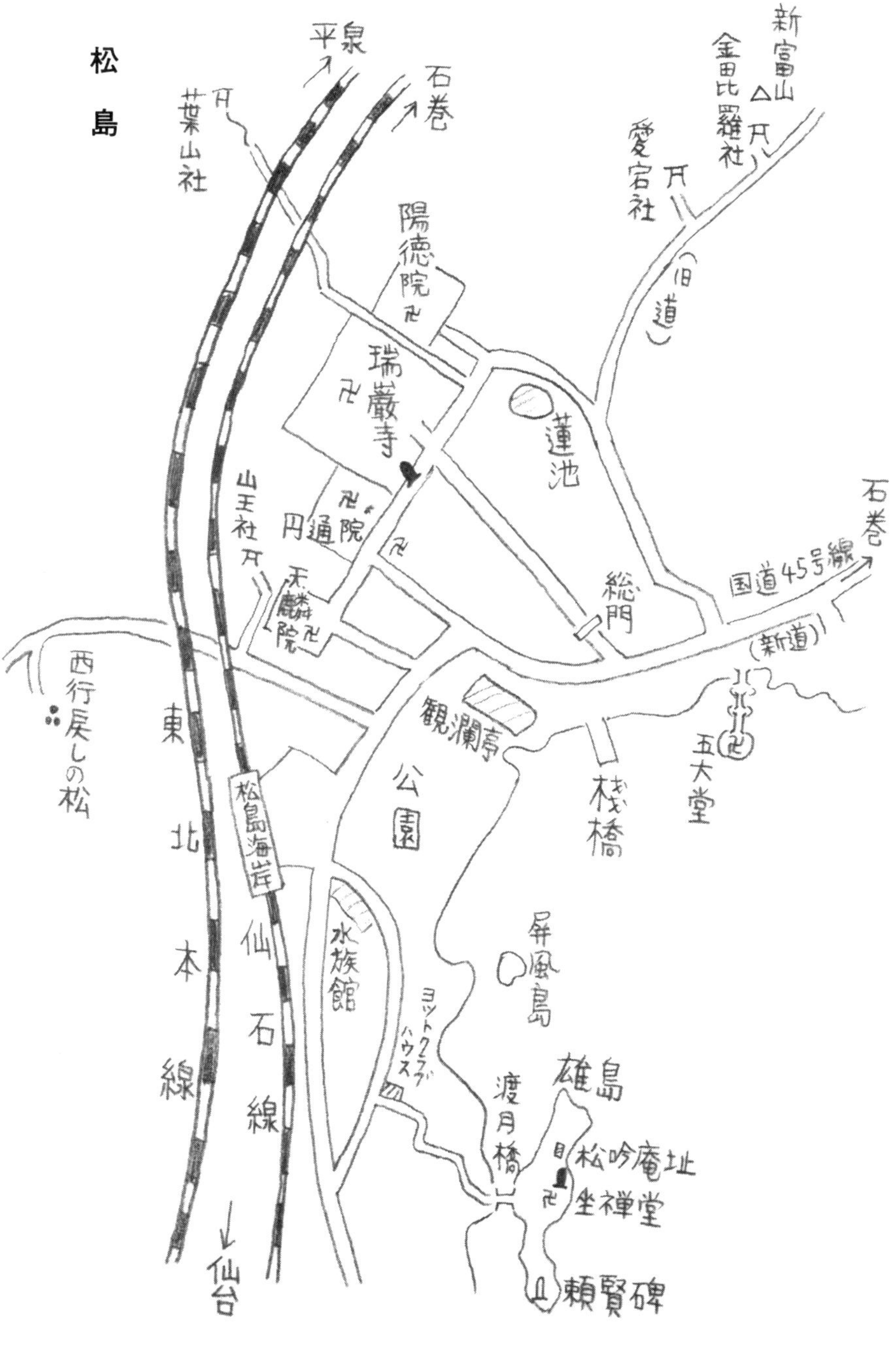

平泉
石巻
葉山社
新富山
金毘羅社
愛宕社
陽徳院
(旧道)
瑞巌寺
蓮池
山王社
円通院
天麟院
総門
石巻
国道45号線
(新道)
西行戻しの松
東北本線
松島海岸
観瀾亭
五大堂
公園
桟橋
仙石線
水族館
屏風島
ヨットクラブハウス
雄島
渡月橋
松吟庵址
坐禅堂
頼賢碑
仙台

◆乙二《おつに》　俳人。岩間氏。陸奥国白石の千住院第十代の住職。『畑せり』（文化元年刊）・『松窓乙二発句集』（文化年間刊）・『をののえ草稿』（文政六年成）ほか。文政六年（一八二三）没、六十八歳。

りて山門あり、苔蒸し虫蝕して猶旧観を存す。静太《はなは》だ愛すべきの招提なり。門側俳句の碑林立すれども殆《ほと》んど見るべきなし。唯、

　春の夜の爪あがりなり瑞岩寺　乙二

の一句は古今を圧して独り卓然たるを覚ゆ。

と、句碑群の批評をしている。

　山門より松島海岸の広場に出ると、左前方に三つの橋で陸地に連なっている五大堂が見える。第一橋と第二橋の間の右側に、

　日のくれぬひはなけれどもあきの暮

　　　　　　　　　枇杷園　朱樹士朗翁

の句碑（碑陰、文化十四丁丑歳三月建立　門人　尾州名古屋鶏頭菴不転　当国一関此君亭世竹　同稚松亭圃翠）がある。

　五大堂の拝観を終えて国道四十五号線を松島海岸駅の方に歩いて行くと、正面に、いま松島町博物館の一画を形成している観瀾亭がある。

　松島海岸駅前広場の先を左に曲がり、松島水族館の前を通って南に向かい、ヨットクラブハウス先を左にたどり、朱塗りの渡月橋を渡ると雄島である。

雄島には句歌碑の類が実に多いが、まず「雄島」と題する説明板の文章を抄録しておこう。

…（前略）…雄島は瑞巌寺とゆかりが深く、全島霊場といった雰囲気である。島の南端に建長寺一山一寧（寧一山）の撰文《せんぶん》による、重要文化財「頼賢《らいけん》の碑」（徳治二年・一三〇七）があり、島の歴史は碑文に詳しい。すなわち、十二世紀初頭、見仏《けんぶつ》が妙覚庵を結んで十二年間法華経読誦《どくじゅ》に過ごし、同世紀末葉には頼賢が妙覚庵主《あんじゅ》を嗣ぎ、二十二年間島に籠《こも》り、見仏の再来と仰がれたことなどである。「草の菴」は頼賢の妙覚庵址に、万治三年（一六六〇）建立された松吟庵である（大正十一年焼失、のち再建）。見仏の堂は島の北側

にあったという。雲居《うんご》の坐禅堂の把不住軒《はふじゆうけん》は、島のほぼ中央に、形だけ残っている。

渡月橋を渡って右に道をとると、やがて左側の小高い丘の上に東屋《あずまや》が見える。「雲居禅師の別室」把不住軒の遺跡である。以前は茅葺《かやぶ》き屋根であったが、今では瓦《かわら》葺きに改められている。さらに進むと、雄島の南端に頼賢《らいけん》の碑が六角堂の中に収められている。

把不住軒の北の方に大島蓼太《りようた》の句碑がある。

朝ぎりや跡より恋の千松しま　雪中菴蓼太

明和五年（一七六八）の建立である。東岸に出て少し北に行った所に芭蕉句碑が建っている。

芭蕉翁　朝よさを誰まつしまぞ片心

碑の右側面に「勢州桑名雲裡房門人」、左側面に「延享四丁卯年十月十二日建之」、碑陰には「仙台冬至菴連　山本白英　酒井東鯉　永野里童　蔭山芦百　山田丈芝　三浦等水　飯田狐才　田中阿川　奥田可耕」と刻してある。芭蕉句碑の向かって右側後方に河合曾良の句碑が建つ。

松島や鶴に身をかれほとゝぎす　信州諏訪産曾良　同郷素檗建之

この碑は、文化六年（一八〇九）曾良百回忌に際して、信州諏訪の藤森素檗《そばく》が仙台の遠藤日人《わつじん》に依頼して建立（日人の揮毫）したものである。

少し北に行くと松吟菴址である。『おくのほそ道』に「世をいとふ人」が「閑《しづか》に住《すみ》なし」ている「草の庵《いおり》」があると見える所である。近年焼失したらしく建物はなく、「瑞巖寺塔頭松吟庵敷」の標柱のみが建っている。

島の北端には「芭蕉翁柰島唫並序」と題して、「そも〱ことふりにたれど」以下「詞を尽さむ」までの文章に、「朝夜さを誰まつしまぞかた心」の句を添えた碑がある。碑陰には漢文の碑誌を刻し、末尾に「寛政元年孟冬　白文之記」と記すところから、塩釜の俳人白坂文之の建立と判明する。

# 二　石《いし》の巻《まき》

松島見物を終えた芭蕉は石巻《いしのまき》・登米《とよま》を経て平泉におもむいたのであるが、『おくのほそ道』の平泉到着までの一章を、『曾良旅日記』五月十日(陽暦六月二十六日)・十一日の記事と比較検討してみると、芭蕉の創作的手法の一端がうかがわれるように思われる。

すなわち、『曾良旅日記』の十日の条には、道を間違えたことも、石巻で宿を貸してくれる人がなかったとも書かれてはいない。道は石巻街道を歩いており、宿に関しては、矢本新田で咽《の》喉《ど》が乾いて困っていた芭蕉・曾良に親切にしてくれた今野《こんの》源太左衛門に石巻の四兵衛を紹介してもらって泊まっている。また、十一日の日記には「宿四兵へ・今一人、気仙《けせん》へ行トテ矢内津《やないつ》迄同道」とあるから、「明《あく》れば又しらぬ道まよひ行《ゆく》」も事実そのままではなかったと言える。

端的に言えば、この一章は、特に旅のあわれを述べるために、心細い辺土の行脚の印象を強く訴えるべく構成されたと見てよいであろう。

石巻は北上川が石巻湾に注ぐ所に位置する河口港として、また特異な淡水港として、四時漁船の蝟集する所であり、東方はリアス式海岸の牡鹿《おしか》半島、金華山に連なっている。

桃隣は『陸奥衛』に、

行く〳〵て石の巻、仙台領也。諸国の廻船を請《うけ》て大湊、人家富《とみ》たり。石の巻といへる事、川の洲に立《たつ》石有《あり》、行《ゆく》水巴に成《なり》て是を巻く、昔より今に替らず。されば石の巻とはいひ《(ママ)》める。所は辺土ながら、詩歌・連俳の達人籠れり。

# 石巻

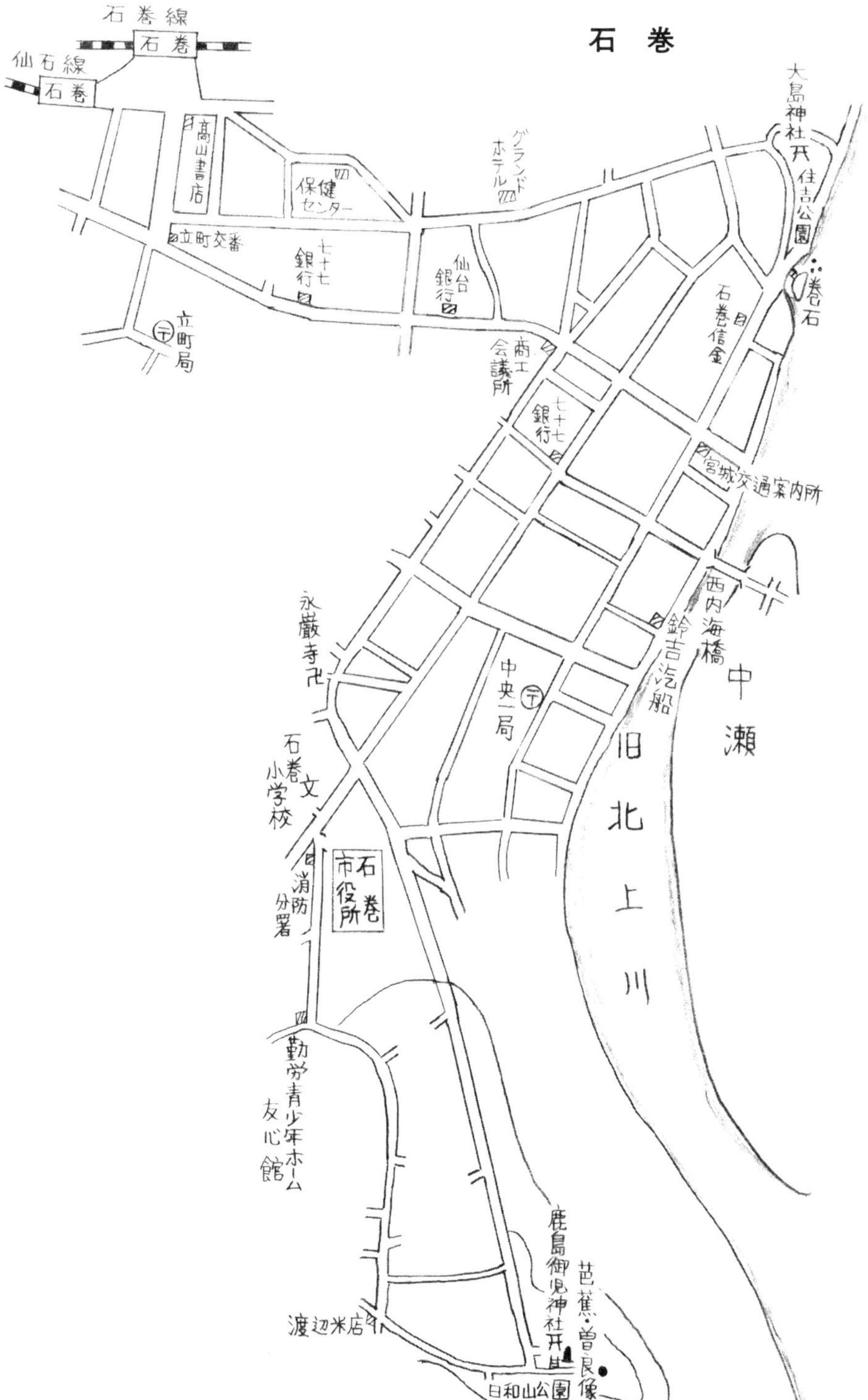

石巻線
石巻
仙石線
石巻
高山書店
保健センター
グランドホテル
大島神社
住吉公園
巻石
立町交番
七十七銀行
仙台銀行
立町局
商工会議所
七十七銀行
石巻信金
宮城交通案内所
西内海橋
鈴吉汽船
中瀬
永巌寺
中央一局
旧北上川
石巻小学校
文
石巻市役所
消防分署
勤労青少年ホーム
友心館
鹿島御児神社
芭蕉・曽良像
渡辺米店
日和山公園

と、石巻が人家に富む大湊であることと、地名の由来について述べている。佐久間洞巌著『奥羽観蹟聞老志』には、

石巻ノ海門《みなと》　来神《きたかみ》ノ河流滔々ト流テ入ル二海門一ニ。其ノ河源トシ二于南部ノ大岳一ヲ、経二胆沢江差等処々ノ郡村落一ヲ縈回屈曲シテ而臻ル二茲《こ》ノ地一ニ。南郊之於ケル二逢隈一ニ、北郡之於ケル二来神一ニ、是《これ》封内之巨川也。斯ノ地ヤ也、市店連ネレ屋ヲ、漁家比スレ隣ヲ。商賈群集シ、農工雑居ス。繁華輻輳、殆ド若《こと》シ二江都ノ海浜一ノ。商船之出入、漁艇之来往、日夜泛々、朝夕囂々、売買不レ乏シカラ、交易不レ虚ナラ。生財之有リレ便、貨殖之有リレ利。廼《すなは》チ與《と》二摂州ノ大坂越前ノ敦賀筑紫ノ博多出羽ノ酒田一同ジクス二膏腴一ヲ。土産豊饒之富、天下第一之津也。

と、芭蕉が「思ひかけず斯《かか》る所にも来《きた》れる哉《かな》」と感嘆の声を洩らした石巻の殷賑ぶりが記述してある（訓点は筆者）。

石巻は仙石線で仙台より約九十分。『曾良旅日記』十日の条に、

日和山と云へ上ル。石の巻中不残《のこらず》見ゆル。

とある日和山は、石巻港を見おろす眺望絶佳の丘陵で、日和山公園となっている。ここには芭蕉・曾良の旅姿像が「おくのほそ道紀行三百年記念」として、昭和六十三年六月二十六日に建立された。台石には、『おくのほそ道』の「平和泉と心ざし……竈の煙立つゞけたり」の一節と、芭蕉の足跡地図が刻してある。

「石巻（日和山《ひよりやま》）」と題する説明板が鹿島御児神社入り口の石段脇に建っているので、その後半を写しておく。

日和山は、鎌倉・室町時代、葛西《かさい》氏が城を構えたところで、山上には、式内社《しきないしゃ》鹿島御児神社がある。眼下に見える石巻港は、江戸時代、米の積出し港であった。

金華（花）山は、芭蕉のころ、「すめろぎの御代栄えんとあづまなるみちのく山に黄金《こがね》花咲く」（大伴家持「万葉集」）と詠まれた、

天平《てんぴょう》産金地と信じられていた（正しくは遠田郡涌谷《わくや》町元涌谷黄金迫《こがねはざま》）。日和山から金華山は見えないので、田代島か網地《あじ》島と見誤ったという説もあるが、曾良の記述に金華山のないことから考えて、仙台・松島からの遠望を、石巻に仮託《かたく》したとみるべきであろう。奥の海、遠島（牡鹿半島?）、尾駮《おぶち》の牧山（石巻市牧山）、真野の萱原（石巻市真野）—は、それぞれ歌枕である。

神社境内の一隅、老樹の根元に芭蕉句碑がある。碑面は、

芭蕉翁　雲折〱人を休め（ママ）る月見かな

で、左側面に「延享五戊辰歳三月　雲裡坊門人等営之　主命棠雨」と刻す。この句は『おくのほそ道』行脚の時の作ではなく、貞享二年秋の作であろうと考えられているものである。

『曾良旅日記』歌枕覚書に、「袖渡」の注記として、

仙台より十三リ、石ノ巻町ハヅレ住吉ノ社有。鳥居ノ前、真野ノ方へ渡ルワタシ也。

と見える「住吉ノ社」は、今の大島神社のことであろう。ここは北上川に臨み、住吉公園となっていて、「川村孫兵衛紀功碑」（明治三十年七月、松倉恂撰）・「川開由緒之碑」（昭和二十九年七月、石巻川開委員会）等が建ててある。この辺にあった「真野ノ方へ渡ル」北上川の渡しが「袖の渡り」で、公園内公衆便所脇に「名蹟袖の渡」の石碑が建ち、碑面には、

昔牛若丸が京より下って平泉へ赴く途中、ここの渡し舟に乗った時、舟賃の代に片小袖を切って船頭に与えたという傳説から、袖の渡と呼ばれたのである。

松下正一建之

昭和廿九年八月一日　石巻市外井内

と、袖の渡りの由来が略記してある。しかしながら、袖の渡りの歌枕としての発生は、『新後

拾遺集』所載の相模の和歌によるもので、源義経の平泉下向以前にさかのぼる。

住吉公園前の北上川中にある小島の先にある「巻石《まきいし》」は、その形状から烏帽子《えぼし》岩とも呼ばれるが、むかし北上川開鑿《かいさく》前、海潮の干満の際に河水がこの岩に当たって渦巻を生じたところから巻石と称され、地名「石巻《いしのまき》」の発祥をなしたと伝えられる。

「尾ぶちの牧」は石巻市街の東方約四キロにある丘陵、牧山の麓にあった牧場らしい。歌枕としても知られていた。『曾良旅日記』歌枕覚書には、

尾駮御牧　石ノ巻ノ向、牧山ト云《いふ》山有。ソノ下也。

と見える。いま牧山一円は市民の森として親しまれている。

「まのゝ萱《かや》はら」も歌枕として知られていた。『曾良旅日記』歌枕覚書には、

真野萱原　石巻ノ近所、壱リ半程有《ある》山ノ間也。袖ノ渡リヲ越行《こえゆく》也。

と見え、前記牧山の東北にあたる。市街地よりは約十キロ、石巻市真野字萱原の地で、舎那山長谷寺《ちょうこくじ》があり、山門前の参道脇に板碑群が見られ、「真野萱原伝説地」の標柱も建っている。

## 三　平《ひら》泉《いずみ》

岩手県西磐井《にしいわい》郡平泉町は、奥州藤原氏が、清《きよ》衡《ひら》・基衡・秀衡と三代にわたって居を構え、絢爛たる文化の花を咲かせた史跡の町として著名な所である。

芭蕉は『おくのほそ道』平泉の章において、前半には、高館に立って眺めた藤原氏の遺跡・

平泉の大観と、義経主従最期の往時をしのんだことを、簡潔な表現の中に、きわめて印象的に述べている。後半には、中尊寺に残っている経堂・光堂の二堂を見ての感懐を、前半と同じく、自然と人間の営みとの対比において把握し、表現している。

五月十二日(陽暦六月二十八日)登米《とよま》をたった芭蕉は、夕方一関《いちのせき》に着いたのであるが、途中、上沼あたりから雨が降り出し、安久津から馬に乗りはしたものの、遂には「合羽《かっぱ》モトヲル」ほどの大雨に見舞われたようである。平泉に藤原三代の跡を訪ねたのは、翌十三日であった。

巳ノ尅ヨリ平泉へ趣。一リ山ノ目一リ半平泉へ以上弐里半ト云《いへ》ドモ弐リニ近シ。高舘・衣川・衣ノ関・中尊寺・光堂(別当案内 金色寺)・泉城・さくら川・さくら山・秀衡やしき等を見ル。霧山(泉城ヨリ西)見ゆると云ドモ見ヘズ。タツコクが岩ヤへ不行《ゆかず》。三十町有由《あるよし》。月山・白山ヲ見ル。経堂ハ別当留主ニテ不開《ひらかず》。金鶏山見ル。シミン堂・无量劫院跡見、申ノ上尅帰ル。

と『曾良旅日記』にあり、午前八時ごろから午後四時ごろまで、往復の時間を三時間とすれば、平泉見物も三時間余りとなる。相当精力的に見物して回ったことが想像される。

東北本線平泉駅舎内に観光案内所がある。駅前広場からすぐ右折して旧道(中尊寺通り)を進み、線路を越えて少し先、「伽羅御所跡入口」の標柱の所から右にはいると伽羅御所《きゃらのごしょ》跡の説明板がある。その北の道筋の高館橋の手前に「柳之御所跡」の大きな説明板が建ててある。

北上川と猫間ケ淵とに挟まれたこの台地は「柳御所」という字名《あざな》で呼ばれています。初代清衡が豊川館(現岩手県江刺市)から平泉に進出し居館を構えたところで、『吾妻鏡』に記された奥州藤原氏三代の居館

# 平　泉

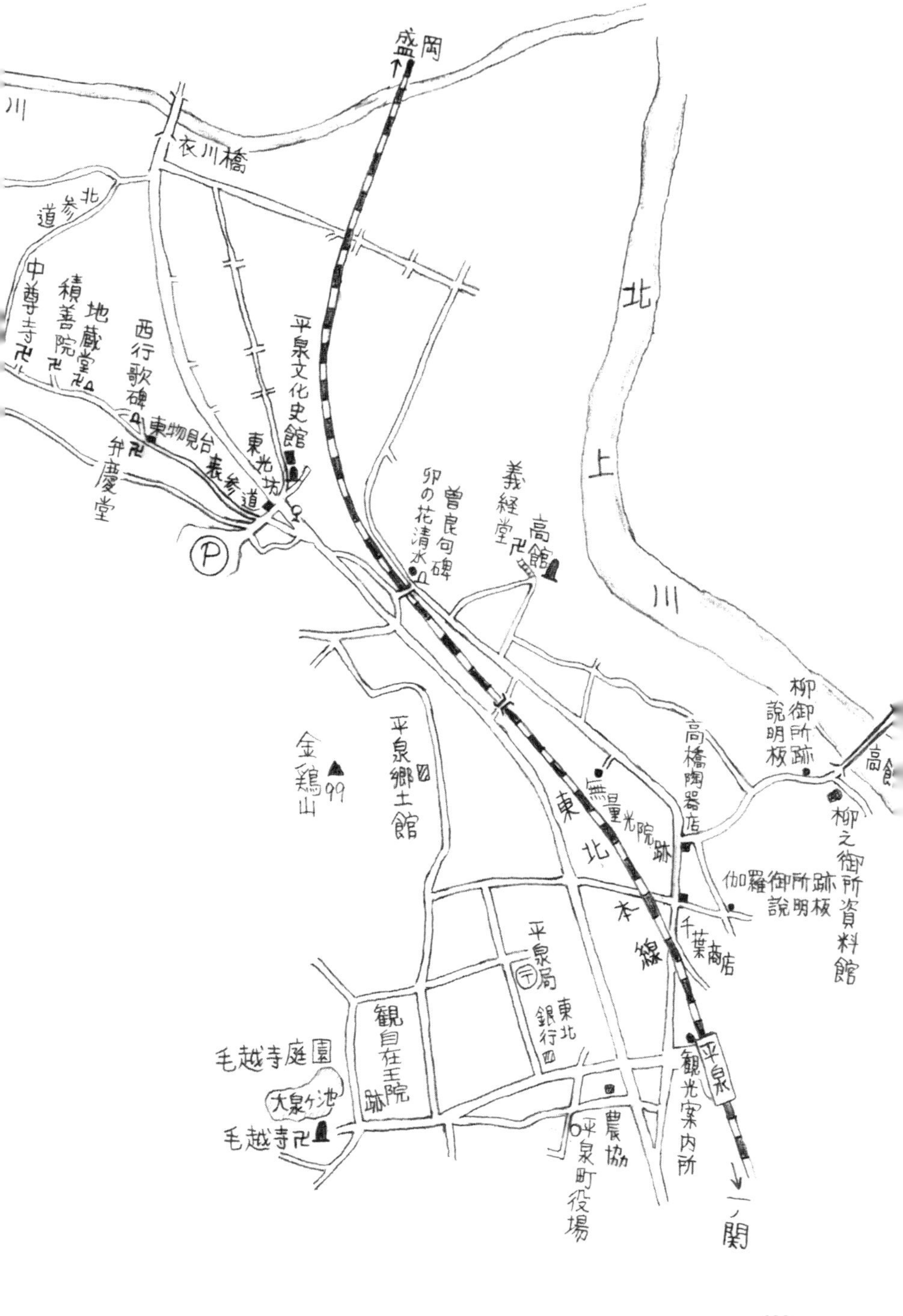

盛岡
川
衣川橋
北参道
中尊寺
積善院
地蔵堂
西行歌碑
東物見台
弁慶堂
表参道
東光坊
平泉文化史館
卯の花清水
曽良句碑
義経堂
高館
北上川
柳御所跡説明板
高橋陶器店
柳之御所資料館
無量光院跡
伽羅御所跡説明板
千葉商店
東北本線
金鶏山
99
平泉郷土館
平泉局
東北銀行
観自在王院跡
毛越寺庭園
大泉ケ池
毛越寺
農協
平泉町役場
観光案内所
平泉
一ノ関

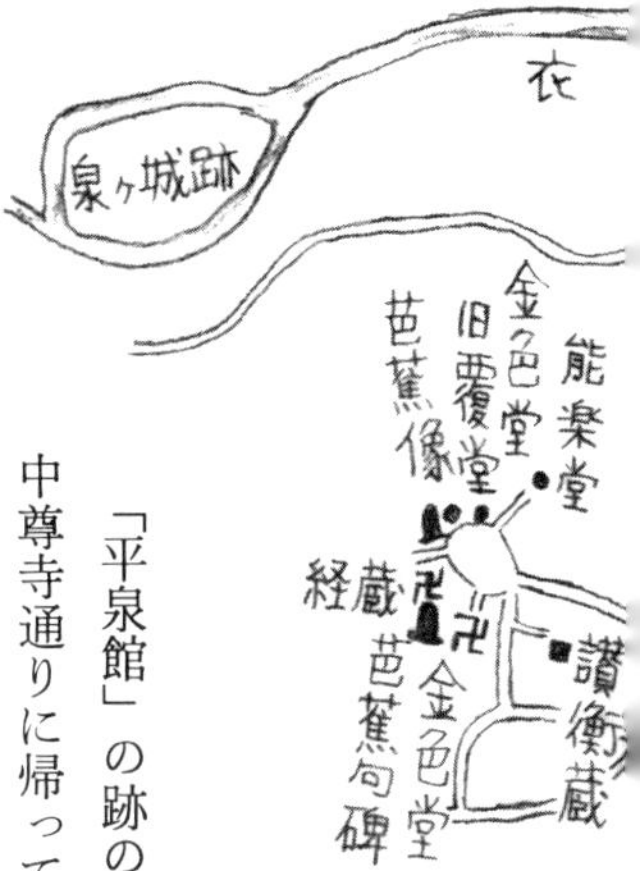


「平泉館」の跡の説もあります。…（後略）

中尊寺通りに帰って少し北進し、「特別史跡無量光院跡」の標柱の所から左にはいると無量光院跡がある。無量光院は新御堂《しんみどう》と称し、宇治の平等院鳳凰堂を模して秀衡が建立した寺院と伝え、「特別史跡無量光院跡」の標柱や説明板・想像図等が建ててある。『おくのほそ道』の「秀衡が跡は田野に成《なり》て」という表現が最もふさわしいような遺跡である。

さらに北に行くと、右側に高館義経堂への入口を示す標柱がある。坂を登った所が高館で、丘の上に義経堂があり、義経の木像を祀る。このお堂は天和三年（一六八三。芭蕉四十歳）に仙台藩主伊達綱村の建立したものである。「先《まづ》高舘にのぼれば北上川南部より流るゝ大河也」と芭蕉が書いたように、北上川に臨む眺望のすばらしい場所である。「高館　義経堂」と題する説明板が建ててある。前半部を引用しておく。

高館は昔衣川の館ともいい、今、判官館とも呼んでいる。藤原秀衡は、兄頼朝に追われてのがれて来た義経をここに館《やかた》を造り住まわせ、あつくもてなしかくまったが、頼朝の威圧におそれた四代泰衡は父秀衡の遺命にそむいて義経を襲った。時は文治五年（西暦一一八九）閏《うるう》四月三十日、一代の英雄義経はここに三十一才を一期として、妻子と共に最後（ママ）を遂げた。

高館の義経堂の向かい側に「奥の細道三百年平泉芭蕉祭記念句碑」（平成元年五月十三日建立）がある。碑の上部には「夏草や兵共か夢の跡　はせを翁」、下部には『おくのほそ道』の「三代の栄耀《えよう》」以下「泪《なみだ》を落し侍りぬ」までの文が刻してある。

東北本線の踏切際に、「卯の花清水」の標柱と、説明文を刻した碑が建っているが、その右側に曾良の句碑がある。

卯の花に兼房見ゆる白毛かな　曾良

碑陰には、「昭和十三年五月十四日　一関細道会建立」と見える。

踏切を渡って右に進み、国道四号線に出て少し行くと、東光坊の左側に「関山《かんざん》中尊寺」の標柱があり、そこから杉並木の続く月見坂を歩む。表参道の途中右側に「東物見《ひがしのものみ》」がある。束稲《たばしね》山を前方に、北上川とこれに合流する衣川の眺めがすばらしい。その先を右に回り道すると、東稲山の方を向いて西行歌碑が建っている。

きゝもせず束稲やまのさくら花　西行詠
よし野のほかにかゝるべしとは　善麿書

「善麿書」とあるように、歌人土岐善麿《ときぜんまろ》氏の揮毫に成るものである。

地蔵堂にも同じく西行歌碑がある。こちらは歌人・国文学者の尾山篤二郎氏揮毫である。

みちのくにゝ平泉にむかひて束稲と
申す山のはべるにはなの咲きたる
を見てよめる　西行上人
きゝもせずたばしねやまのさくらばな
よし野の外に斯るべしとは　篤二郎しるす

碑陰には「昭和三十五年長月吉日　建立者　積善院　住々木智秀（後略）」と見える。歌碑に並んで、臼田亜浪（俳誌『石楠』主宰。昭和二十六年没）の句碑がある。

夢の世の　春ハ寒かり　啼け閑古　亜浪

碑陰には「昭和五年四月二十三日　岩手石楠会」と見える。

地蔵堂の先の積善院《しゃくぜんいん》では「奥の細道展」を催している。

関山中尊寺は嘉祥三年（八五〇）慈覚大師の開基と伝え、清衡が長治二年（一一〇五）起工し天治三年（一一二六）峻工したが、建武四年（一三三七）に野火により焼失したと伝え、現在の本坊は明治四十二年に再建した建物という。天台宗東北大本山として、参拝者が絶えない。

中尊寺本坊の参詣をすませて、金色堂（光堂）の拝観におもむく。金色堂は天仁二年（一一〇九）に清衡が起工し、十六年の歳月を費して天治元年（一一二四）に峻工した、現世に極楽浄土を具現するための建造物である。内陣は七宝荘厳《しっぽうしょうごん》の巻柱を四隅に構え、須弥壇《しゅみだん》には、中央に本尊阿弥陀如来、左右に観音・勢至の二菩薩及び六地蔵・持国・増長の二天の小像を配し、各壇に十一体ずつの仏像を安置し、弥陀聖衆来迎のさまを表現している。

須弥壇中央には初代清衡、向かって左には二代基衡、右には三代秀衡の遺体が安置してある。

金色堂の建立後百六十五年の正応元年（一二八八）に金色堂保護のため覆堂《おおいどう》が造られたが、金色堂の復原修理が昭和四十三年に完成したので、旧覆堂を取りはずし、鉄筋コンクリート製の新覆堂が設けられ、金色堂はガラスのスクリーンで隔離密閉されることになった。任務を果たした旧覆堂は重要文化財として保存されている。

金色堂脇の、経蔵への道の左側に芭蕉句碑がある。碑面は、

五月雨の降残してや光堂　　芭蕉翁

で、右側面には漢文で、

蕉翁之東遊《シテ》至《ルヤ》ニ此《ノ》地《ニ》一也、實《ニ》元禄二年己巳五月十四日《ナリ》。有《リ》ニ光堂之詠一。同七年甲戌十月十二日、卒《ス》ニ摂津浪華之旅亭《ニ》一。勒《シテ》レ石《ニ》擬《スト》ニ堕涙《ノ》碑《ニ》一云《フ》。

とあり（訓点は筆者）、左側面には「延享三戌寅十月十二日　雲裡坊門　仙台藩下白英門人　山目山笑菴連中建之」と刻してある。

経蔵の先には金色堂の旧覆堂（重要文化財）がある。その手前に旅姿の「芭蕉翁像と奥の細道碑」（平成元年五月十三日建碑）がある。素

竜筆、西村本『おくのほそ道』の平泉の章の銅版をはめこんだのが「奥の細道碑」である。

讃衡蔵は中尊寺山内に残る重要文化財を収めるために建てられた平安様式の宝物館である。

平泉文化史館の入り口には、「芭蕉おくのほそ道記念碑」（昭和四十三年五月、小野寺文雄建立）が建ち、『おくのほそ道』の平泉の章が刻してある。

バスで平泉駅まで帰ったら、真直ぐ西の方に歩いて毛越寺《もうつうじ》に参詣しよう。芭蕉は毛越寺を訪ねなかったらしいが、駅から徒歩十分余りの所だから、芭蕉句碑と有名な庭園だけでも一見すべきである。

毛越寺は嘉祥三年（八五〇）慈覚大師の開基と伝え、のち基衡が七堂伽藍を建立、さらに秀衡によって完成され、その広大な規模は中尊寺を凌《しの》ぐものがあったという。その後たび重なる災禍にあい、往時の建物は数少ないが、寺塔の礎石遺構がよく残り、苑池もまた昔日の面影を伝えている。

山門をはいると参道の右側に「夏草や」の芭蕉句碑が二基ある。向かって左側の、高さ約八十五センチの碑は、碑面に、

夏草や兵共が夢の跡　　はせを翁

とあり、碑陰に「碓花立」と見える。他の一基は高さ約百四十センチで、同じ句を刻し、碑陰に漢文の碑誌を刻す（訓点は筆者）。

夏艸冢者《ハ》翁《ノ》姪也寥禅師模《シテ》二其《ノ》書《ヲ》一而建《ツ》。蓋《シ》其《ノ》石珞久《シクシテ》而畏《ル》二其《ノ》事《ノ》亦泯滅《センコトヲ》一。於《テ》レ此《ニ》挹《ム》レ流《ヲ》之徒、別《ニ》営《ミ》レ碑《ヲ》以《テ》掲《グト》二後世《ニ》一云《フ》。

すなわち、前記の旧碑を模したものがこの新碑というわけである。

南大門址の傍には、毛越寺七堂伽藍復元図が掲げてあるので、これによって往時の規模の壮大さをしのぶことができる。

本堂参詣後は大泉ヶ池を眺め、毛越寺庭園を

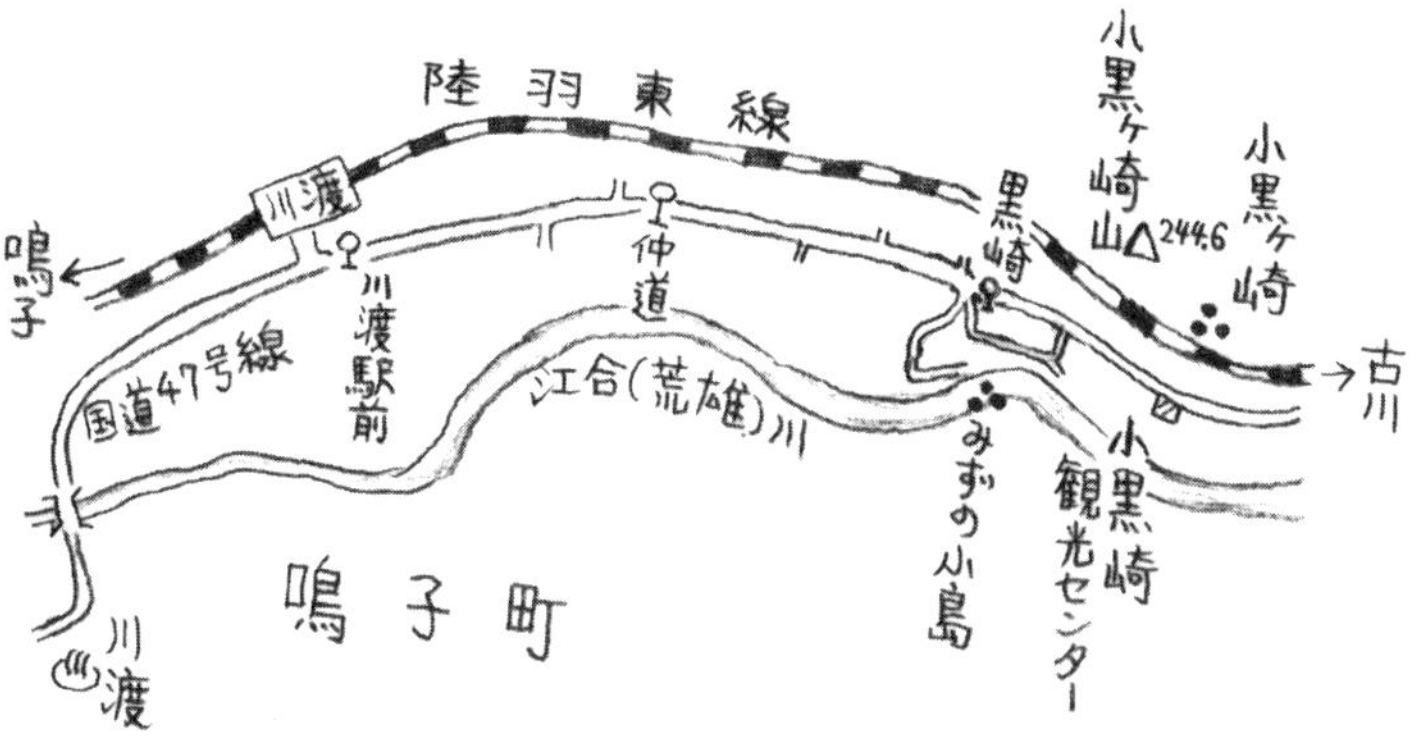


美豆の小島

周遊して、みちのくの季節感と景観を充分に味わいたい。

## 二三　美豆《みず》の小島《こじま》・尿前《しとまえ》の関《せき》・堺田《さかいだ》

岩出山町に一泊した芭蕉は、翌十五日（陽暦七月一日）「小黒崎・みづの小島」を一見し、対岸に鳴子《なるこ》温泉を望見しつつ荒雄川北岸を西進、尿前の関を越えて堺田に到着している。

小黒崎・みづの小島というのは、古歌で知られた歌枕である。『曾良旅日記』五月十五日の条を見ると、宮と鍛冶屋沢（いま共に宮城県大崎市の内）の間に「小黒崎・水ノ小嶋有《あり》」として、

名生貞《ミヤウサダ》ト云村ヲ黒崎ト所ノ者云《いふ》也。其ノ南ノ山ヲ黒崎山ト云。名生貞ノ前、川中ニ岩嶋ニ松三本、其外小木生テ有。水ノ小嶋也。今ハ川原、向付タル也。古《いにし》ヘハ川中也。

と書き留めている。

陸羽東線池月駅と川渡《かわたび》駅の中間、線路の北側の山が小黒崎である。古川より国道四十七号線を西進すると、小黒崎の向かいに小黒崎観光センターがあり、道路に近く芭蕉像と「小黒崎《おぐろさき》・みつ《（ママ）》のこじま」と題する解説板が建っている。

「小黒崎・みつのこじま」は、元来は「お（を）ぐろさき・みつのこじま」（『古今集』）であるが、後世「小黒崎・美豆小島」の字を宛て、

○おぐろ（さき／ざき）　○（みつ／みづ）の（こじま／おじま）

と混用されている。　…（中略）…

小黒崎は、鳴子町川渡と岩出山町一栗にまたがる二四四・五メートルの山で、新緑と紅葉の景観がすばらしい。美豆小島は、

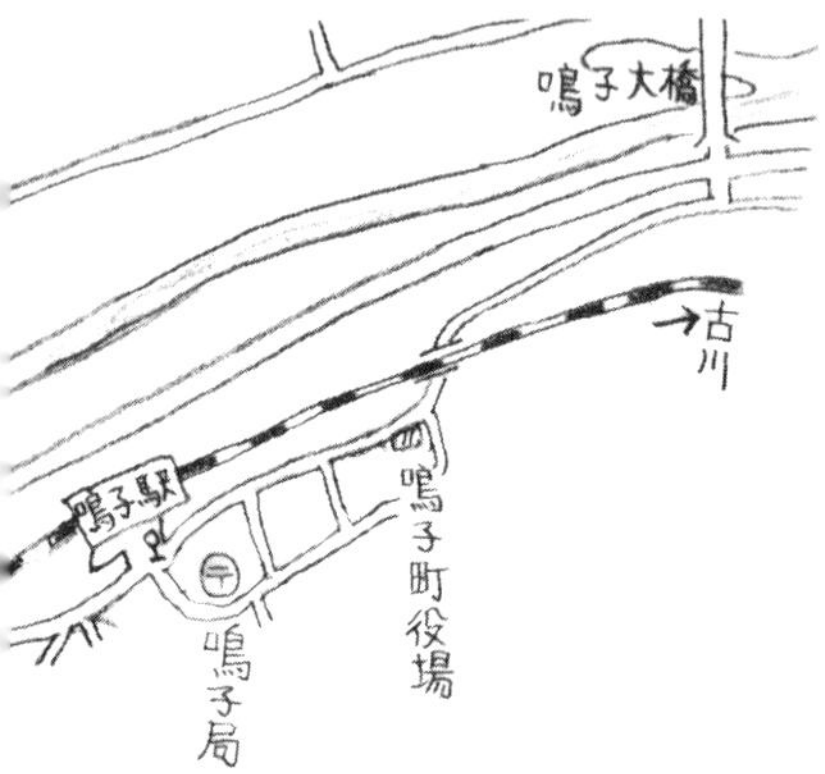


# 尿前の関址

鳴子町川渡名生定《みょうさだ》に属する。小黒崎西南の、荒雄《あらお》川（玉造《たまつくり》川）中の小島で、盆景《ぼんけい》の美しさがある。　…（中略）…

芭蕉は、―岩手の里、玉造江、小黒崎、みづ（ママ）の小島、なるごの湯（沢子《さわこ》の御湯）―に、すべて歌枕意識をもって接している。そしてこの行文には、平泉の激しい感動のあと、鄙《ひな》びた歌枕を辿《たど》りながら、余情を懐しむとともに、やがて奥羽の峻嶮《しゅんけん》に挑《いど》もうとする緊張を秘めた、間奏曲を聴く想《おも》いがするのである。

ここから川渡駅までは徒歩約五十分。川渡駅で下車し、電話でタクシーを呼び、小黒崎観光センターの庭で小黒ヶ崎を眺め、バス停黒崎まで引返し、美豆の小島の近くまで車にはいってもらうのがよいだろう。徒歩ではバス停黒崎より片道十分余りを要する。

尿前《しとまえ》の関については、『曾良旅日記』に前掲の記事に続いて、

尿前《シトマヘ》シトマヘ、取付左ノ方、川向ニ鳴子ノ湯有。沢子ノ御湯成ト云。仙台ノ説也。関所有、断《ことわり》六ヶ敷《むつかしき》也。出手形ノ用意可有之《これあるべき》也。

とあって、『おくのほそ道』の「関守にあやしめられて漸《やうやう》として関をこす」や、『陸奥鵆《むつちどり》』の「川向ニ尿前と云《いふ》村アリ。則《すなはち》しとまへの関とてきびしく守ル」等の記述に符合する。

尿前の関址は陸羽東線鳴子駅より西北約二キロ、大谷《おおや》川にかかる大谷橋を渡り、左側に鳴子峡入口を見て、右に坂道を下ると、左側斜面に鳥居が建ち、小祠がある。小祠の前に芭蕉句碑がある。碑面は、中央に「芭蕉翁」、その右脇に「俵坊鯨丈」、左脇に「主立周谷」、碑陰には、中央に「蚤虱馬の尿する枕もと」の句、その右に「尿前連中」、左に「明和五戊子六月十二日建」と刻してある。

その向かい側に尿前の関所を模して門と柵が建てられ、説明板がある。その下は公園で、尿

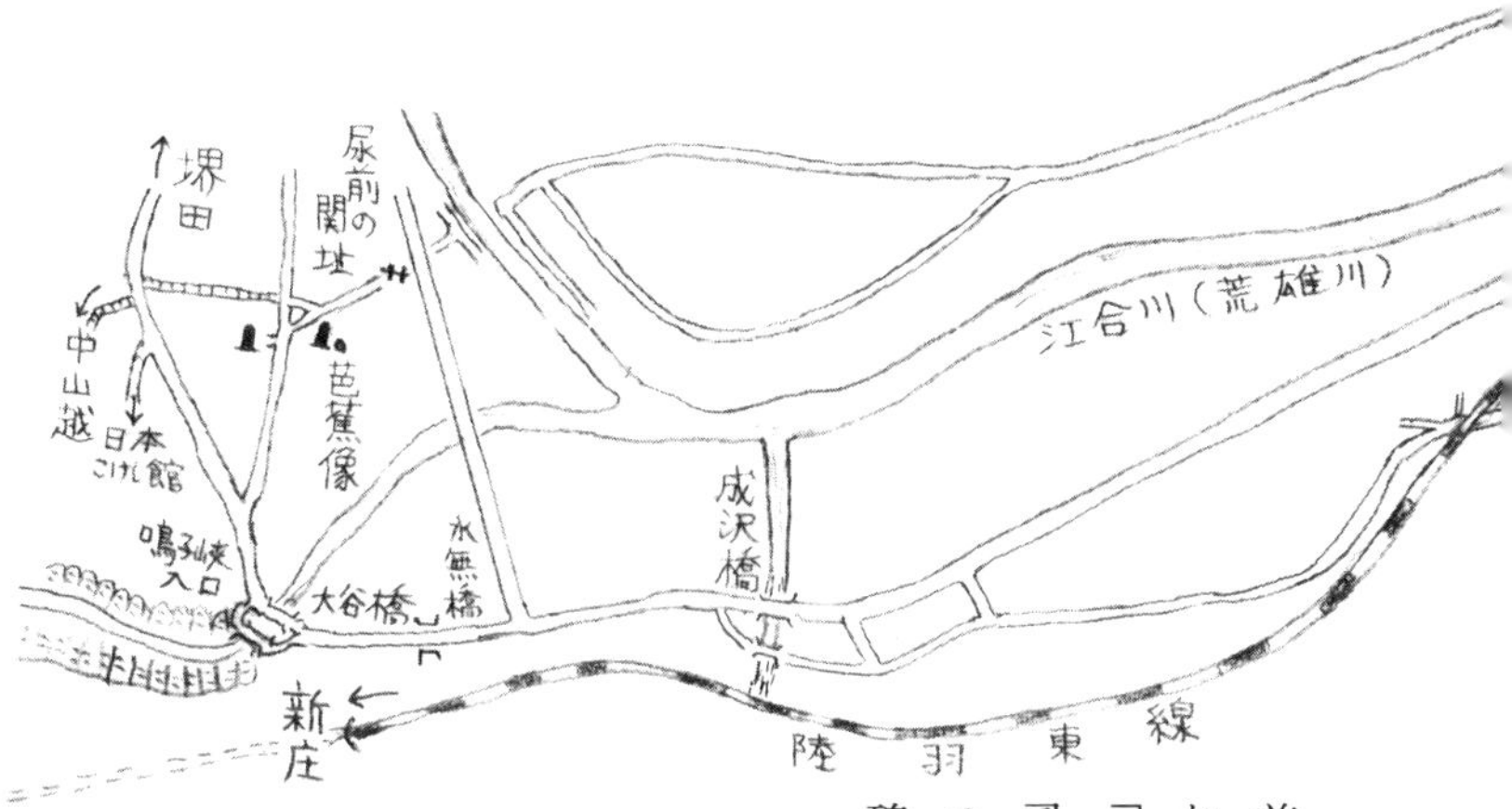


前の関の碑や芭蕉像が建てられ、なお、上部に『おくのほそ道』の「南部道遙にみやりて」以下「蚤虱」の句まで、下部に蕪村筆画巻の絵を刻した文学碑もある。この碑の裏面には

　　尿前の関

古代より出羽街（海）道中山越は、交通の要衝で、岩手の関が設けられたと伝えられ、遊佐《ゆさ》勘解由宣春が大永年間（一五二一～一五二七）に、この地に移って関守になったと言われている。後関は尿前に移され、遊佐氏が代々「境目守」をつとめた。

警備を厳重にするため、寛文九年（一六六九）八代肝入、検断、境目守権右ェ門の時、番所が設けられ、岩出山伊達家から横目役人（監視役）が派遣された。

元禄二年（一六八九）芭蕉が奥の細道行脚のため、門人曾良を伴ってこの地に至り、通行手形を持たず関越えに非常に難渋した時の肝入、検断は九代甚之丞であった。

昭和六十三年十月建之

鳴子町長

鳴子町文化財保護委員　大山寛逸

小野寺常治　高橋幸雄

只野義男　高橋忠治

施工　鳴子町　阿部石材店

と見える。

ここから石畳の道を少し下って行くと、左側に、「尿前の関跡」の説明板が建ててあり、

伊達藩の尿前境目番所であった。間口四〇間、奥行四四間、面積一七〇〇坪、周囲

には、切石垣の上に土塀をめぐらし、屋敷内に長屋門・役宅（一八七坪）・厩・土蔵等一〇棟が建っていた。この関を中心に尿前宿もあった。

元禄二年（一六八九）芭蕉と曾良が行脚の途「関守にあやしめられて漸として関をこす」と「奥の細道」に書かれているように、取締りの厳しい番所であった。

と記述してある。この尿前から中山宿を経て新庄領堺田に至る出羽街道中山越が、「歴史の道」として整備復元されている。案内リーフレットによると、尿前の関址より山形県との県境まで八・九キロ、所要一五〇分であるが、途中での休憩時間を見込むと、三時間半近くを要するように思われる。あの筆まめな曾良が中山越について記録を残していないのは、難所の連続に疲労困憊《こんぱい》したせいであろうか。

道中ところどころに建っている解説板の文中より、難所に関する個所を抄録しておこう。

**小深沢**　小深沢は出羽街道の中で、けわしい沢の一つで、深い谷底へ下りて越さねばならない九十九《つづら》折《おり》の道である。元禄二年（一六八九）五月、芭蕉と曾良が通った頃は、谷底へ下りて六曲りの坂を上り下りする難所であった。元禄古図に「小深沢、歩渡幅二間、深さ二寸、小深沢坂長さ四六間、難所御座候」と書かれている。

**大深沢**　陸奥より出羽に通ずるこの街道中鳴子村には、玉造川歩渡《かちわたり》・大谷川歩渡・尿前坂・苗からし坂・小深沢坂・小深沢歩渡・大深沢坂・大深沢歩渡・きね坂・いさこ坂・陣ヶ森坂・軽井沢坂等の坂や歩渡が多く、この街道中最もけわしい道筋である。

中でも大深沢坂は、安永風土記（一七七三）に「出羽江之街道尿前通第一之難所、坂沢ニ而登り下り十丁軍用之所ニ御座候」と記載され、出羽街道中最大の難所である。

中山越の終点、国道四十七号線に出る所に、「出羽街道中山越」の標柱が建っていて、裏面に「文化庁最上町　昭和五十七年三月建立」と刻してある。国道脇には「封人の家」へ五百メートル、「山刀伐峠」まで十三キロの標識も建っている。

芭蕉遺跡封人《ほうじん》の家

旅僧姿の芭蕉と門人の曾良が尿前の関を越え、出羽の国堺田にたどりついたのは、元禄二年旧五月十五日であった。…(中略)…「封人の家」とは辺境を守る家のことで、代々庄屋を世襲してきた有路《あるじ》家である。家屋は約三百年を経た昔ながらの形を残している。当家屋は昭和四十四年十二月二十八日に国の重要文化財に指定され、同四十六年から四十八年にわたって解体修理が行われ、同四十八年三月に竣工し完成されたものである。

これは、復元された封人の家の解説板の文である。芭蕉がここで詠んだ発句の句碑が、建物に向かって左の方、庭前に建ててある。碑面は、

蚤虱馬の尿する枕もと　芭蕉翁

で、碑陰には「日本学士院会員小宮豊隆書　昭和参拾六年九月　最上町建之」と見える。この句を理解するためには封人の家にはいって、当地方の家屋の構造を知る必要がある。芭蕉が土間にでも寝かされて、枕上《まくらがみ》に馬がいたかのように思われもしようが、それは誤りである。実は座敷に寝たのであるが、この地方の家の構造として、土間を隔てて母屋《おもや》の内に馬小屋が設けてあり、人馬ともに同じ屋根の下に居住していたので、頭のすぐ上で馬の尿する音を聞くような感じがしたのを一句にまとめたものであろう。なお、初案は『泊船集』(元禄十一年刊)所収の「蚤虱馬のばりこくまくらもと」であった。

**◆馬の尿する**　「尿」は「しと」と読む説が広く行われてきたが、芭蕉自筆本に「バリ」と振仮名があり、これを承けて曾良本にも「ハリ」と振仮名が施されているので、「ばりする」と読むのがよいと思われる。

# 二四　尾花沢《おばなざわ》

五月十七日（陽暦七月三日）は快晴で、堺田を立った芭蕉は、笹森・一刎《ひとはね》から山刀伐峠《なたぎりとうげ》を越え、市野々・関屋・正厳《しょうこん》・二藤袋を経て尾花沢に入り、昼過ぎに鈴木清風宅に到着した。

陸羽東線堺田駅の隣、羽前赤倉駅で下車すると、山刀伐峠は赤倉温泉を経由して南方約八キロの所にある。尾花沢行きのバスはわずか二便しかないので、駅前の赤倉観光タクシーを利用することになる。山刀伐トンネル北口に「奥の細道山刀伐峠頂上まで一・八粁」の標柱があり、そこから左折して峠の旧道に入り、「奥の細道山頂登り口」の標柱の所から徒歩で登りにかかる。頂上は標高四七〇メートル。子持ち杉と呼ばれる杉の巨木と地蔵尊が峠の目印である。地蔵尊の背後に「奥の細道山刀伐峠」と題して、「高山森々として」以下「最上の庄に出づ」までを刻した石碑が建つ。文末に「楸邨書」とあるので、俳人加藤楸邨氏の揮毫と知られる。昭和四十二年の建立である。芭蕉が尾花沢へと向かって行った道筋には、「奥の細道旧道下り口」の標柱が建っている。

尾花沢滞在中の芭蕉の動静を、『曾良旅日記』によって示すと、次のとおりである。

十八日　昼、寺ニテ風呂有。小雨ス。ソレヨリ養泉寺移リ居。
十九日　朝晴ル。素英ナラ茶賞ス。夕方小雨ス。
廿　日　小雨。
廿一日　朝、小三良へ被招《まねかる》。同晩、沼沢所左衛門へ被招。此ノ夜、清風ニ宿。
廿二日　晩、素英へ被招。
廿三日ノ夜、秋調へ被招。日待也。ソノ夜

清風ニ宿ス。
廿四日之晩、一橋、寺ニテ持賞ス。十七日より終日清明ノ日ナシ。
廿五日　折〻小雨ス。大石田より川水入来。連衆故障有テ俳ナシ。夜ニ入《いり》、秋調ニテ庚申待ニテ被招。
廿六日　昼より於遊川ニ東陽持賞ス。此日モ小雨ス。

尾花沢では清風周辺の俳人たちからも手厚くもてなされた様子がうかがわれるが、『おくのほそ道』には、清風の人柄を褒《ほ》め、その厚遇ぶりを簡潔に記述しているにすぎない。

芭蕉の尾花沢滞在中に、「すゞしさを我《わが》やどにしてねまる也　芭蕉」を発句として、清風・曾良・素英・風流らで五吟歌仙を巻き、「おきふしの麻にあらはす小家かな　清風」の句を発句とする芭蕉・素英・曾良の四吟歌仙が興行されている。

鈴木清風宅址は数度の火災に類焼した由で、昔日の清風邸をしのぶよすがもない。裏庭に残されている人麿神社が、わずかに清風伝説を伝えているだけである。

元禄十五年夏、江戸商人たちの紅花不買同盟にあった清風は、紅花を品川海岸で焼き捨てた。ために紅花は高値を呼び、三万両の利益を得た清風は、三日三晩吉原の大門を閉じ遊女たちに休養を与えた。清風の心意気に感じた高尾太夫は別れに際して、柿本人麿像と発句短冊一葉を贈った。その人麿像を祀るのが人麿神社である、というのが伝説のあらましである。

芭蕉の宿所となった弘誓山養泉寺は明治二十八年に類焼し、同三十年に再建されたが、昔日の面影はない。芭蕉が来た時には、前年に修造されたばかりで、養泉寺は新しくきれいであったし、段丘の端に位置するので涼しい風が吹きぬけ、また北西に鳥海山、西に葉山・月山が眺

## 尾花沢

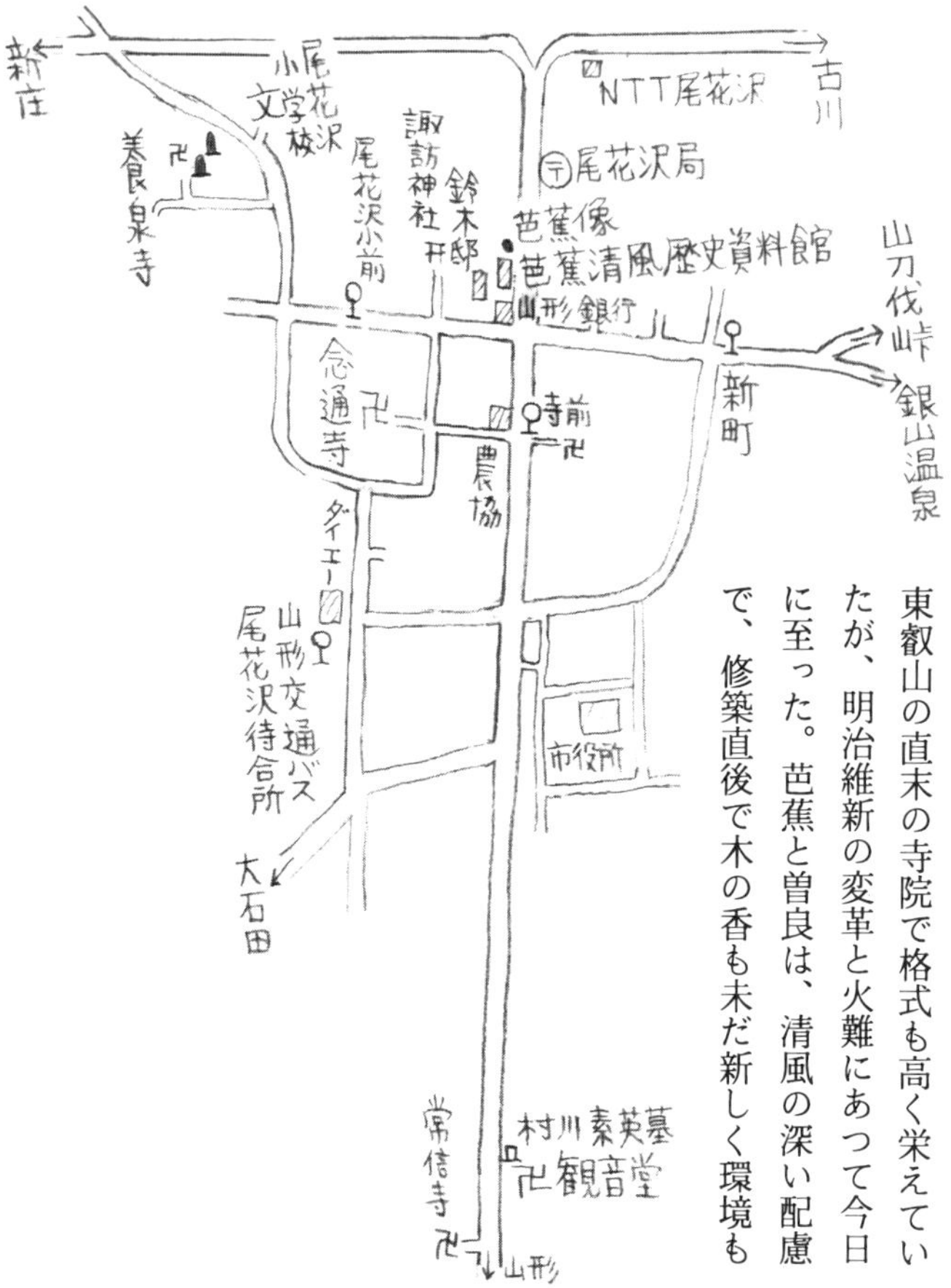


められるなど、好条件に恵まれていた。

「芭蕉遺跡　養泉寺」と題する解説板には次のように見える。

　寺は天台宗で、芭蕉が来た元禄の頃は、東叡山の直末の寺院で格式も高く栄えていたが、明治維新の変革と火難にあって今日に至った。芭蕉と曽良は、清風の深い配慮で、修築直後で木の香も未だ新しく環境も静寂なこの寺院に寛《くつろ》ぎ、自由に諸俳士とも交遊し、楽しく俳風を傳《つた》へ、且つ詩情を練り、七泊した、ゆかりふかい遺跡である。

　境内には翁の句碑があり、「涼し塚」と称す。…（後略）…

「涼し塚」は碑面に「涼しさを我が宿にしてねまる也」と芭蕉の句を刻し、向かって左側面から碑陰・右側面にかけて、

芭蕉翁桃青《ハ》伊賀《ノ》産。氏《ハ》松尾則《チ》前《ノ》藤七郎也。掌《ニ》二学《ビ》二和歌《ヲ》一、晩《ニ》嗜《ム》二俳諧《ヲ》一。致仕《シテ》而遊《ビ》二山川勝跡《ニ》一、事《トシ》二題詠《ヲ》一、以《テ》鳴《ル》。元禄年中適《クニ》二蚶江《ニ》一過《リ》レ最《ヲ》主《トシ》二清風《ノ》家《ヲ》一居《ルコト》数日、日《ニ》題《シ》日《ニ》題《シ》、亦題《ス》レ之《ニ》。書成《リテ》而日《フ》二奥《ノ》細道《ト》一。世以《テ》徴《ス》レ之《ヲ》。翁寿五十一、以《テ》二元禄甲戌十月十二日《ヲ》一卒《ス》二於大坂《ニ》一。吾徒《ガノ》窺《フ》二其《ノ》門墻《ヲ》一者謀《リ》二不朽《ヲ》一、立《テ》レ石《ヲ》以《テ》日《フ》二涼塚《ト》一。

　宝暦壬午夏日　　路水　　素州

という漢文の碑誌（訓点は筆者）が刻してあり、宝暦十二年（一七六二）柴崎路水と鈴木素州が建立

したことが分かる。
涼し塚に並んで、「壷中居士」とだけ刻した碑がある。壺中は最上林崎（いま村山市の内）の素封家で、大地主でもあったらしい。本名、坂部九内。立石寺に「せみ塚」を建てた、享保ごろから宝暦・明和ごろまでの俳人である。

また新たに、「すゞしさを」歌仙の初折《しよおり》の表四句、すなわち

すゞしさを我やどにしてねまるなり　芭蕉
つねのかやりに草の葉を焼　清風
鹿子立をのへのし水田にかけて　曾良
ゆふづきまるし二の丸の跡　素英

の四句を刻した芭蕉連句碑が、俳誌『寒雷』主宰加藤楸邨氏の揮毫で建てられている。

清風の菩提寺は真宗大谷派花邑山念通寺である。慶長年間の創建であるが、その本堂は元禄十年（一六九七）清風の独力寄進による建立と言われる。境内にある骨堂は念通寺檀家すべての共同墓地で、ために清風の墓というものはない。

国道十三号線沿いの、上町《かんまち》の観音堂に、村川素英の墓があり、「村川素英生前墓」の標柱が建っている。四角な石で、表に「静運墓」、向かって右側面に「具一切功徳」、裏面に「苔《こけ》のしたにありとやきつゝとふ人の衣手《ころもで》さむき萩のうハかぜ」とある。素英は、芭蕉の尾花沢滞在中、家業多忙な清風に代わって接待につとめた人物である。

清風宅址の東隣りに国道に面して、芭蕉・清風歴史資料館が建設された。昭和五十八年七月三日の開館で、芭蕉・清風関係の資料とともに、当地方の歴史的資料・俳諧資料等を収集・展示する。館の傍らには芭蕉像が建ててある。

# 二五　天童《てんどう》・立石寺《りゅうしゃくじ》

尾花沢に十日間滞在した芭蕉は、五月二十七日（陽暦七月十三日）、「山形領に立石寺と云《いふ》山寺あり。慈覚太師の開基にして、殊《ことに》清閑の地也。一見すべきよし」清風や尾花沢の人々に勧められて、立石寺へと志した。

『曾良旅日記』には次のように書いてある。

　廿七日　天気能《よし》。辰ノ中尅尾花沢ヲ立テ立石寺へ趣《おもむく》。清風より馬ニテ舘岡迄被送《おくら》ル。

　尾花沢二リ元飯田一リ舘岡一リ六田二リよ天童一リ半ニ近シ 山形へ三リ半山寺未ノ下尅ニ着 是より山形へ三リ。

　宿預り坊。其日、山上・山下巡礼終ル。

芭蕉は尾花沢を午前六時半ごろ出発し、本飯田・楯岡・六田・天童を経て、午後三時ごろ立石寺に着き、預り坊に宿をとって、その日のうちに「山上・山下」の巡礼を終えている。

『曾良旅日記』俳諧書留を見ると、

　　立石の道にて

　まゆはきを俤《おもかげ》にして紅ノ花　翁

とあり、この山寺参詣の途次、芭蕉が「まゆはきを」の句を詠んだことが知られる。

この句の句碑が天童市石倉の山寺への道の傍らにある。碑面は『おくのほそ道』の表記で、

　まゆはきを
　　俤にして紅粉の花　芭蕉翁　楸邨書

とあり、「奥の細道まゆはきの句碑」の標柱が建ててある。加藤楸邨氏の揮毫により、昭和五十六年七月十一日に建立された。

天童市の城山公園内の、旧東村山郡役所資料館の南接地に、

　行末は誰《たが》肌ふれむ紅の花　芭蕉　俳諧一葉集より

の句碑がある。支考編『西華集《さいか》』（元禄十二年刊）に載り、「此《この》句はいかなる時の作にかあらん、翁の句なるよし、人々つたへ申されしが、題しらず」と付記されている句であるが、ここには、湖中・佛兮編『俳諧一葉集』（文政十年刊）所収の句を拡大して刻してある。昭和六十一年七月十三日、天童市奥の細道研究会の建立に成る。この公園には、「ふる池や蛙飛込水の音」の句碑や「翁塚」の碑も建てられている。

一般に山寺と呼ばれている立石寺は、山号を宝珠山と称し、貞観二年（八六〇）清和天皇の勅願によって、慈覚大師が開いたと伝えられる大寺院である。

『おくのほそ道』の本文は、「清閑」にして「佳景寂寞」たる山寺の境地を叙し、「閑さや」の一句で結んだ名文として著名である。

立石寺は仙山線山寺駅から程近い所にある。立谷《たちや》川にかかる宝珠橋を渡り、右へ曲がって進むと左側に登り口があり、「名勝及史蹟山寺」「奥の細道立石寺」の標柱が建っている。石段を登ると、比叡山にならって創建された根本中堂（国宝）がある。

根本中堂に向かって左側、石垣の上に、

（碑　面）閑さや巌にしみ入蟬の声　芭蕉翁
（右側面）左羽に夕日うけつゝほとゝぎす　一具
（左側面）楽しさは笹のはにある清水哉　二丘
花さかぬ草木より風薫りけり　川丈

と刻した、嘉永六年（一八五三）四月高梨一具の書で半沢二丘の建立に成る芭蕉句碑がある。

この句碑から向かって右前の大銀杏の根元に二基の句碑がある。虚子・年尾親子句碑である。

いてふの根床几斜めに茶屋涼し　虚子
我もまた銀杏の下に涼しくて　年尾

虚子の句碑は、右側面に「昭和十六年七月十日」とあり、年尾句碑は、碑陰に「昭和三十七年七月建立」と見える。

山門への道筋の右側には、日枝神社・秘宝館・常行念仏堂・鐘楼等が建ち並んでおり、秘宝館の向かい側には「俳聖芭蕉」像（昭和四十七年十一月の建立）と「閑さや」の句を刻した芭蕉顕彰碑に加えて、曽良像が新たに建てられている。

山門前には「山寺宝珠山立石寺」と刻した大きい石柱が建つ。当山第五十七世鑑古和尚の揮毫に成る「関北霊窟」の扁額を掲げる山門を入り、拝観料を納めて坂道を登って行く。奥の院への途中、仁王門の少し手前に「せみ塚」がある。向かって右側の石碑がそれで、碑面に「芭蕉翁」、右側面に小さく「静さや岩にしミ入蟬の声」と刻してあるが、注意しなければ読めないほどに風化している。蟬塚の建立を記念して出版された吟里・壺中編『せみ塚』は宝暦元年未孟夏日の風草序を有するから、蟬塚建立はそのころであろう。

傍に「風草居士」「壺中居士」と刻した碑も並んでいる。風草は鶴岡の俳人で、壺中の師にあたる。宝暦十二年二月十五日没。風草居士碑は翌宝暦十三年（一七六三）三月十五日に建てられた供養碑である。蟬塚の建立奉行をつとめた壺中居士碑には明和六年四月廿六日と刻してあるが、壺中の一周忌供養に建てたものであろうか。

蟬塚は、もと山門の所に風草居士碑や壺中居士碑とともにあったが、昭和十一年冬に現在地に運び、翌春据えつけられたという。句境にふさわしい場所を選んで移建したものであろう。

芭蕉の句の初案は、『曾良旅日記』俳諧書留所載の、

　山寺や石にしみつく蟬の聲

で、『初蟬』（元禄九年刊）所載の、

　さびしさや岩にしみ込《こむ》蟬のこゑ

という再案を経て、『おくのほそ道』所載の、

　閑《しづか》さや岩にしみ入《いる》蟬の聲

の句形に落ち着いたものであろう。

# 立石寺

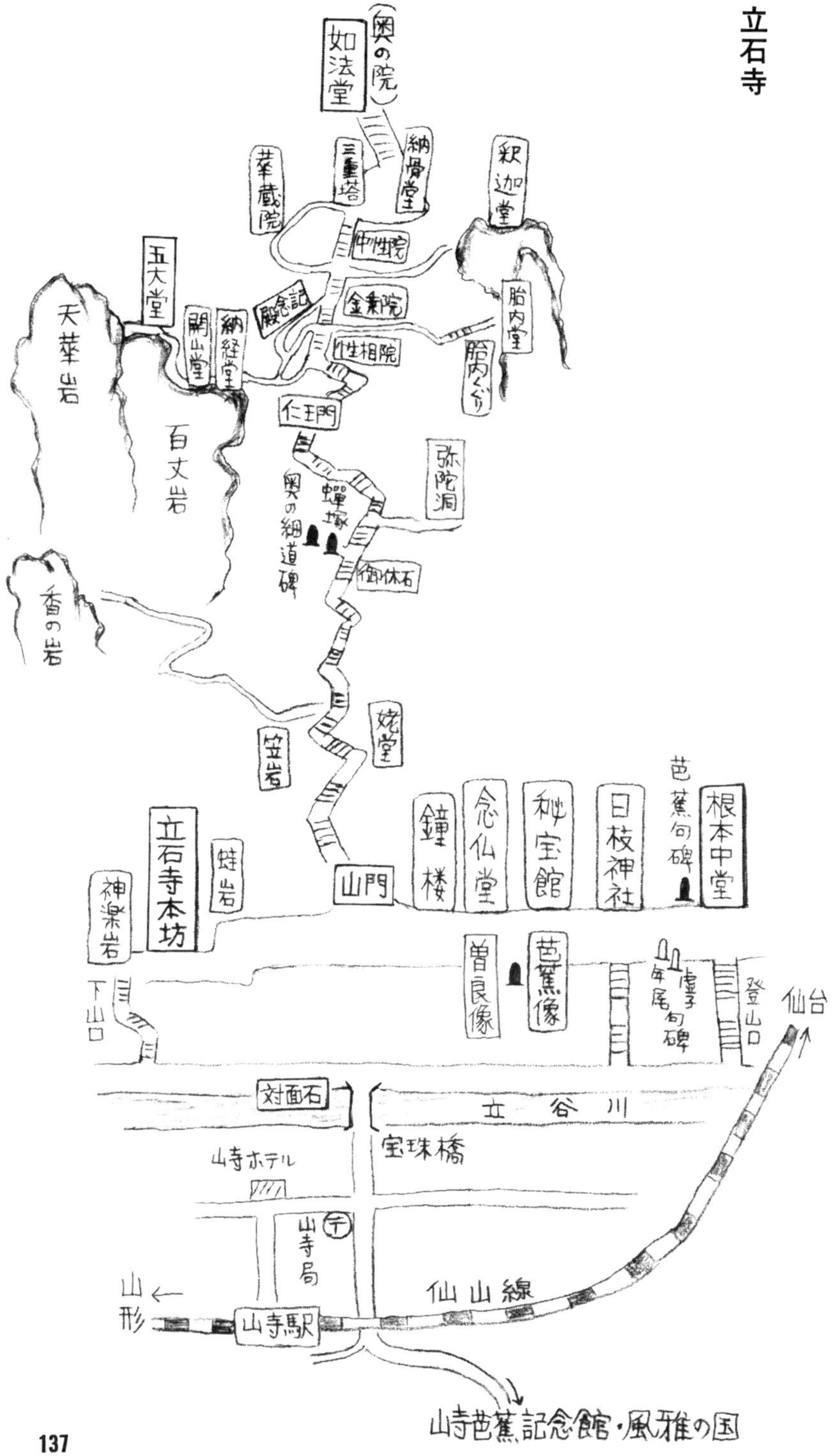

(奥の院)
如法堂
納骨堂
三重塔
華蔵院
釈迦堂
中性院
五大堂
記念殿
金乗院
天華岩
開山堂
納経堂
性相院
胎内堂
胎内くぐり
仁王門
百丈岩
弥陀洞
蟬塚
奥の細道碑
御休石
香の岩
姥堂
笠岩
芭蕉句碑
根本中堂
日枝神社
秘宝館
念仏堂
鐘楼
立石寺本坊
蛙岩
神楽岩
山門
曽良像
芭蕉像
虚子年尾句碑
下山口
登山口
仙台
対面石
立谷川
宝珠橋
山寺ホテル
山寺局
山形
山寺駅
仙山線
山寺芭蕉記念館・風雅の国

また、この蟬については、小宮豊隆氏と斎藤茂吉氏との間で論争が行われたが、「にいにい蟬」を主張する小宮説がよかろうとされている。

蟬塚に向かって左手奥に、素龍本（井筒屋板本）『おくのほそ道』の山寺の章を銅板に陽刻して岩に嵌《は》めこんだ芭蕉翁顕彰碑（昭和三十五年十月落成）がある。

奥の院は、正式には如法堂と呼ぶが、その本堂には「霊鷲道場」の扁額が掲げてある。本尊は釈迦牟尼仏と多宝如来の坐像で、左右には多聞天・持国天、それに三十三番神・十羅刹女を安置してある。

下りる前に五大堂の展望台から周囲の眺望をほしいままにしてもらいたい。山門を出たら右に道をとり、立石寺本坊に参詣して下山する。

立石寺の向かい側、その山寺を一望できる高台に山寺芭蕉記念館があり、芭蕉の遺墨を中心に、蕉門の墨跡・『おくのほそ道』関係資料を展示する。隣接して「山寺風雅の国」がある。

## 二六　大《おお》石《いし》田《だ》

山形県北村山郡大石田町は、尾花沢市の西南約四キロに位置し、芭蕉来訪当時は酒田へ下る川船の発着所（河港）として栄え、後には川船役所（船番所）が置かれたほどである。

『曾良旅日記』によると、芭蕉は五月二十八日（陽暦七月十四日）立石寺より大石田の高野平右衛門（俳号一栄）宅に至り、三泊している。

廿八日　馬借テ天童ニ趣《おもむく》。……未ノ中尅、大石田一英宅ニ着。……川水出合。其夜、労ニ依テ無俳、休ス。

廿九日　発、一巡終テ、翁両人誘テ黒瀧へ
被参詣《さんけいせらる》。予所労故止《やむ》。未尅被帰《かへらる》。道〻俳
有。夕飯、川水ニ持賞。夜ニ入帰。
晦日　朝曇、辰刻晴。哥仙終。翁其辺へ被遊《あそばれ》、
帰、物ども被書《かかる》。

『おくのほそ道』には、大石田で最上川下りの船日和を待って滞在中、俳諧の指導を請われて、「わりなき一巻残しぬ」と書いているが、その「わりなき一巻」は、『曾良旅日記』俳諧書留所載の、

大石田高野平右衛門ニテ
五月雨を集て涼し最上川　翁
岸にほたるをつなぐ舟杭　一栄
瓜畠いさよふ空に影待て　ソラ
里をむかひに桑の細道　川水

を初めとする四吟歌仙で、二十九・三十の両日にわたり、一栄亭で興行されたものである。歌仙の芭蕉真蹟も伝存する。

大石田町字四日町の石水山西光寺は時宗の寺院であるが、この西光寺の境内裏庭に、

さみだれをあつめてすゞしもがミ川　芭蕉

の句碑がガラス張りの覆堂の中に安置されている。そして別に同じ句形を刻した副碑（昭和五十年五月五日改建）が屋根で覆って建ててある。本碑の建立は暁花園土屋只狂編『もがみ川集』（明和六年、五竹序）が、句碑の落成記念集であるから、当時の建立と思われる。脇句の「岸にほたるを繋ぐ舟杭　一栄」の句碑も、芭蕉真蹟を拡大して建ててある。

五月雨歌仙の興行された高野一栄宅址は、大石田町文化財保護審議委員の板垣一雄氏宅の所で、裏手は堤防を隔て最上川に臨み、「芭蕉遺跡　一栄亭　三泊」と題する説明板が、「奥の細道　高野一栄亭跡」の標柱と共に建ててある。

また、新たに「さみだれを」歌仙碑も建てられていて、碑陰には次のように刻してある。

# 大石田

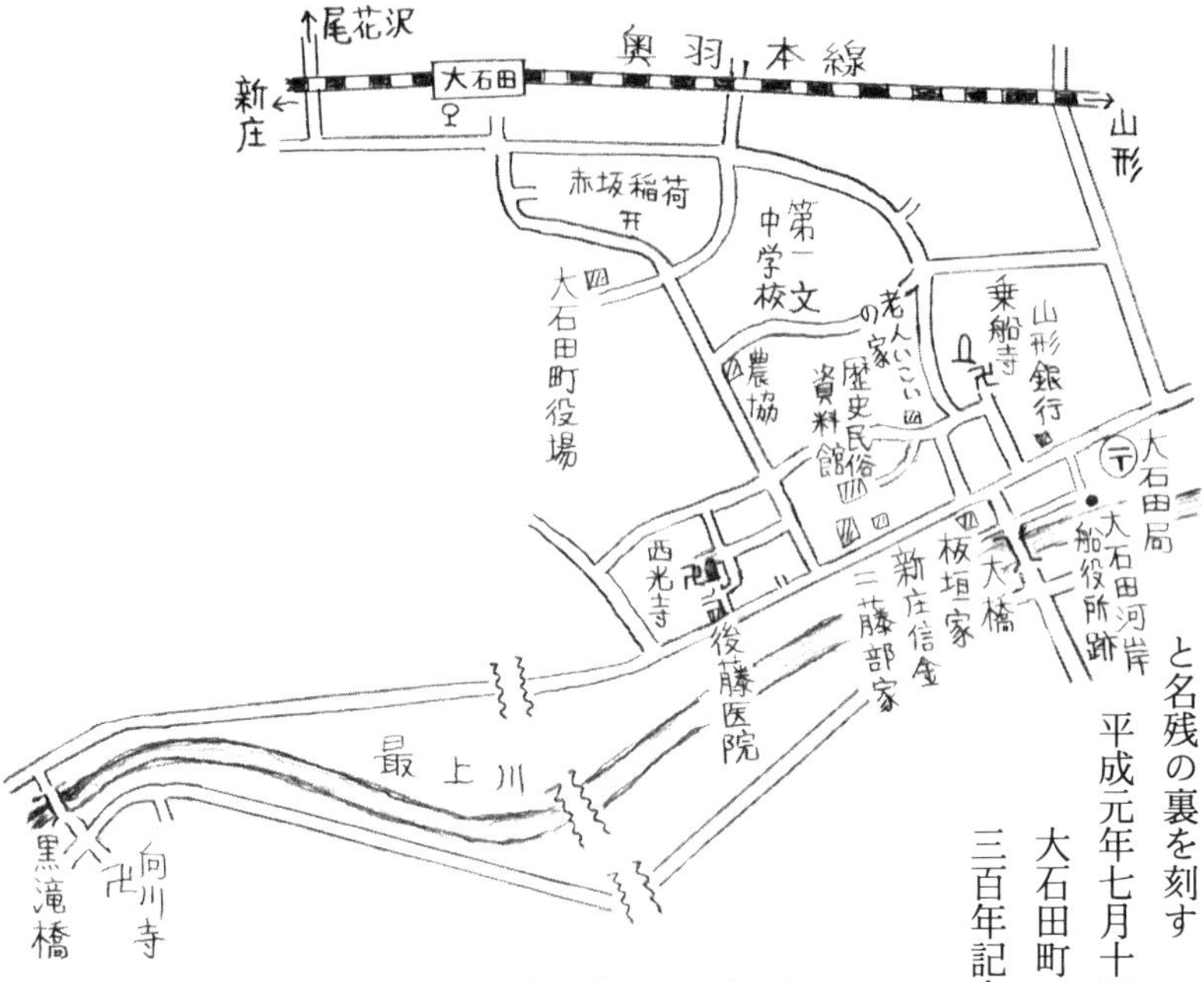


芭蕉翁真蹟歌仙〝さみだれを〟のうち初表《しょおもて》
と名残の裏を刻す
平成元年七月十四日建立
大石田町「おくのほそ道」紀行
三百年記念事業企画実行委員会
石工　高橋夏生

芭蕉が二十九日に訪れた「黒瀧」は、黒瀧山向川寺のことである。最上川にかかる黒瀧橋を渡るとすぐの、山の麓、最上川を眼下に見おろす所にある曹洞宗の寺院で、あたりは実に幽邃《ゆうすい》な境地である。

大石田と言えば戦後ここに疎開していた斎藤茂吉を忘れることはできない。昭和二十年四月茂吉は郷里上山市金瓶《かなかめ》に疎開し、敗戦を迎えた後、翌二十一年二月大石田に移居、生涯の高峰と称される『白き山』（昭和二十四年刊。大石田在住中の作八二四首の作を収載）の歌を成して、二十二年十一月に帰京した。

大石田での茂吉は二藤部兵右衛門氏宅の離れ家を借り、聴禽書屋《ちょうきんしょおく》と命名して一人暮しを続けた。食事の世話は二藤部夫人、雑事一切の世話はアララギ派の歌人板垣家子夫《かねお》氏（一雄氏の父君）がなしたという。聴禽書屋は、いま大石田町立歴史民俗資料館の一部となっている。

大石山乗船寺（浄土宗）には、斎藤茂吉墓・斎藤茂吉逆白波《さかしらなみ》歌碑・正岡子規最上川句碑等がある。

「斎藤茂吉之墓」に刻まれている戒名の「赤光院仁誉遊阿暁寂清居士」は、自筆の引伸ばしの由。戒名の横に「昭和二十八年二月二十五日歿」と記されている。墓前に「碑文」があり、茂吉と大石田との関係について要領よくまとめてある。文末には、「昭和四十七年八月十三日　門人結城哀草果謹識」。

本堂裏庭に、

最上川逆白波のたつまでに
ふゞくゆふべとなりにけるかも　茂吉

の歌碑（昭和四十八年二月二十五日建立）がある。これも茂吉の真蹟を拡大したものという。別に子規の句碑もある。

ずん〳〵と夏を流すや最上川　子規

碑の左上に子規の肖像が刻んであるのが珍らしい。碑陰には「昭和四十二年八月七日建之」と見える。墓地には大石田の大庄屋をつとめ、五月雨歌仙に一座した高桑川水（宝永六年没、六十七歳）夫妻の墓がある。墓碑には「道誉輝詮大徳　相誉妙真信女」と刻してある。輝詮は川水の法名である。

乗船寺を出て、大橋の川下にあたる土手下に行くと、「大石田河岸船役所跡」（裏面、昭和五十七年五月十三日建立　斎藤茂吉生誕百年記念事業実行委員会…後略…）の標柱と解説板が建っている。

…（前略）…元禄時代最上川に就航していた船は、大石田船二九〇隻・酒田船二五〇隻を数えました。その積出し米は年間二四万俵を数え、五〇〇〇有余の船が毎日最上川を上下する様相は、まさに壮観と言えました。又寛永の頃、江戸・大阪に向う客は、五月から八月までの間に三六〇〇余人を数えたと言います。　…（後略）…

この辺の堤防上から眺める大橋の姿は美しい。

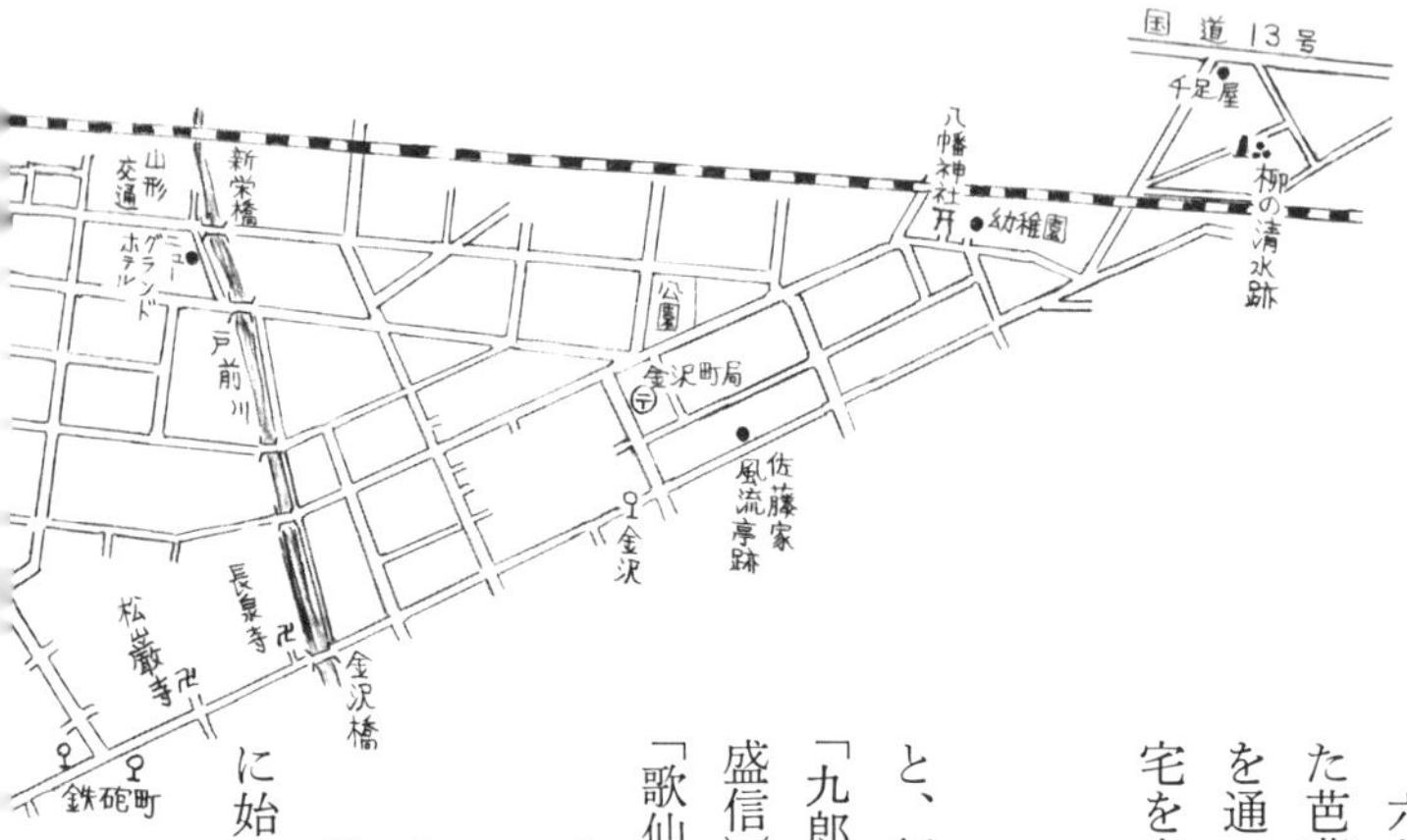




# 二七　新庄《しんじょう》・最上川《もがみがわ》

六月一日（陽暦七月十七日）大石田を出発した芭蕉は、名木沢を経て猿羽根《さばね》峠を越え、舟形を通って新庄に至り、渋谷甚兵衛（俳号風流）宅を宿とした。『曾良旅日記』には、

二日　昼過より九郎兵衛へ被招《まねかる》。彼是《かれこれ》歌仙一巻有。

と、新庄における芭蕉の動静が略記してある。「九郎兵衛」は風流の本家渋谷九郎兵衛（俳号盛信）で、当時新庄第一の富豪であったという。「歌仙一巻」というのは、

御尋に我宿せばし破れ蚊や　風流
はじめてかほる風の薫物　芭蕉
菊作り鍬に薄を折添て　孤松
霧立かくす虹のもとする　ソラ

に始まる七吟歌仙のことである。この時、別に、

盛信亭
風の香も南に近し最上川　翁

を発句とする三つ物もあった。

新庄駅前広場からすぐ左折、大石田駅方面へ線路と平行に約十五分歩くと八幡神社、隣接して金沢幼稚園がある。その先を左折して奥羽本線の踏切を渡り、右に曲がって行き、石山機械の向かい側の道に入って進むと、左側に枝垂《しだ》れ柳を背にした「奥の細道　氷室の句碑と柳の清水」の標柱が建っている。そこを入ると、左側に「芭蕉翁ゆかりの氷室の清水跡」と題する屋根つきの説明板がある。その先に、

水のおく氷室尋る柳かな　芭蕉翁
羽新庄　雪映舎中修造

と刻した芭蕉句碑が建てられている。碑陰には

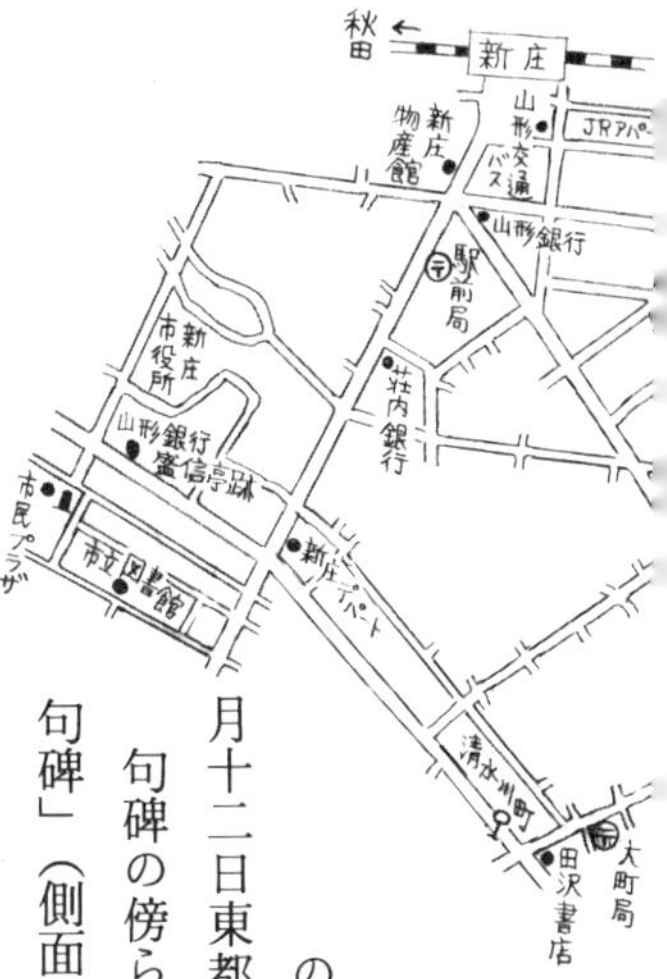


涼しさや行先〱《さきざき》へ㝡上《もがみ》川　蓼太

の句を刻し、「天明元年歳次辛丑十月十二日東都宇平建　沙羅書」と見える。

句碑の傍らには「市指定史跡　柳の清水及び句碑」（側面、平成元年四月二十八日指定）の標柱があり、句碑に向かって左側に、清水の湧いている小さな池と「水神」の碑がある。この小さな湧水池が「柳の清水」なのであろう。

渋谷九郎兵衛宅址は、現在の山形銀行新庄支店の所で、芭蕉の来遊を記念して、銀行前に「芭蕉遺蹟盛信亭跡」（裏面、昭和三十六年六月二日　新庄市観光協会　新庄市長　木田清書）の標柱が建ててある。

渋谷風流宅址は新庄市上金沢町五ノ三三佐藤義国氏宅の地と推定され、「奥の細道風流亭跡」の標識が見える。但し、風流亭の位置については、「本家九郎兵衛盛信の屋敷の筋向かい」、「南本町西側、大手口側から数えて南へ六軒目」を想定する説もある（『新庄市史第二巻』）。

市民プラザ入口には、盛信亭での発句、

風の香も南に近し最上川　芭蕉翁

渋谷盛信裔渋谷道書

の句碑（碑陰、おくのほそ道紀行三百年を記念して　平成元年九月十日新庄市建立　石工菅千代松）がある。

六月三日、好天に恵まれて新庄を立った芭蕉は、本合海《もとあいかい》より最上川下りの船客となり、清川で上陸し、狩川を経て羽黒山麓に向かった。

本合海には「史蹟芭蕉乗船之地」の標柱が建てられ、傍らに芭蕉・曾良の旅姿像（陶製）がある。像の前の石上には

奥の細道紀行三百年記念事業

建立　本合海エコロジー

平成元年七月十九日

原型　山形市　村川信夫

元　新庄藩御用窯（開窯一五〇年記念作品）

## 最上川下り乗船場

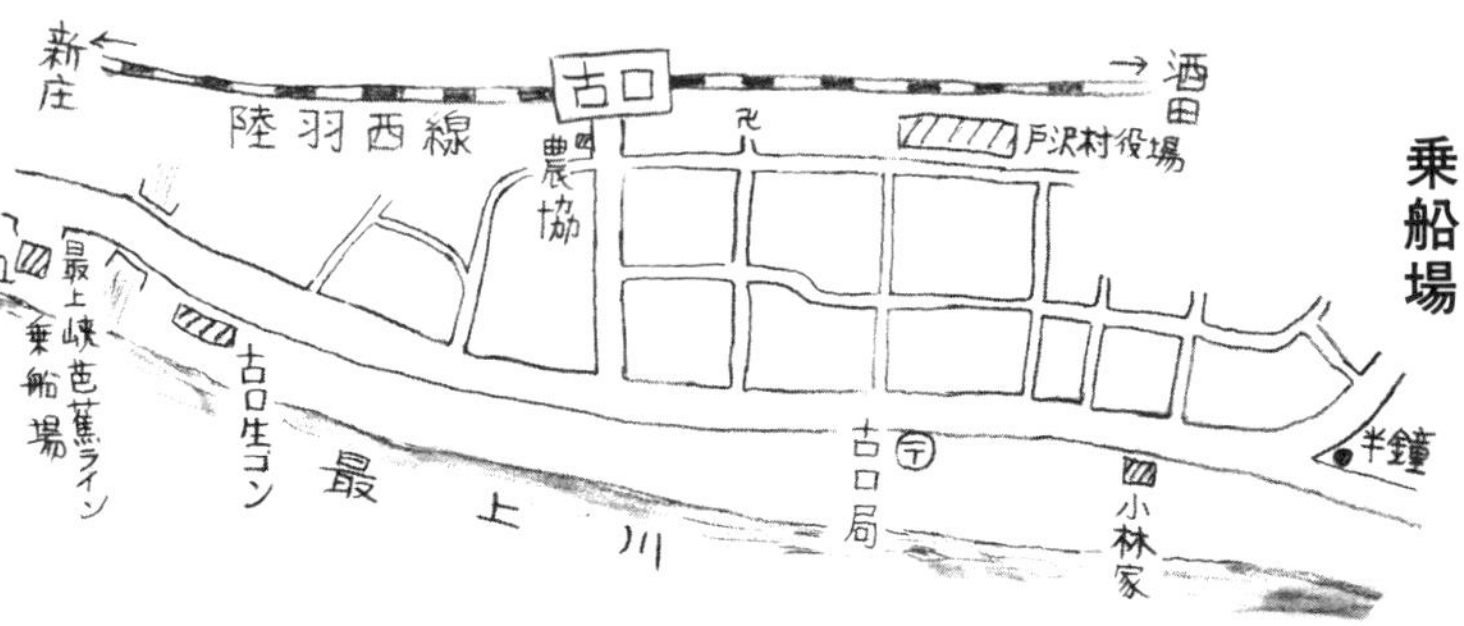


製作　新庄東山焼五代目弥瓶

と記した陶板が据えてある。

　その向かいには、

　五月雨をあつめて早し最上川　芭蕉

の句碑（碑陰、蕉風俳諧　一路庵白舟謹書　本合海エコロジー建立　昭和六十一年十月吉日）が建っている。説明板の最初には、

　本合海は、陸路のない時代に内陸と庄内を結ぶ最上川船運の重要な中継地として栄えました。

と書いてある。

　『おくのほそ道』最上川下りの章に出てくる「ごてん・はやぶさ」は、いずれも大石田の上流の難所であるが、芭蕉の通った所ではない。「仙人堂」は外川神社とも言い、源義経の従臣常陸坊海尊の遺跡と伝える。陸羽西線高屋《たかや》駅より一キロほど上流の対岸、木陰に見える。「白糸の瀧」は、高屋駅より二キロ（徒歩約二十五分）ほど下流の対岸にかかって「青葉の隙〱に落ちて」いる。最上川は歌枕としても著名であった。

　芭蕉の「五月雨をあつめて早し最上川」の句の初案は、大石田の高野一栄亭での「あつめてすゞし」の句形で、五月雨で増水している最上川を川船で下って「あやう」い思いをした体験によって改作したものであろうが、その背後には、最上川の早川（急流）であるという本意を生かそうとの意図もあったことと思われる。

　現在、最上川下りは「最上川芭蕉ライン舟下り」と称して、古口《ふるくち》から草薙《くさなぎ》温泉まで、約十二キロ、一時間の船旅である。乗船場は陸羽西線古口駅下車、大通りに出たら右折して進み、古口生コン工場の先で橋を渡るとすぐ左側、「乗船手形出札処」「戸沢藩船番所」の大きな看板の出ている所である。建物は看板にいうとおり、昔の船番所の様式を採り入れたものである。

ただし、古口駅を出て、大通りを左折して行くと、古口郵便局の少し先に、「奥の細道 船番所跡」「古口舟番所跡」の標柱が建っているから、現在の乗船場すなわち昔の船番所跡というわけではあるまい。ここには以前、「明治天皇行在所址」の碑に並んで、

　朝霧や船頭うたふ最上川　　子規

の句碑（碑陰、昭和三十一年九月十九日　最上峡観光協会）があったが、今は乗船場の建物の裏手、最上川に近い所に移建されている。

　草薙温泉の終点（最上川リバーポート）で下船し、約二五〇メートル川上の方へ道路を歩くと、「明治天皇御小憩所」入口の標柱がある。川岸近くにその記念碑と、子規の「朝霧や」の句碑（碑陰、前に同じ）が建っている。この先に白糸の瀧ドライブインがあり、対岸に白糸の瀧の流れ落ちる景観を眺めることができる。

　芭蕉は草薙の下流、清川まで行ったが、『曾良旅日記』によると、

　舟ツギテ清川ニ至ル。平七より状添方ノ名忘タリ。状不添《そへず》シテ、番所有テ、船ヨリアゲズ。

　清川小学校の最上川寄りの裏庭に、堤防に向かって「奥の細道芭蕉上陸の地（清川関所跡）」の標示板が建てられ、その裏側の説明文の一節には、「清川は往時最上川の水駅として栄え、この地に清川関所がありました」と見える。

　その脇に「芭蕉上陸之地」の新しい石柱と、「奥の細道清川関所跡」の標柱が並び、向かって右側に加藤楸邨氏揮毫の「五月雨を集めて早し最上川　楸邨書」と「清川史跡　清川関所跡　芭蕉荘内上陸地」の陽刻の銅版を自然石に嵌《は》めこんだ芭蕉句碑（昭和三十一年秋建立）と、奥の細道紀行三百年記念の松尾芭蕉像が建てられている（平成二年七月吉日建立）。

　芭蕉と曾良が上陸したのは、元禄二年旧

出羽三山図・羽黒山（『東奥紀行』）

六月三日（陽暦七月十九日）である。添状関手形が不備で役人につれなくされ、辛《かろう》じ

## 二八　出羽《でわ》三山《さんざん》

出羽三山というのは、羽黒山（四三六メートル）・月山（一九八〇メートル）・湯殿山（一五〇四メートル）の総称である。いま羽黒山には出羽神社（御祭神、伊氏波神《いではのかみ》・稲倉魂命）、月山の頂上には月山神社（御祭神、月《つく》読命《よみのみこと》）、湯殿山の中腹には湯殿山神社（御祭神、大山祇神《おおやまつみのかみ》・大己貴神《おおなむちのかみ》・少彦名神《すくなひこなのかみ》）がそれぞれ鎮座するが、月山・湯殿山は積雪により、冬季参拝が不可能なため、羽黒山の出羽神社に三神を合祀して、三神合祭殿と称している。

　芭蕉が最上川を船で下り、清川・狩川を経て羽黒山麓の手向《とうげ》村（いまの山形県鶴岡市羽黒町手向）に図司呂丸《ろまる》（露丸とも）を訪ね、その東道で南谷の別院にはいったのは、六月三日（陽

て上陸した地であったが、今はその跡に翁の句碑が建って、往時を偲ばせている。

暦七月十九日）のことであった。以後十日（陽暦七月二十六日）に「羽黒を立《たち》て鶴が岡の城下」に赴くまで、羽黒山南谷に七泊、月山の山小屋に一泊しているが、羽黒山麓到着以後の動静を『曾良旅日記』より抄録すると、次のとおりである。

　三日　…厂川三リ半羽黒手向。申ノ刻、近藤左吉ノ宅ニ着。本坊ヨリ帰リテ会ス。本坊若王寺別当執行代和交院へ大石田平右衛門より状添。露丸子へ渡《わたす》。本坊へ持参、再《ふたたび》帰テ南谷へ同道。祓川ノ辺よりクラク成。本坊ノ院居所也。

　四日　昼時、本坊へ蕎切《そばきり》ニテ拔招《まねかれ》、会覚ニ

二八　出羽三山
月山(『東奥紀行』)

謁ス。…俳、表計《ばかり》ニテ帰ル。…
五日　…昼迄断食シテ注連カク。夕飯過テ先《まつ》羽黒ノ神前ニ詣。帰、俳、一折ニミチヌ。
六日　天気吉。登山。三リ強清水ニリ平清水ニリ高清（水）、是迄馬足叶《かなふ》。道人家、小ヤガケ也弥陀原中食ス是よりフダラ・ニゴリ沢・御浜ナド丶云ヘカケル也難所成。…申ノ上尅、月山ニ至。先《まつ》御室ヲ拝シテ、角兵衛小ヤニ至ル。雲晴テ来光ナシ。夕ニハ東ニ、且《あした》ニハ西ニ有由也。…
七日　湯殿へ趣。鍛冶ヤシキコヤ有（ワ）○牛首コヤ有不浄汚離コヽニテ水アビル少シ行テ、ハラジヌギカヱ、手繦《しめ》ガケナドシテ御前ニ下ル。是より奥へ持タル金銀銭持テ不帰《かへらず》。惣而《そうじて》取落モノ取上ル事不成《ならず》。浄衣・法冠・シメ斗《ばかり》ニテ行。昼時分月山ニ帰ル。昼食シテ下向ス。強清水迄光明坊より弁当持セ、サカ〔迎〕セラル。及暮《くれにおよび》南谷ニ帰。甚労《はなはだつか》ル。
八日　昼時より晴。和合院御入、申ノ刻ニ至ル。
九日　断食。及昼《ひるにおよび》テシメアグル。ソウメンヲ進ム亦、和合院ノ御入テ、飯・名酒等持参。申刻ニ至ル。花ノ句ヲ進テ、俳、終。ソラ発句、四句迄出来ル。
十日　…昼前、本坊ニ至テ、菱切・茶・酒ナド出。未ノ上刻ニ及ブ。道迄、円入被迎《むか》《へらる》。又、大杉根迄被送《おくらる》。祓川ニシテ手水シテ下ル。左吉ノ宅ヨリ翁計馬ニテ、光堂迄釣雪送ル。左吉同道。…

このような一週間におよぶ動静が、『おくのほそ道』には、南谷・羽黒山・月山・鍛冶小屋・三山巡礼の句というふうに、整理して叙述されている。

月山は歌枕としては「月之山」であり、湯殿山は歌枕としては「恋山《こいのやま》」であった。桃隣編『陸奥鵆』には、「一度詣《まうで》ては年〳〵思をかくるが故に、恋の山とは申《まうす》也」と見える。

湯殿山（『東奥紀行』）

芭蕉を羽黒山南谷に案内した呂丸は、元禄六年（一六九三）二月京都で客死したが、彼の追悼句碑が、羽黒町手向の烏崎《からすざき》稲荷《いなり》神社の境内にある。碑面には、

辞世　消安し都の土に春の雪　図司呂丸

とあり、右側面には、上部に「追悼」と横書きにし、その下に、

死に来てそのきさらぎの花の陰　野盤子
雁一羽いなでミやこの土の下　洒落堂
当帰より哀ハ塚のすミれ艸　芭蕉菴

の三句を併刻し、左側面には「寛政五癸丑二月日
施主　三峰　翠古　執筆　竹甫」と見える。

庄内交通羽黒センターで下車して随神門を入り、祓川を渡ると、やがて左側杉木立の中に五重塔が見える。これは室町初期五重塔の代表的なものとして、昭和四十一年、国宝に指定された。

随神門から頂上の鳥居に至る参道約二キロの両側には、欝蒼たる杉並木が延々と続いている。

二の坂を登ると左側に茶店があり、名物の力餅その他で一休みして鋭気を養うのがよい。少し行くと右側に三日月塚がある。二基の燈籠の中央奥に、「芭蕉翁」と刻した芭蕉塚が建つ。二基の燈篭の側面・正面には、「三日月塚の良星雨根かたふき最中に苔むしたるを洒掃して」「燈籠一基を捧侍る徳光長く傳へて輝くを希《ねがふ》のみ」「ひかり増せ燈籠の月も三日の影」「明和六己丑季秋　羽州庄内遊耕舎祇松」という句文が刻してある。

この先、二、三十メートルの右側に、「本坊宝前院跡」の標柱が建ててある。

さらに数十メートルほど先、三の坂の下の右側に、「県指定史跡　南谷」と題する解説板が建っているので、「南谷の別院」に関する部分を抜き書きしておこう。

南谷の別院を紫苑寺といい、第五十代別当天宥が新に建立したもので、ところが惜しくも寛文十二年に炎上、その後山頂の玄陽院の建物でこれを復興し、芭蕉はその建物に泊ったのである。

庭園は静閑優雅な趣がただよい、現在はその礎石のみが往時を偲ばせている。

「有難や」の石の句碑はここ南谷にあり、芭蕉はこの一山に七日間滞在、弟子の呂丸はその時の問答を「七日草」に記している。

ここから右へ五百メートルほどはいった所が南谷で、「県指定史蹟羽黒山南谷」（裏面　昭和三十年八月一日指定　昭和三十三年二月十日建設　山形県教育委員会）の標柱が入口に建っている。今は古びた池と苔むした礎石と木立の見られる庭園に過ぎない。ここには、

有難や雪をかほらす南谷　隆明応需書之

の芭蕉句碑（右側面、西大路隆明卿染筆）がある。この句碑は、文化十五年（一八一八）羽黒山の第七十五代別当覚諄が建立したものという。

この句は『曾良旅日記』俳諧書留に、

有難や雪をかほらす風の音

の句形で見えるのが初案で、宝井其角編『華摘』（元禄三年刊）に、

有難や雪をめぐらす風の音

の形で出ているのは再案であろうか。『おくのほそ道』執筆時に下五「風の音」を季語の「南薫」を響かした「南谷」に改め、前文の「南谷の別院に舎《やどり》して」との照応をはかり、会覚への謝意を含ませたものであろう。

ついでながら、羽黒山での句、

涼しさやほの三日月の羽黒山

も、『曾良旅日記』俳諧書留や真蹟短冊には上五が「涼風や」（涼を掠と誤記している）となっている。いずれの句にも芭蕉の推敲の跡がしのばれて興味深い。

三神合祭殿（出羽神社）前の池は、モリアオガエルの棲息地としても知られるが、銅製の古鏡が数多く発掘されたところから、鏡池と呼ば

# 出羽三山神社登拝口

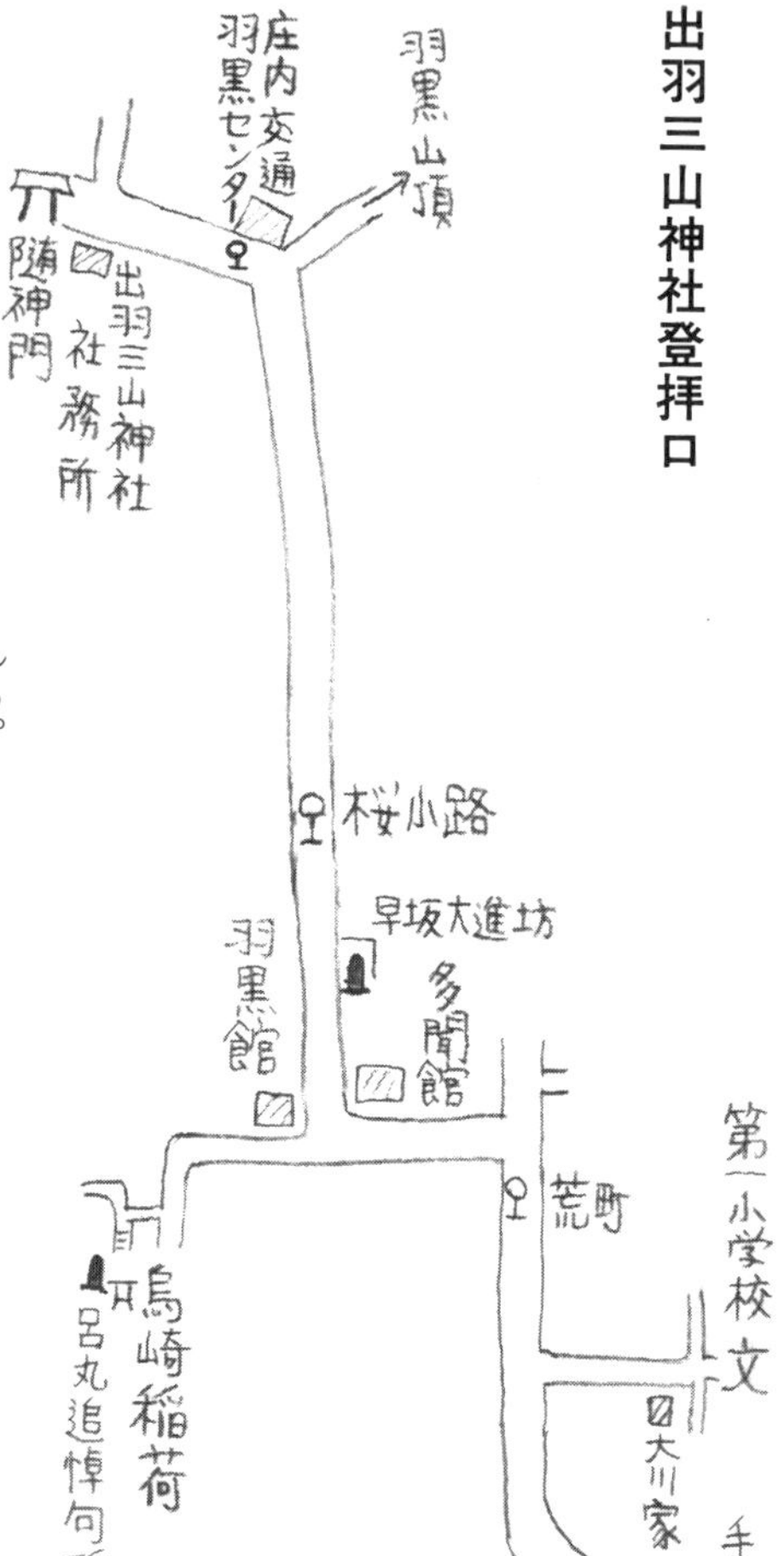


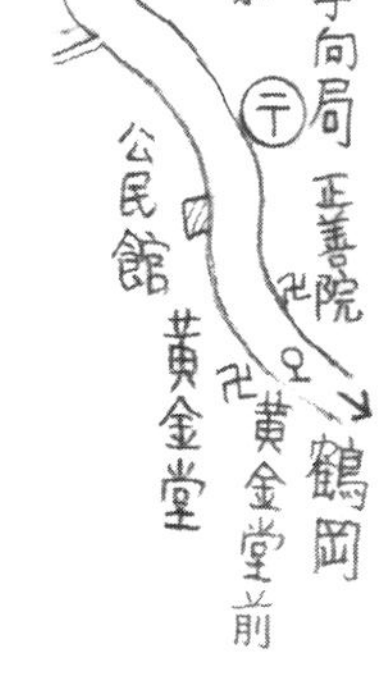


れる。

鐘楼の先には「俳聖芭蕉」の行脚像および三山巡礼の句を刻した大きい句碑がある。この三山巡礼句碑はもと月山登山旧道の通称野口という所にあったのを、昭和四十年七月に出羽神社境内手水舎脇に移建したものである。第七十五代別当覚諄が文政八年（一八二五）四月に建立したもので、羽黒山の句は転法輪内大臣公修卿、湯殿山の句は日野大納言資愛卿、月山の句は小倉中納言豊季卿、三句三者の揮毫に成るという。

出羽三山歴史博物館は昭和四十五年六月の竣工開館であるが、芭蕉関係では、真蹟の「天宥法印を悼む句文」・近藤左吉（図司呂丸）あて元禄五年二月八日付芭蕉書簡・稿本『三日月日記』の写し等を収蔵する。

月山山頂から二百メートルばかり行った所に、月山の芭蕉句碑がある。

雲の峯いくつ崩れて月の山　桃青

芭蕉の真蹟短冊を拡大して銅版に陽刻したものである。碑陰には「芭蕉翁登拝二百七十年記念
昭和三十三年七月廿三日建之　山形市七日町
松風屋主人　佐々木市郎（後略）」と見える。

月山から湯殿山へ下るには、山頂から頂上小屋・鍛冶小屋・牛首・施薬小屋を経由して、距

離約九キロ、徒歩二時間余りを要する。

月山の奥の院と称される湯殿山は、その昔から「語るなかれ」「聞くなかれ」と戒められた神秘の霊域で、霊巌・霊湯を御神体と仰ぎ、古来人工を加えず、したがって本殿も拝殿もない。深い谷間《たにあい》にある、熱湯の湧き出ている赤い巨岩が御神体である。

湯殿山本宮前の広場には、芭蕉句碑・曾良句碑がある。芭蕉句碑は小宮豊隆氏の揮毫に成る。

語られぬ湯殿にぬらす袂かな　芭蕉翁

そばに「芭蕉遺跡湯殿塚」の標柱（右側面、昭和三十年九月　奉納者　羽陽山形　佐々木市郎建之）がある。曾良句碑は碑面に、

湯殿山銭ふむ道の泪かな　曾良

とあり、碑陰に「昭和三十九年十月吉日建之　出羽三山神社宮司大川武雄　奉献人山形市佐々木市郎」と刻す。

この湯殿塚と御祓所の間、左側に、斎藤茂吉の歌碑がある。

わが父も母もいまさぬ頃よりぞ
湯殿の山に湯はわき給ふ　茂吉

短歌の下に「想い出の記」および建碑の由来が刻してある。また、御祓所のそばの瀧の前にも茂吉歌碑がある。上部に「湯殿山」と横書きにし、

いつしかも月の光はさし居りて
この谷まより立つ雲もなし　茂吉

と、銅版に陽刻して岩に嵌《は》めこんである。昭和四十三年八月の建立である。

## 二九　鶴《つる》岡《おか》

芭蕉が一週間滞在した羽黒山を下って、酒井左衛門尉忠直十四万石の城下町鶴岡にはいった

## 鶴岡

のは、六月十日（陽暦七月二十六日）のことで、『曾良旅日記』には、

十日　…申ノ刻、靏ヶ岡長山五良右衛門宅ニ至ル。粥ヲ望、終テ眠休シテ、夜ニ入テ発句出テ一巡終ル。

と見える。鶴岡では「長山氏重行と云《いふ》物のふの家」に宿り、この夜、『曾良旅日記』俳諧書留所載の、

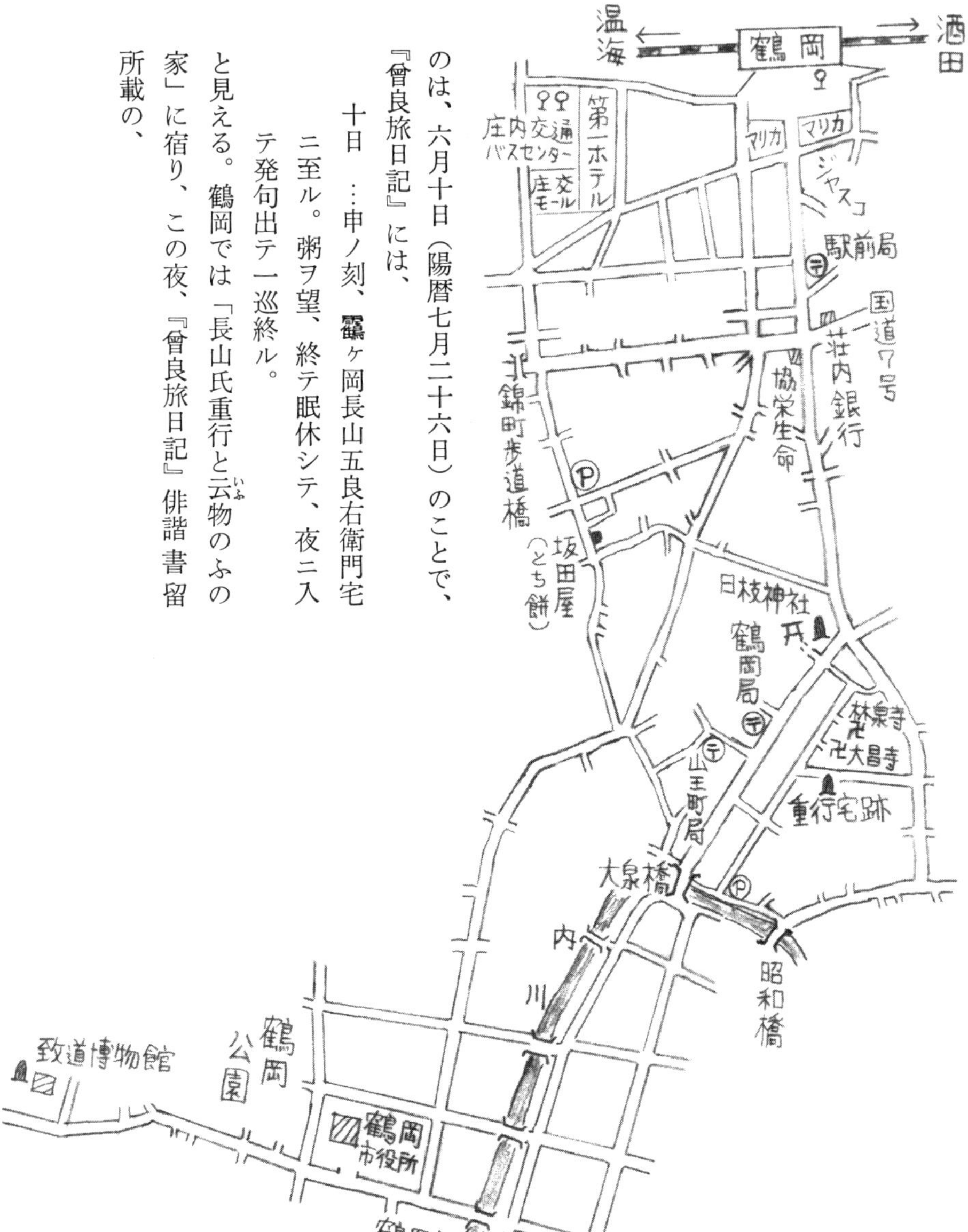

元禄二年六月十日　七日羽黒に参籠して

めづらしや山をいで羽の初茄子　翁
蟬に車の音添《そふ》る井戸　重行
絹機《きぬはた》の暮閙《いそが》しう梭打《をさうち》て　曾良
閏弥生もすゑの三ヶ月　露丸

までが詠まれたものと推察される。翌十一日は「折ゝ村雨ス。俳有。翁持病不快故、昼程中絶ス」、十二日は「朝ノ間村雨ス。昼晴。俳、歌仙終ル」という次第であるから、「めづらしや」四吟歌仙は三日がかりで巻かれたことになる。芭蕉の疲労も相当なものであったと思われる。

いま鶴岡市荒町かどの日枝神社の、鳥居をはいって右側、弁天島に、

珍らしや山を出羽の初なすび　翁

の句碑が見える。この句に詠まれた茄子は、鶴岡特産の民田茄子《みんでんなす》であろう。湯田川温泉の御殿旅館の庭にも、この句を刻した句碑があり、上肴町の酒造業「鯉川」の佐藤家の茶室「自然庵」より昭和七年に移建したものという。

芭蕉を迎えた長山重行は庄内藩の藩士で、身分も教養もかなりの武士らしく、禄高百石取りであった。当時の屋敷は、荒町裏東側の小路、今の山王町十三ノ二の隣地で、なお長山小路の名が残っている。そこには「奥の細道芭蕉滞留地長山重行宅跡」の碑と「昭和四十四年十一月荘内文化財保存会建立酒井忠明書」の

めづらしや山をいで羽の初なすび　芭蕉

の句碑と説明板が建ててある。

鶴岡市立図書館所蔵、延宝六年（一六七八）の城下町絵図によると、荒町裏町と三日町川（いまは内川と呼ぶ）との間に、東西に通じる与力町の小路があるが、西から東へ小路の北側は大昌寺・岩崎・佐々木・村井・（空地《あきち》）、南側は（空地）・長山・野沢・阿部・小河・（空屋敷）・岸本・米倉・宗林となっている。すなわち、長山重行宅は、ほぼ角屋敷であったことが分かり、

◆御殿旅館　句碑は致道博物館に移建されている。

四軒おいて岸本八郎兵衛（俳号公羽）の住んでいたことも判明する。公羽の芭蕉入門はこの時であったと思われる。

重行宅址から大泉橋は近い。この橋は当時人形橋と称されたらしい。橋の近くの川べりに、「奥の細道 内川乗船地跡」の標柱が建てられている。芭蕉はこの橋のたもとから川船に乗って赤川に出、横山・押切・黒森を経て、十三日の夕刻酒田に到着したのである。

## 三〇　酒《さか》田《た》

六月十三日（陽暦七月二十九日）芭蕉は川船で鶴岡から酒田に赴いた。『曾良旅日記』には、

十三日　川船ニテ坂田ニ趣《おもむく》。船ノ上七里也。陸五里成ト。…暮ニ及テ坂田ニ着。玄順亭へ音信《おとづる》。留守《るす》ニテ明朝逢《あふ》。

と見える。芭蕉が酒田で訪れた「玄順」というのは、『おくのほそ道』に「淵庵《えんあん》不玉と云医師《いふくすし》」と書いてある人物である。本名、伊東玄順、医号を淵庵、俳号を不玉と称した。元禄八年（一六九五）作製（推定）亀ヶ崎城下屋敷割絵図（庄内神社蔵）によると、本町三丁目横丁（俗称、下《しも》の山）に「淵庵かゝや名子」とあり、また元禄八年十二月に町奉行所に提出した医師の覚書の中に「只今住居は加賀屋与助名子ニ罷在申候」と見えるから、玄順は加賀屋与助の名子として借家住まいをして、医業を営んでいたと考えられる。俳人としての不玉は、大淀三千風著『日本行脚文集』（元禄三年刊）に「酒田宗匠伊藤《ママ》氏玄順」と見えるように、当地方俳壇の中心的人物であったことが知られる。

不玉宅址は中町一丁目11ノ4、佐藤歯科医院の所で、「芭蕉逗留の地　不玉宅跡　三人の中に翁や初真桑　不玉」の記念碑（碑陰、昭和三十五年六月十三日建立　酒田観光協会）が、解説板とともに隣家の前に建ててある。

翌十四日の動静は、「寺島彦助亭へ被招《まねかれ》、俳有《あり》。夜ニ入《いり》帰ル。暑《あつさ》甚シ」である。ここに「俳有」というのは、『曾良旅日記』俳諧書留に、

　六月十五日、寺嶋彦助亭ニ而
涼しさや海に入たる最上川　翁
月をゆりなす浪のうき見る　寺嶋詮道
黒かもの飛行庵の窓明て　不玉
麓は雨にならん雲きれ　長崎一左衛門定連
かばとぢの折敷作りて市を待　ソラ
影に任する宵の油火　かゞや藤衛門任暁
不機嫌の心に重き恋衣　八幡源衛門扇風

と出ているものであろう。前書の「十五日」は「十四日」の誤記かと思われる。NTTの西、酒田本町局の向い側の進学ゼミの入り口角に、「奥の細道安種亭令道寺島彦助宅跡」の標柱が建っている。

十五日に象潟に向かった芭蕉は、十八日（陽暦八月三日）の夕暮酒田に帰着した。『曾良旅日記』の十九日・廿日・廿一日の三日にわたって見える「三吟」というのは、

　出羽酒田、伊東玄順亭ニ而
温海山や吹浦かけて夕涼　翁
みるかる磯にたゝむ帆莚　不玉
月出は関やをからん酒持て　曾良

を初めとする歌仙で、不玉編『継尾集《つぎお》』（元禄五年刊）には、前書が「江上之晩望」とある。

二十三日の動静は、「近江ヤ三良兵へ被招。夜ニ入、即興ノ発句有」である。近江屋三郎兵衛宅での「即興の発句」というのは、

　あふみや玉志亭にして納涼の佳興に
　瓜をもてなして発句をこふて曰《いはく》　句

なきものは喰事《くふこと》あたはじと戯《たはぶれ》けれバ

初真桑四《よつ》にや断ン輪に切ン　はせを
初瓜やかぶり廻しをおもひ出ヅ　ソラ
三人の中に翁や初真桑　不玉
興にめでゝこゝろもとなし瓜の味　玉志
　元禄二年晩夏末

の句文である。この真蹟懐紙は本間美術館に収蔵されている。近江屋三郎兵衛は、酒田の経済と政治を掌握して、その発展につくした酒田三十六人衆の長人《おとな》の一人で、本町二之町に住んでいた近江屋嘉右衛門の子息である。いま荘内証券の前には「奥の細道玉志近江屋三郎兵衛宅跡」の標柱が建ててある。

酒田市民会館の向い側に鐙谷《あぶみや》邸がある。「鐙谷邸」と題する解説板には、次のように見える。

酒田三十六人衆を代表する商家として、慶長年間（一六〇〇）以来続いた鐙谷家は、元禄の頃、西鶴の「日本永代蔵」に北の国一

# 不玉亭跡付近

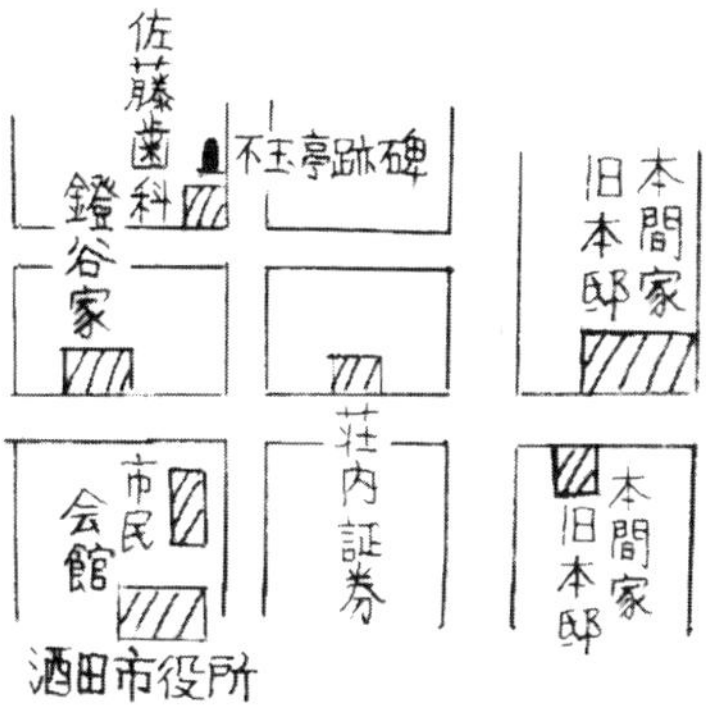


番の米商として、鐙屋惣左衛門の名がとりあげられている。建物は幕末のものであるが、古い様式を伝え、船問屋のおもかげを残している。

鐙屋は、元禄のころ新庄藩の蔵元を勤めた大問屋と言われており、井原西鶴著『日本永代蔵』（貞享五年刊）巻二に「舟人《ふなびと》馬かた鐙屋《あぶみや》の庭」の章題のもとに、その繁昌ぶりが描かれている。

また、「本間様には及びもないが、せめてなりたや殿様に」と歌われた大地主の本間家旧本邸は山形県文化財に指定されている。

日和山《ひよりやま》公園に登ると、入り口に旅姿の「松尾芭蕉像」がある。「酒田ロータリークラブ創立三十周年記念事業」「松尾芭蕉奥の細道三百年」記念として「平成元年九月吉日」に建立された。

日和山公園には句碑・歌碑のたぐいが数多くあり、案内絵図も建ててある。芭蕉の句碑としては、次の三基がある。

温海山や吹うらかけてゆふ涼　はせを

向かって左側面下に「柳下菴連中」と刻す。天明八年（一七八八）の建立であるという。

暑き日を海に入たりもがミ川　芭蕉

碑陰に「句は芭蕉が奥の細道の途次当地で吟じたもの、書は能書の聞え高い門人素龍に命じて浄書せしめた二本のうちの柿衛《かきもり》本から採取した。従って優麗見事な書風である。当所は奥の細道に深い繋がりをもっている。昭和五十四年九月　柿衛書」と見える。「柿衛」は、兵庫県伊丹市の岡田利兵衛氏の俳号。芭蕉の筆蹟鑑定の第一人者で、芭蕉をはじめ多くの俳人達の真蹟類・古俳書の収集家として知られた人。昭和五十七年没。収集された連歌俳諧資料は柿衛文庫（昭和五十九年開館）に収蔵・展示されている。

あふみや玉志亭にして…（中略）…

初真桑四にや断ん輪に切ん　はせを

…（後略）…

この「あふみや」句文は既に掲げたので、略記するにとゞめる。芭蕉以外の句碑としては、

博労の泊り定めぬ秋の風　不玉

毛見の衆の舟さし下せ寂上川　蕪村

新米の坂田は早しもがみ川　蕪村

人の柳うらやましくもなりにけり　長翠居士

（前文略す）夕涼ミ山に茶屋あり松もあり　子規

鳥海にかたまる雲や秋日和　子規

があり、斎藤茂吉の歌碑としては、

おほきなる流となればためらはず
酒田のうみにそそがむとする　茂吉

ゆたかなる最上川　口ふりさけて
光が丘にたてるけふかも　茂吉

の二基が見られる。

近くにある酒田市立光丘文庫は、稀覯俳書の宝庫として著名な図書館である。また、本間美術館もぜひ立寄り、見学したい所である。

## 三一　象《きさ》潟《がた》

六月十五日（陽暦七月三十一日）芭蕉は小雨の中を象潟へと志したが、雨が激しくて、「昼時、吹浦ニ宿ス」ことになった。翌十六日以後の動静を、『曾良旅日記』によって示そう。

十六日　吹浦ヲ立。番所ヲ過ルト雨降出ル。一リ女鹿、是より難所。馬足不通。大師崎

共《とも》、三崎共云。一リ半有。…半途ニ関ト云村有。ウヤムヤノ関成ト云。此間、雨強ク甚濡。船小ヤニ入テ休。昼ニ及テ塩越ニ着。佐々木孫左衛門尋テ休。衣類借リテ濡衣干ス。ウドン喰《くふ》。所ノ祭ニ付《つきて》而女客有ニ因テ、向屋ヲ借リテ宿ス。先、象潟橋迄行《ゆきて》而、雨暮気色ヲミル。今野加兵へ、折ゝ来テ被訪《たづねらる》。

十七日　朝小雨、昼ヨリ止テ日照。朝飯後、皇宮山蚶満寺へ行。道ゝ眺望ス。帰テ所ノ祭渡ル。過テ、潟へ船ニテ出ル。加兵衛、茶・酒・菓子等持参ス。帰テ夜ニ入、今野又左衛門入来《じゅらい》。象潟縁起ノ絶《たえ》タルヲ歎ク。翁諾ス。弥三郎低耳、十六日ニ跡ヨリ追来テ、所ゝへ随身ス。

十八日　快晴。早朝、橋迄行、鳥海山ノ晴嵐ヲ見ル。飯終テ立《たつ》。アイ風吹テ山海快。暮ニ及テ酒田ニ着。

この三日間の記事と『おくのほそ道』の文章を比較してみると、芭蕉が象潟の風光を印象的に叙述するために、事実に基づきながらも、かなり創作的な構成を行なっていることが判明する。そして、その底には蘇東坡「西湖」の詩より出た「雨奇晴好」の句の紀行文化という意識が潜んでいたのではあるまいか。なお、松島の章で「濃抹」の景を述べたのに対し、ここでは「淡粧」の景を述べていることも注意したい。

象潟というのは、酒田の北東約四十キロ、陥没によって生じた、東西二キロ余り・南北三キロ余りの入江で、湾内に九十九島・八十八潟の景勝があり、松島と並んで奥羽の二大名勝と称されていた。

芭蕉の来遊後一一五年を経過した文化元年(一八〇四)六月四日の大地震で湖底が隆起し、文字通り蒼海変じて桑田と化し、今では羽越本線象潟駅の東北一帯の水田と、その中に点在するさ

象潟図（『廿四輩巡拝記』）

まざまな小丘に、わずかに昔日の俤《おもかげ》を偲ぶのみである。

象潟駅に下車すると、駅前広場の北側に芭蕉文学碑がある。碑面には芭蕉の象潟三詠を刻すが、その底本は芭蕉真蹟の忠実な摸写と考えられる、蚶満寺所蔵の一軸である。碑陰には、

俳聖芭蕉は、元禄二年六月十六日曾良を同伴し、九十九島八十八潟と称された絶勝の地象潟を訪ねて二泊した。…(中略)…象潟は文化元年六月四日の大地震で地磐（ママ）が隆起して、現在の島の点在する田圃と変じた。風雅の旅人芭蕉の秀れた俳文学を称揚し、来象を記念して文学碑を建立して永く顕彰する。

昭和四十七年六月十六日

芭蕉文学碑建立委員会

と記述してある。

象潟駅前から直進し、国道七号線を越え、羽後銀行を左斜前に見て右折して行くと、左側に安藤菓子店（象潟町三丁目塩越一五五）がある。ここは『曾良旅日記』六月十六日（陽暦八月一日）の条に「昼ニ及《およ》テ塩越ニ着《つく》。佐々木孫左衛門尋《たづね》テ休《やすむ》」と見える、能登屋佐々木孫左衛門の宿屋跡で、「奥の細道　芭蕉が宿泊した能登屋跡」と題する説明板が建ててあり、中ほどに、

能登屋へ泊まるつもりでわらじをぬいだが、熊野権現の祭りで女客があつて、やむなく向屋へ一泊した。

翌十七日は、能登屋　佐々木孫左衛門という旅人宿へ泊まった。

と書いてある。

『曾良旅日記』に「所ノ祭ニ付《つき》而《て》女客有《ある》ニ因《より》テ、向屋ヲ借リテ宿」したという個所の説明が前掲の文で、筋向かいの関氏宅（三丁目塩越一九）前には「奥の細道　芭蕉が宿泊した向屋跡」の説明板が建つ。その末尾に、

　ここが十六日に宿泊した向屋　佐々木左衛門治郎という旅人宿のあった所である。

と見える。

少し行った左側には「奥の細道」の標柱と、「拾六日」から「拾八日」までの、象潟滞在中の芭蕉の動静を示す絵図が掲げてある。

ハ印商店の所から右折して行くと、幼稚園の筋向かいに、「奥の細道　嘉兵衛の家」の説明板があり、次のように書いてある。

　嘉兵衛は芭蕉が元禄二年（一六八九）六月十六日と十七日の滞在中に、名主今野又左衛門の名代となって色々世話をしてくれた人で名主の実弟である。

　特に、十七日の潟巡りには、舟に茶、酒、菓子などを持参して丁重な持て成しをされた。

更に進むと、バス停熊野神社前の近くに「奥の細道　今野又左衛門の家」の説明板が目につく。ここが「実弟嘉兵衛をつかわして心から丁重に持て成した象潟（当時は塩越村）の名主今

## 象潟

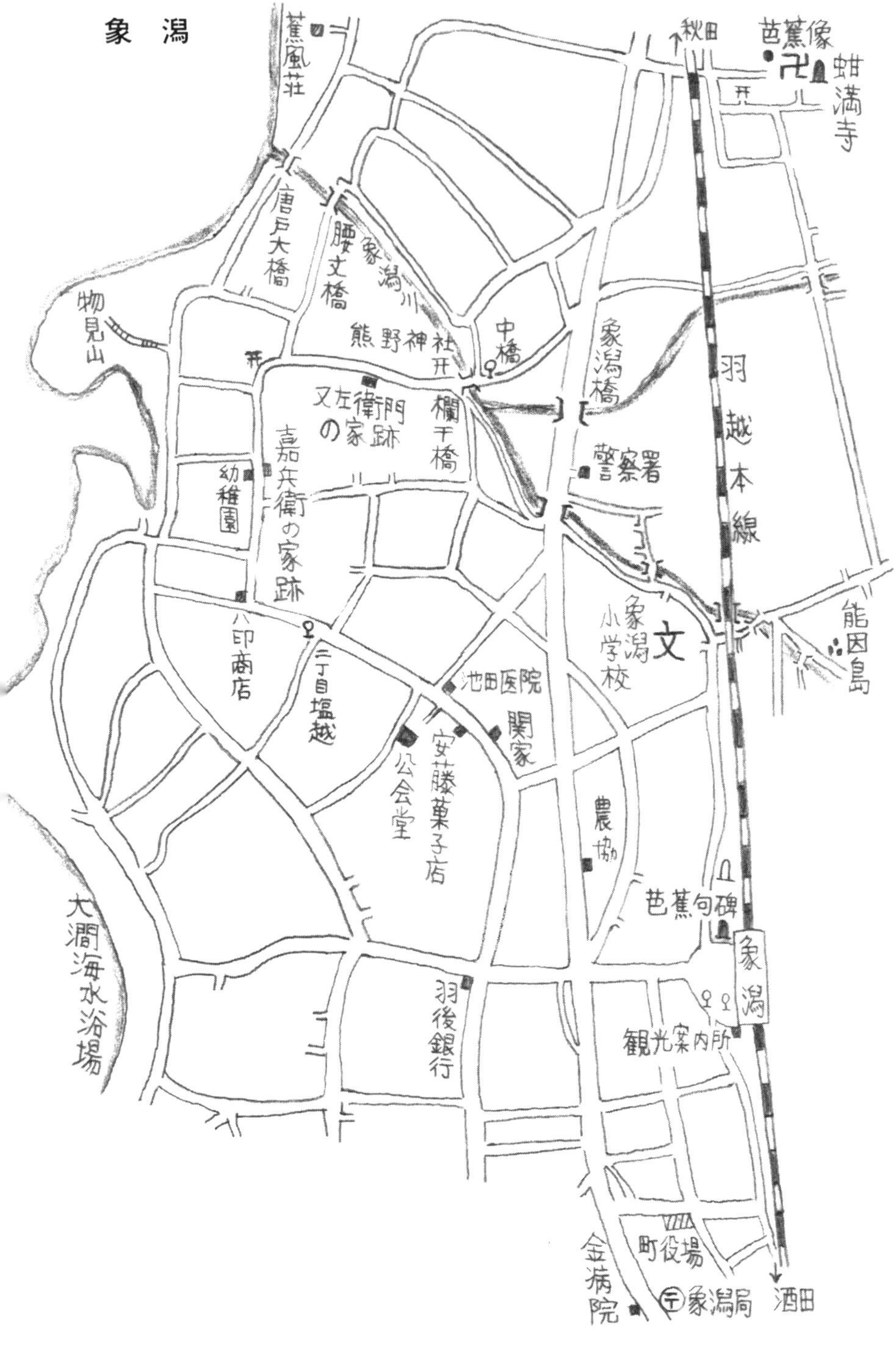
秋田
芭蕉像
蚶満寺
蕉風荘
唐戸大橋
腰丈橋
象潟川
物見山
熊野神社
中橋
象潟橋
羽越本線
又左衛門の家跡
欄干橋
嘉兵衛の家跡
幼稚園
警察署
能因島
象潟小学校
文
八印商店
三丁目塩越
池田医院
関家
公会堂
安藤菓子店
農協
芭蕉句碑
象潟
大潤海水浴場
羽後銀行
観光案内所
町役場
金満院
象潟局
酒田

野又左衛門（現在は金）の家」なのである。

芭蕉来遊時の「所ノ祭」というのは、熊野神社の祭礼のことである。象潟橋の近くに鎮座する。象潟橋は朱色に塗ってあり、名称が欄干橋《らんかん》と変わった。橋のたもとに「奥の細道　象潟橋（欄干橋）」の説明板があり、終りの方に、

　橋を渡ると、左側に「史跡舟《（ママ）》つなぎ石」の石柱があります。象潟八十八潟九十九島の勝景を遊覧する舟がこの岸より出されたところで、当時の舟をつないだ石です。

と、橋向うの「舟つなぎ石」の説明がある。その「史跡船つなぎ石」のそばに「奥の細道　潟舟発着地跡」の標柱が建ち、説明板の文中には、

　芭蕉と曾良の師弟もここから舟に乗って島めぐりをした場所である。


という一節が見える。

国道七号線に出て、鉄道線路を越えると皇宮山蚶満寺山門前の庭園である。旅姿の「松尾芭蕉像」が建てられ、台石裏には、「平成元年八月一日」付の「奥の細道の旅三百年松尾芭蕉翁銅像建立趣意書」の銅版がはめこんである。そばに「象泻の雨や西施かねぶの花」の碑が並ぶ。

芭蕉像の向かいには、正徳五年（一七一五）刊の『画林良材』よりとった西施の銅版画の碑があり（平成二年八月一日、象潟町日中友好協会の建立）、西施についての説明板も建ててある。池のほとりにはねむの木が数多く見える。

古めかしい山門には「羽海法窟」の扁額が掲げられ、山門をはいって行くと、「天然記念物象潟」と題する説明板が建ててある。

本堂にお詣りした後、向かって左側の通路から裏庭に出る。本堂裏手の小高い所に建っている句碑は、中央に大きく「芭蕉翁」、その右左に「象潟の雨や」「西施がねぶの花」と刻し、碑陰には「宝暦十三癸未九月日　願主本庄英良　助力水戸行脚　連中　本庄・矢嶋・瀧沢・塩越」

とある。句碑の句形は初案で、のちに「象潟や雨に西施がねぶの花」と改作されたものと思われる。象潟の合歓《ねむ》の花は、七月二十五日前後には開花する模様である。

芭蕉の合歓塚の前に加舎白雄《かやしらお》の句碑がある。

高浪や象潟ハむしの藻にすだく　白雄居士

「象潟島」と刻した小さな標柱、舟着き場の跡と舟つなぎ石、猿丸太夫姿見の井戸、西行法師歌桜の跡等も見られる。

蚶満寺には芭蕉の象潟三詠懐紙の忠実な写し一軸が伝存する。これを拡大して駅前の芭蕉文学碑は作られたのである。

象　潟

きさかたの雨や西施《せいし》がねぶの花

夕方雨やみて処の
何がし舟にて江の中を
案内せらる

ゆふ晴や桜に涼む波の華

腰長《こしたけ》の汐といふ処は
いと浅くて鶴おり立て
あさるを

腰長や鶴脛《つるはぎ》ぬれて海涼し

武陵芭蕉翁桃青

「ゆふ晴や」の句は『おくのほそ道』には採られていない。本文は「朝日花やかにさし出《いづ》るほどに象潟に舟をうかぶ」であるから、「ゆふ晴」の句の出る幕はない。「腰長や」の句は、上五を「汐越や」と改案して書き入れられた。本文の「浪打入《いる》る所を汐こしと云《いふ》」に照応するように改めたものであろう。

いま「腰長」の名称は、熊野神社脇を流れる象潟川下流に、「腰長橋」として残っている。その下手の唐戸大橋の所から大通りを南にもどり、「物見山出入口」の標識の所から右に折れて物見山に登ると、海岸の浅瀬がよく見える。

蚶満寺には象潟三詠懐紙の他に、文化元年の象潟の状景を描いた大絵図、象潟に来遊した風流人士が句歌を書きとめた『旅客集』等もある。
能因島は、蚶満寺の南約五百メートル、象潟小学校の東約二百メートルの所にある恰好のよい松の生えた丘で、頂上には「能因島」の標柱が建ててある。

## 三二　出《いず》雲《も》崎《ざき》

新潟県三島《さんとう》郡出雲崎町は、芭蕉来遊当時は、佐渡が島への渡船場として栄えていた港町であった。

いま越後線出雲崎駅前より越後交通出雲崎車庫に向かうと、バス停に良寛記念館入口という所がある。出雲崎出身の、江戸後期の禅僧・歌人で、大愚と号し、書を以て知られ、漢詩や和歌にもすぐれていた良寛の記念館が、ここから徒歩約五分の所にある。

山を越え、坂道をくだって右折すると、北側に、海を背に良寛堂が建っている。入口の両側に「良寛和尚誕生之地永平黙仙七十四翁」「史第八号良寛生誕地橘屋跡」（側面、新潟県教育委員会昭和二十七年十二月十日指定）の石標がある。境内の解説板には、「新潟県史跡　良寛生誕地（橘屋跡）昭和二十七年十二月十日指定」の題下に、

この史跡は良寛の生家橘屋《たちばなや》の屋敷跡です。良寛は宝暦八年（一七五八）出雲崎町名主《なぬし》山本以南《いなん》の長男としてここに生まれました。もとの屋敷は現在地の約二倍の広さで、ここは幕府のお触《ふ》れを掲げた「御公札場《ごこうさつば》」であったといいます。正面の良寛堂は、故佐藤吉太郎氏の計画、安田靫彦《ゆきひこ》画伯の設計によって大正十一年九月に建立されたもの

で、佐渡ヶ島を背景に、日本海上に浮かぶ浮御堂《うきみどう》の構想に成るものです。堂内には良寛持仏の石地蔵をはめこんだ石塔を安置し、良寛の、

いにしへにかはらぬものはありそみと
むかひにみゆる佐渡のしまなり

の歌を刻んでいます。

と記述してある。簡にして要を得た解説と評すべきであろう。その傍に昭和五十八年七月建立の、良寛の父、以南の句碑がある。

我やどは羽音まで聞く千鳥哉　以南

良寛堂から西に五分ばかり歩くと、左側に芭蕉園があり、向かって右側に旅姿の芭蕉像がある。台石裏に「おくのほそ道300年記念事業平成元年六月建立　出雲崎町」と見える。

奥の方には「銀河ノ序」の石碑（昭和二十九年九月建立）が建ててある。碑面は『続蕉影余韻』所収の芭蕉真蹟写しを拡大して刻したもので、次のように読める。

ゑちごの駅出雲崎といふ処」より佐渡がしまは海上十」八里とかや谷嶺のけむそ」くまなく東西三十余里に」よこをれふしてまた初秋の」薄霧立もあへず波の音さす」がにたかゝらずたゞ手のとゞく」計になむ見わたさるるげ」にや此しまはこがねあまた」わき出て世にめでたき嶋」になむ侍るをむかし今に」到りて大罪朝敵の人々」遠流の境にして物うき」しまの名に立侍ればいと」冷じき心地せらるゝに宵《よい》の」月入かゝる比うみのおもてほ」のくらく山のかたち雲透に」見えて波の音いとかなしく」聞え侍るに」

荒海や佐渡に横たふ天河　芭蕉

「銀河ノ序」は『おくのほそ道』行脚の途次、出雲崎に泊まった時の体験を基にして書いた句文であって、文として最もよくまとまっている

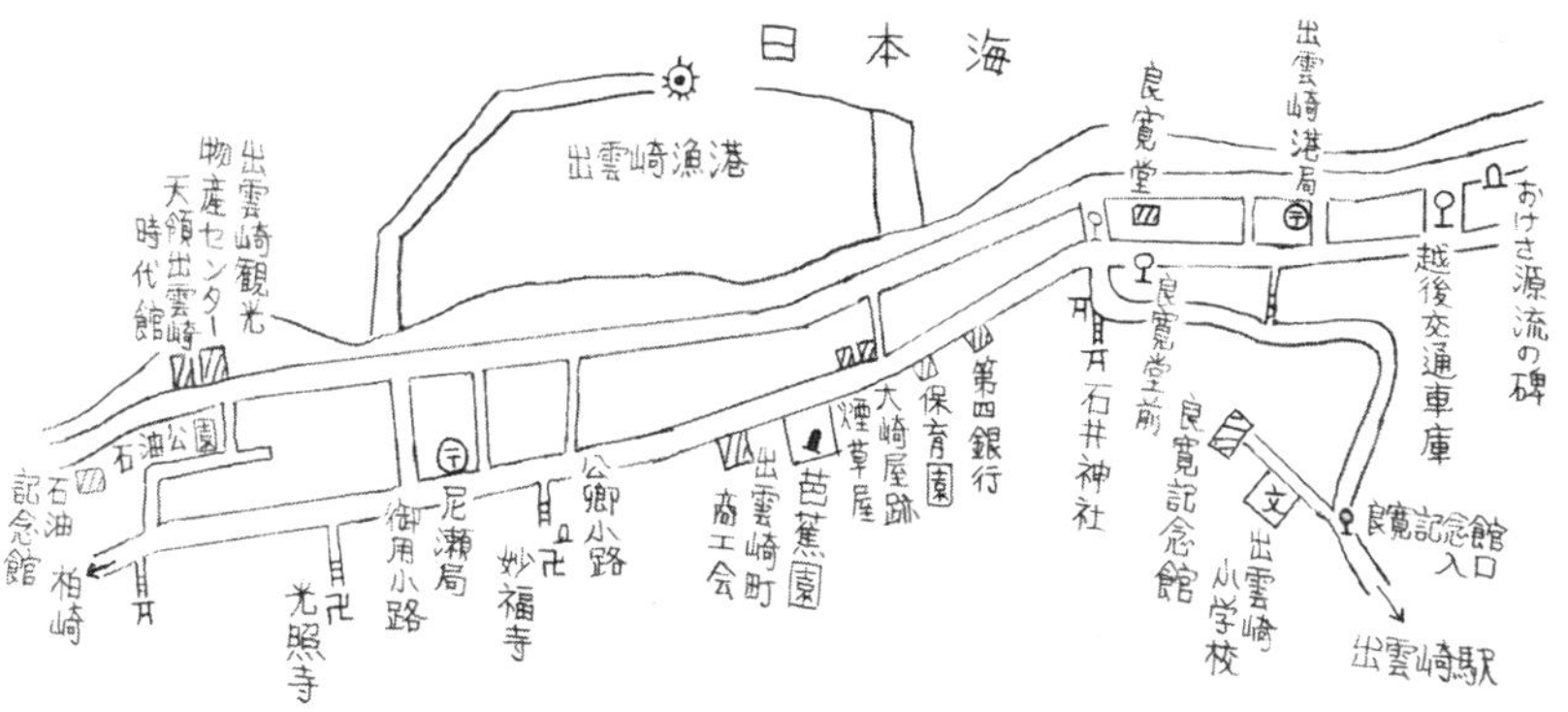


のは森川許六編『本朝文選』（宝永三年刊。『風俗文選』と改題）所収のものである。

「荒海や」の句は、『曾良旅日記』俳諧書留には「七夕」の前書で見えるから、実際は七日夜直江津の佐藤元仙宅での餞別俳席か、八日細川春庵亭での俳席のいずれかで披露されたものであろうが、新潟辺から出雲崎まで佐渡が島対岸の日本海沿いの道を歩いている間に受けた日本海・銀河等の印象に、流刑地佐渡が島にまつわる人間の歴史をないまぜて、佐渡が島への渡船場出雲崎での心象風景として結晶させた句と考えてよいであろう。

芭蕉園から向かって右角の磯田氏宅の所が、芭蕉が宿泊したと伝えられている大崎屋という旅宿の跡であるという。「旅人宿大崎屋の跡」と題する説明板には、

　元禄二年（一六八九）この北陸道に奥の細道の行脚をしていた芭蕉はこの大崎屋に一泊したといわれている。…（後略）…

と書いてある。「銀河ノ序」碑の縮小拓本を隣の煙草屋で販売している。

さらに西進して、「俳諧伝灯塚（妙福寺境内）」という解説板の所を左に折れて、石段を登ると妙福寺である。解説板には、

　元禄二年七月に出雲崎に奥の細道の杖を滞《ママ》め一泊した俳聖芭蕉は千古の名吟「荒海や…」を残した。芭《ママ》門二世の東華坊は師の名句の境地を含味するために二度も当地を尋ねた。その門人盧《ママ》元坊もまた尋ねてきた。出雲崎の山水が生んだ多くの俳星中に北溟がいて、宝暦五年に三代にわたる俳人が当地でよんだ句を刻して俳諧伝灯塚を建てたと、越後碑名集に伝えられている。石面磨滅して判読できないので、側に新たに再刻した碑を大正年間に建立した。…（後略）…

と、俳諧伝灯塚の由来が記述してある。妙福寺

境内の伝灯塚は風蝕がはなはだしく、判読困難であるが、幸い大正十一年に副碑が建てられ、碑銘までもそっくり復刻された。その副碑は、

　五月雨の夕日や見せて出雲崎　東華坊
　荒海や佐渡に横たふ天の川　芭蕉翁
　雲に波の花やさそうて出雲崎　盧元坊

の三句が、碑陰には近青庵北溟の碑銘（漢文。宝暦五年三月十二日誌）が刻してあり、また左側面には「毬唄に伝えて御船歌悲し　耐雪」の句が読まれる。

妙福寺より少し西に光照寺がある。参道入口には「良寛剃髪の寺」の題の解説板が建てられ、本堂へ登る石段の手前には、「良寛禅師剃髪之寺出雲崎禅学会建之」の石標がある。その裏面には「良寛禅師をしぬびまつりて　もゝとせのむかしはむかしいまのよにまさばいかにとおもほゆるかも　御風」と刻してある。昭和五年、良寛百年祭を記念して建てられたものという。

本堂に向かって右前には、良寛の大歌碑がある。良寛が玉島へ立つに際して、父母に別れを告げ、わが心に誓った当時の心境を、後日長歌に詠んだものという。昭和五十五年、良寛百五十年祭記念に建立されたものである。

さらに西進して右折すれば、石油公園があり、石油記念館が建っている。石油公園、正しくは石油産業発祥地記念公園と言うらしい。

日本海に沿った細長い出雲崎の町は、芭蕉ゆかりの地でありながらも、良寛記念館・良寛堂・光照寺などがあり、良寛誕生地として、その遺業を顕影することの篤い土地柄である。

◆御風　文学者・歌人。本名、相馬昌治。新潟県糸魚川市の人。早稲田大学英文科卒業。自然主義評論家として知られ、また口語自由詩を提唱。良寛の研究家としても著名。『黎明期の文学』（大正元年刊）・『大愚良寛』（大正七年刊）・『良寛百考』（昭和十三年刊）など。昭和二十五年（一九五〇）没、六十八歳。

## 三三　直江津《なおえつ》・高田《たかだ》

出雲崎に一泊した芭蕉は、七月五日（陽暦八月十九日）柏崎を経て鉢崎に泊まり、翌六日、今町（直江津）に到着した。『曾良旅日記』によると、柏崎では、

至柏崎ニ《かしわざきにいたり》、天や弥惣兵衛へ弥三郎状届《とどけ》、宿ナド云付《いいつく》ルトイヘドモ、不快シテ出ヅ。道迄両度人走テ止、不止シテ出。

というようなトラブルがあった。「弥三郎」というのは『おくのほそ道』象潟の章に発句の掲載されている「みのゝ国の商人低耳」のことである。

直江津ではどうであったかというと、

聴信寺へ弥三状届。忌中ノ由ニテ強而不止、出。石井善次良聞テ人ヲ走ス。不帰。及再三、折節雨降出ル故、幸ト帰ル。宿、古川市左衛門方ヲ云付ル。夜ニ至テ各来ル。発句有。

という次第で、前日ほどではなかったが、若干の故障があった。それでも宿をとって、夜は土地の俳人たちと交歓したのである。「発句有」というのは、例の「文月や」の句を披露したことを指しており、『曾良旅日記』俳諧書留にはこれを立句にした連句（二十句）が掲載されている。いま一巡だけを抄録して連衆を紹介する。

直江津ニて

文月や六日も常の夜には似ず　はせを
露をのせたる桐の一葉　石塚喜衛門左栗
朝霧に食焼烟立分て　曾良
蜑の小舟をハせ上る磯　聴信寺眠鷗
烏啼むかふに山を見ざりけり　石塚善四郎此竹
松の木間より続く供やり　同　源助布嚢
夕嵐庭吹払ふ石の塵　佐藤元仙右雪

翌七日は雨が止まないので出発を見合せているうちに聴信寺に招かれた。再三辞したが遂に断り切れずに応じて、夕暮におよんだ。「其夜、佐藤元仙へ招テ俳有テ、宿」を借りた。この夜の「俳」というのは、

星今宵《こよひ》師に駒ひいてとゞめたし　右雪

を発句とする曾良・芭蕉の三吟歌仙のことである。『曾良旅日記』俳諧書留に「七夕」の前書で掲載されている、

荒海や佐渡に横たふ天河　　翁

の句は、この日、聴信寺か佐藤元仙宅で披露されたものであろう。八日の細川春庵亭の俳席で、という可能性もなくはない。

直江津駅で下車して聴信寺に赴く。平野山聴信寺の境内には、芭蕉を偲ぶよすがとなるものは見当らない。芭蕉を引止めるべく人を走らせた石井善次郎は、聴信寺門前に住んでいた檀家かと言われ、その宅址は門前の勝島造花店の北側、土肥歯科医院の南側の駐車場の所らしい。

芭蕉が宿泊した古川市左衛門は松屋という旅館を営んでおり、その跡は直江津郵便局の並びの西角、浦沢《うらさわ》靴店の道路を挟んだ東隣、柿村書店の向かい側のトーア仏壇センターの所であると言い、直江津駅前の古川旅館は、その分家の子孫と伝える。

聴信寺門前の道を北進し、海岸通りまで行くと、右側に琴平神社がある。海側のコンクリート塀に「昭和五十九年十月二十一日関川改修工事により金刀比羅神社遷宮落成記念　荒川町」のプレートが見える。以前はもっと東にあった神社を移建遷座したのである。社殿に向かって右側に、海側を背にして、

文月や六日も常の夜には似ず　はせを

の句碑が建っている。台座には「世話人　秋堂句　其渓　石　五良助・弥兵衛」と見える。傍らの説明板の末尾には、

文化年間、地元の俳人福永里方らが建てた句碑であるが、幾度かの大火で焼け、慶応年間に福永珍玩らが再建したものである。

と見える。隣接して「安寿姫と厨子王丸の供養塔」があり、説明板が建てられている。

夏目成美著『随斎諧話』（文政二年刊）に次の

◆夏目成美　俳人。江戸蔵前の札差業。家業の余技に俳諧を嗜み、天明期以来当代一流の俳家と交渉があり、大家として仰がれるに至った。文化十三年（一八一六）没、六十九歳。

◆『随斎諧話』　俳諧・考証。二冊。成美著。文政二年（一八一九）刊。活字本、『古典俳文学大系16化政天保俳諧集』ほか。

# 直江津

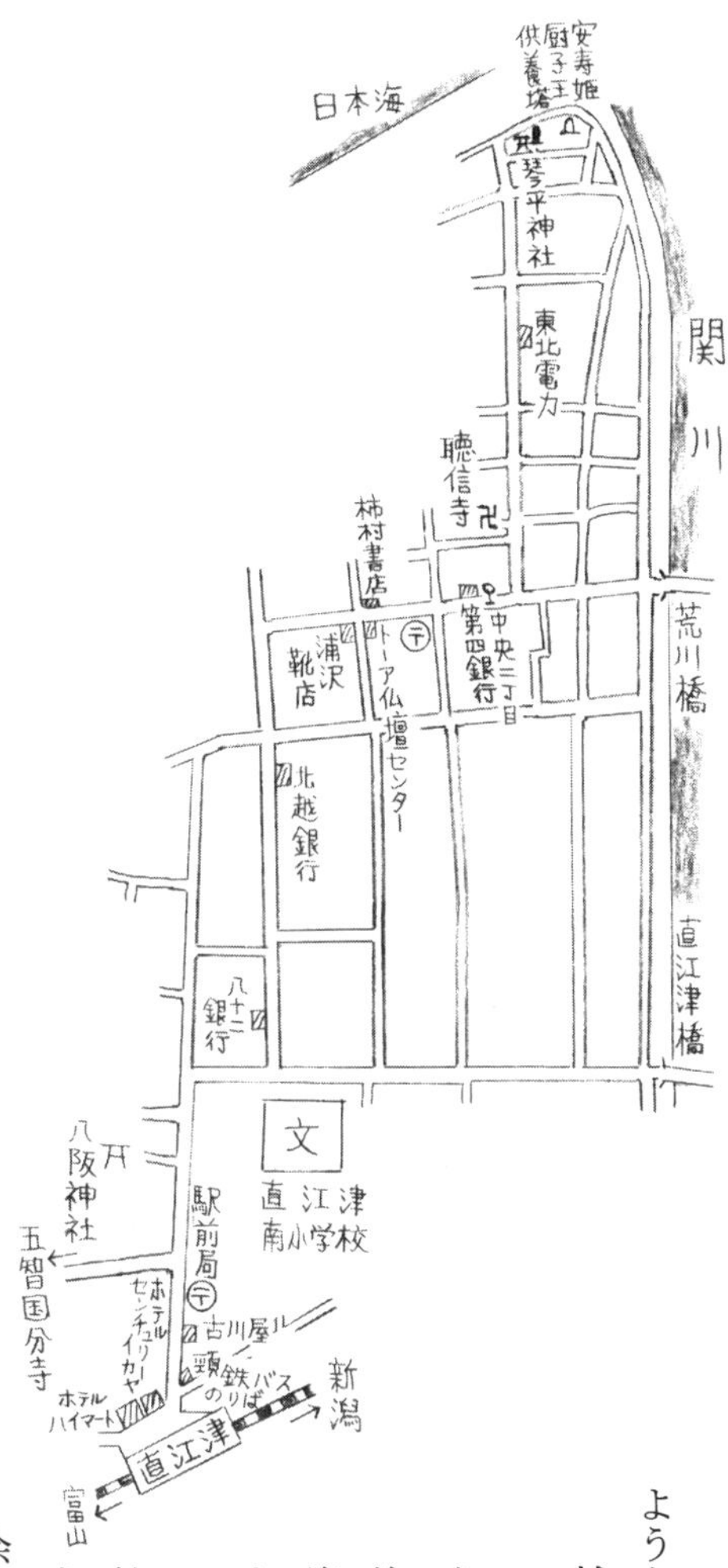


ような記事が載っている。

越後高田今町聴信寺一向宗に、芭蕉行脚の頃の道服を蔵す。地は紬《ツムキ》のやうにて鼠色、同く帯一筋・筆一本・墨・硯丸形等あり。自染のものはたんざく二葉、〽文月や・あら海や、又自画の像の上に、〽分別に花の鏡もくもりけり　の句あり。その後支考行脚の頃、此寺に至りて、ことぐ〱く審定《シンテイ》の書付をそへたり。彼像自画のよしなれども、或人のいひしは、画は外人の筆なりとぞ。

余り信用のおけるような話ではないが、現在芭蕉ゆかりの物の伝存しない聴信寺にも、昔はあれこれと伝わっていたというので、真偽のほどはさておいて、聴信寺が火災にあわずにいたらと惜しまれるのである。

芭蕉は八日、高田に赴いた。『曾良旅日記』によると、

八日　…未ノ下尅、至高田ニ、細川春庵ヨ

## 高田

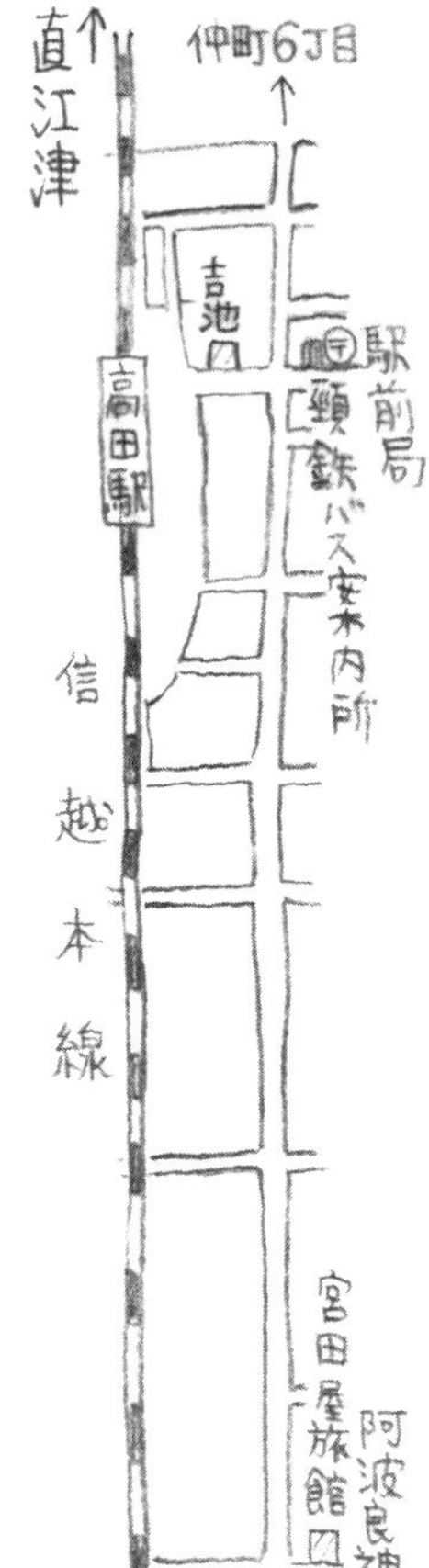


リ人遣シテ迎、連テ来ル。春庵へ不寄シテ、先《まつ》池田六左衛門ヲ尋。…又春庵ヨリ状来ル。頓而尋。発句有、俳初ル。…

九日　折〻小雨ス。俳、歌仙終。

十日　折〻小雨。中桐甚四郎へ被招、歌仙一折有。夜ニ入テ帰。夕立より晴。

というのが、高田における大体の動静である。

細川春庵は高田の寄大工町に住む町医者（稲葉藩医とも）で、八日の「発句有、俳初ル」とは、

細川春庵亭ニテ

薬欄にいづれの花をくさ枕　翁

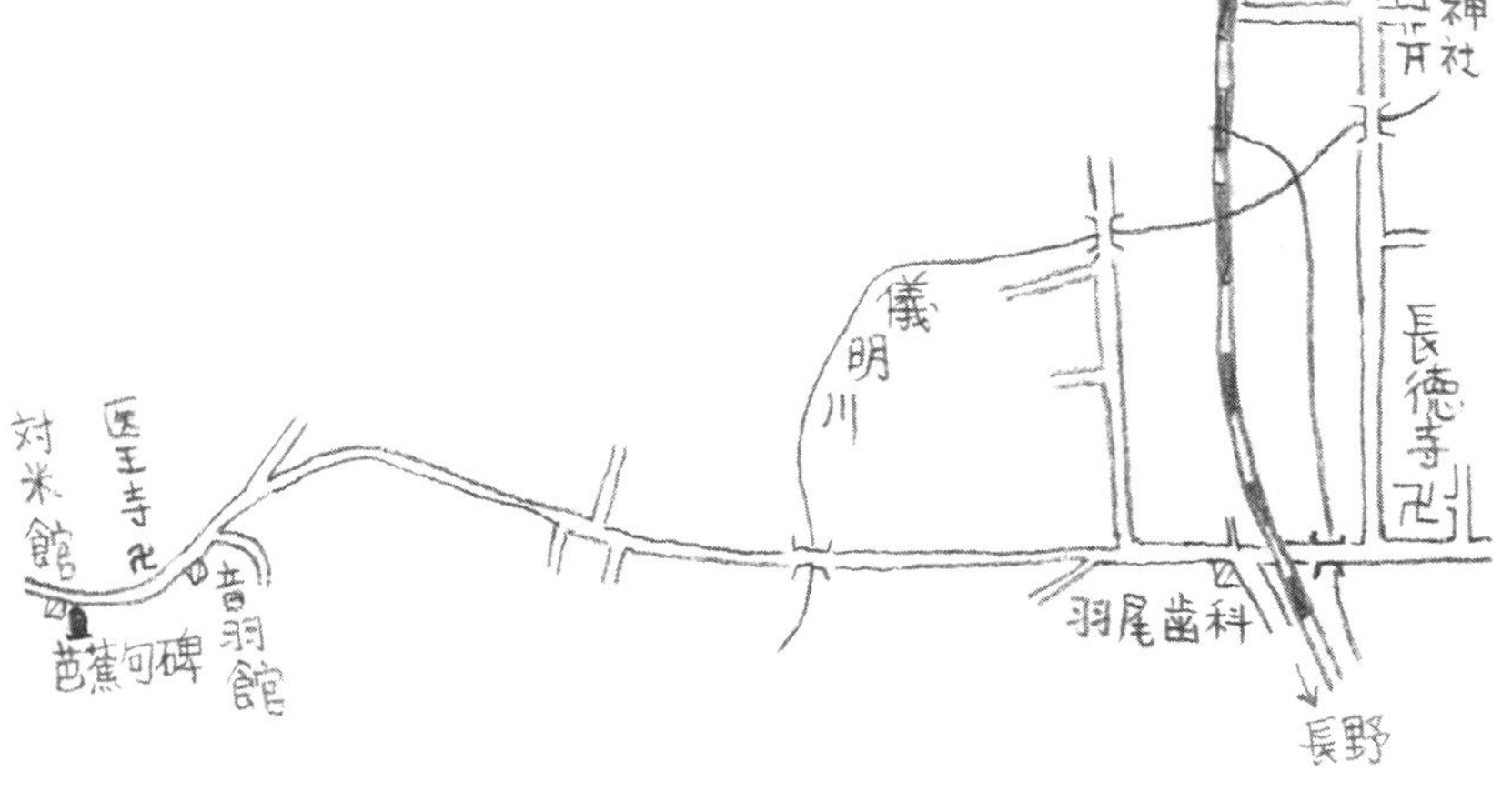

荻のすだれをあげかける月　　棟雪
爐けぶりの夕を秋のいぶせくて　鈴木与兵へ　更也
馬乗ぬけし高藪の下　　曾良

を指し、翌九日に歌仙が終わったのである。十日の「歌仙一折」は未詳。

細川春庵宅跡は、信越本線高田駅の東北約四百メートル、仲町六丁目（昔の寄大工町）の辺だというが不詳。

高田の郊外、金谷山公園の駐車場の手前左側の割烹旅館対米館の庭（建物手前の石段の上に「芭蕉の句碑」の標柱。石段を登って左の方、桜の木の下）に芭蕉句碑がある。

薬欄に（い）づれの花を艸まくら　はせを翁

碑陰の文字は「田央祖明・高城畔社中建之」と読める。碑面の「い」は剝落している。

十一日（陽暦八月二十五日）芭蕉は甚だしい暑さの中、高田を立ち、「五智《ごち》・居多《こた》ヲ拝」し、名立を経て夕暮れに能生《のう》に着き、宿をとった。

「五智・居多」というのは、『日本賀濃子』（元禄四年刊）に、次のように出ている。

居田大明神　頸城郡居田村ニ立。社領百石。
五知山　同郡ニ立。寺領二百石。天台宗。号ス二花蔵院一。本尊五智の如来、寺内に親鸞上人の影像あり。

「五智」は、いま五智国分寺と呼ばれていて、直江津駅より西方、バスの便（五智裏門下車）がある。一旦表門の方に歩を運んで本堂に向かうと、右前に三重の塔があり、その筋向かい左側の石段を登ると左側に、芭蕉塚が建っている。碑面は、向かって左側に大きい文字で「芭蕉翁」、右側にやや小さく「薬欄にいづれの花をくさ枕」と刻してある。碑陰には建碑者十六名の氏名と碑誌を記し、「明龢七龍集庚寅歳五月十二日」と刻してある。明和七年（一七七〇）の建立である。

表門を出て少し行くと、右側に居多神社の一の鳥居がある。その道の突当りの石段を登ると

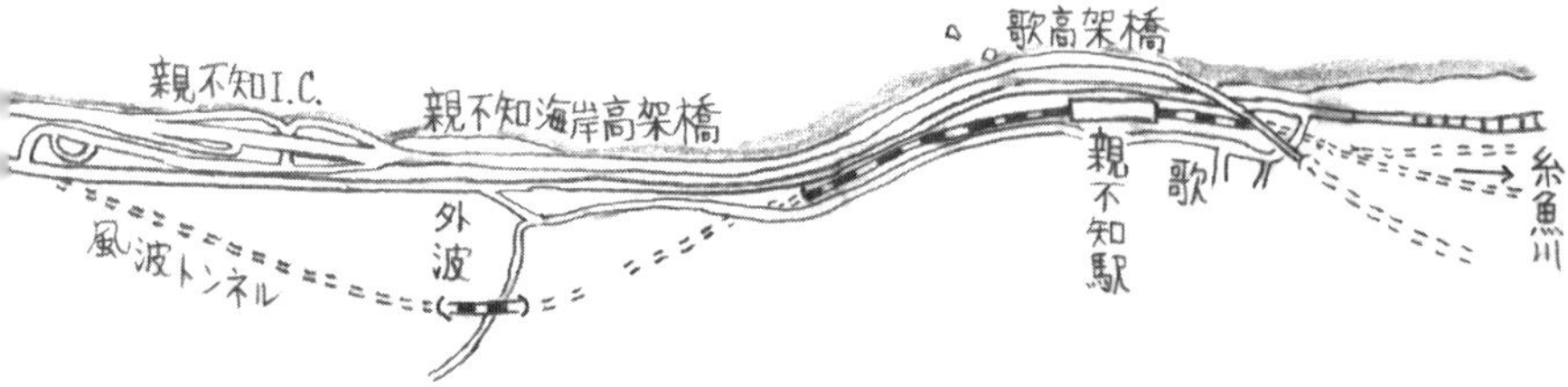


居多神社である。石段の手前右側に生えているのが、「越後七不思議片葉《かたは》の芦」という芦だそうである。居多神社は大国主命を祭神とし、古くより越後一の宮として朝野の崇敬をあつめた由緒深い神社である。拝殿には「居多大明神」の扁額が仰がれる。

## 三四　親不知《おやしらず》・市振《いちぶり》

『曾良旅日記』によると、七月十二日（陽暦八月二十六日）能生《のう》を出立した芭蕉は、途中、早川でつまずいて衣類を濡らし、河原でしばらく干したりなどして、糸魚川《いといがわ》を通り、親不知《おやしらず》の難所を越えて、「申ノ中尅」（午後四時一七分〜五時五分）市振に着いて宿をとっている。

親不知の難所というのは、北陸本線青海《おうみ》駅と市振駅との間、約十三キロの海岸で、飛驒《ひだ》山脈がガクッと日本海へなだれ落ちて、あたかも屛風を立てたかのように断崖が連なっている地形のため、昔から北陸道交通の最大の難所であった。『二十四輩順拝図会越中越後三』（亨和三年刊）には、次のように記述してある。

是より越後の市振外浪《となみ》青味《あをミ》まで、浜辺《はまべ》四里の間天下無双《ぶさう》の難所《なんじよ》にて、親しらず子しらず駒かへり犬もどりなど、すべて此辺《ほと》りに有。右の方ハ嶮山《けんざん》幾重ともなく聳へ連り、彼佛岳立嶺に続き、岩石ハ屛風を立たるがごとし。人力《にんりき》を以て道を開く事能《あた》ハず。纔《わづか》に波打際の危き道を往還《わうくわん》とす。…此間絶壁の岩根に大きなる穴ありて、或ハ五七間又ハ八九間にして、おなじさまなる穴のいくつもあり。徃来の旅人彼《かの》大浪の引《ひく》を見合せ、急に走りて其穴の中へ駈込《かけこみ》ぬれば、はや跡

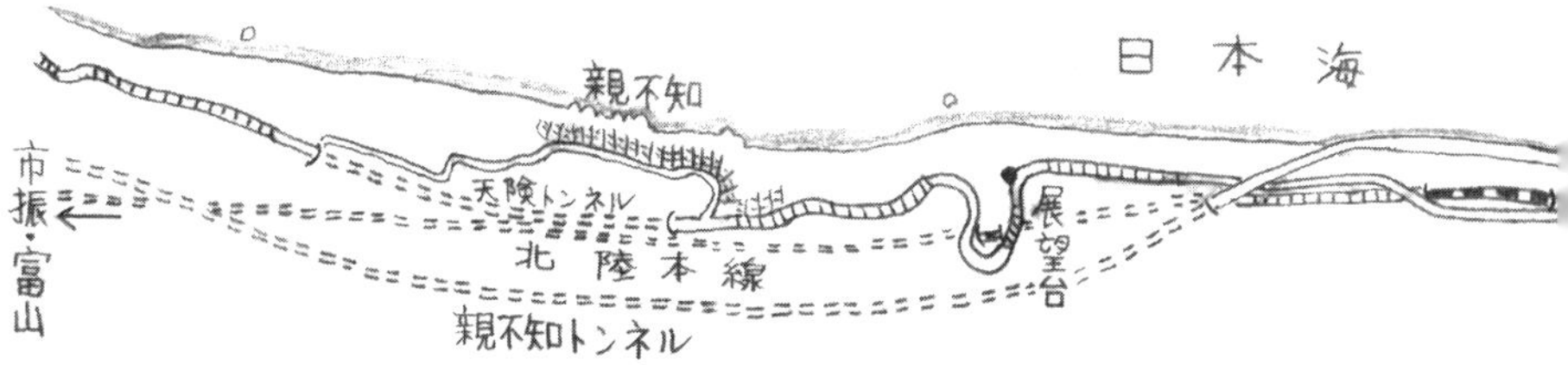


より打よする巨濤《おゝなみ》巌壁え打かくるに、汐烟《しほけぶり》いともすさまじく立《たち》のぼり、走りおくれたるものは、浪にふれて、忽《たちまち》大洋《おゝうみ》の藻屑と成れり。此故に親も子を見かへるいとまなく、子も親を尋るに隙《ひま》なきとて、爰《こゝ》を親知らず子知らずと名付《なづけ》たり。昔池大納言《いけだいなごん》とかや申せし人佐渡の嶋へ左遷《さすらへ》の時、此所にて最愛の御子を大浪の為に失ひ給ひ、親しらず子しらずの名爰《こゝ》にはじまるともいへり。いづれ北国第一の難所なれバ、風あらき日などは曽《かつ》て往還も絶《たえ》はて、遥《はるか》に遠く廻りて登り、山の絶頂を通行す。　…(後略)…

この記事の道順は越中より越後へと進む記述になっていて、芭蕉の場合の反対方向である。芭蕉はただ「親しらず子しらず・犬もどり・駒返しなど云《いふ》北国一の難所」と記すのみで、曾良は旅日記に何の記載もしていない。

現在では新子不知トンネル・風波トンネル・親不知トンネルというふうに、トンネル続きであるから、親不知の海岸を車窓から眺めることは不可能である。親不知の海岸に行くには、北陸本線親不知駅で下車することになるのだが、列車の便が悪いので、糸魚川駅もしくは青海駅で下車してタクシーを使うという方法がある。

風波の展望台から遥かに親不知の天嶮を眺める。愛の像（母子像）が建っていて、その台石に、相馬御風の短歌が刻してある。

かくり岩によせてくだくる
沖つ浪のほのかに白き
ほしあかりかも　　　　御風

少し西に進むと親不知観光ホテルがあり、天嶮海岸への降り口がある。「海岸降り口」の標柱が建ててあり、「下り七分、上り十分」と書いてある。手すりもできていて立派な道であるが、傾斜が急だから、ハイヒールは不向きである。

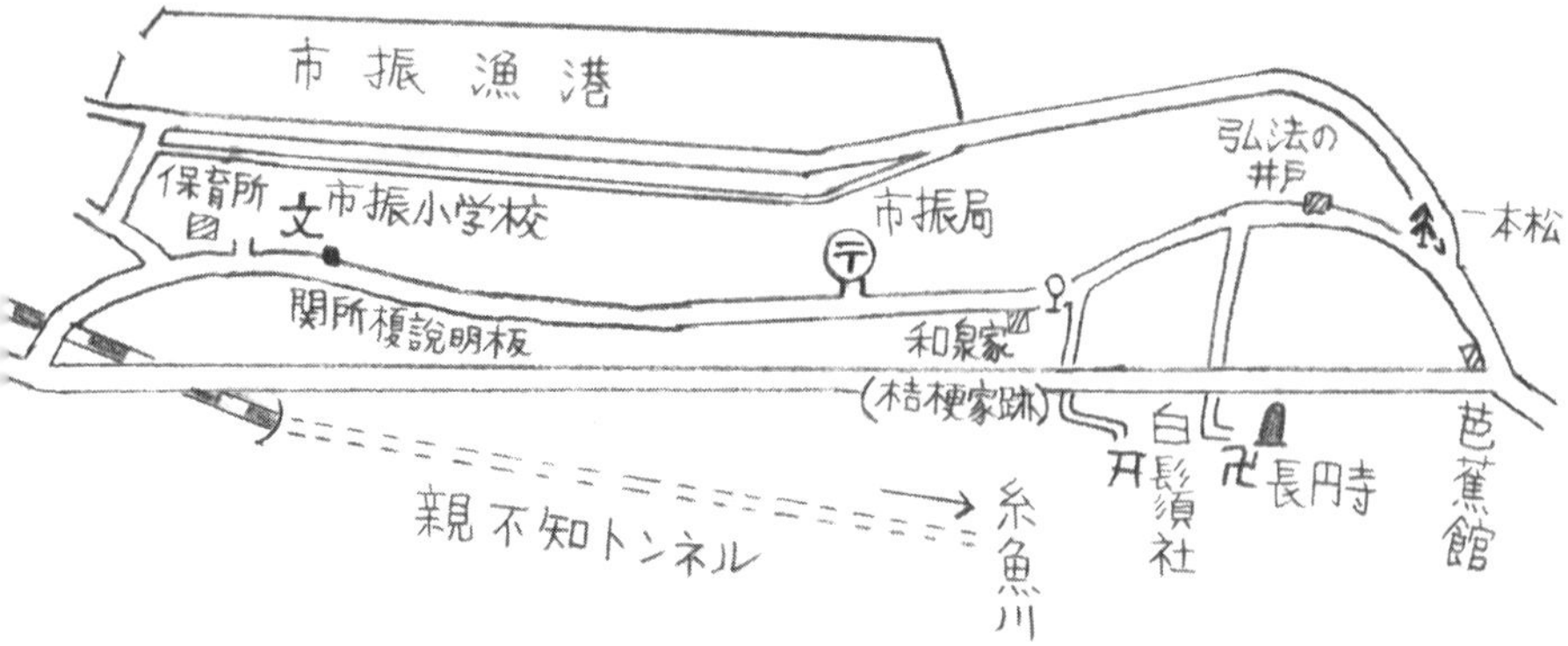


浜辺へ降りないで左の方に進むと、足元に天嶮の海岸が見え、路傍には「日本の道百選」の一つに選ばれた町道天嶮《てんけん》親不知《おやしらず》線《せん》の大きな説明板、W・ウエストン像などが建ててある。背後の絶壁には「如砥如矢《とのごとくやのごとし》」の大文字が読めるが、これは明治十六年に国道開通記念に刻されたものである。

　市振の町並にはいる所、右側に「青海町文化財　海道の松」が聳《そび》えている。解説板に曰く、

　昔の北陸道は、この海道の松から、海岸へ降りて、西からの旅人は、いよいよ寄せくる波におびえながら、天下の嶮親不知《おやしらず》子不知《こしらず》を東へ越えることになったのである。また西へ上る旅人は一〇キロ余の波間を、命がけでかいくぐり、海道の松にたどりついてようやくホッとし、市振の宿《しゅく》へはいったのである。　…（後略）…

と。その少し先、道端に「弘法の井戸」というのがある。

　井戸の斜向いを左折して小路を進むと、長円寺に出る。境内に日本海を背にして、相馬御風揮毫に成る芭蕉句碑が建っている。碑面は、

　一つ家に遊女もねたり萩と月　市振にて芭蕉

で、碑陰には「大正十四年　二十二世深沢大峯建碑之」と刻してある。

　元の道にもどり、少し西進すると、左側に和泉氏宅があり、説明板が建てられている。

　　青海町文化財　芭蕉の宿　桔梗屋跡

　この地は、元禄二年（一六八九年）七月十二日（陽暦八月二十六日）に、俳人松尾芭蕉が「奥の細道」の旅の道すがら、一夜の宿をとり、「一家に遊女もねたり萩と月」の名句を詠んだといわれる桔梗屋《ききょうや》跡である。

　ここから百五十メートル行くと右側に市振小学校中学校がある。この辺に市振の関所が置かれていた模様で、解説板が建ててある。

**市　振**

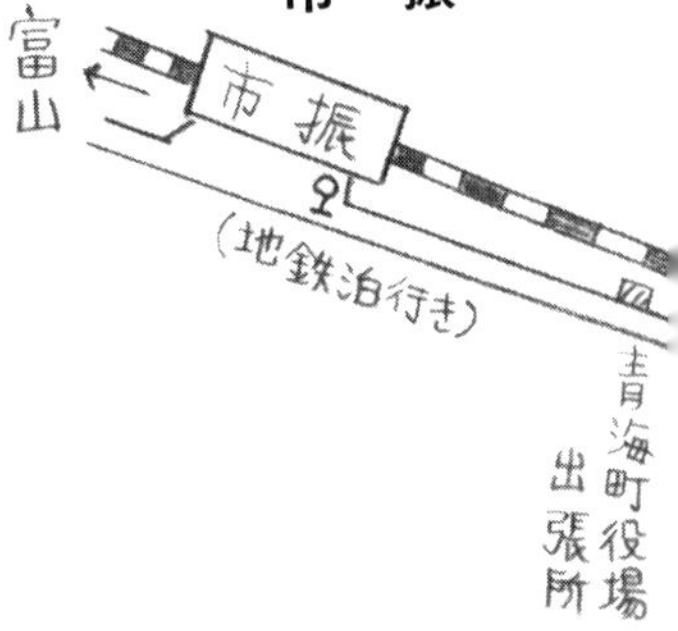


市振関所跡

このあたりが江戸時代の市振関所跡。越中の備えとして、慶長三年（一五九八）に春日山城主堀秀治がここに関所をもうけ、以来明治時代まで続けられた。女と鉄砲の出入りを特に厳重に取り締ったという。今は学校中庭の榎の大樹が昔を伝えているだけである。

「青海町文化財関所榎」と題する解説板も並んでいるが、関所に関する説明は同程度である。

ここから市振駅までは約十分。駅前広場に親不知子不知の絵地図入り解説板が建ててある。これとほぼ同様な解説板は、親不知観光ホテル脇にも海を背にして建っていた。

# 三五　奈呉《なご》の浦《うら》

七月十三日(陽暦八月二十七日)市振を出発した芭蕉は、堺川を渡って越中の国にはいった。『曾良旅日記』には、

十三日　市振立。…中・後ノ堺、川有。渡テ越越中方、堺村ト云。加賀ノ番所有。出手形入ノ由。泊《とまり》ニ至テ越中ノ名所少ヾ覚者《おぼゆるもの》有。人雇テ荷ヲ持せ黒部川ヲ越。…申ノ下尅滑河《なめりかは》ニ着、宿。暑気甚シ。

十四日　快晴。暑甚シ。富山カヽラズシテ三リ東石瀬野四リ半ハウ生子半里計渡有。甚大川也。氷見ヘ欲行《ゆかんとほつし》、不往《ゆかず》。高岡ヘ出ル。二リ也。ナゴ・二上山・イハセノ等ヲ見ル。高岡ニ申ノ上刻着テ宿。翁《すぐれず》、気色不勝。暑極テ甚。

と見える。十四日の条に見える「ナゴ」は『おくのほそ道』の「那古《なご》と云《いふ》浦」である。『曾良

## 奈呉の浦

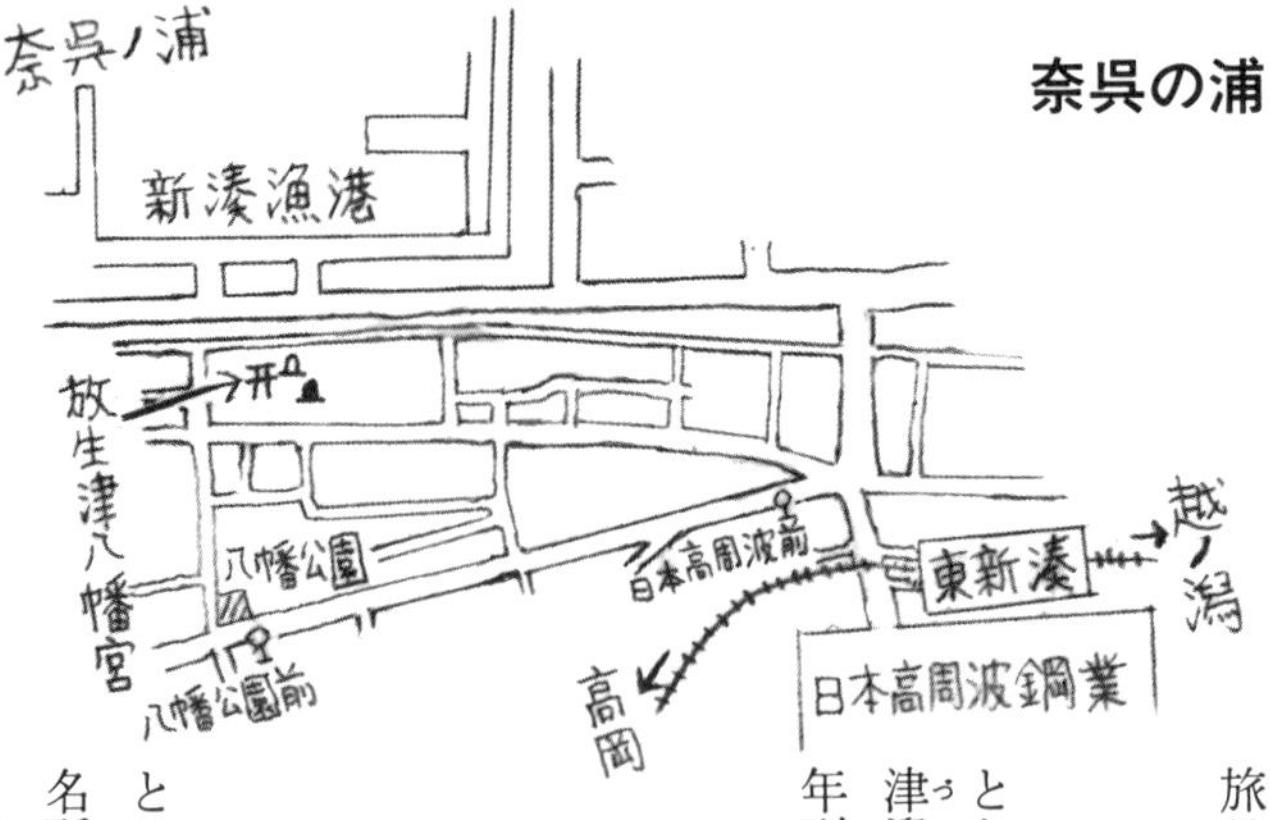


旅日記』歌枕覚書に、

奈呉　バウ《(ママ)》生子《シャウス》ノ町ニ名有。後ニ湖有。コレナラン。大半田ニ成。

とあるのは、奈古の浦のことというより、放生《ほうじょう》津《づ》潟の説明である。いま『富山県誌要』（昭和三年刊）によって奈古の浦の説明をすると、

奈古浦　新湊町・堀岡村海岸一帯の称である。白砂青松一里許り連って、漁家彼処此処に点在し、塩垂衣も風情がある。西北能登半島の翠黛を烟波漂渺の間に望み、東南立山連峰の雄姿を碧空天涯の外に仰ぐなど、景勝の地として大伴家持以来屢〻詩歌に歌はれてをる。　…（後略）…

ということになる。歌枕として古来著名な所で、名所和歌集には「奈呉」の表記で掲出する。

北陸本線高岡駅の駅前より万葉線株式会社の越ノ潟行き電車で東新湊（所要二十八分）まで行き、放生津八幡宮に参詣すると、拝殿に向かって右の方の境内に芭蕉句碑が建っている。

早稲の香やわけ入右は有磯海　芭蕉翁

句碑は真中から横に折れたものを継いであるが、風蝕のため判読のやや困難な文字もある。拝殿右斜後方には、堤防前に万葉歌碑がある。

越中守大伴家持宿祢之歌

あゆの風いたく吹らし奈呉の海人の
釣する小舟こぎ隠る見ゆ

帝国学士院会員佐々木信綱書

『万葉集』巻十七（四〇一七）所収の歌である。拝殿裏の堤防上には「奈呉之浦」の標柱と説明板が建ててある。以前はこの堤防の北側が海であったが、今は埋め立てられ、新湊漁港の倉庫が立ち並んでいる。漁港の北が「奈呉之浦」になるのだろう。「越中萬葉名勝地奈呉の浦」と題する解説板には、

天平十八年（七四六）六月越中の国司大伴宿祢家持卿が国府に在任中好んで逍遥した萬葉

◆宗良親王　歌人。第九十六代後醍醐天皇の第五皇子。天台座主。家集に『李花集』。元中二年（一三八五）没、七十四歳。

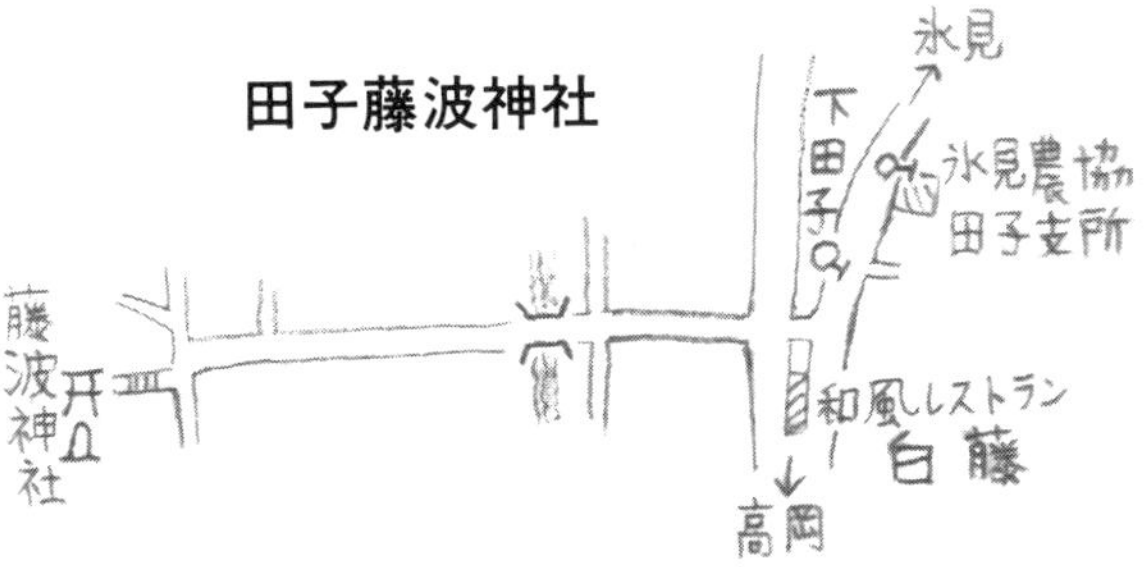


歌枕の名勝地なり。

として、家持・宗良親王の歌、宗祇・芭蕉の発句が紹介してある。

　高岡駅前には家持像が建ててある。台石の正面には、「大伴家持卿」および

　　攀折堅香子草花歌

　物部乃八十嬶嬬等之挹乱寺井之於乃堅香子之花

　　萬葉集四一四三大伴家持

という歌の銅版が嵌めこんである。台石の裏側に、歌の解読（かたかごの花をよぢ折る歌　もののふの八十《やそ》をとめらが挹《く》みまがふ寺井の上のかたかごの花）と家持についての説明文がある。

　芭蕉が訪ねたいと思いながらも果たさなかった「擔籠《たこ》の藤浪《ふぢなみ》」は歌枕で、いま田子浦藤波神社の祀ってある所がそれであろう。高岡駅前バス乗り場より守山経由氷見《ひみ》方面（氷見市民病院・九殿浜・脇・桑の院）行き加越能バスで下田子《しもたこ》で下車（所要三十分）、少しあともどりし、地下道を通って西側に出ると、正面に見えるこんもりした森が藤波神社の鎮座する丘である。

　参道石段脇には藤の古木があり、『万葉集』の古歌を想い出させる。簡素な社殿の横に「大伴家持卿歌碑」（碑面）があり、右側面には「藤《ふ》奈《な》美《み》能《の》影《かげ》成《なす》海《うみ》之《の》底《そこ》清《きよ》美《み》之《し》都《つ》久《く》石《いし》乎《を》毛《も》珠《たま》等《と》曽《ぞ》吾《われ》見《み》流《る》」と刻してある（昭和二十六年の建立）。『万葉集』巻十九（四一九九）所収歌。

　放生津八幡宮境内の芭蕉句碑に見られる「有磯海」については、富山湾の総称とする説と、氷見線雨晴《あまはらし》駅の付近、すなわち男岩・女岩をはじめ、海中に大小幾多の岩礁の群がる岩崎あたりの称とする二説がある。「分入右《わけいる》は有磯海」と芭蕉が思慕の情を句に託したのは、有磯海が擔籠へ向かう途中の歌枕であったためである。奈呉の浦も擔籠の浦も、そして有磯海も、いずれも『万葉集』の歌枕であることを思えば、芭蕉の越中路は万葉思慕の旅であったと言えよう。

◆**秋涼し**　桜橋南詰から右に上がり寺町通りに出て左折、少し行つた所の曹洞宗長久寺に、

ある草庵にいざなハれて
秋涼し手毎にむけや瓜茄子　はせを

の句碑がある（昭和六十三年九月十八日　雪垣俳句会）。

# 三六　金《かな》沢《ざわ》

七月十五日（陽暦八月二十九日）高岡をたった芭蕉は、石動《いするぎ》で埴生《はにゅう》八幡宮を拝み、倶利伽羅《くりから》峠を越えて加賀の国に入り、「未ノ中刻」（午後一時五十三分〜二時四十分）加賀百万石、北国第一の城下町金沢に到着した。『曾良旅日記』十五日の条には、

京や吉兵衛ニ宿かり、竹雀・一笑へ通ズ。艮刻、竹雀・牧童同道ニテ来テ談。一笑、去十二月六日死去ノ由。

とあって、芭蕉が小杉一笑の死去を知らず、金沢に着いたら第一番にこの人を訪ねようとしていたことが分かる。それだけに、芭蕉の驚きと悲しみは深かったと思われる。一笑の追善《ついぜん》会《え》は二十二日に願念寺で催された。芭蕉の真蹟に

とし比《ごろ》我を待《まち》ける人のみまかりけるつかにまうでゝ
つかもうごけ我泣声ハ秋の風　芭蕉

とあるのは、この追悼会当日の執筆であろう。

十六日　快晴。…川原町、宮竹や喜左衛門方へ移ル。…
十七日　快晴。翁、源意庵へ遊。予、病気故不随《したがはず》。…

「源意庵」というのは、当時浅野川大橋付近にあった立花北枝亭のことであろう。芭蕉はそこで、北枝をはじめ小春・此道・雲口・一水らを前にして、

あか〱と日は難面《つれなく》も秋の風

の句を披露したのであろうと推察される。

二十日は斎藤一泉の松玄庵に招かれて、

残暑暫《しばし》手毎《てごと》にれうれ瓜茄子　芭蕉

## 金沢（犀川大橋付近）

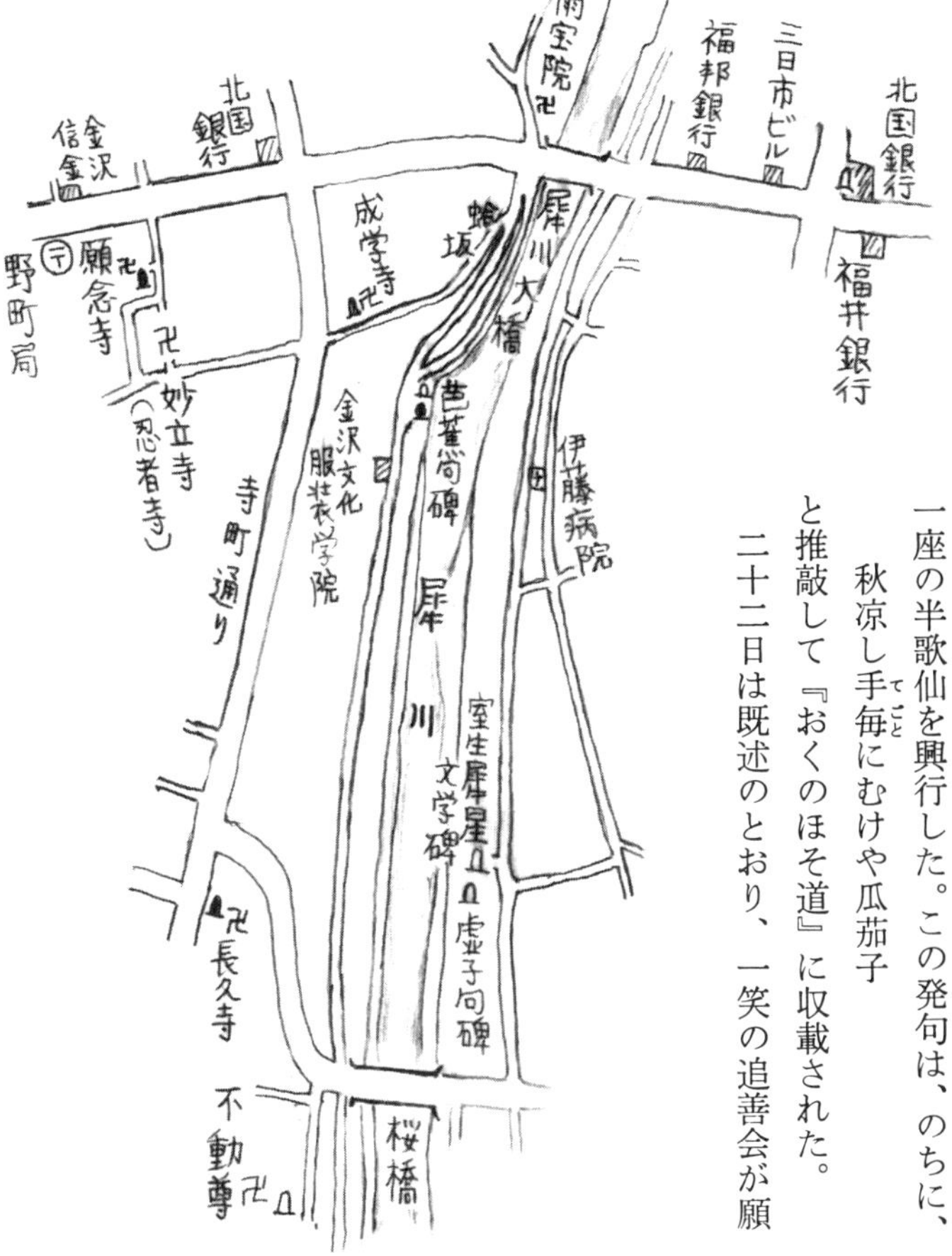


を発句とする一泉・左任・ノ松・竹意・語子・雲口・乙州・如柳・北枝・曾良・流志・浪生ら一座の半歌仙を興行した。この発句は、のちに、

　秋涼し手毎《てごと》にむけや瓜茄子

と推敲して『おくのほそ道』に収載された。

二十二日は既述のとおり、一笑の追善会が願念寺で催された。二十三日は、

　翁ハ雲口主ニテ宮ノ越ニ遊。予、病気故不行。

と『曾良旅日記』に見える。この時、

　　西浜にて
　小鯛さす柳すゞしや海士が妻　翁

を発句とする小春・雲口・北枝・牧童らの表六句が成ったと思われる（『奥細道菅菰抄附録』）。

芭蕉が十六日に移った川原町（今の片町）の宮竹屋喜左衛門は、蕉門俳人小春《しょうしゅん》こと宮竹屋伊右衛門の父で、当時は旅宿業を営んでいたらしいが、酒屋と駕籠屋を兼業していたという説もある。宮竹屋は片町二丁目の三日市ビルのあたりだったというが、片町二丁目交差点の北国銀行前に、芭蕉来遊記念の小碑が建てられた。

碑面に「芭蕉の辻」、向かって左側に「元禄二年初秋蕉翁奥の細道途次遺蹟」、右側に「昭和五十三年三月金沢市芭蕉遺蹟保存会」、裏面に「ば

しょうのつじ」と刻してある。

犀川大橋の手前、左側の電柱に「犀星のみち」として左折するようにとの標識がある。川沿いの道を進んで行くと、犀川風致地区の桜並木のはずれに室生犀星文学碑が建っている。

あんずよ
花着け
地ぞ早に輝やけ
あんずよ花着け
あんずよ燃えよ
　　　　室生犀星

昭和三十九年四月の建立である。また白い塀裏の小公園には高浜虚子・年尾父子の句碑その他がある。

北国の時雨日和やそれが好き　虚子
秋深き犀川ほとり蝶飛べり　年尾

碑陰に「昭和四十六年十月建立　あらうみ会」と刻す。

その先、桜橋を渡り、桜橋南詰から約百メートル行った所の、山側の段上、不動明王の前に、

さい川の水みなぎりて不如帰《ほととぎす》　聴秋

という花の本聴秋の句碑（大正九年の建立）があるが、この辺が斎藤一泉の宅跡だという。

川沿いに犀川大橋南詰の方に来ると途中に、

あか〳〵と日はつれなくも秋の風　はせを

の句碑（碑陰、昭和卅三年卯月　犀川振興会建之）が建っており、傍に暮柳舎希因の、

柴ふねの立枝も春や朝がすミ

の句碑もある。

道路を渡ると、交番の先に千日山雨宝院という真言宗の寺がある。室生犀星の養子先である。

先程の芭蕉句碑の方へ帰って、二股道の右方の坂道を登って行くと、右側に高養山成学寺がある。境内には、碑面に大きく「蕉翁墳」、向かって右側面に「あか〳〵と日は難面もあきの風」の句を刻した翁塚が見られる。宝暦五年

◆希因　俳人。大越氏。別号に百鶴園・暮柳舎など。通称は綿屋彦右衛門。金沢森下町で酒造業を営む。北枝に師事、のち支考《しこう》・乙由《おつゆう》に就き、晩年には北陸俳壇の重鎮として仰がれた。寛延三年（一七五〇）没、五十一歳、また五十四歳。

◆立花北枝　俳人。加賀国金沢で研刀を業とし、通称研屋源四郎。元禄二年七月芭蕉を金沢に迎えて入門。『卯辰集』（元禄四年刊）ほか。享保三年（一七一八）没、享年未詳。

（一七五五）当地の麦水連中が建てたものという。ほかに、昭和二十四年八月建立の「一笑塚」もある。

そのまま大通りを渡り、忍者寺として知られる妙立寺の先の小路を右にはいり、妙立寺の裏手に回ると、木一山願念寺の前に出る。芭蕉来遊時の願念寺は「芭蕉の辻」碑のある北国銀行片町支店の辺から二百メートルばかり奥にはいった所にあったが、後に現在地野町一丁目に移建されたものという。

願念寺の門前、向かって左側に、

芭蕉翁来訪地　小杉一笑墓所

つかもうごけ我泣声《わがなくこゑ》ハ秋の風　芭蕉

の芭蕉句碑（左側面、施主小杉新二）が建っている。句の文字は芭蕉の真蹟を拡大して刻したもので、昭和四十二年八月の建立である。

本堂前に、正面に「釈浄雲浄誉」、左側面に「天明七丁未初秋　茶屋新七」と刻した墓碑がある。一笑の法名は「浄雪」であり、建碑年代も下ることであるから、一笑の子孫の墓碑ではないだろうか。ほかに、碑面中央に「一笑塚」、その右側に小さく「心から雪うつくしや西の雲」という一笑の辞世句を刻した碑（昭和三十一年五月の建立。蔵月明氏の揮毫）もある。

犀川大橋の東北、浅野川にかかる天神橋を渡って卯辰山《うたつやま》公園に登って行くと、中腹右側に、

はゝこひし夕山桜峯の雲　鏡花

の自筆俳句を刻した「鏡花先生之碑」が建っている。山の上の望湖台入り口には徳田秋声の文学碑が、土塀を用いて建ててあり、室生犀星筆の碑誌が、土塀の向かって左側に三枚嵌めこんである。

卯辰山公園から車で森山一丁目の越野病院の前に出て、バス停森山の少し北を右にはいると、金池山心蓮社（浄土宗）がある。本堂に向かって右手奥に進むと、突当りの右側に立花北枝の墓がある。墓碑中央に「趙北枝先生」、その右

左に「享保三年」「戊五月十二日」、向かって右側面に「施主藩月堂」と刻してある。

　北枝の墓の手前、上に半月形の覆いを持つのが高桑闌更の墓である。向かって左側面に「峨山軒孤月闌更禅門賢誉道喜居士」と見える。彼は犀川大橋南詰に句碑のある暮柳舎希因門で、宝暦・明和・安永・天明期の俳人、芭蕉顕彰に功績のあった人物の一人である。

　墓といえば、金沢出身の蕉門俳人凡兆の墓が片町二丁目三ノ二〇の潤光山養智院にある。墓碑面は風化が甚だしくて判読できないが、別に、

　上ゆくと下来る雲や秋の天　凡兆

の句碑もある。寺は「芭蕉の辻」の碑より中央通りを西北に約百五十メートル行った右側にある。

　浅野川大橋の方へ向かい、バス停東山の手前を左にはいって進み、右段を登ると、清澄山西養寺（天台宗真盛派）がある。宮竹屋小春の菩提寺である。

　浅野川大橋を渡って左折し、川沿いに進むと右側に浅野川稲荷神社があり、「宝生紫雲先生終焉之地」の碑（昭和五十四年七月の建立）が建っている。さらに天神橋の方へ行くと、左側に赤煉瓦の塀を背にして「瀧の白糸碑」が建ててある。向かって右側面に「文豪泉鏡花先生作品義血侠血の劇化浅野磧を主題とされたり」、左側面に「昭和二十二年七月　泉鏡花顕彰会」と刻してある。

　再び浅野川大橋の方に帰り、大通りを右に曲がって行くと久保市乙剣宮の前に出る。この剣神社に向かって右隣の金丸氏宅が、北枝宅跡であるという。この北枝旧宅址の筋向かいが泉鏡花が少年時代まで過ごした家である。神社境内

**◆金丸氏宅**　「金沢市こまちなみ保存建造物　金丸家住宅」として説明文が掲げてある。

**◆泉鏡花**　泉鏡花記念館が建てられている。

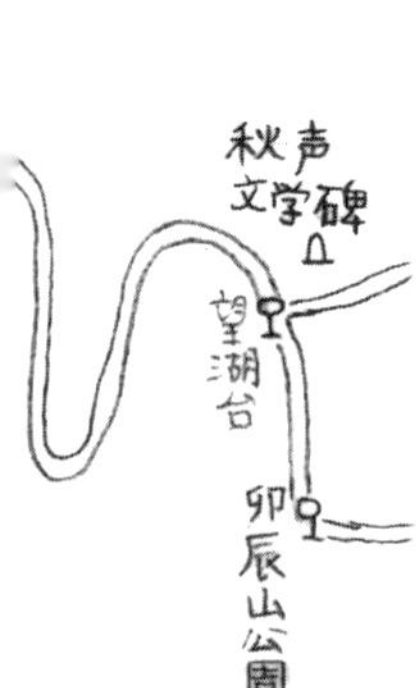

には、

うつくしや鶯あけの明星に　鏡花小史

の句碑が建っているが、句の下部に「泉鏡花出生の地」と刻してある。

兼六園は、水戸の偕楽園・岡山の後楽園とともに、日本三名園の一として名高い。園内の、石川県立美術館寄りにある山崎山の登り口、大

金沢（卯辰山・浅野川付近）

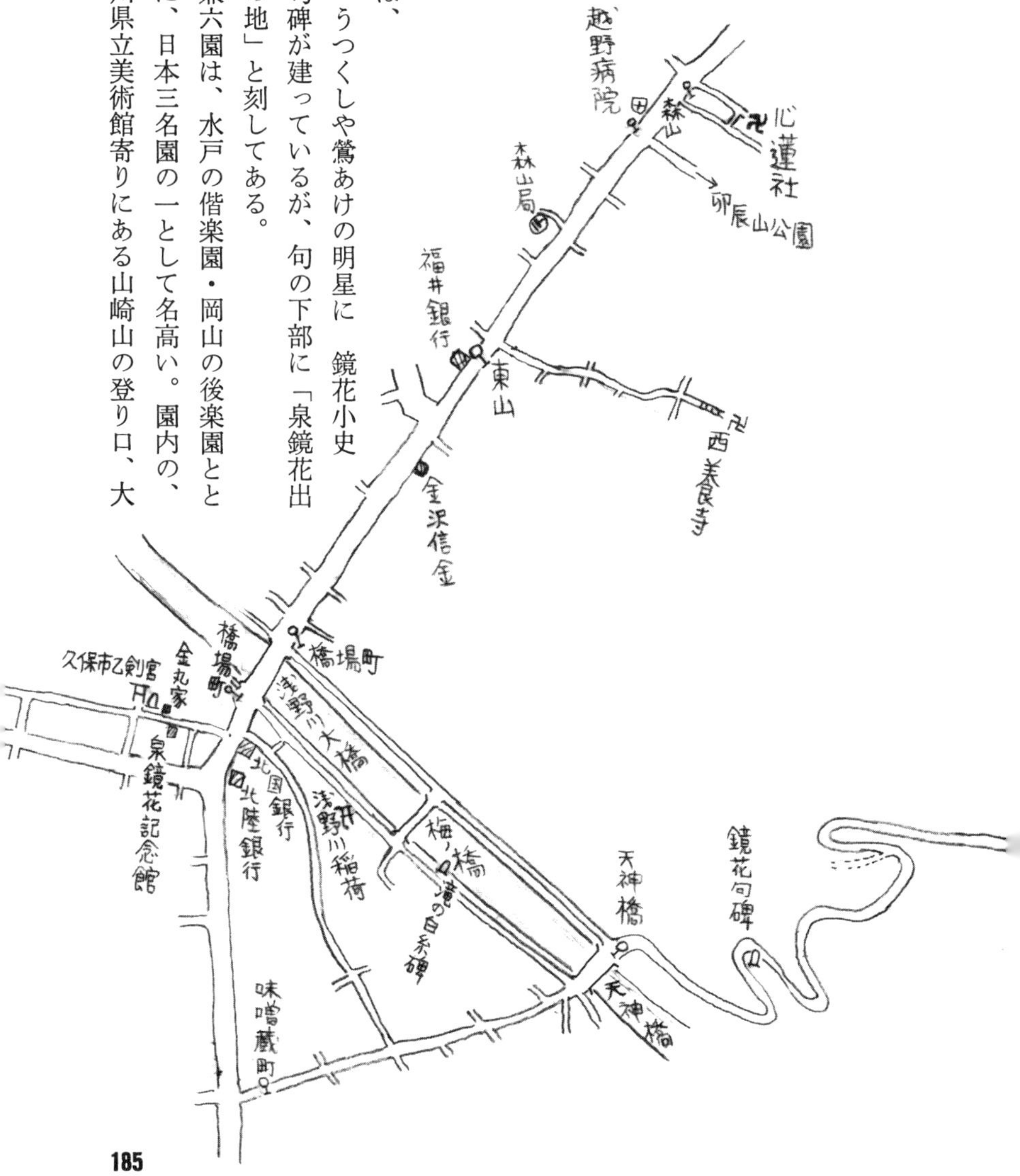

## 金沢（金石）

銀杏の木陰に、

あか〱と日はつれなくもあきの風　翁

の句碑があり、「梅室翁書」と刻してあるので、桜井梅室の揮毫に成ることが知られる。この句碑は弘化三年(一八四六)後藤雪袋が卯辰山の麓に建てたのを、明治十六年に移建したものという。

芭蕉が七月二十三日に遊んだ宮腰《みやのこし》は、現在の金石《かないわ》町である。金石で下車し、銭五遺品館を左に見ながら直進すると、やがて右側に本龍寺の通用門がある。本堂に向かって左前、松の根元に、

小鯛さす柳すゞしや海士が軒　翁

の句碑（碑陰、己丑六月　三夜亭）が建つ。昭和二十四年六月、蔵月明氏によって建立されたものである。この句は『曾良旅日記』俳諧書留では、「荒海や」の句と「早稲の香や」の句の間に、前書を「西浜」とし、「小鯛さす柳涼しや海士がつま　翁」の表記で掲出されている。

宮腰に遊んだ芭蕉たちは、

西浜にて

小鯛さす柳すゞしや海士が妻　翁

北にかたよる沖の夕立　名なし

三日月のまだ落つかぬ秋の来て　小春

以下、雲口・北枝・牧童と表六句の俳諧を催したが、発句・脇が夏季の句である所から、前にできていた句を当地で披露して、第三以下を続けたとも考えられよう。

この発句の下五を蝶夢編『芭蕉翁発句集』(安永三年刊)は「蜑が軒」とし、仏兮・湖中編『俳諧一葉集』は「海士が軒」とする。蔵月明氏は後者を採用して句碑とされたのであろうが、「海士（蜑）が軒」の句形は誤伝であろう。

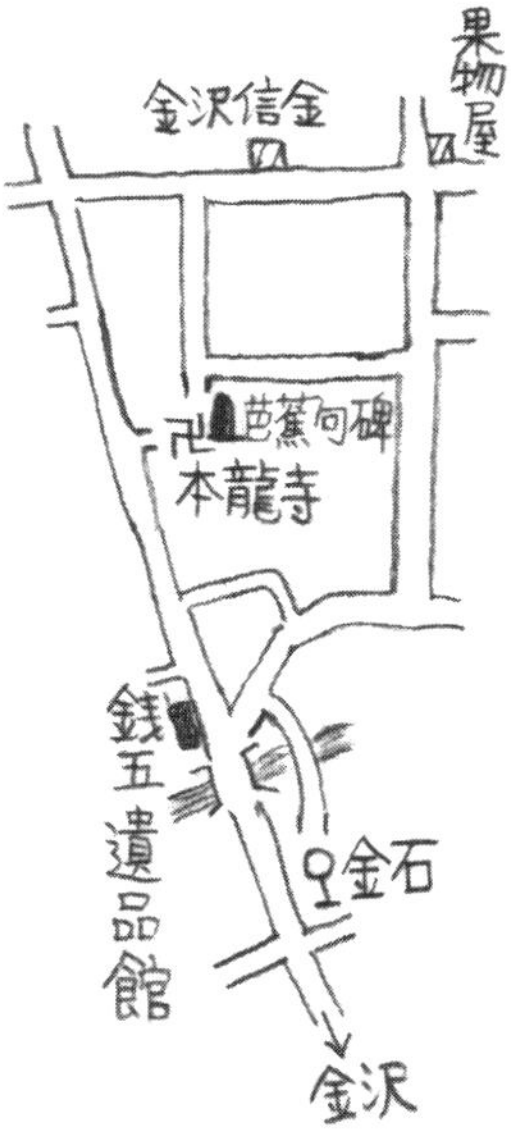

なお、本堂に向かって右前の松の根元には、

この道の一すじぞ行露しぐれ　月明

の句碑（碑陰、昭和庚戌秋）がある。昭和四十五年の建立と知られる。蔵月明氏は昭和二十五年一月、ここ金石町で俳誌『俳道』を創刊主宰した。昭和四十三年没、享年八十八歳。

境内には、この句碑の向い側に、江戸末期の豪商銭屋五兵衛の立派な墓もある。

## 三七　小《こ》松《まつ》

芭蕉が金沢から小松に赴いたのは、七月二十四日（陽暦九月七日）のことで、『曾良旅日記』には、

小春・牧童・乙州、町ハヅレ迄送ル。雲口・一泉・徳子等、野ゝ市迄送ル。餅酒等持参。

とあって、盛大な見送りを受けたことが知られる。小松では「近江ヤト云《いふ》ニ宿ス」であった。

小松滞在中の動静を見よう。

廿五日　快晴。欲小松立《こまつをたたんとほつす》。所衆聞而以北《ほくしを》枝留《もってとどむ》。立松寺へ移ル。多田八幡へ詣テ真《さね》盛《もり》が甲冑・木曾願書ヲ拝。終テ山王神主藤井伊豆宅へ行。有会《くわいあり》。終テ此ニ宿。申ノ刻ヨリ雨降リ、夕方止。……

廿六日　朝止テ巳ノ刻ヨリ風雨甚シ。今日ハ歓生（ママ）亭へ被招。申ノ刻ヨリ晴。夜ニ入テ、俳五十句。終而帰ル。庚申也。

廿七日　快晴。所ノ諏訪宮祭ノ由聞テ詣。巳ノ上刻、立。斧卜《ふぼく》・志格等来テ留トイヘドモ立。伊豆尽甚持賞ス。八幡ヘノ奉納ノ句有。真盛が句也。予・北枝随之《これにしたがう》。

二十五日の条の「多田八幡」は、『おくのほそ道』の「太田の神社」で、現在は多太神社と書

◆**小松ふく萩薄**　浜田町の菟橋《うはし》神社（お諏訪さん）境内入り口右側に「しをらしき名や小松ふく萩薄　元禄二年秋廿七日快晴所ノ諏訪宮祭ノ由聞テ芭蕉曾良詣　奥の細道随行日記抜粋　諏訪大社宮司三輪磐根書」の芭蕉句碑がある。昭和四十五年八月建立。

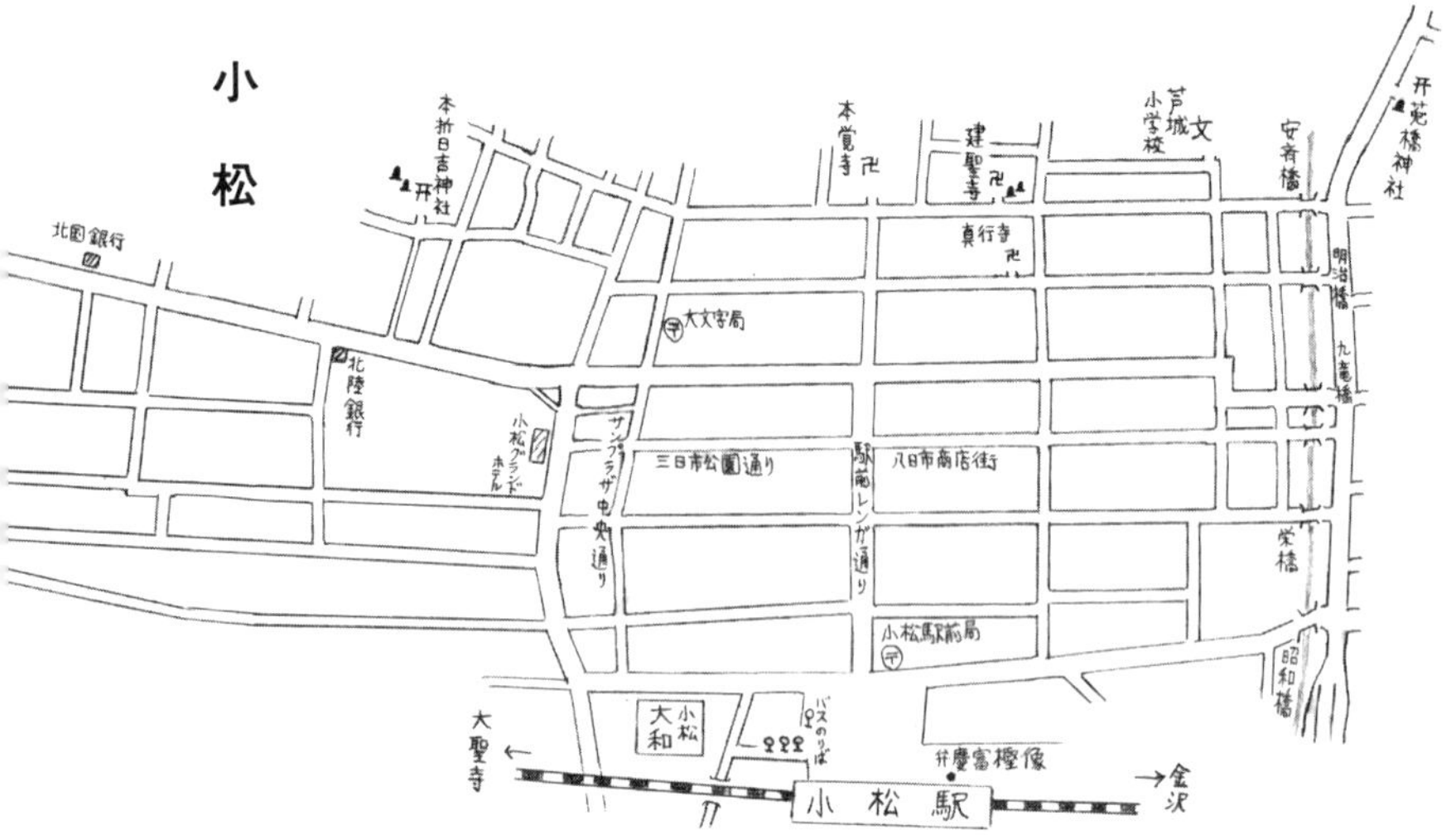


く。「藤井伊豆」は、日吉神社の神主で、藤村伊豆（俳号鼓蟾《こせん》）が正しい。藤村伊豆宅で催された俳諧は、

　しほらしき名や小松ふく萩芒《はぎすすき》　翁
　露を見しりて影うつす月　鼓蟾
　躍《をどり》のおとさびしき秋の数ならん　北枝

を初めとする、斧卜・塵生・志格・夕市・致益・歓生・曾良ら一座の四十四句から成る世吉《よよし》連句であった。

　二十六日の歓生亭での「俳五十句」というのは、

　ぬれて行《ゆく》や人もをかしき雨の萩　芭蕉
　すゝき隠《がくれ》に薄葺《すすきふく》家　亭子《きやうし》
　月見とて猟にも出《いで》ず船あげて　曾良

以下、鼓蟾・北枝・志格・斧卜・塵生・季邑・視三・夕市ら一座の五十韻のことである。

　二十七日の「八幡へノ奉納ノ句」というのは、北枝編『卯辰集』（元禄四年刊）に、

　多田の神社にまうでゝ木曾義仲の願
　書并実盛がよろひかぶとを拝ス。三句
　あなむざんや甲の下のきりぐす　翁
　幾秋か甲にきへぬ鬢の霜　曾良
　くさずりのうら珍しや秋の風　北枝

と見えるのを指すと考えられる。芭蕉の実盛追悼句の上五が「あなむざんや」とあることについては、『去来抄』に、「後にあなの二字を捨てられたり」と見え、初案の句形であったことが判明する。

　多太神社は小松市上本折町に鎮座する。参道の左側、鳥居の手前に、上に兜を安置した台があり、台石には、兜の由来が刻してある。

社殿の方から見て右前、松尾神社の前に、

**◆多太神社**　鳥居をくぐると参道右側に芭蕉像が建ち、台石正面には「むざんやな　甲の下の　きりぎりす」の句を刻す（平成十三年七月建立）。

**◆芭蕉翁留杖之地**　もとの碑の前に新しく「芭蕉留杖の地」の円柱形の記念碑が建てられて（平成十年十二月一日）、芭蕉は元禄二年七月二十四日小松に入り、翌日出立しようとしたが小松の人々に引留められ、小松山王宮神主藤村伊豆守章重（俳号鼓蟾）の館に一泊して山王句会を催した、という趣旨の説明文を刻す。

　　あなむざん甲の下のきりぐす　はせを

の句碑が建ててあり、説明板によると、「当碑は藩政時代芭蕉翁追悼のため建てた加賀の翁墳《おきなづか》十二の一である」という。

　本折商店街を引返して左折すると、本折日吉神社がある。社殿に向かって左側に、昭和三十五年五月加南地方史研究会によって建てられた芭蕉来遊記念碑がある。碑面には、中央に大きく「芭蕉翁留杖之地」、向かってその右に「しほらしき名や小松ふく萩薄」、左に「昭和庚子春月明書」と刻してある。

　永龍山建聖寺は、多太・日吉両神社とはかなり離れた寺町にある。門前向かって左側の「はせを留杖ノ地」の標柱（昭和三十一年八月の建立）が目印である。境内には、

　　しほらしき名や小松ふく萩すゝき

の句碑（向かって右側面に潤石建之）が建ち、その隣に、碑面中央に大きく「蕉翁」、向かってその右左に「しほらしき名や」「小松吹萩薄」と刻した翁塚がある。「芭蕉留杖ノ地」としたのは、『曾良旅日記』二十五日の「立松寺」の表記を建聖寺の宛て字と推定したことによるもので、確たる証拠があるわけではあるまい。寺には北枝作の芭蕉木像を所蔵する。説明板には、

　小松での滞在地の一つであった建聖寺に、蕉門十哲の一人であった立花北枝作による座像の芭蕉木像がのこされている。座高18cm・横幅17cm・厚さ9.6cm。木像裏面には「元禄みのとし北枝謹で作之」とあり、（後略）

と解説が記述してある。元禄巳《み》の年は同十四年で、芭蕉没後七年目にあたる。この木像は、小松の本覚寺の住職、銀杏庵千山が金沢で買求め、明治維新のころ同寺住職龍山和尚から建聖寺に贈られたものというから、先の説明には誤りがあるように思われる。木像座裏の文字は「元禄（ママ）三のとし　北枝謹て作之（花押）」が正しい。

## 三八　那谷寺《なたでら》・山中温泉《やまなかおんせん》

芭蕉は七月二十七日（陽暦九月十日）小松から山中温泉へ行き、八月五日（陽暦九月十八日）に曾良と別れ、北枝を伴なって再び小松に赴く途中で那谷寺に詣でた。『曾良旅日記』には、

　五日　朝曇。昼時分、翁・北枝、那谷へ趣。
　明日、於小松ニ、生駒萬子為出会也。

と見える。生駒萬子は本名重信、禄高千石の加賀藩士である。『おくのほそ道』の文章は、常識的な小松→那谷寺→山中温泉という道順に従って配列してあるが、旅の事実そのままの記述ではない。

　高野山真言宗別格本山、自生山那谷寺の所在地は小松市那谷町。那谷寺は養老元年（七一七）泰澄大師の開基で大師作の千手観世音菩薩を本尊として岩窟内に安置し、自生山岩屋寺と称した。のち寛和年間（九八五〜九八七）花山法皇が当地を訪れ、西国三十三ヶ所第一番那智山青岸渡寺と第三十三番谷汲山華厳寺から各一字をとって那谷寺と改称し、全国観音札所の総納め所として中興された霊場であるという。実際は那谷川流域を古くは「奈谷《なたに》」と言っていたから、地名が転じたものとするのが正しいかも知れない。しかし、観音霊場の縁起としては寺伝の方がふさわしい。

　二十五万平方メートルという広大な境内の丘は、奇岩怪石累々たる天然の美景をなし、『おくのほそ道』の「奇石さまぐ＼に古松植《うゑ》ならべて…」という叙述が実感される。

　現在の建物は、寛永年間（一六二四〜一六四四）に後水尾天皇の勅命によって藩主前田利常が再建したものと伝え、岩窟本堂大悲閣本殿・拝殿・唐

## 那谷寺

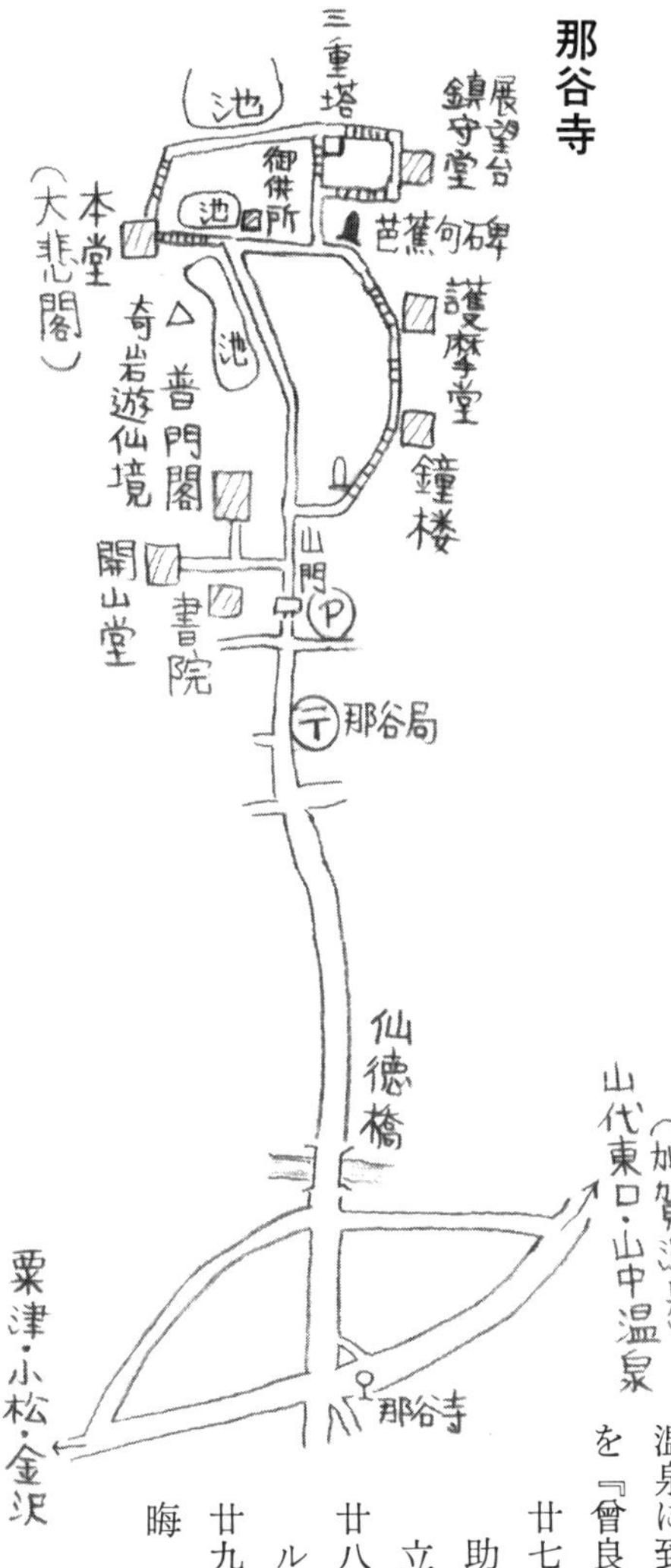


門・三重塔・護摩堂・鐘楼・書院の七棟は重要文化財に指定されており、寛永美術の代表をなすと言われる。

境内参道正面の御供所《ごくしょ》に向かって右の方に、自然石に刻まれた、

石山の石より白し秋の風　はせを

の句碑があり、その傍に「翁塚」として、『おくのほそ道』の「山中の温泉に行ほど…」以下「石山の…」の句までを抄刻した衝立型の副碑が建っている。

御供所に向かって左の石段を登ると大悲閣本殿で、拝殿の奥、岩窟の中に本尊千手観世音菩薩が安置してある。舞台造りの建物を外から眺めるだけでなく、必ず堂内にはいり、拝礼していただきたい。今は「萱ぶきの小堂」ではないけれども、「岩の上に造りかけて」という表現が理解できると思うからでもある。

七月二十七日（陽暦九月十日）小松から山中温泉に到着した芭蕉の、山中温泉滞在中の動静を『曾良旅日記』は次のように伝える。

廿七日　…山中ニ申ノ下尅着。泉屋久米之助方ニ宿ス。山ノ方、南ノ方ヨリ北ヘ夕立通ル。

廿八日　快晴。夕方、薬師堂其外町辺ヲ見ル。夜ニ入、雨降ル。

廿九日　快晴。道明淵、予、不往。

晦日　快晴。道明が淵。

八月朔日　快晴。黒谷橋へ行。

二日・三日・四日は天候のことのみを記しているにすぎず、五日は曾良に別れて、「翁・北枝那谷へ趣」いている。

芭蕉に宿を提供した和泉屋久米之助は、当時十四歳の少年であったから、芭蕉は「いまだ小童也」と書いたのである。久米之助はこの時芭蕉に入門し、「桃妖」という俳号をもらった。風国編『泊船集』（元禄十一年刊）に、

　加賀山中、桃妖に名をつけ給ひて
　　桃の木の其葉ちらすな秋の風

と見えるのが、それを証する。また、芭蕉は、

　北海の磯づたひして加州やまなかの涌湯《いでゆ》に浴ス。里人の曰《いはく》、このところは扶桑三の名湯の其《その》一なりと。まことに浴する事しば〳〵なれば、皮肉うるほひ、筋肉に通りて心神ゆるく、偏《ひとへ》に顔色をとゞむるこゝちす。彼《かの》桃原も舟をうしなひ、慈童が菊の枝折《しをり》もしらず。
　　やまなかや菊は
　　　たおらじゆのにほひ　はせを
　元禄二仲秋日

という句文を残しているから、山中温泉が芭蕉の心にかなったことは推測できよう。

山中温泉の北鉄バスターミナルから左の方に坂道を下って大聖寺川にかかる黒谷橋を渡ると、右下に芭蕉堂があり、傍に芭蕉堂碑が建っている。芭蕉堂の脇には、

　紙鳶きれて白根が嶽を行方かな　桃妖

の句碑（昭和十八年晩秋の建立）がある。黒谷橋と上流のこおろぎ橋の間約一キロの渓流は鶴《かく》仙渓《せんけい》と称される景勝地で、渓流沿いに遊歩道が作られている。この遊歩道を上流に向かって約十分行くと、左側に道明地蔵と慈母観音が祀ってあり、向かってその右側に、

**◆国分山医王寺**（一九四ページ）
医王寺本堂前庭には「山中や菊は手折らじ湯の匂ひ　芭蕉」の句碑がある。本堂裏の墓地に道路側より標識（泉屋桃妖の墓）に従って登ると桃妖夫妻の墓がある。

**◆あやとりはし**　道明が淵の上をまたぐようにS字形のあやとり橋が架設された。勅使河原宏氏設計、平成三年秋竣工。

やまなかやきくはたおらじゆのにほひ
　　　　　　　　　　　はせを
の芭蕉句碑（文久三年の建立）が見える。句形
は前掲句文のそれと同じく初案形である。

こおろぎ橋を渡ってこほろぎ荘の所から右に
曲がると、岩不動のお堂の先に、
かゞり火に河鹿や波の下むせび　はせを
の句碑が建っている。この句は「山中十景　高《たか》

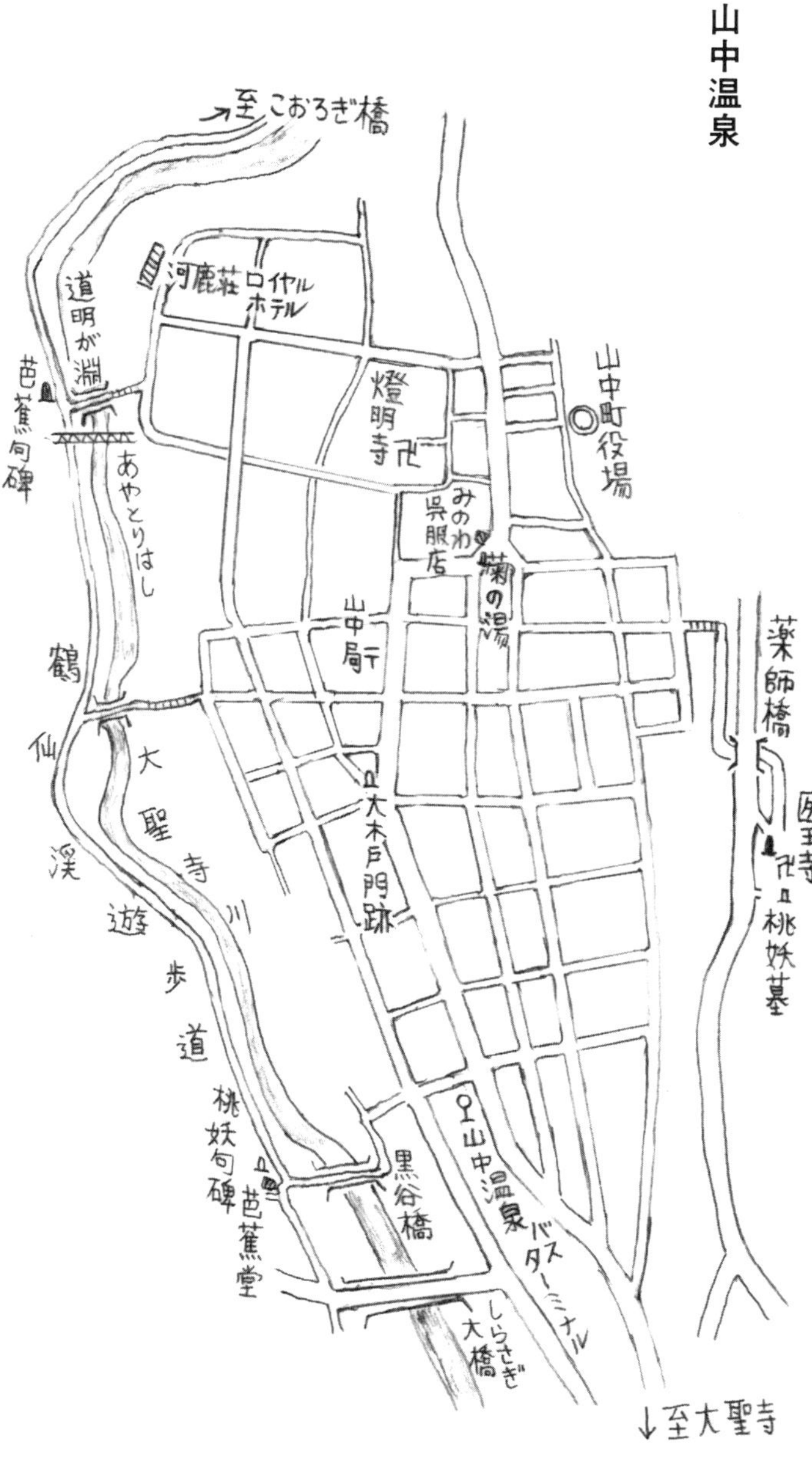

瀬漁火《せのいさりび》」の前書で、北枝編『卯辰集』(元禄四年刊) 所収のものである。

温泉街の中心部にある天平風造りの優雅な共同浴場「菊の湯」は、昔の総湯の跡であるという。芭蕉が泊まった和泉屋の位置は、菊の湯の南左前角あたり、みのわ呉服店のある辺だろうと言われている。同店脇には「芭蕉逗留泉屋の趾」の碑が建ち、向かって左側面には、

湯の名残今宵ハ肌の寒からむ

の芭蕉の句を刻し、右側面には「昭和五十四年二月建之　山中温泉観光協会」とある。

また芭蕉真蹟「やまなかや」句文・蕪村筆の『奥の細道画巻』中の主従離別の画文の碑もあり、説明板が建っている。

菊の湯の南正面には、

秋水の音高まりて人を想ふ　虚子

の句碑が建っている。

昔の温泉宿は内湯ではなかったらしいから、芭蕉はここの総湯にはいって「湯の匂《にほひ》」を満喫し、長旅の疲れを癒《いや》したかも知れない。

ここから山の方に行き、石段を登って右に折れると国分山医王寺がある。昭和初年の山中温泉の大火で焼失したが、昭和三十三年五月に再建されたものである。通称「お薬師さん」。

大木戸門跡に「山中温泉大木戸門跡　庚子一月古越住砂丘題」の石碑がある。向かって左面に、

やまなかや菊はたおらじゆのにほひ　はせを

右側面には、

漁り火に河鹿や波の下むせび　芭蕉

と刻す。昭和三十五年一月建立である。また、

今日よりや書付消さん笠の露　芭蕉

の句碑が「芭蕉入湯三百年を記念して」建てられている。

山中温泉滞在中に、芭蕉・曾良・北枝の三人で興行した歌仙は山中三吟とも呼ばれ、『卯辰集』に収められているが、当時の芭蕉の添削と

◆『やまなかしう』　俳諧。一冊。可大編。天保十年(一八三九)自序。元禄二年加賀山中温泉での、北枝・芭蕉・曽良一座の「馬かりて」歌仙、いわゆる山中三吟を収め、芭蕉の指導添削を北枝が筆録しておいた草稿を出版したもの。参考書、尾形仂著『歌仙の世界』(昭六一、講談社)。

◆『山中問答』　俳諧論書。一冊。北枝著。文久二年(一八六二)刊か。山中三吟興行のとき、芭蕉から聞いた教えを北枝が書き留めておいたもの。芭蕉の言説を伝える貴重な資料。鷗里編『三四考』(天保九年刊)にも収録公刊されている。活字本、『日本俳書大系4蕉門俳話文集』など。

全昌寺

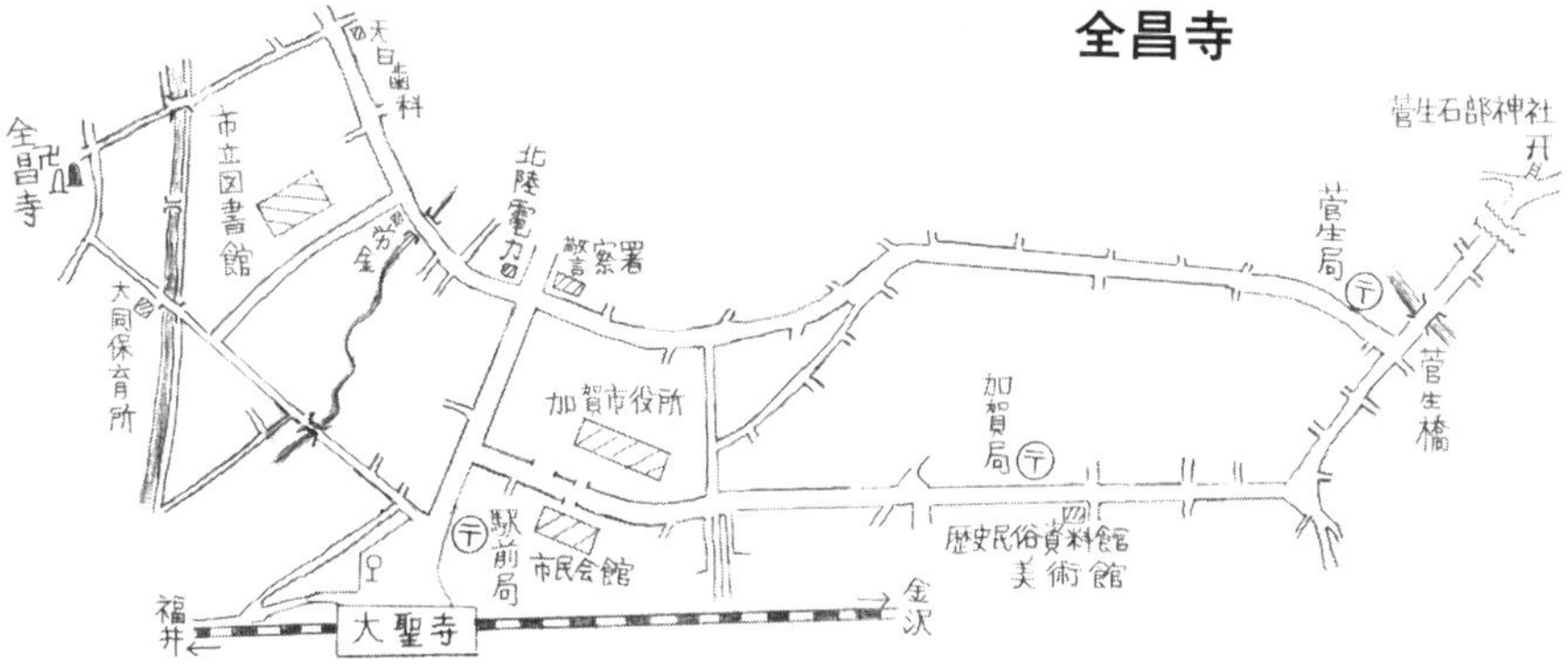


評語を北枝が書留めたものが、可大編『やまなかしう』（天保十年刊）に、「曾良餞　翁直しの一巻」として伝えられ、また、当地で芭蕉が北枝に語った教えを書留めたという『山中問答』（文久二年刊）も伝わっている。

## 三九　全昌寺《ぜんしょうじ》・汐越《しおこし》の松《まつ》

八月五日（陽暦九月十八日）山中温泉で芭蕉と別れた曾良は、「良刻立。大正侍ニ趣。全昌寺へ申刻着」いて宿泊し、翌日は菅生石部《すごういそべ》神社に参拝、七日に全昌寺を後にしている。

芭蕉が小松で生駒萬子に会った後、「大聖寺の城外、全昌寺といふ寺」に泊ったのは、「曾良も前の夜、此寺《この》に泊て《とまり》」という記述に従えば、八日もしくは九日の夜ということになろう。

熊谷山《ゆうこくさん》全昌寺は曹洞宗の寺院で、大聖寺城主山口玄蕃頭宗永の菩提寺であり、芭蕉が山中温泉で宿泊した和泉屋の菩提寺でもあった。当時の住職は三世白湛《はくたん》和尚（寛文元年〈一六六一〉入寺、元禄十年〈一六九七〉示寂）であった。五世月印和尚説は誤り。芭蕉も曾良も和泉屋の紹介で全昌寺に宿泊したものと思われる。

全昌寺の所在地は、石川県加賀市大聖寺神明町である。境内に入るとすぐ左側に、参道を背にして「はせを塚」があり、その向かって右側面に、

庭掃ていづるや寺にちる柳

の句が刻してあるけれども、風蝕甚だしく、判読困難である。句中の「いづるや」は、『おくのほそ道』の最初の板行本である井筒屋本の表記が「出《いづ》るや」とあるのに拠ったもので、素龍

## 汐越の松

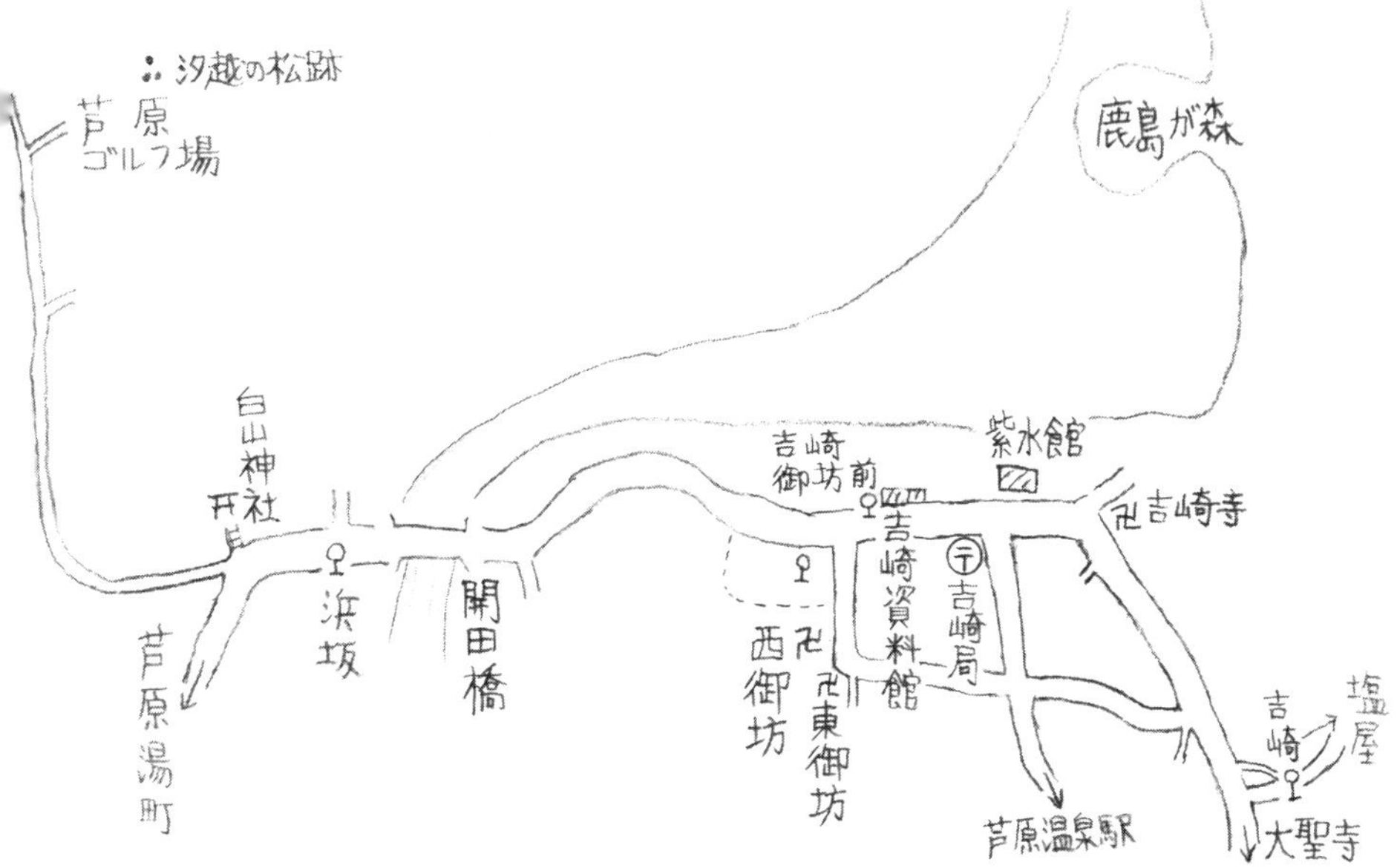


清書本（西村本）の「出《いで》ばや」が正しい。

はせを塚の向かって右側に、

終夜《よもすがら》秋風きくやうらの山　曾良

の句碑が並んでいる。句中の裏山は、現在も雑木や竹の生い茂った墓山である。他に、「音たへぬ古池にそふ柳哉　流水」「つら杖は如意のごとなり柳蔭　八十二翁木圭」の句碑もある。

芭蕉の句に詠まれた柳の後裔は、今も本堂前にあるが、上部は台風で折れてなくなった。

寺宝の一つに杉風作の芭蕉木像があり、座裏に「杉風薫沐拝作之」と刻してある。

菅生石部神社は敷地天神とも呼ばれ、白山比《しらやまひ》咩《め》神社につぐ大社である。大聖寺駅より徒歩約三十分を要する。曾良は神道家であるから参拝したのであろうが、芭蕉が参拝したか否かは明らかでない。

全昌寺を立った芭蕉は、加賀と「越前の境、吉崎の入江を舟に棹《さおさ》して、汐越の松」を訪ねた。

吉崎は蓮如上人の旧跡として名高く、東本願寺の別院（東御坊）・西本願寺の別院（西御坊）がある。しかし、『おくのほそ道』に一言も芭蕉がそれに触れていないのは、伝西行作の歌、

　夜もすがら嵐に波をはこばせて
　　月をたれたる汐越の松

に惹かれて来たからである。この歌は蓮如上人の作であるとの説もあるが、当地の名所歌としての古歌を西行作として芭蕉が教えられたというのが実情であるかも知れない。

大聖寺駅前より塩屋《しおや》行きバスで吉崎下車、徒歩五分余りで「吉崎の入江」、すなわち北潟湖のほとりに出る。北潟湖にかかる開田橋を渡り、白山神社の前の道を直進して、坂道を右に曲がりながら登って行くと、やがて芦原ゴルフクラブに到達する。吉崎御坊前からは徒歩約二十分。このクラブハウスの裏手、日本海に面した所に汐越の松の跡がある。

安永二年（一七七三）に庄屋十治郎が書いた『浜坂浦明細帳』には、「汐越松　五十七本」とあり、うち十六本までには、見とれ松・くらかけ松・こしかけ松・からかさ松・駒つなぎ松などというように、個別の名称がついていた模様である。今は事務所裏の崖下の小祠のそばに「奥の細道　汐越の松」の石碑が建ち、巨木の残骸が横たわっているのみである。見学に行く時は、クラブハウスの受付にその旨を告げて、許可を得る必要があるだろう。

## 四〇　天龍寺《てんりゅうじ》・永平寺《えいへいじ》

汐越の松見物を終えた芭蕉は、金津・丸岡を経て松岡に至り、天龍寺に「古き因《ちなみ》」のある大

◆**天龍寺**　標柱の側面に「由緒当時は松岡藩祖昌勝公が母堂清涼院の追善の為創建せられ後に福井藩を開かれ尓来その菩提所として今日に至る」と見える。

夢和尚を訪ねた。北枝は金沢からここまで芭蕉に随行して来たが、いよいよここで別れることになった。北枝編『卯辰集』に、

松岡にて翁に別侍《わかれはべり》し時、あふぎに書て給《たまは》る、

もの書て扇子へぎ分る別哉　翁

笑ふて霧《きり》にきほひ出《いで》ばや　北枝

となく〳〵申侍る。

とあるのはこの別離の時の酬和で、『おくのほそ道』所載の、

物書て扇引《ひき》さく余波《なごり》哉

の初案である。「扇子」は「センス」ではなく、「オウギ」と読むのであろう。

清涼山天龍寺は藩主松平家の菩提寺で、曹洞宗の寺である。『清涼山指南書』によると、当時の住職は、貞享四年（一六八七）入院して在住七年、元禄六年二月上野国木崎の大通寺に移った大夢和尚であった。「古き因」というのは、大夢和尚が江戸品川の天龍寺の住職であったころの交遊をさすらしいが、詳細は不明である。

天龍寺は京福電鉄福井駅より十八分、松岡駅で下車して徒歩約十分、松岡公園の登り口にある。境内入口に「松平家菩提所 芭蕉翁史跡 曹洞宗清涼山天龍寺」の標柱（昭和四十年一月建立、寄進 金貝武志）が建っている。

参道の右側に「筆塚」、その隣に「芭蕉翁」（向かって右側面、維旹天保甲辰初冬新建之）と刻した翁塚が並び、両者の中間に「芭蕉塚」と題する解説板が建ててある。

芭蕉塚の向うに松岡町福祉会館、天龍寺と並んでいる。天龍寺の本堂は鉄筋建築で、「清涼山」という白字の古い扁額と、「天龍寺勅賜慈眼福海禅師永平慧玉衲」と陽刻した銅版製の扁額が掲げてある。

本堂に向かって左前に、

芭蕉翁の句

物書て扇引さく餘波哉

# 天龍寺

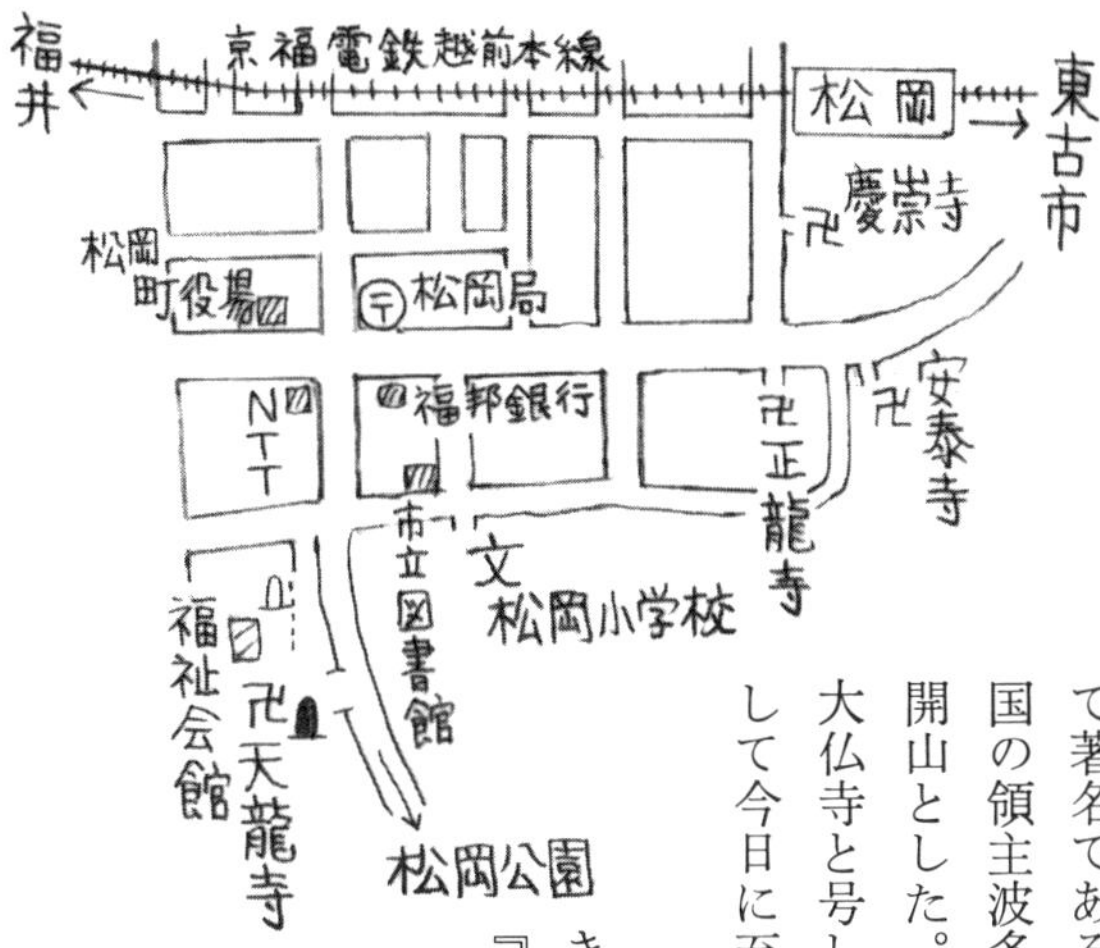


永平玉八十三叟書

という大きい芭蕉句碑（向かって右側面、昭和五十三年八月建之　松岡町善意會）が建つ。扁額と同じく、永平寺貫主秦慧玉氏の筆に成る。

永平寺は吉祥山と号し、曹洞宗の大本山として著名である。はじめ、寛元元年（一二四三）越前国の領主波多野出雲守義重が道元禅師を招いて開山とした。翌二年伽藍の造営が成り、傘松峯大仏寺と号したが、同四年吉祥山永平寺と改称して今日に至る。

『おくのほそ道』本文にいう「貴きゆゑ」については、竹内寿庵著『越前名勝志』（元文年間刊）に、

天福・嘉禎の頃、城州宇治に興聖寺を建立し給ひ、暫く滞座まし〱ければ、国々十余ケ所より和尚を招き奉りしか共《ども》、大地伽藍の地なしとて、終に動転し給はざりける所に、越前の大守波多野義重頻りに請待《こひまち》申されければ、和尚笑《ゑみ》を含み、宋師如浄禅師は震旦越州の人なるに依て、今正に越前と聞《きけ》ば、師道に見参の心地のみせり。其上白山権現は予が宋地より帰朝の砌《みぎり》、碧岩書写の助筆に預り、帰路の船中にも加護を蒙り、殊に神恩不浅《あさからず》、旁以《かたがたもつて》越前は望ある国なればと宣ひ、越前に下向在て、吉田郡志比庄に一字の精舎を創立ありて、当山は震旦の天童山に少も不違《たがはず》、寂寞たる深谷自然の佳境、仏法興隆に吉祥の霊地なりとて、即山号を吉祥山と名付たり。

と述べてある。しかし、高橋梨一著『奥細道菅菰抄』（安永七年刊）のごとく、

相伝ふ、はじめ寺地を京師にて給らんと有しを、禅師の云、寺堂を繁華の地に営てハ、末世に至り僧徒或ハ塵俗に随するものあらん歟と、固く辞して、終に越前に建立すと

云。此事なり。
という説もある。
永平寺山内入り口、右側の小高い所に、「てふてふひらひらいらかをこえた」「水音のたえずして御佛とあり」「生死の中の雪降りしきる」の三句を一基に刻した種田山頭火《たねださんとうか》の句碑がある。

◆種田山頭火　明治一五年山口県生れ。荻原井泉水主宰『層雲』に属する自由律俳人。昭和一五年没、五九歳。

## 四一　福《ふく》井《い》

芭蕉が福井で「等栽《とうさい》と云《いふ》古き隠士《いんじ》」を訪ねたのは、「その家に二夜《ふたよ》とまりて」「十四日の夕ぐれつるがの津に宿をもとむ」という日程から考え、福井・敦賀間に今庄一泊を想定すると、八月十一日（陽暦九月二十四日）ではないかと思われる。

福井の俳人祐阿編『道の恩』（寛政四年刊）の自序に、次のような記述がある。

　そも予が草庵に安置し奉る祖翁の真像は、そのかみ奥の細道をたどり給ふついで、当国この福城下へも曳杖まし〱、隠士等栽を尋ね給ふ。この隠士可卿《かけい》、風雅は安原貞室老人の高弟にて、悉く蘊奥を極めし門人也。赤貧にして夜の物さへ心に任せず、枕ひとつだに貯へねば、折からあたり近き寺院に番神堂建立の有りける作事小屋に往て、ころよき木の端をもとめ、翁の臥具にまゐらす。此侘しき風情芳慮にやかなひけん、一夜ふた夜の仮寝を安くし給ふとなん。その木枕伝はりて卿子が旧庵の軒なみ古鉄商ふ者の家に残れるを乞需め、心願あれば、予が時雨庵にふかくかくし置《おき》けるが、末の

**福井（朝六つ橋）**

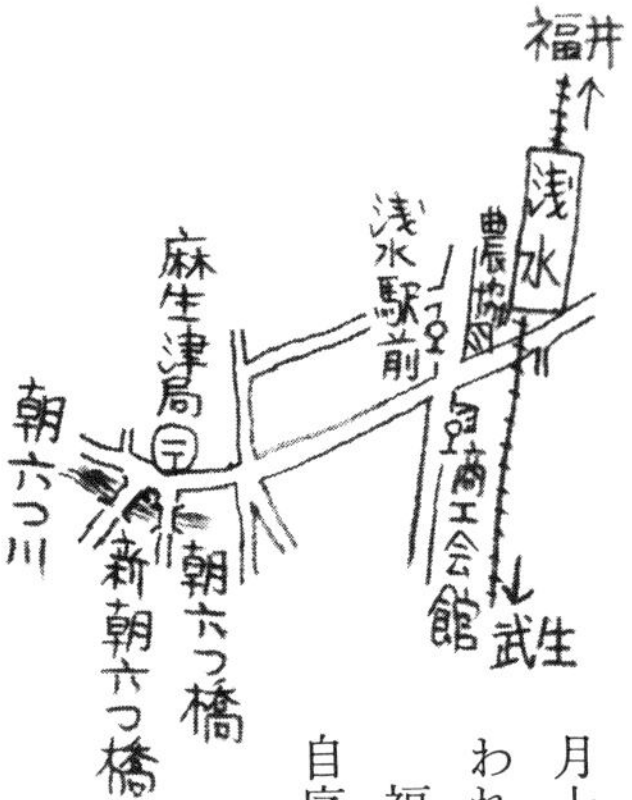

## 福井（等栽宅址）

とし筑紫行、思ひ立ちし序、是を懐にし京師に登り、佛師何某に譚し、一体趺坐《ふざ》の正像となし奉りぬ。

芭蕉の木枕で芭蕉像を作り、寛政五年（一七九三）の芭蕉百回忌を一年繰り上げて法会を営んだ模様である。その木枕の芭蕉像は今は伝存しない。福井市左内公園脇の顕本寺の庭には「番神堂」に関する口碑の概略を刻した記念碑がある。

等栽（正しくは洞哉）宅址は左内公園の一隅らしく、公園内南西部に、上部に「芭蕉宿泊地洞哉宅跡」、下部に説明文をしるした記念碑が建ててある（福井ライオンズクラブ　一九九七年三月）。この碑に向かって、右には「おくの細道の旅」「洞哉《とうさい》と左内《さない》町」、背後には「芭蕉と月の句」と題した挿絵入りの解説板が建てられている。この記念碑のそばには、

名月の見所問ん旅寝せん　芭蕉

の句が、四角な御影石に満月をかたどった円形

福井（玉江）

**◆あさむづの橋**　『松葉名所和歌集』朝水橋、『歌枕名寄』浅水橋、『歌枕秋のねざめ』越前朝水あさう《ふイ》づの橋、『増補名所方角抄』浅水橋《あさむつのはし》。今は朝六つ橋。

の中に刻してある（碑陰、施主　一九八一年仲秋　在東京八十二翁石橋緑泥建之）。

等栽宅に二泊した芭蕉は、十三日（推定）福井を立ち、「名月はつるがのみなとにと」志したが、途中で、歌枕の玉江や浅水の橋を見た。

玉江は、「夏苅の玉江の芦」など、多く「芦」の詠まれている名所であった。浅水の橋は、『枕草子』に「橋は、浅むづの橋」と書かれて以来の有名な橋である。

『おくのほそ道』本文に、

あさむづの橋をわたりて、玉江の芦は穂に出《いで》にけり。

と見えるのは、道順としては前後が逆である。

玉江は、福井市街の南方、福井鉄道電車の花堂駅下車、国道八号線を西に渡ってから左折すると、虚空蔵《こくぞう》川（狐川とも）にかかる玉江二の橋に出る。花堂駅より徒歩約五分。橋を渡った右側に説明板が建ててある。

浅水の橋は花堂駅より南へ四つ目、浅水駅下車、国道八号線を西に渡って進むと、右側に麻生津郵便局がある。麻生津局の前（南）を流れる朝六《あさむつ》川にかかる橋の袂には「あさむつ橋」と題する解説碑があり、橋には「あさむつ川」のプレートが付けてある。橋を渡ると左側に、

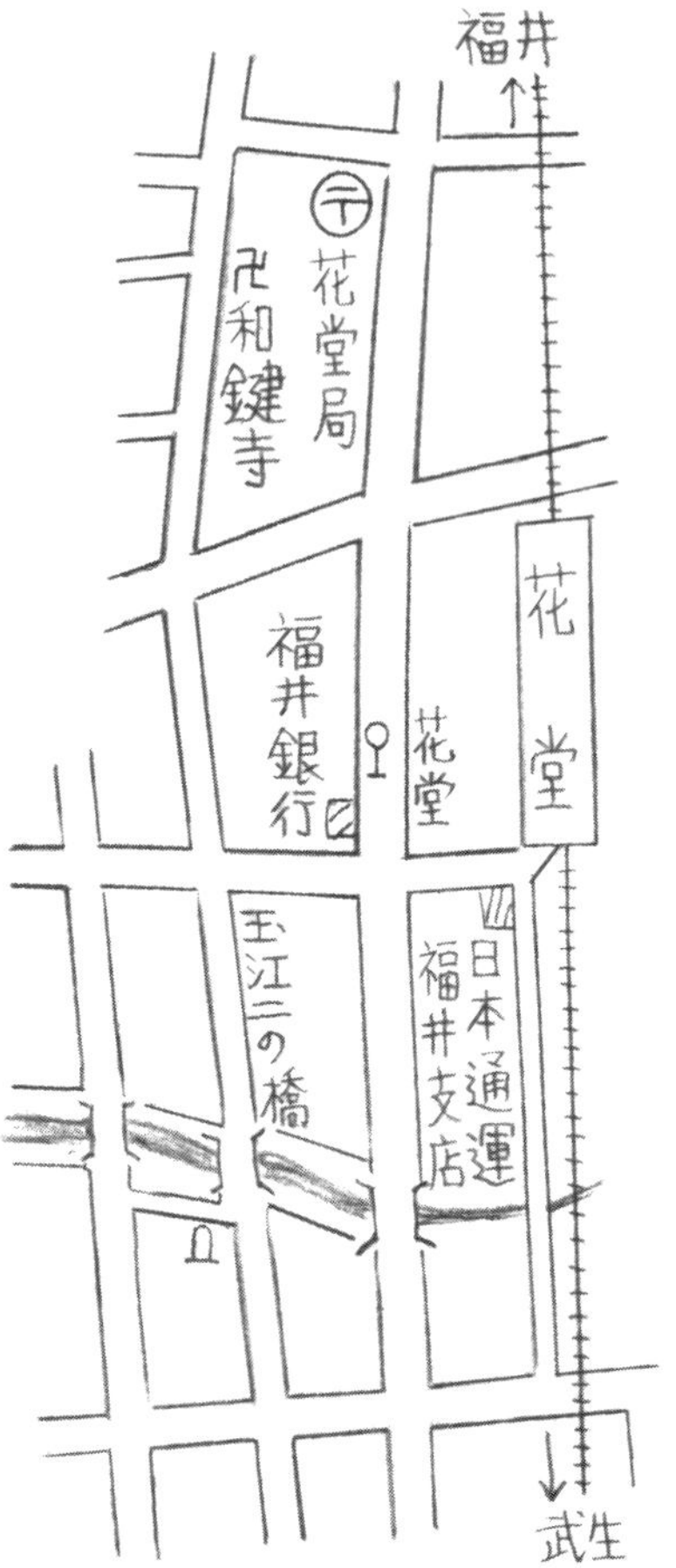


朝六つ橋の碑

　越に来て冨士とやいはん角原の
　文珠がだけの雪のあけぼの　西行法師
　朝六つや月見の旅の明けはなれ　芭蕉

と刻した句歌碑が建っている。碑陰には「略歴昭和四十六年九月吉日　橋の長さ十三間　幅二間　水四尺五寸　岸一丈二尺（絵図記）寄贈麻生津商会…」と見え、昔の橋の規模が知られる。

**◆『おくのほそ道』敦賀文学碑**

気比神宮の大鳥居正面の道路を直進、神楽町一丁目交差点を渡るとアクアトムの建物がある（向い側は敦賀商工会館）。その前庭、階段側面に『おくのほそ道』つるがの旅文学碑がある。西村本の敦賀の章、「十四日の夕ぐれ…」より俳句「名月や北国日和…」までを刻した大きな碑に、翻字した文章を刻した小碑を添える。

交差点側の植込みには「西方寺跡」の標柱と、「西方寺とお砂持ち神事」と題する解説板が建ててある。

## 四二　敦賀《つるが》・色《いろ》の浜《はま》

芭蕉に先行した曾良は、八月八日（陽暦九月二十一日）今庄に一泊して、翌九日、敦賀に到着した。曾良の動静は、あとを追う芭蕉の足どりを考える上で参考となるので、『曾良旅日記』九日の条から引用しておく。

　未ノ刻、ツルガニ着。先、気比へ参詣シテ宿カル。唐人が橋、大和や久兵へ。食過テ金ヶ崎へ至ル。山上迄廿四五丁。夕ニ帰。カウノヘノ船カリテ、色浜へ趣。海上四リ。戌刻、出船。夜半ニ色へ着。クガハナン所。塩焼男導テ本隆寺へ行テ宿。

芭蕉が敦賀に着いたのは、『おくのほそ道』本文によれば「十四日の夕ぐれ」である。『曾良旅日記』十日の条に、

　出雲や弥市良へ尋。隣也。金子壱両、翁へ可渡之旨《わたすべきのむね》申頼《まうしたのみ》、預置也。

と、曾良が前以て手配しておいたことで分かるように、宿は唐仁橋（いま相生町）の出雲屋であった。「その夜、月殊《ことに》晴」れていたので「けいの明神に夜参」した。

「名月はつるがのみなと」でと期待していた十五夜は、「越路の習ひ、猶明夜の陰晴はかり

**◆気比神宮の句碑**　気比神宮の境内には新しく、

　芭蕉翁月五句
國々の八景更に気比の月
月清し遊行のもてる砂の上
ふるき名の角鹿や恋し秋の月
月いづく鐘ハ沈る海の底
名月や北國日和定なき

の大きな芭蕉句碑が建てられた（平成八年五月十五日）。傍に「芭蕉と敦賀の月」と題する川上季石氏による解説碑が設置してある。

がたし」と言った「亭主の詞にたがはず」雨に降られたので、

　名月や北国日和定《さだめ》なき
　月のみか雨に相撲もなかりけり

等の雨名月の句を詠んだ。敦賀は越前の歌枕でもあった。

　北陸道総鎮守・越前国一の宮である気比神宮は敦賀市曙町に鎮座し、昭和二十年七月空襲を受けて本殿・拝殿・社務所・摂末社十一社を焼失したというが、昭和三十七年華麗な社殿が再建された。『日本賀濃子』には、

　気《ケ》比《イ》大明神　　敦賀ニ立
　当社大明神ハ仲哀天皇の御垂跡、石清水御同躰也。天皇角鹿《ツルカ》に幸《ミユキ》の時行宮《アンキウ》を興《タテ》て笥飯《ケイ》といふ。神功皇后十三年応神太子の時、令《ム》レ拝二笥《けい》比ノ神ヲ一ト云々。

と見える。

　十四日（陽暦九月二十七日）の夜、気比神宮に参詣した芭蕉は、

　なみだしくや遊行のもてる砂の露

と詠んだが、のち上五を「月清し」と改め、さらに『おくのほそ道』所載の句形、

　月清し遊行のもてる砂の上

に推敲したものと考えられる。いま社殿前の広場の一隅の木陰に、「気比のみや」の前書で、

　なみだしくや遊行のもてる砂の露　はせを

の句碑（碑陰、昭和三十一年翁忌　敦賀俳句同好者有志　昭和五十九年六月改刻　季石）があり、露塚と呼ぶ。文字は芭蕉の真蹟短冊より拡大して刻したものである。その木立を背にして、行脚姿の芭蕉像が建っている。台石の正面には、

　月清し遊行のもてる砂の上　はせを

と刻してある。文字は∧敦賀市新道野の西村家秘蔵の素龍本「おくのほそ道」の原本より書体を写した∨ものという。台座裏には「芭蕉像のこと」と題する、当地の俳人川上季石氏の解説

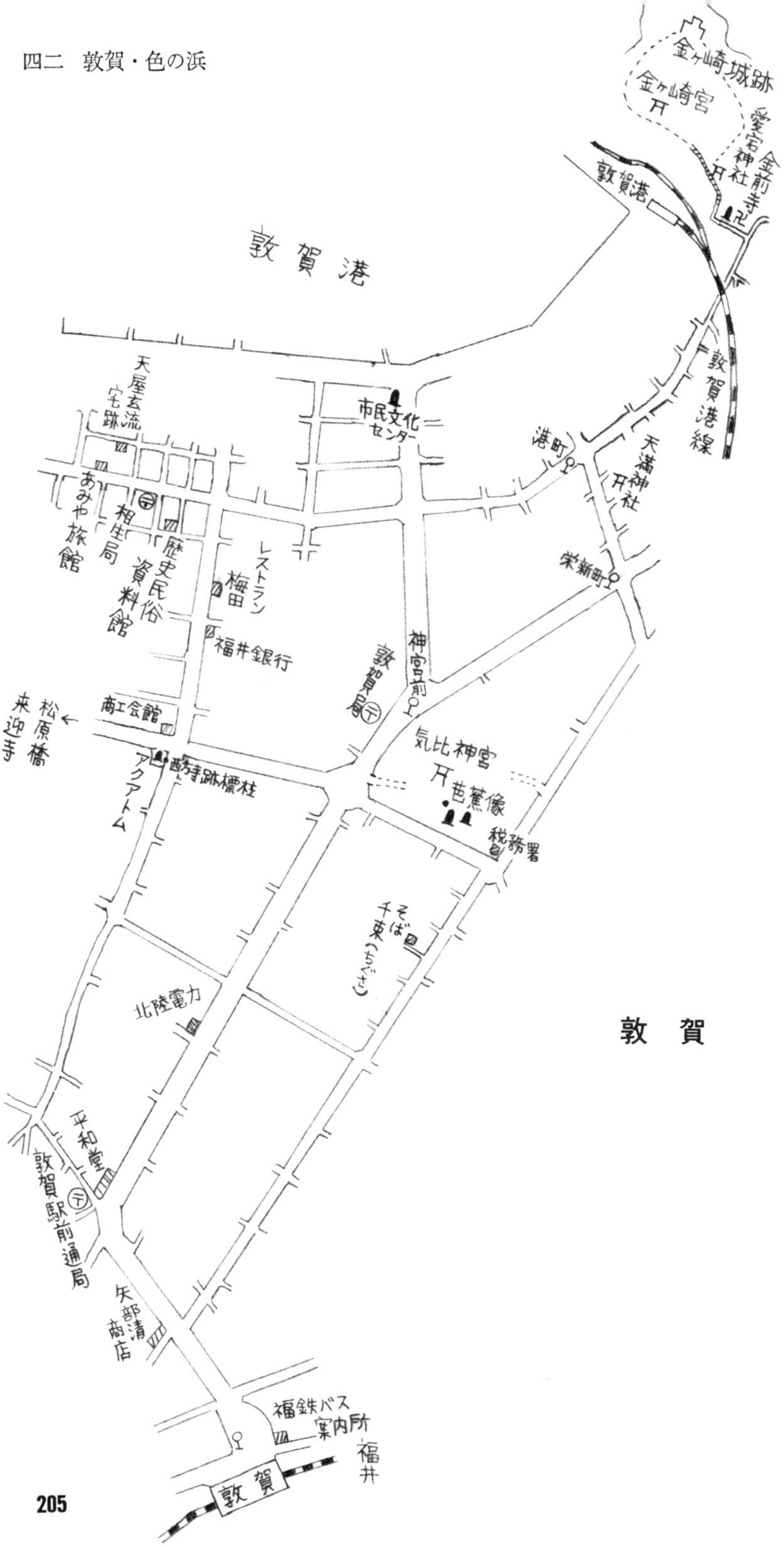
金ヶ崎城跡
金ヶ崎宮
愛宕神社
金前寺
敦賀港
敦賀港
敦賀港線
天屋玄流宅跡
市民文化センター
港町
天満神社
あみや旅館
相生局
歴史民俗資料館
レストラン梅田
栄新町
福井銀行
神宮前
敦賀局
松原橋
来迎寺
商工会館
アクアトム
西方寺跡標柱
気比神宮
芭蕉像
税務署
そば千束（ちぐさ）
北陸電力
敦賀
平和堂
敦賀駅前通局
矢部清商店
福鉄バス案内所
福井
敦賀

# 色の浜

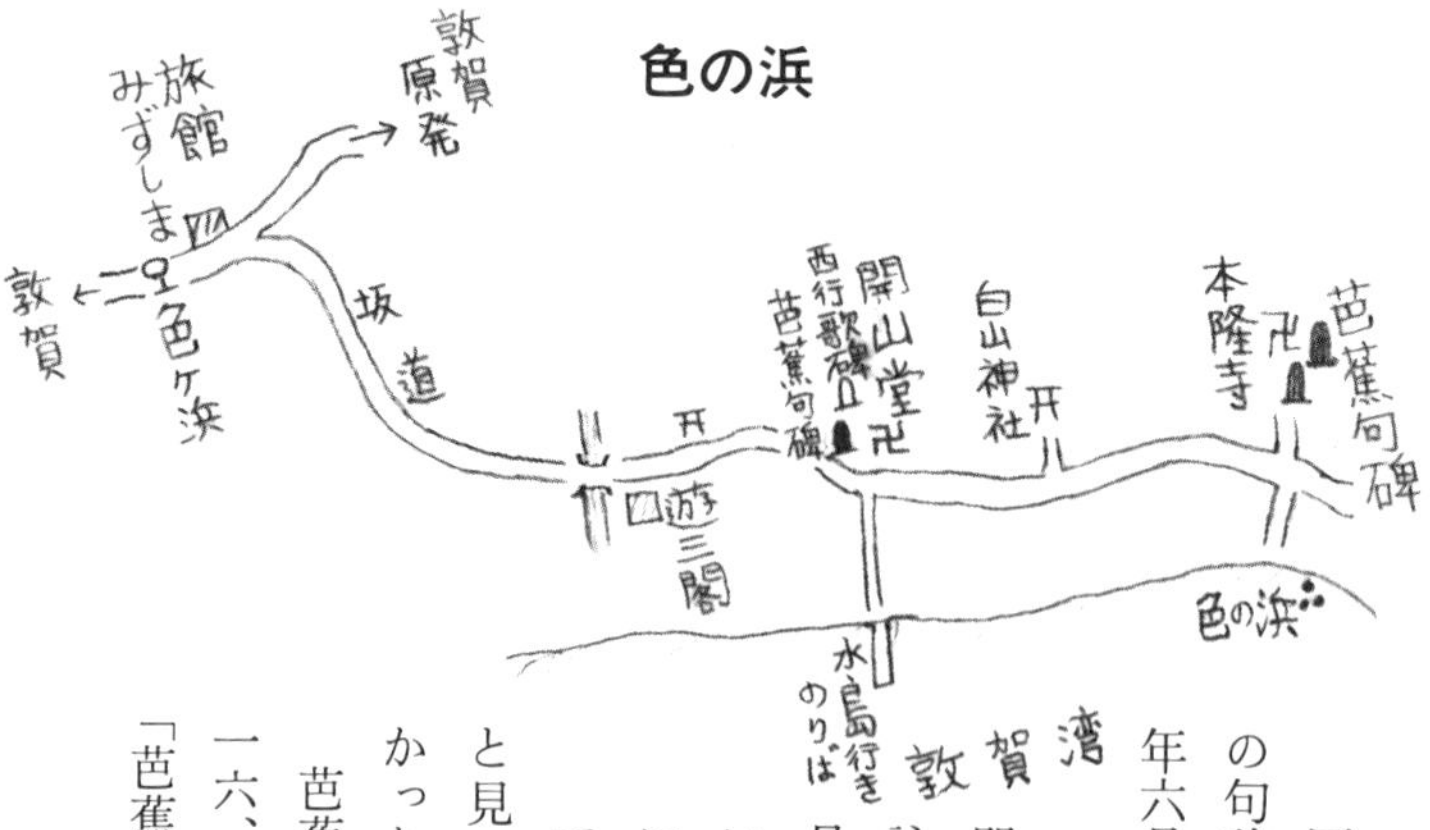


文が見える。

市民センター前には、

　気比の海
国〳〵の八景更に気比の月

の句碑が、「芭蕉翁月塚」として、昭和五十七年六月に建てられた。副碑の説明文には、

　この句は俳聖芭蕉翁が月下の気比の海、即ち敦賀の海のあまりの美しさに感動して詠まれたものである。…（中略）…芭蕉翁月一夜十五句が昭和三十四年大垣市にて、いわゆる荊口句帳から発見された。その中にこの気比の海の句があり、その時はじめて世に出た貴重な一句である。…（後略）

と見える。『おくのほそ道』には収載されなかったが、芭蕉が敦賀で詠んだ月の句である。

芭蕉が宿をとった出雲屋の跡は、相生町二ノ一六、レストラン梅田《うめだ》の所と伝え、道路脇に、「芭蕉翁逗留出雲屋跡」（裏、創立二十五周年記念　昭和五十九年八月　敦賀市文化協会）の標柱が建ててある。

十六日に芭蕉を色の浜に案内した「天屋某と云もの」即ち敦賀の廻船問屋天屋五郎右衛門（俳号玄流）宅跡は、蓬莱町一四ノ二三の地で、「おくのほそ道天屋玄流旧居跡」の標柱が建ててある。

金ヶ崎の沈鐘伝説を聞いた芭蕉は、

月いづく鐘は沈《しづめ》る海のそこ

の句を残した。いま金ヶ崎町一ノ四、誓法山金《こん》前《ぜん》寺《じ》（真言宗）境内裏手、歓喜天堂前に、

月いづこ鐘は沈るうみのそこ　はせを

の句碑があり、鐘塚と称する。句碑の前には、「芭蕉翁鐘塚　末葉建之」の標柱（向かって左側面「句簿在当山」、右側面「懐古　はせを葉や爰も枯野ゝ夢の跡　三四坊百拝」）が建っている。この鐘塚は、芭蕉没後六十八年の宝暦十一年（一七六一）に敦賀の俳人白崎琴路の社中が建立

**◆御砂持神事**　松島町二丁目の来迎寺境内西南隅には「芭蕉翁と遊行の砂持ち神事」と題して説明を加えた標柱があり（昭和五十九年八月　敦賀市文化協会）、その奥には、
氣比神宮御砂持神事
二代真教上人御舊蹟
月清し遊行のもてる砂の上
の記念碑がある（明治三十二年一月　施主山下五右エ門）。もと西方寺にあつたのを移建したもの。

したもので、句碑の斜右前の地蔵菩薩像の向かって左端の台石に「宝暦十一年辛巳龍集十月如意日　社中築之　台上塚石　施主中村常治」と見える。句碑の現在位置そばに昔は大きい紅梅があったので、そこに句碑を移建した際、台石は元の位置に残したものらしいという。「句簿」というのは『鐘塚帖』と称するものであったが、昭和二十年七月の空襲で、寺院の建物ともども焼失した由である。

金前寺前の道は愛宕神社前を経て金ヶ崎宮に通じており、さらに登って行くと金ヶ崎城跡に出る。その北方、眼下の福浦湾が沈鐘伝説の「鐘は沈るうみ」である。ここは金ヶ崎公園で、周回できるように遊歩道ができている。一周、所要約三、四十分。

好天の十六日（陽暦九月二十九日）芭蕉は海路色の浜を訪ねた。それは、色の浜が西行ゆかりの歌枕であったからにほかならない。

色の浜で芭蕉が訪れた「侘しき法花寺」は本隆寺で、もと金泉寺と称して敦賀の曹洞宗永厳寺の末寺であったが、応永三十三年（一四二六）八月、法華宗に改宗して現在に至るという。

芭蕉が「等栽に筆をとらせて寺に残」した「其《その》日のあらまし」は、本隆寺に現在も秘蔵されている。

気比の海のけしきにめで」いろの浜の色に移りてます」ほの小貝とよミ侍しは西上人の」形見成けらしされば所の」小ハらハまでその名を伝へて」汐のまをあさり風雅の」人の心をなぐさむ下官年比《やつがれとしごろ》」思ひ渡りしに此たび武江」芭蕉桃青巡国の序この」はまにまうで侍る同じ舟に」さそはれて小貝を拾ひ袂」につゝミ盃にうち入《いれ》なんど」して彼上人のむかしをもてはやす事になむ

越前ふくゐ　洞哉書

小萩ちれますほの小貝小盃　　桃　青

元禄二仲秋

境内には、「小萩ちれますほの小貝小盃　桃青」の句碑（碑陰、碑面の句は芭蕉翁がこの地に遊ばれた時、同行の洞哉に筆をとらせて寺に残された記文を影写拡大したものである。昭和二十九年十一月七日　本隆寺第二十六世泰音建立す。…）があり、「芭蕉翁杖跡　萩塚」の標柱が建っている。

萩塚に向かって左側に、

衣着て小貝拾わんいろの月　芭蕉

の、名月をかたどった円形の句碑（碑陰、施主一九八三年仲秋　石橋緑泥建之　水島や小貝を守れ月今宵　緑泥）がある。句は「種《いろ》の浜」の前書で、『荊口句帳』所載のものであるが、中七「小貝拾はん」が正しい。

色の浜へは敦賀駅前よりバスの便（色が浜下車）がある。途中の常宮《じょうぐう》の、常宮神社の大鳥居に向かって左側、椎の大木の下に、「月清し」の芭蕉句碑がある。文政五年（一八二二）敦賀の俳人沢蘭秀の建立と伝えるが、碑面は風蝕甚だしく、分明を欠いている。

バス停色が浜の先を右へ坂道を下って行くと開山堂があり、その脇には、

寂しさや須磨にかちたる濱の秋　芭蕉

の句碑と、「寂塚」と題してこの句と説明文を刻した石碑がある。その奥には、碑面に、

潮染むるますほの小貝拾ふとて

色の濱とは言ふにやあるらん　圓位《えんに》

と、『おくのほそ道』の「ますほの小貝ひろはんと種《いろ》の濱に舟を走《は》す」という記述の基になった和歌を刻し、台石には西行への解説文がある。西行は平安朝後期の歌僧、圓位と称す。武士の出、出家して諸国を旅し、色ケ浜にも来り、この歌を詠む。

1985年3月　敦賀ライオンズクラブ

# 四三　大《おお》垣《がき》

等栽の案内によって敦賀・色の浜の秋を楽しんだ芭蕉は、敦賀まで出迎えに来た路通を伴い、「駒にたすけられて」美濃国「大垣の庄に入」り、如行・曾良・越人・前川・荊口父子ら、親しい門弟たちにいたわられて、しばし長途行脚の疲れをいやした。

大垣市立図書館蔵『荊口句帳』の初めに「芭蕉翁月一夜十五句」を収め、その序末に「元禄己巳中秋廿一日　大垣庄株瀬川辺　路通敬序」とあるところから、芭蕉・路通の両人は、遅くとも八月二十一日（陽暦十月四日）までには、戸田采女正氏定十万石の城下町大垣に到着していたと考えられる。

また、同館蔵『如水日記抄』には、

九月四日

一、桃青事門弟等ハ芭蕉ト呼如行方ニ泊リ、所労昨日ヨリ本腹之旨承ニ付、種々申、他所者《よそもの》故、室下屋ニ而、自分病中トいへども、忍ニ而初而招之《はじめてこれをまねき》、対顔。其歳四拾六、生国ハ伊賀之由。…（中略）…尾張地之誹諧者越人・伊勢路之素良《そら》両人ニ誘引せられ、近日大神宮御遷宮有之故《これあるゆえ》、拝ミニ伊勢之方へ一両日之内におもむくといへり。今日、芭蕉、躰ハ布裏之木綿小袖帷子を綿入トス墨染細帯ニ布之編服。路通ハ白キ木綿之小袖、数珠を手ニ掛ル。

と見え、当時の芭蕉の今後の予定や服装が明らかにされている。

大垣に逗留すること二週間余り、「長月六日になれば伊勢の遷宮おがまん」と、芭蕉は木因・如行らに見送られて、木因亭の前から舟に乗り、



◆如水　大垣藩士。戸田氏。名は数弥、通称権太夫。禄高千三百石。亭は城内に、下屋は室《むろ》にあった。風雅を好み、元禄二年九月四日、芭蕉・路通の二人を室の下屋に招いたことが、その日記に見える。

水門《すいもん》川を経て揖斐《いび》川を下って行ったのである。

大垣市船町の、谷木因宅跡にあたる徳田ビル前に「史蹟奥の細道むすびの地」の標柱が建てられ、

い勢にまかりけるをひとの送りければ
蛤のふたみに別行秋《わかれゆくあき》ぞ　はせを

の句碑（碑陰、元禄二年九月六日芭蕉がこゝで奥の細道の旅をおわり、伊勢に向かった別れの句で、旧主藤堂家秘蔵の遺墨から複写し、蛤塚として建立した。昭和三十二年九月六日　大垣市文化財審議会）があり、蛤塚《はまぐりづか》と称されている。

同所には「芭蕉翁と木因翁」像（昭和六十三年三月二十七日建立）が建てられ、木因作と伝える「南いせくわなへ十里ざいがうみち」の俳句道標、「惜《をし》むひげ剃《そり》たり窓に夏木立　白桜下木因」（碑陰、昭和十五年十月三十日　木因会建之）の木因白桜塚もある。

水門川をはさんで対岸には、船町港の名残として住吉燈台があり、傍に「史蹟船町港跡」の標柱が建ててある。

住吉燈台の北側には、

木因舟に而《て》送り如行其外連衆舟に
乗りて三里ばかりしたひ候
秋の暮行先〻ハ苫屋《とまや》哉　木因
萩にねようか荻にねようかはせを
霧《きり》晴ぬ暫ク岸に立玉へ　如行
蛤のふたみへ別行《わかれゆく》秋ぞ　愚句
先《まづ》如此《かくのごとく》に候　以上　はせを
九月廿二日

という、元禄二年九月二十二日付、杉風あてと推定される書簡を拡大して刻した芭蕉木因如行送別連句塚がある。原書翰には、「蛤の」の句のあとに、

二見
硯《すずり》かと拾ふやくぼき石の露

の一句があるのだが、二見の句なので省いてし

まったと見える。碑陰には、

元禄二年仲秋俳聖はせをは大垣で奥の細道の行脚を終え、多数の門人に見送られて伊勢二見の浦に到り、同地より高弟杉風へ大垣舟出の様子を知らせた。ここにその真筆を刻して、之を縁《ゆか》りの地に建てる。

昭和三十六年九月二十二日　大垣市

と刻してある。その少し上手、住吉橋の北側には、如行の句だけを取り出した、

霽晴ぬ暫ク岸に立玉へ　如行

の如行霧塚（碑陰、昭和三十三年九月六日　大垣市文化財審議会）も建ててある。

霧塚の少し北、川べりに、「奥の細道をむすんだ芭蕉偲んで　康司」の題下に、『おくのほそ道』大垣の章の、「駒にたすけられて」以下「且悦び且いたはる」までを刻した記念碑（碑陰、奥の細道紀行大垣の一節をしるす　昭和四十二年九月九日建之）が建っている。

この『おくのほそ道』碑の北には「大垣の井戸」があり、その先に、

花にうき世我《わが》酒白くめし黒し　芭蕉子

の句碑（碑陰、大垣拓本協会　平成三年三月吉日建之）が建っている。碑面の文字は、芭蕉の真蹟を拡大したものである。

貝殻橋を渡って左折すると、

木因何某《なにがし》隠家をとふ

隠家や菊と月とに田三反　はせを

の句碑（昭和六十三年建立）がある。奥羽北陸行脚を終えて大垣滞在中の芭蕉が、木因の隠居所を訪ねた際の作である。碑面の文字は芭蕉の真蹟を拡大して刻したものである。

ここから川上に進むと左側に大垣市総合福祉会館があり、その一階奥が「奥の細道むすびの地記念館」になっている。館入り口の北側には、水門川を背にして、

ふらずとも竹植《うう》る日はみのと笠　はせを

## 大垣

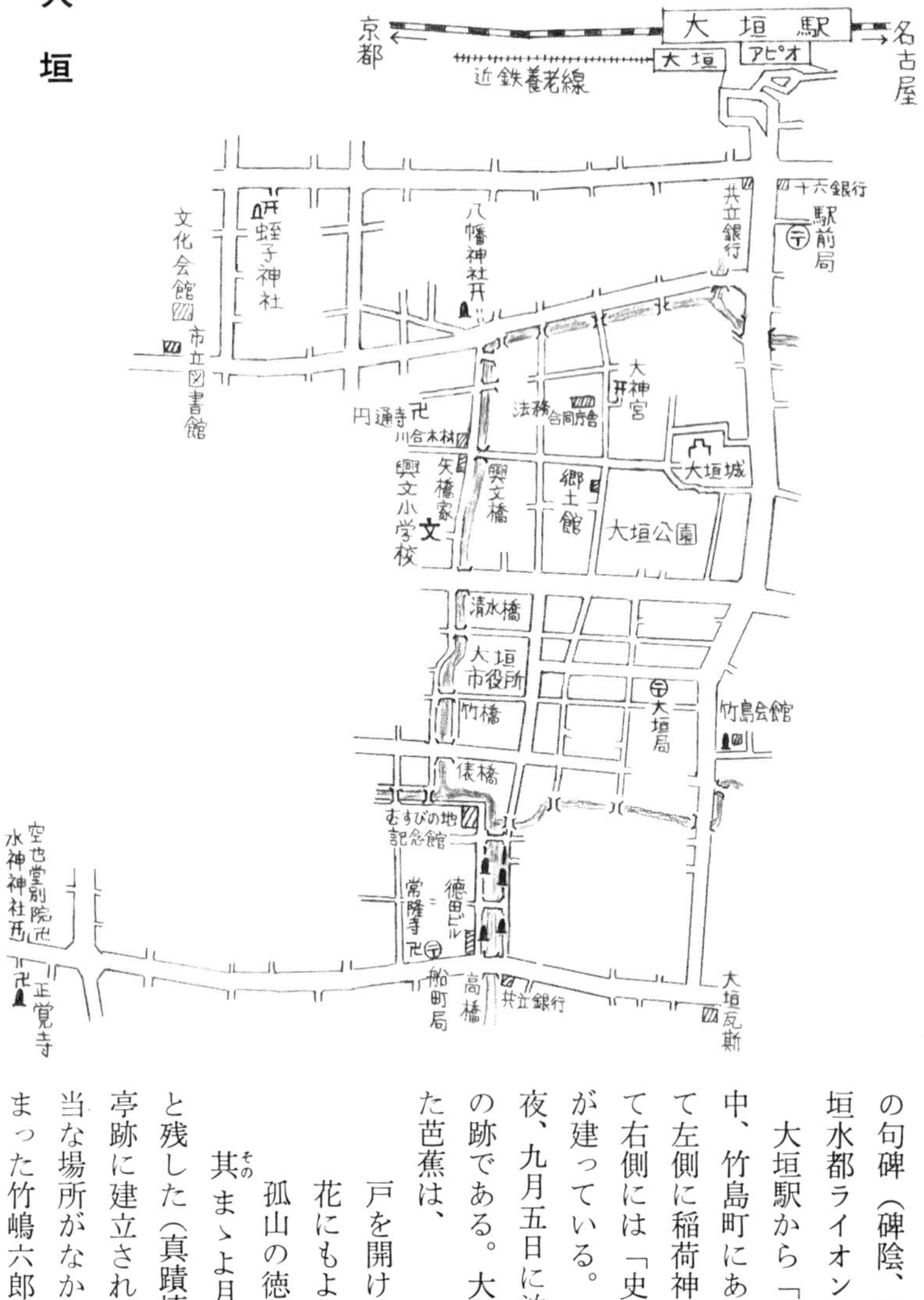


の句碑（碑陰、寄贈者　平成四年三月吉日　大垣水都ライオンズクラブ）が建っている。

大垣駅から「奥の細道むすびの地」に至る途中、竹島町にある大垣市竹島会館には、向かって左側に稲荷神社、その右隣に伊吹塚、向かって右側には「史蹟明治天皇行在所跡」の記念碑が建っている。ここは芭蕉が大垣を出発する前夜、九月五日に泊まった竹嶋六郎兵衛宅（清貞）の跡である。大垣滞在中、高岡斜嶺亭に泊まった芭蕉は、

　戸を開けばにしに山有、いぶきといふ。花にもよらず、雪にもよらず、只これ孤山の徳あり。

　其《その》まゝよ月もたのまじ伊吹山　桃青

と残した（真蹟懐紙）。本来ならば伊吹塚は斜嶺亭跡に建立されるべきところ、斜嶺亭跡には適当な場所がなかったので、九月五日に芭蕉が泊まった竹嶋六郎兵衛宅跡に建てられたものであ

# 奥の細道むすびの地

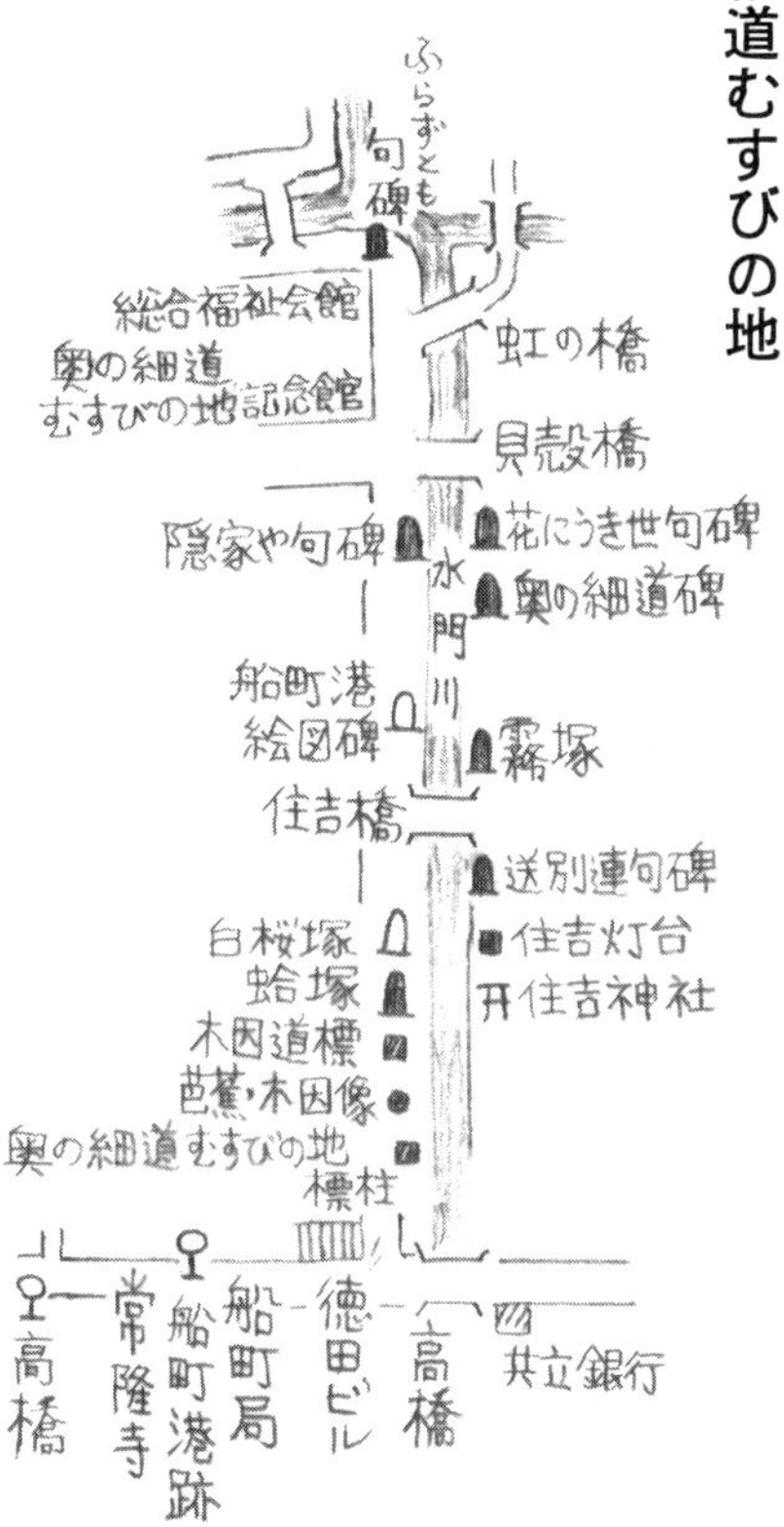


る。碑面には前掲真蹟懐紙の発句だけを拡大して刻し、碑陰には「昭和三十八年十月吉祥日建之　蕉翁二百七十忌大垣市文化財協会」と見える。「奥の細道むすびの地」の西側、徳田ビル並びの大垣舟町郵便局西隣の常隆寺本堂裏の墓地には、宮崎荊口夫妻の墓があり、墓碑銘は「本源院法流東百」「本法院妙敬日信」と法名が並刻してある由である。

さらに大通りを西へ六、七百メートル行くと、南側に正覚寺がある。入口の右側に「史蹟芭蕉木因遺跡」の標柱が建ち、その後に「當境有芭蕉翁碑」の標柱もある。「史跡芭蕉・木因遺跡」と題する説明板には、

芭蕉の美濃来遊四回は、俳友木因が大垣にいたためである。木因は、大垣藩士如行をはじめ多くの門弟を芭蕉門下に入れた。元禄七年(西暦一六九四)芭蕉が浪華《なには》(大阪)で病死すると、木因は深くこれを悼み、路通筆刻「芭蕉翁」追悼碑を建てた。

木因の死後、芭蕉、木因の因縁をしのび木因碑を建て、「芭蕉・木因遺跡」とした。

昭和五十年四月　大垣市教育委員会

と書いてある。境内に入ると、本堂前の墓地に、路通の筆蹟で、碑面中央に「芭蕉翁」、その右左に「元禄七戌年」「十月十二日」と刻した芭蕉塚があり、その背後に「あか〳〵と日はつれなくも秌の風　はせを翁」(碑陰、明治七年一月十二日建之　碑面文寿坊拝写…)の句碑が見られ

**◆円通寺**　山門を入ると左側に、

こもり居て木の実草の実拾はばや　芭蕉
御影たづねん松の戸の月　如水

の連句碑（平成三年十月建立）がある。

る。その他に、盧元坊・五竹坊・冬恕坊・軽花坊・曙庵・氷壺仙らの句碑が芭蕉塚をとりまき、正覚寺発句塚と総称されている。傍に谷木因の墓もある。木因は大垣の回船問屋で、芭蕉の伊勢神宮行きにさいして、持船を提供した俳友である。

さて、奥の細道むすびの地記念館の所から水門川沿いに北進すると、左側に大垣市立興文小学校があり、その運動場の西南隅が宮崎荊口宅跡であるという。興文小学校北隣の矢橋氏宅の所には津田前川宅、道をはさんで北側の川合木材の所には中川濁子宅があったらしい。

その北側の参道をはいった所の旭光山円通寺の本堂に向かって左側の墓地に行くとすぐ、岡田千川・宮崎此筋の墓があり、それぞれ「帰元秋岳良鮮士位」「誠心院三誉応休居士」と墓碑銘が刻してある。

元の道を北に進んで道路を渡ると八幡神社がある。その鳥居をはいるとすぐ左側、「天然記念物八幡神社のタウカエデ」の傍らに、冬ごもり塚がある。

折〳〵に伊吹をみては冬ごもり　はせを

碑陰には「昭和三十四年四月吉祥日　大垣市文化財協会建之」と刻す。句は、元禄四年十月、岡田千川亭での作である。

八幡神社北方のバス通りを西方に進むと、バス停大垣室村町の所に蛭子《えびす》神社がある。入口の鳥居に向かって右側に「俳人如行旧屋敷跡」の標柱（右側面、昭和三十七年九月十四日建之。左側面、是ヨリ南寄）が建つ。社殿に向かって左奥に、

神鳴に雪降わたす山邊哉　如行

の句碑（碑陰、昭和三十七年九月十四日　大垣市文化財協会建）があり、神鳴塚と称する。如行亭跡は個人所有の土地であるため、止むなく戸田如水邸下屋敷跡（今は道路）に近い蛭子神

社境内に建立したものという。とすれば、「俳人如行旧屋敷趾」の標柱は、如行宅址が東南二百メートル余りの地にあるにしても、紛らわしいものであるように思われる。戸田如水本宅跡は大垣城の西方、大垣大神宮のところと伝える。

　大垣滞在中、芭蕉は赤坂の虚空蔵（金生山明星輪寺）に参詣した模様で、白川編『漆嶋《うるしじま》』（宝永三年刊）に、

　赤坂の虚空蔵にて
　八月廿八日　奥の院
　鳩の声身に入《しみ》わたる岩戸哉　はせを

と見える。赤坂在住の矢橋木巴の東道によるものであろう。

　大垣市赤坂町へは駅前よりバスの便がある。丸本前で下車すると、丸本書店の向い側が矢橋氏宅である。矢橋家の筋向かいの一角に、「史蹟中山道赤坂宿」の標識が掲げてあり、「左　たにくみ道」（向かって右側面、谷汲観音夜灯。左側面、天和二癸亥十月十八日　施主杉崎加右衛門）と刻した燈籠がある。白塗りの塀に嵌めこまれた解説文の後半を抄出しておく。

　町の中心にあるこの四ツ辻は北に向う谷汲巡礼街道と、南は伊勢に通ずる養老街道の起点である。
　東西に連なる街筋には、本陣脇本陣をはじめ旅籠屋十七軒と商家が軒を並べて繁昌していた。

解説文末尾の「昭和五十九年三月」は、この四つ辻が整備された年月を示すものであろう。

　次のバス停虚空蔵口《こくぞうぐち》より北へ山登りにかかると、少し行った左側に金生山化石館があり、隣に金生山神社が鎮座する。金生山明星輪寺の山門の手前左側に芭蕉句碑がある。

　鳩の聲身に入わたる岩戸哉　はせを

と碑面の向かって右上に、その左下には、

　赤坂の虚空蔵にて

# 美濃赤坂

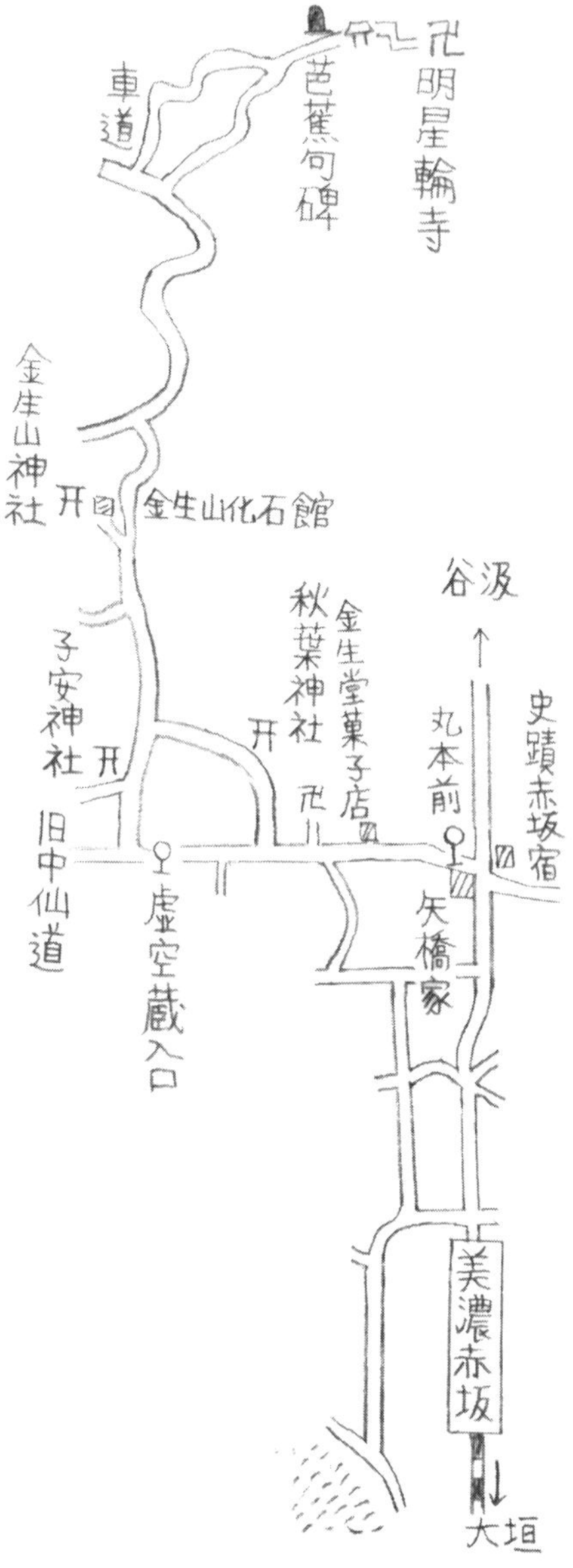


八月二十八日奥の院　　　はせを
はとのこえみにしみわたるいわとかな
芭蕉奥の細道の旅元禄二年の作（漆島所載）を故吉田門治郎氏の遺志を継ぎこゝに建碑する。

昭和四十七年秋　大垣市文化財保護協会

と見える。碑石は金生山産の太湖石（石灰岩）にスウェーデン産の美麗な花崗岩を嵌めこんで彫刻されたものという。句碑の除幕式は昭和四十八年八月二十八日に行われた。

金生山明星輪寺は、「赤坂の虚空蔵さん」でとして有名である。朱鳥元年（六八六）修験道の開祖役小角《えんのおづぬ》が持統天皇の勅願により開基したと伝え、本尊は小角自ら岩に彫刻したという虚空蔵菩薩であるが、秘仏として岩窟の奥に安置され、拝観することはできない。

# 第二部

# 資料編

# 『おくのほそ道』（芭蕉所持素龍清書本〈西村本〉による）

右側に黒丸・を付した文字は、底本にはない送り仮名等を編者が補足したもの。

月日《つきひ》は百代《はくたい》の過客《くわかく》にして、行きかふ年も又旅人《またたびびと》也《なり》。舟の上に生涯《しやうがい》をうかべ、馬の口とらえて老《おい》をむかふる物《もの》は、日《ひ》ゝ《び》旅にして旅を栖《すみか》とす。古人《こじん》も多く旅に死せるあり。予《よ》もいづれの年よりか、片雲《へんうん》の風にさそはれて漂泊《へうはく》の思ひやまず海濱にさすらへ、去《こ》年《ぞ》の秋江上《かうしやう》の破屋《はをく》に蜘《くも》の古巣《ふるす》をはらひて、やゝ年も暮れ、春立てる霞《かすみ》の空に白河《しらかは》の関《せき》こえんと、そゞろ神《がみ》の物につきて心をくるはせ、道祖神《だうそじん》のまねきにあひて取るもの手につかず、もゝ引《ひき》の破れをつゞり笠《かさ》の緒《を》付けかえて、三里《さんり》に灸《きう》すゆるより、松嶋《まつしま》の月先《ま》づ心にかゝりて、住める方は人に譲《ゆづ》り、杉風《さんぷう》が別墅《べつしよ》に移るに、

草の戸も住替《すみかは》る代《よ》ぞひなの家

面八句《おもてはちく》を庵《あん》の柱に懸置《かけお》く。

弥生《やよひ》も末の七日《なぬか》、明《あけ》ぼのゝ空朧ゝ《ろうろう》として、月は在明《ありあけ》にて光おさまれる物《もの》から、不二《ふじ》の峯幽《かすか》にみえて、上野《うへの》・谷中《やなか》の花の梢《こずゑ》、又《また》いつかはと心ぼそし。むつましきかぎりは宵《よひ》よりつどひて、舟に乗りて送る。千《せん》じゆと云《い》ふ所にて船をあがれば、前途《せんど》三千里《さんぜんり》のおもひ胸にふさがりて、幻《まぼろし》のちまたに離別《りべつ》の泪《なみだ》をそゝぐ。

行春《ゆくはる》や鳥啼《な》き魚《うを》の目は泪《なみだ》

是《これ》を矢立《やたて》の初めとして、行く道なをすゝまず。人ゝ《ひとびと》は途中《みちなか》に立ちならびて、後《うしろ》かげのみゆる迄《まで》はと見送るなるべし。

ことし元禄二《げんろくふた》とせにや、奥羽長途《あううちやうど》の行脚《あんぎや》只《ただ》かりそめに思ひたちて、呉天《ごてん》に白髪《はくはつ》の恨《うら》みを重《かさ》ぬといへ共《ども》、耳にふれていまだめに見ぬさかひ、若《も》し生きて帰らばと、定めなき頼みの末をかけ、其《そ》の日漸《やうやう》早加《さうか》と云《い》ふ宿《しゆく》にたどり着きにけり。瘦骨《そうこつ》の肩にかゝれる物《もの》、先《ま》づくるしむ。只身《ただみ》すがらにと出立《いでた》ち侍《はべ》るを、帋子《かみこ》一衣《いちえ》は夜の防ぎ、ゆかた・雨具《あまぐ》・墨《すみ》・筆《ふで》のたぐひ、あるはさりがたき餞《はなむけ》などしたるは、さすがに打捨《うちす》てがたくて、路次《ろし》の煩《わづら》ひとなれるこそわりなけれ。

室《むろ》の八嶋《やしま》に詣《けい》す。同行《どうぎやう》曾良《そら》が曰《いは》く、「此《こ》の神は木《こ》の花《はな》さくや姫《びめ》の神と申《まう》して、富士《ふじ》一《いつ》躰也《たいなり》。無戸室《うつむろ》に入《い》りて焼き給《たま》ふちかひのみ中《なか》に、火ゝ出見《ほほでみ》のみこと生れ給《たま》ひしより、室の八嶋と申す。又《また》煙を読み習《なら》はし侍《はべ》るもこの謂也《いはれなり》。将《はた》このしろといふ魚《うを》を禁《きん》ず。縁記《えんぎ》の旨《むね》、世に傳《つた》ふ事《こと》も侍《はべ》りし」。

卅日《みそか》、日光山《につくわうざん》の梺《ふもと》に泊《とま》る。あるじの云《い》ひけるやう、「我《わ》が名を佛五左衛門《ほとけござゑもん》と云《い》ふ。萬《よろづ》正直《しやうぢき》を旨《むね》とする故《ゆゑ》に、人かくは申し侍《はべ》るまゝ、一夜《いちや》の草の枕《まくら》も打解《うちと》けて休み給《たま》へ」と云ふ。いかなる仏《ほとけ》の濁世塵土《ぢよくせぢんど》に示現《じげん》して、

かゝる桑門《さうもん》の乞食順礼《こつじきじゆんれい》ごときの人をたすけ給ふにやと、あるじのなす事《こと》に心をとゞめてみるに、唯無智無分別《ただむちむふんべつ》にして、正直偏固《へんこ》の者也《ものなり》。剛毅木訥《がうきぼくとつ》の仁《じん》に近きたぐひ、気稟《きひん》の清質《せいしつ》尤《もつと》も尊《たふと》ぶべし。

卯月朔日《うづきついたち》、御山《おやま》に詣拝《けいはい》す。往昔《そのかみ》此《こ》の御山を二荒山《にくわうさん》と書きしを、空海大師《くうかいだいし》開基《かいき》の時、日光と改め給ふ。千歳《せんざい》未来《みらい》をさとり給ふにや。今《いま》此《こ》の御光《みひかり》一天《いつてん》にかゝやきて、恩沢《おんだく》八《はつ》荒《くわう》にあふれ、四民安堵《しみんあんど》の栖《すみか》穏やかなり。猶《なほ》憚《はばか》り多くて筆をさし置きぬ。

　あらたうと青葉若葉の日の光

　黒髪山《くろかみやま》は霞《かすみ》かゝりて、雪いまだ白し。

　剃捨《そりす》て黒髪山に衣更《ころもがへ》　曾良

曾良《そら》は河合《かはひ》氏《うぢ》にして、惣五郎《そうごらう》と云《い》へり。芭蕉《ばせう》の下葉《したば》に軒をならべて、予《よ》が薪水《しんすゐ》の労をたすく。このたび松しま・象潟《きさがた》の眺め共《とも》にせん事《こと》を悦《よろこ》び、且《かつ》は羇旅《きりよ》の難をいたはらんと、旅立つ暁《あかつき》髪を剃《そ》りて墨染《すみぞめ》にさまをかえ、惣五《そうご》を改めて宗悟《そうご》とす。仍《よ》つて黒髪山の句有《あ》り。「衣更」の二字、力《ちから》ありてきこゆ。

　廿餘丁《にじふよちやう》山を登つて瀧《たき》有り。岩洞《がんとう》の頂《いただき》より飛流《ひりう》して百尺《はくせき》、千岩《せんがん》の碧潭《へきたん》に落ちたり。岩《がん》窟《くつ》に身をひそめ入りて滝の裏よりみれば、うらみの瀧と申傳《まをしつた》え侍《はべ》る也。

　暫時《しばらく》は瀧に籠《こも》るや夏《げ》の初《はじめ》

　那須《なす》の黒《くろ》ばねと云《い》ふ所に知人《しるひと》あれば、是《これ》より野越《のごえ》にかゝりて、直道《すぐみち》をゆかんとす。遙《はる》かに一村《いつそん》を見かけて行くに、雨降り日暮るる。農夫《のうふ》の家に一夜《いちや》をかりて、明くれば又野中《またのなか》を行く。そこに野飼《のがひ》の馬あり。草刈《くさか》るおのこになげきよれば、野夫《やふ》といへどもさすがに情《なさけ》しらぬには非《あら》ず。「いかゞすべきや。されども此《こ》の野は縦横《じゆうわう》にわかれて、うゐうゐ敷《し》き旅人《たびびと》の道ふみたがえん、あやしう侍《はべ》れば、此《こ》の馬のとゞまる所にて馬を返し給《たま》へ」と、かし侍りぬ。ちいさき者ふたり、馬の跡《あと》したひてはしる。独《ひと》りは小姫《こひめ》にて、名をかさねと云ふ。聞きなれぬ名のやさしかりければ、

　かさねとは八重撫子《やへなでしこ》の名成《な》るべし　曾良

頓《やが》て人里《ひとざと》に至《いた》れば、あたひを鞍《くら》つぼに結付《むすびつ》けて馬を返しぬ。

　黒羽《くろばね》の舘代浄坊寺何《くわんだいじやうばうじなに》がしの方《かた》に音信《おとづ》る。思ひがけぬあるじの悦《よろこ》び、日夜《にちや》語りつゞけて、其《そ》の弟桃翠《たうすゐ》など云《い》ふが、朝夕勤《てうせきつと》めとぶらひ、自《みづか》らの家にも伴《ともな》ひて、親属《しんぞく》の方《かた》にもまねかれ、日をふるまゝに、日《ひ》とひ郊外《かうぐわい》に逍遙《せうえう》して犬追物《いぬおふもの》の跡を一見《いつけん》し、那須の篠原《しのはら》をわけて玉藻《たまも》の前《まへ》の古墳《こふん》をとふ。それより八幡宮《はちまんぐう》に詣《まう》づ。「与市扇《よいちあふぎ》の的《まと》を射し時、別《べつ》しては我が国の氏神正八《うぢがみしやうはち》まんとちかひしも

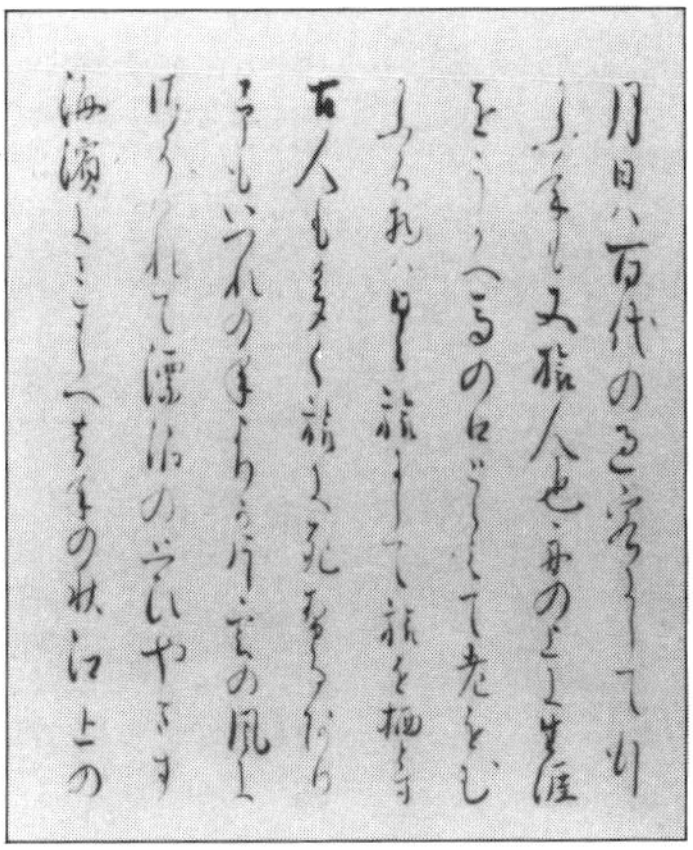

素龍清書本『おくのほそ道』冒頭

此の神社にて侍る」と聞けば、感應殊《かんおうこと》にしきりに覚えらる。暮るれば桃翠宅に帰る。
修験光明寺《しゆげんくわうみやうじ》と云ふ有り。そこにまねかれて行者堂《ぎやうじやだう》を拝《はい》す。

夏山《なつやま》に足駄《あしだ》を拝む首途哉《かどでかな》

当国雲岸寺《たうごくうんがんじ》のおくに佛頂和尚山居《ぶつちやうをしやうさんきよ》の跡あり。

「竪横《たてよこ》の五尺《ごしやく》にたらぬ草《くさ》の庵《いほ》
むすぶもくやし雨なかりせば

と松《まつ》の炭《すみ》して岩に書付《かきつ》け侍《はべ》り」と、いつぞや聞《きこ》え給《たま》ふ。其《そ》の跡みんと雲岸寺に杖《つゑ》を曳《ひ》けば、人ゝ《ひとびと》すゝんで共《とも》にいざなひ、若き人おほく道のほど打ちさはぎて、おぼえず彼《か》の梺《ふもと》に到《いた》る。山はおくあるけしきにて、谷《たに》道遥《みちはる》かに、松・杉《すぎ》黒く、苔《こけ》したゞりて、卯《う》月《づき》の天今猶《てんいまなほ》寒し。十景《じつけい》盡《つ》くる所、橋《はし》をわたつて山門《さんもん》に入《い》る。さて、かの跡はいづくのほどにやと、後《うしろ》の山によぢのぼれば、石上《せきしやう》の小菴岩窟《せうあんがんくつ》にむすびかけたり。妙禅師《めうぜんじ》の死《し》関《くわん》・法雲法師《ほふうんほふし》の石室《せきしつ》をみるがごとし。

木啄《きつつき》も庵《いほ》はやぶらず夏木立《なつこだち》

と、とりあへぬ一句《いつく》を柱に残し侍りし。
是《これ》より殺生石《せつしやうせき》に行く。館代《くわんだい》より馬にて送らる。此《こ》の口付《くちつき》のおのこ、「短冊得《たんじやくえ》させよ」と乞《こ》ふ。やさしき事《こと》を望み侍るものかなと、

野を横に馬牽《ひ》きむけよほとゝぎす

殺生石は温泉《いでゆ》の出《い》づる山陰《やまかげ》にあり。石の毒気《どくき》いまだほろびず、蜂《はち》・蝶《てふ》のたぐひ真砂《まさご》の色の見えぬほどかさなり死す。
又清水《またしみづ》ながるゝの柳《やなぎ》は、蘆野《あしの》の里《さと》にありて、田の畔《くろ》に残る。此の所の郡守戸部某《ぐんしゆこほうなにがし》の、「此の柳みせばや」など、折々《をりをり》にの給《たま》ひ聞《きこ》え給ふを、いづくのほどにやと思ひしを、今日《けふ》、此の柳のかげにこそ立ちより侍りつれ。

田一枚《たいちまい》植ゑて立去《たちさ》る柳かな

心許《こころもと》なき日《ひ》かず重《かさ》なるまゝに、白川《しらかは》の関《せき》にかゝりて旅心《たびごころ》定まりぬ。「いかで都へ」と便求《たよりもと》めしも断也《ことわりなり》。中《なか》にも此の関は三関《さんせき》の一《いつ》にして、風騒《ふうさう》の人《ひと》心をとゞむ。秋風《あきかぜ》を耳に残し、紅葉《もみぢ》を俤《おもかげ》にして、青葉の梢猶《こずゑなほ》あはれ也《なり》。卯《う》の花《はな》の白妙《しろたへ》に茨《むばら》の花の咲きそひて、雪にもこゆる心地《ここち》ぞする。古人冠《こじんかんむり》を正し衣《い》裝《しやう》を改《あらた》めし事《こと》など、清輔《きよすけ》の筆にもとゞめ置かれしとぞ。

卯の花をかざしに関の晴着《はれぎ》かな　曾良

とかくして越行《こえゆ》くまゝに、あぶくま川《がは》を渡る。左に会津根《あひづね》高く、右に岩城《いはき》・相馬《さうま》・三春《みはる》の庄《しやう》、常陸《ひたち》・下野《しもつけ》の地をさかひて山つらなる。かげ沼《ぬま》と云《い》ふ所を行くに、今日《けふ》は空曇《くも》りて物影《ものかげ》うつらず。
すか川《がは》の驛《えき》に等窮《とうきゆう》といふものを尋ねて、四五日とゞめらる。先《ま》づ、「白河の関いかにこえつるや」と問ふ。「長途《ちやうど》のくるしみ身心《しんじん》つかれ、且《かつ》は風景に魂《たましひ》うばゝれ、懐旧《くわいきう》に腸《はらわた》を断《た》ちて、はか〴〵しう思ひめぐらさず。

風流《ふうりう》の初《はじめ》やおくの田植《たうゑ》うた

無下《むげ》にこえんもさすがに」と語れば、脇《わき》・第三《だいさん》とつゞけて三巻《みまき》となしぬ。
此《こ》の宿《しゆく》の傍《かたはら》に、大きなる栗《くり》の木陰《こかげ》をたのみて、世をいとふ僧有《あ》り。橡《とち》ひろふ太山《みやま》もかくやと、閒《しづか》に覚えられて、ものに書付《かきつ》け侍る。其《そ》の詞《ことば》、

栗といふ文字《もじ》は西の木と書きて西方《さいはう》浄土《じやうど》に便《たより》ありと、行基菩薩《ぎやうぎぼさつ》の一生杖《つゑ》にも柱にも此の木を用《もち》ゐ給《たま》ふとかや。

世の人の見《み》付《つ》けぬ花や軒《のき》の栗

等窮《とうきゆう》が宅《たく》を出《い》でて五里計《ごりばかり》、桧皮《ひはだ》の宿《しゆく》を離れて、あさか山《やま》有《あ》り。路《みち》より近し。此《こ》のあたり沼《ぬま》多し。かつみ刈《か》る比《ころ》もやゝ近うなれば、「いづれの草を花かつみとは云《い》ふぞ」と、人々《ひとびと》に尋ね侍《はべ》れども、更《さら》に知る人なし。沼を尋ね人にとひ、「かつみ〱」と尋ねありきて、日は山の端《は》にかゝりぬ。二本松《にほんまつ》より右にきれて、黒塚《くろづか》の岩屋一見《いはやいつけん》し、福嶋《ふくしま》に宿《やど》る。

あくれば、しのぶもぢ摺《ずり》の石を尋ねて、忍《しの》ぶのさとに行く。遙《はる》か山陰《やまかげ》の小里《こざと》に、石半《なか》ば土に埋《うづ》れてあり。里の童部《わらべ》の来《きた》りて教へける、「昔《むかし》は山の上に侍《はべ》りしを、往来《ゆきき》の人の麦草《むぎくさ》をあらして此の石を試《こころ》み侍るをにくみて、此の谷につき落《おと》せば、石の面下《おもてした》ざまにふしたり」と云《い》ふ。さもあるべき事《こと》にや。

早苗《さなへ》とる手もとや昔《むかし》しのぶ摺《ずり》

月《つき》の輪《わ》のわたしを越えて、瀬《せ》の上《うへ》と云ふ宿《しゆく》に出《い》づ。「佐藤庄司《さとうしやうじ》が旧跡《きうせき》は左の山際一《やまぎはいち》里半斗《りはんばかり》に有り、飯塚《いひづか》の里鯖野《さばの》」と聞きて、尋ね〱行くに、丸山《まるやま》と云ふに尋ねあたる。「是《これ》庄司が旧舘也《きうくわんなり》。梺《ふもと》に大手《おほて》の跡《あと》」など、人の教ゆるにまかせて泪《なみだ》を落《おと》し、又《また》かたはらの古寺《ふるでら》に一家《いつけ》の石碑《せきひ》を残す。中にも二人《ふたり》の嫁《よめ》がしるし、先《ま》づ哀《あは》れ也《なり》。女なれどもかひ〲しき名の世に聞えつる物かなと、袂《たもと》をぬらしぬ。堕涙《だるゐ》の石碑も遠きにあらず。寺に入《い》りて茶を乞《こ》へば、爰《ここ》に義経《よしつね》の太刀《たち》・弁慶《べんけい》が笈《おひ》をとゞめて什物《じふもつ》とす。

笈も太刀も五月《さつき》にかざれ帋幟《かみのぼり》

五月朔日《さつきついたち》の事也《ことなり》。

其《そ》の夜《よ》飯塚にとまる。温泉《いでゆ》あれば湯に入《い》りて宿《やど》をかるに、土坐《どざ》に莚《むしろ》を敷きてあやしき貧家也《ひんかなり》。灯《ともしび》もなければゐろりの火《ほ》かげに寐所《ねどころ》をまうけて臥《ふ》す。夜《よる》に入りて雷鳴《かみな》り雨しきりに降りて、臥《ふ》せる上よりもり、蚤《のみ》・蚊《か》にせゝられて眠らず。持病《ぢびやう》さへおこりて消《き》え入《い》る斗《ばかり》になん。

短夜《みじかよ》の空もやう〱明くれば、又《また》旅立ちぬ。猶《なほ》夜の余波《なごり》心すゝまず、馬かりて桑折《こをり》の驛に出づる。遙《はる》かなる行末《ゆくすゑ》をかゝえて、斯《かか》る病覚束《やまひおぼつか》なしといへど、羇旅邊土《きりよへんど》の行脚《あんぎや》、捨身無常《しやしんむじやう》の観念《くわんねん》、道路《だうろ》にしなん是天《これてん》の命《めい》なりと、気力聊《きりよくいささ》かとり直し、路縦横《みちじうわう》に踏《ふ》んで伊達《だて》の大木戸《おほきど》をこす。

鐙摺《あぶみずり》・白石《しろいし》の城《じやう》を過ぎ、笠嶋《かさじま》の郡《こほり》に入《い》れば、藤中将実方《とうのちゆうじやうさねかた》の塚《つか》はいづくのほどならんと、人にとへば、「是《これ》より遙《はる》か右に見ゆる山際《やまぎは》の里をみのわ・笠嶋と云ひ、道祖神《だうそじん》の社《やしろ》・かた見《み》の薄今《すすきいま》にあり」と教ゆ。此《こ》の比《ころ》の五月雨《さみだれ》に道いとあしく、身《み》つかれ侍《はべ》れば、よそながら眺めやりて過ぐるに、蓑輪《みのわ》・笠嶋も五月雨の折《をり》にふれたりと、

笠嶋はいづこさ月《つき》のぬかり道

岩沼《いはぬま》に宿《やど》る。

武隈《たけくま》の松にこそめ覚《さ》むる心地《ここち》はすれ。根は土際《つちぎは》より二木《ふたき》にわかれて、昔の姿うしな

はずとしらる。先《ま》づ能因法師《のういんほふし》思ひ出《い》づ。往《その》昔《かみ》むつのかみにて下《くだ》りし人、此《こ》の木を伐《き》りて名取川《なとりがは》の橋杭《はしぐひ》にせられたる事《こと》などあればにや、「松は此のたび跡《あと》もなし」とは詠《よ》みたり。代《よ》ゝ《よ》あるは伐り、あるひは植継《うゑつ》ぎなどせしと聞くに、今将千歳《いまはたちとせ》のかたちとゝのほひて、めでたき松のけしきになん侍りし。

「武隈の松みせ申せ遅桜《おそざくら》」と挙白《きよはく》と云《い》ふものゝ餞別《せんべつ》したりければ、

桜より松は二木《ふたき》を三月越《みつきこ》シ

名取川《なとりがは》を渡つて仙臺《せんだい》に入《い》る。あやめふく日也《なり》。旅宿《りよしゆく》をもとめて、四五日逗留《しごにちとうりう》す。爰《ここ》に畫工加右衛門《ぐわこうかゑもん》と云《い》ふものあり。聊《いささ》か心ある者と聞きて知《し》る人《ひと》になる。この者、「年比《としごろ》さだかならぬ名《な》どころを考置《かんがへお》き侍《はべ》れば」とて、一日《ひとひ》案内《あない》す。宮城野《みやぎの》の萩《はぎ》茂りあひて、秋の気色《けしき》思ひやらるゝ。玉田《たまだ》・よこ野・つゝじが岡はあせび咲くころ也《なり》。日影《ひかげ》ももらぬ松の林に入りて、爰《ここ》を木《き》の下《した》と云ふとぞ。昔もかく露ふかければこそ、「みさぶらひみかさ」とはよみたれ。薬師堂《やくしだう》・天神《てんじん》の御《み》社《やしろ》など拝みて、其《そ》の日はくれぬ。猶松嶋《なほまつしま》・塩《しほ》がまの所々《ところどころ》、畫《ゑ》に書きて送る。且紺《かつこん》の染《そめ》緒《を》つけたる草鞋二足餞《わらぢにそくはなむけ》す。さればこそ風流《ふうりう》のしれもの、爰《ここ》に至《いた》りて其《そ》の実《じつ》を顕《あら》はす。

あやめ艸《ぐさ》足に結ばん草鞋の緒

かの畫圖《ぐわと》にまかせてたどり行けば、おくの細道《ほそみち》の山際《やまぎは》に十符《とふ》の菅《すげ》有《あ》り。今も年ゝ《としどし》十符の菅菰《すがごも》を調《ととの》へて国守《こくしゆ》に献《けん》ずと云へり。

壺碑《つぼのいしぶみ》　市川村《いちかはむら》多賀城に有り。

つぼの石ぶみは高サ六尺餘、横三尺斗歟《ばかりか》。苔《こけ》を穿《うが》ちて文字《もじ》幽也《かすかなり》。四維《しゆい》国界の数里《すり》をしるす。「此《こ》の城、神亀《じんき》元年、按察使《あぜち》鎮守府《ちんじゆふ》将軍大野朝臣東人之所置也《おほののあそんあづまひとのおくところなり》。天平宝字《てんぴやうはうじ》六年、参議東海東山節度《さんぎとうかいとうせんせつど》使同将軍恵美朝臣　獦修《しおなじくしやうぐんゑみのあそんあさかりしゆ》造《ざう》而、十二月朔日《ついたち》」と有り。聖武皇帝《しやうむくわうてい》の御《おほん》時《とき》に当《あた》れり。

むかしよりよみ置ける歌枕《うたまくら》おほく語傳《かたりつた》ふといへども、山崩《くづ》れ川流れて道あらたまり、石は埋《うづも》れて土にかくれ、木は老いて若木《わかき》にかはれば、時《とき》移り代《よ》変じて、其《そ》の跡たしかならぬ事《こと》のみを、爰《ここ》に至りて疑ひなき千歳《せんざい》の記念《かたみ》、今眼前《がんぜん》に古人《こじん》の心を閲《けみ》す。行脚《あんぎや》の一徳《いつとく》、存命《ぞんめい》の悦《よろこ》び、羇旅《きりよ》の労《らう》をわすれて、泪《なみだ》も落つるばかり也《なり》。

それより野田《のだ》の玉川《たまがは》・沖《おき》の石《いし》を尋ぬ。末《すゑ》の松山《まつやま》は寺を造りて末松山《まつしようざん》といふ。松のあひ〱皆《みな》墓はらにて、はねをかはし枝をつらぬる契《ちぎり》の末も、終《つひ》にはかくのごときと、悲しさも増《まさ》りて、塩《しほ》がまの浦に入相《いりあひ》のかねを聞く。五月雨《さみだれ》の空聊《いささ》かはれて、夕月夜《ゆふづくよ》幽《かすか》に、籬《まがき》が嶋《しま》もほど近し。蜑《あま》の小舟《をぶね》こぎつれて、肴《さかな》わかつ聲《こゑ》〱《こゑ》に、「つなでかなしも」とよみけん心もしられて、いとゞ哀《あは》れ也《なり》。其《そ》の夜《よ》、目盲法師《めくらほふし》の琵琶《びは》をならして奥上《おくじやう》るりと云《い》ふものをかたる。平家《へいけ》にもあらず、舞《まひ》にもあらず、ひなびたる調子《てうし》うち上《あ》げて、枕ちかうかしましけれど、さすがに邊土《へんど》の遺風《ゐふう》忘れざるものから、殊勝《しゆしよう》に覚えらる。

早朝《さうてう》塩がまの明神《みやうじん》に詣《まう》づ。國守再興《こくしゆさいこう》せられて、宮柱《みやばしら》ふとしく彩椽《さいてん》きらびやかに、石の階九仭《きざはしきうじん》に重なり、朝日あけの玉がきをかゝやかす。かゝる道の果塵土《はてぢんど》の境《さかひ》まで、神《しん》霊《れい》あらたにましますこそ吾《わ》が国の風俗《ふうぞく》なれと、いと貴《たふと》けれ。

神前《しんぜん》に古き宝燈《はうとう》有り。かねの戸びらの面《おもて》に、「文治《ぶんぢ》三年和泉《いづみの》三郎《さぶらう》奇進《きしん》」と有り。五《ご》百年来《ひやくねんらい》の俤《おもかげ》、今目の前にうかびて、そゞろに珍し。渠《かれ》は勇義忠孝《ゆうぎちゆうかう》の士也《しなり》。佳命《かめい》今に至《いた》りてしたはずといふ事《こと》なし。誠《まこと》に、「人能《よ》く道を勤《つと》め、義《ぎ》を守るべし。名もまた是《これ》にしたがふ」と云《い》へり。

日《ひ》既《すで》に午《ご》にちかし。船をかりて松嶋《まつしま》にわたる。其《そ》の間《あひ》二里《にり》餘《よ》、雄嶋《をじま》の礒《いそ》につく。

抑《そもそも》ことふりにたれど松嶋《まつしま》は扶桑第一《ふさうだいいち》の好《かう》風《ふう》にして、凡《およ》て洞庭《とうてい》・西湖《せいこ》を恥《は》ぢず。東南より海を入れて、江《え》の中三里、浙江《せつかう》の潮《うしほ》をたゝふ。嶋《しま》〳〵《じま》の数を盡《つく》して、欹《そばだ》つものは天を指《ゆびさ》し、ふすものは波に匍匐《はらば》ふ。あるは二重《ふたへ》にかさなり三重《みへ》に畳《たた》みて、左にわかれ右につらなる。負《お》へるあり抱《いだ》けるあり、児《じ》孫《そん》愛すがごとし。松の緑こまやかに、枝葉《しえふ》汐風《しほかぜ》に吹きたはめて、屈曲《くつきよく》をのづからためたるがごとし。其《そ》の気色《けしき》窅然《えうぜん》として、美人《びじん》の顔《かんばせ》を粧《よそほ》ふ。ちはや振《ふ》る神のむかし、大山《おほやま》ずみのなせるわざにや。造化《ざうくわ》の天工《てんこう》、いづれの人か筆をふるひ詞《ことば》を盡《つく》さむ。

雄嶋《をじま》が礒《いそ》は地《ち》つゞきて、海に出《い》でたる嶋《しま》也《なり》。雲居禅師《うんごぜんじ》の別室《べつしつ》の跡・坐禅石《ざぜんせき》など有《あ》り。将《はた》松の木陰《こかげ》に世をいとふ人も稀《まれ》〳〵《まれ》見え侍《はべ》りて、落穂《おちぼ》・松笠《まつかさ》など打ちけふりたる草の庵《いほり》閑《しづか》に住みなし、いかなる人とはしられずながら、先《ま》づなつかしく立寄《たちよ》るほどに、月《つき》海にうつりて、昼のながめ又《また》あらたむ。江《かう》上《しやう》に帰りて宿を求むれば、窓をひらき二階《にかい》を作りて、風雲《ふううん》の中に旅寐《たびね》するこそ、あやしきまで妙《たへ》なる心地《ここち》はせらるれ。

松嶋や鶴に身をかれほとゝぎす　曾良

予《よ》は口をとぢて、眠らんとしていねられず。旧庵《きうあん》をわかるゝ時、素堂《そだう》松嶋の詩《し》あり、原安適《はらあんてき》松がうらしまの和歌《わか》を贈《おく》らる。袋《ふくろ》を解《と》きてこよひの友とす。且《かつ》杉風《さんぷう》・濁子《ぢよくし》が発《ほつ》句《く》あり。

十一日、瑞岩寺《ずゐがんじ》に詣《まう》づ。当寺《たうじ》三十二世の昔、真壁《まかべ》の平四郎《へいしらう》出家《しゆつけ》して入唐《につたう》、帰朝《きてう》の後《のち》開山《かいさん》す。其《そ》の後に雲居禅師の徳化に依《よ》りて、七堂《しちだう》甍《いらか》改《あらたま》りて、金壁荘嚴《こんぺきしやうごん》光を輝《かかや》かし、仏土《ぶつど》成就《じやうじゆ》の大伽藍《だいがらん》とはなれりける。彼《か》の見仏《けんぶつ》聖《ひじり》の寺はいづくにやとしたはる。

十二日、平和泉《ひらいづみ》と心ざし、あねはの松・緒《を》だえの橋《はし》など聞傳《ききつた》へて、人跡稀《じんせきまれ》に雉兎蒭《ちとすう》蕘《ぜう》の往《ゆ》きかふ道そこともわかず、終《つひ》に路《みち》ふみたがえて、石《いし》の巻《まき》といふ湊《みなと》に出《い》づ。「こがね花咲く」とよみて奉《たてまつ》りたる金花山《きんくわさん》海上《かいしやう》に見わたし、数百《すはく》の廻船入江《くわいせんいりえ》につどひ、人家《じんか》

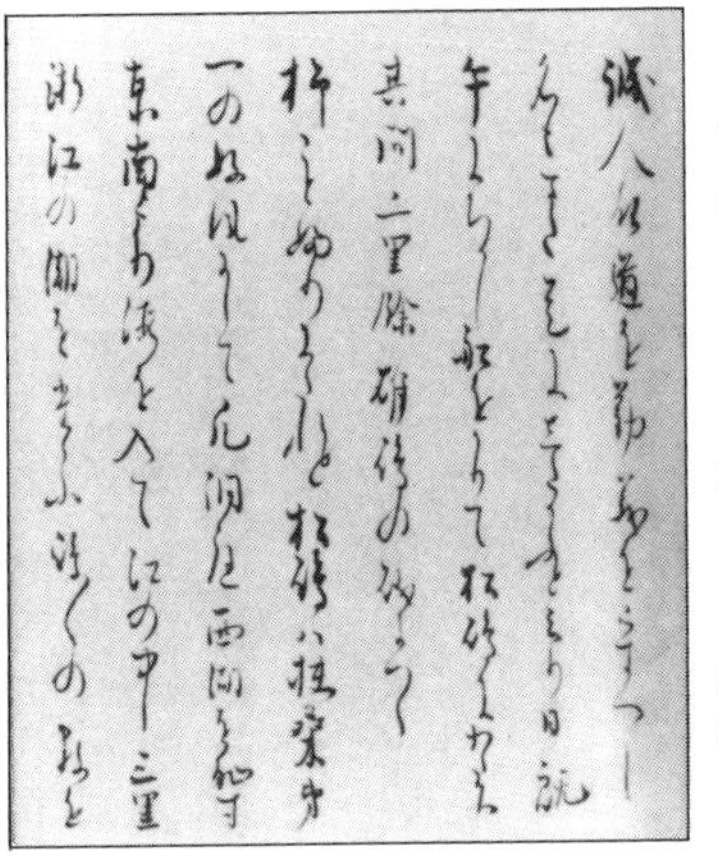

素龍清書本・松島

地をあらそひて竈《かまど》の煙立ちつゞけたり。思ひがけず斯《かか》る所にも来《きた》れる哉《かな》と、宿からんとすれど、更《さら》に宿かす人なし。

漸《やうやう》まどしき小家《こいへ》に一夜《いちや》をあかして、明くれば又《また》しらぬ道まよひ行く。袖《そで》のわたり・尾《を》ぶちの牧《まき》・まのゝ萱《かや》はらなどよそめにみて、遙《はる》かなる堤《つつみ》を行く。心細き長沼《ながぬま》にそふて、戸伊摩《といま》と云《い》ふ所に一宿《いっしゅく》して、平泉に到《いた》る。其《そ》の間廿余里《あひにじふより》ほどゝおぼゆ。

三代《さんだい》の栄耀一睡《ええういっすい》の中にして、大門《だいもん》の跡《あと》は一里こなたに有《あ》り。秀衡《ひでひら》が跡は田野《でんや》に成《な》りて、金鶏山《きんけいざん》のみ形を残す。先《ま》づ高舘《たかだち》にのぼれば、北上川南部《きたかみがはなんぶ》より流るゝ大河《たいが》也《なり》。衣川《ころもがは》は和泉《いづみ》が城《じやう》をめぐりて、高舘の下《もと》にて大河に落入《おちい》る。康衡等《やすひらら》が旧跡《きうせき》は、衣《ころも》が関《せき》を隔《へだ》てて南部口《なんぶぐち》をさし堅《かた》め、夷《えぞ》をふせぐとみえたり。偖《さて》も義臣《ぎしん》すぐつて此《こ》の城《じやう》にこもり、功《こう》名一時《めいいちじ》の叢《くさむら》となる。「国《くに》破れて山河《さんが》あり、城《じやう》春にして草《くさ》青みたり」と、笠打敷《かさうちし》きて時のうつるまで泪《なみだ》を落《おと》し侍《はべ》りぬ。

夏草《なつくさ》や兵《つはもの》どもが夢の跡

卯《う》の花《はな》に兼房《かねふさ》みゆる白毛《しらが》かな　曾良《そら》

兼《かね》て耳驚《みみおどろ》かしたる二堂開帳《かいちやう》す。経堂《きやうだう》は三将の像をのこし、光堂《ひかりだう》は三代の棺《ひつぎ》を納《をさ》め、三尊《さんぞん》の仏を安置《あんぢ》す。七宝《しっぱう》散りうせて、珠《たま》の扉《とびら》風にやぶれ、金《こがね》の柱霜雪《さうせつ》に朽《く》ちて、既《すで》に頽廃空虚《たいはいくうきよ》の叢《くさむら》と成《な》るべきを、四面新《しめんあらた》に囲みて、甍《いらか》を覆《おほ》ひて風雨《ふうう》を凌《しの》ぎ、暫時千歳《しばらくせんざい》の記念《かたみ》とはなれり。

五月雨《さみだれ》の降りのこしてや光堂

南部道《なんぶみち》遙《はる》かにみやりて、岩手《いはで》の里《さと》に泊《とま》る。小黒崎《をぐろさき》・みづの小嶋《こじま》を過ぎて、なるごの湯より尿前《しとまへ》の関《せき》にかゝりて、出羽《では》の国に越えんとす。此《こ》の路旅人稀《たびびとまれ》なる所なれば、関守《せきもり》にあやしめられて、漸《やうやう》として関をこす。大山《たいざん》をのぼつて日既《すで》に暮れければ、封人《ほうじん》の家を見かけて舎《やどり》を求《もと》む。三日風雨《ふうう》あれて、よしなき山中《さんちゆう》に逗留《とうりう》す。

蚤虱《のみしらみ》馬の尿《しと》する枕《まくら》もと

あるじの云《い》ふ、是《これ》より出羽《では》の国に大山《たいざん》を隔《へだ》てて道さだかならざれば、道しるべの人を頼みて越ゆべきよしを申す。「さらば」と云《い》ひて人を頼み侍《はべ》れば、究竟《くっきやう》の若者《わかもの》、反《そり》脇指《わきざし》をよこたえ、樫《かし》の杖《つゑ》を携《たづさ》へて、我《われ》〱《われ》が先に立ちて行く。けふこそ必《かなら》ずあやうきめにもあふべき日なれと、辛《から》き思ひをなして後《うしろ》について行く。あるじの云《い》ふにたがはず、高山森ゝ《かうざんしんしん》として一鳥《いってう》聲きかず、木《こ》の下《した》闇《やみ》茂りあひて、夜《よ》る行くがごとし。雲端《うんたん》につちふる心地《ここち》して、篠《しの》の中踏分《ふみわ》け〱《ふみわけ》、水をわたり岩に蹶《つまづ》いて、肌《はだへ》につめたき汗《あせ》を流して、最上《もがみ》の庄《しやう》に出《い》づ。かの案内《あない》せしおのこの云《い》ふやう、「此《こ》のみち必ず不用《ぶよう》の事有《ことあ》り。恙《つつが》なうをくりまいらせて仕合《しあは》せしたり」と、よろこびてわかれぬ。跡《あと》に聞きてさへ胸とゞろくのみ也《なり》。

尾花澤《をばねざは》にて清風《せいふう》と云《い》ふ者を尋ぬ。かれは富《と》めるものなれども、志《こころざし》いやしからず。都にも折ゝ《をりをり》かよひて、さすがに旅の情《なさけ》をも知りたれば、日比《ひごろ》とゞめて、長途《ちやうど》のいたはりさま〴〵にもてなし侍《はべ》る。

涼しさを我《わ》が宿《やど》にしてねまる也《なり》

這出《はひい》でよかひやが下のひきの聲

まゆはきを俤《おもかげ》にして紅粉《べに》の花
　蠶飼《こがひ》する人は古代《こだい》のすがた哉《かな》　曾良《そら》

山形領《やまがたりやう》に立石寺《りふしやくじ》と云《い》ふ山寺《やまでら》あり。慈覺大師《じかくだい》師《し》の開基《かいき》にして、殊《こと》に清閑《せいかん》の地《ち》也《なり》。一見《いつけん》すべきよし、人々《ひとびと》のすゝむるに依《よ》りて、尾花沢よりとつて返し、其《そ》の間《あひ》七里《しちり》ばかり也。日いまだ暮れず。梺《ふもと》の坊《ばう》に宿かり置きて、山上《さんじやう》の堂にのぼる。岩に巌《いはほ》を重ねて山とし、松栢年旧《しようはくとしふ》り土石《どせき》老いて苔滑《こけなめら》かに、岩上《がんしやう》の院《ゐん》ゝ扉《ゐんとびら》を閉ぢて物の音きこえず。岸をめぐり岩を這《は》ひて仏閣《ぶつかく》を拝し、佳景寂寞《かけいじやくまく》として心すみ行くのみおぼゆ。
　閑《しつか》さや岩にしみ入る蟬《せみ》の聲

最上川《もがみがは》のらんと、大石田《おほいしだ》と云ふ所に日和《ひより》を待つ。爰《ここ》に古き誹諧《はいかい》の種こぼれて、忘れぬ花のむかしをしたひ、芦角一聲《ろかくいつせい》の心をやはらげ、此《こ》の道にさぐりあしゝて、新古《しんこ》ふた道にふみまよふといへども、みちしるべする人しなければと、わりなき一巻《ひとまき》残しぬ。このたびの風流爰《ふうりうここ》に至れり。

最上川はみちのくより出《い》でて山形を水上《みなかみ》とす。ごてん・はやぶさなど云ふおそろしき難所《なんじよ》有《あ》り。板敷山《いたじきやま》の北を流れて、果《はて》は酒田《さかた》の海に入《い》る。左右《さいう》山覆《おほ》ひ、茂《しげ》みの中に船を下《くだ》す。是《これ》に稲《いね》つみたるをや、いな船《ぶね》といふならし。白糸《しらいと》の瀧《たき》は青葉の隙《ひま》々《ひま》に落ちて、仙人堂《せんにんだう》岸に臨《のぞ》みて立つ。水みなぎつて舟あやうし。
　五月雨《さみだれ》をあつめて早し最上川

六月三日、羽黒山《はぐろさん》に登《のぼ》る。圖司左吉《づしさきち》と云《い》ふ者を尋ねて、別当代《べつたうだい》會覚阿闍利《えがくあじやり》に謁《えつ》す。南谷《みなみだに》の別院《べつゐん》に舎《やど》りして、憐愍《れんみん》の情《じやう》こまやかにあるじせらる。
四日、本坊《ほんばう》にをゐて誹諧興行《はいかいこうぎやう》。
　有難《ありがた》や雪をかほらす南谷

五日、權現《ごんげん》に詣《まう》づ。當山開闢能除大師《たうざんかいびやくのうぢよだいし》は、いづれの代《よ》の人と云《い》ふ事《こと》をしらず。延喜式《えんぎしき》に「羽州里山《うしうさとやま》の神社」と有り。書寫《しよしや》、黒の字を里山となせるにや、羽州黒山《くろやま》を中略《ちゆうりやく》して羽黒山《はぐろさん》と云ふにや。出羽《では》といへるは、「鳥の毛羽《まうう》を此《こ》の国の貢《みつぎもの》に献《たてまつ》る」と、風土記《ふどき》に侍《はべ》るとやらん。

月山《ぐわつさん》・湯殿《ゆどの》を合《あは》せて三山《さんざん》とす。當寺武江《たうじぶかう》東叡《とうえい》に属《しよく》して、天台止觀《てんだいしくわん》の月明《あき》らかに、円頓融通《えんどんゆづう》の法《のり》の灯《ともしび》かゝげそひて、僧坊棟《そうばうむね》をならべ、修験行法《しゆげんぎやうぼふ》を勵《はげ》まし、灵山霊地《れいざんれいち》の験効《げんかう》、人貴《たふと》び且《かつ》恐る。繁栄長《はんえいとこしなへ》にして、めで度御山《たきおやま》と謂《い》ひつべし。

八日、月山にのぼる。木綿《ゆふ》しめ身に引きかけ、寶冠《ほうくわん》に頭《かしら》を包み、強力《がうりき》と云ふものに道びかれて、雲霧山気《うんむさんき》の中に氷雪《ひやうせつ》を踏《ふ》んでのぼる事《こと》八里、更《さら》に日月行道《じつげつぎやうだう》の雲関《うんくわん》に入《い》るかとあやしまれ、息《いき》絶え身こゞえて頂上《ちやうじやう》に臻《いた》れば、日没《ぼつ》して月顕《あらは》る。笹《ささ》を鋪《し》き篠《しの》を枕として、臥《ふ》して明くるを待つ。日出《い》でて雲消ゆれば湯殿に下《くだ》る。

谷の傍《かたはら》に鍛冶小屋《かぢこや》と云《い》ふ有《あ》り。此《こ》の国の鍛冶《かぢ》、霊水《れいすゐ》を撰《えら》びて爰《ここ》に潔斎《けつさい》して劔《つるぎ》を打ち、終《つひ》に月山と銘《めい》を切つて世に賞せらる。彼《か》の龍泉《りゆうせん》に劔を淬《にら》ぐとかや、干将《かんしやう》・莫耶《ばくや》のむかしをしたふ。道に堪能《かんのう》の執《しふ》あさからぬ事しられたり。

岩に腰かけてしばしやすらふほど、三尺

ばかりなる桜のつぼみ半《なが》ばひらけるあり。ふり積む雪の下に埋《うづも》れて、春を忘れぬ遅《おそ》ざくらの花の心わりなし。炎天《えんてん》の梅花《ばいくわ》爰《ここ》にかほるがごとし。行尊僧上《ぎやうそんそうじやう》の哥《うた》の哀《あは》れも爰《ここ》に思ひ出《い》でて、猶《なほ》まさりて覚《おぼ》ゆ。惣而《そうじて》此《こ》の山中の微細《みさい》、行者《ぎやうじや》の法式《ほふしき》として、他言《たごん》する事《こと》を禁《きん》ず。仍《よ》つて筆をとゞめて記《しる》さず。坊《ばう》に帰れば、阿闍梨《あじやり》の需《もと》めに依りて、三山順礼《さんざんじゆんれい》の句〻《くく》短冊《たんじやく》に書く。

涼しさやほの三《み》か月《づき》の羽黒山《はぐろさん》

雲の峯幾《いく》つ崩《くづ》れて月の山

語られぬ湯殿《ゆどの》にぬらす袂《たもと》かな

湯殿山《ゆどのさん》銭《ぜに》ふむ道の泪《なみだ》かな　曾良

羽黒《はぐろ》を立ちて鶴が岡《をか》の城下《じやうか》長山氏重行《ながやまうぢぢゆうかう》と云《い》ふ物《もの》のふの家にむかへられて、誹諧《はいかい》一巻《ひとまき》有《あ》り。左吉《さきち》も共《とも》に送りぬ。川舟《かはぶね》に乗りて酒田《さかた》の湊《みなと》に下《くだ》る。渕庵不玉《えんあんふぎよく》と云ふ醫師《くすし》の許《もと》を宿とす。

あつみ山や吹浦《ふくうら》かけて夕すゞみ

暑き日を海にいれたり最上川《もがみがは》

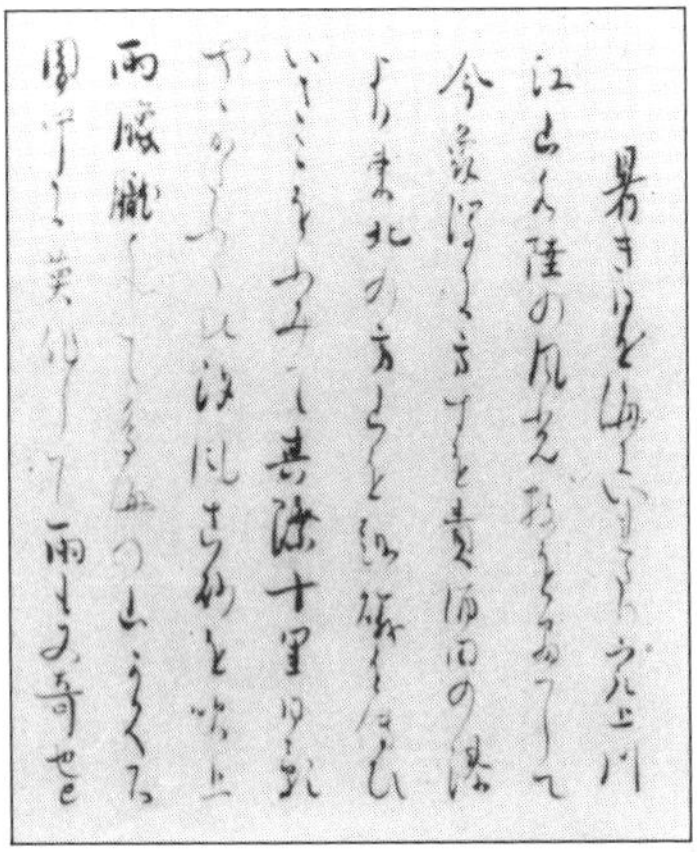

素龍清書本・象潟

江山水陸《かうざんすゐりく》の風光《ふうくわう》数を盡《つく》して、今象潟《きさがた》に方《はう》寸《すん》を責《せ》む。酒田の湊《みなと》より東北の方《かた》、山を越え磯《いそ》を傳《つた》ひいさごをふみて、其《そ》の際《きは》十里、日影《ひかげ》やゝかたぶく比《ころ》、汐風《しほかぜ》真砂《まさご》を吹上《ふきあ》げ、雨朦朧《もうろう》として鳥海《てうかい》の山かくる。闇中《あんちゆう》に莫作《まくさ》して、「雨も又奇也《またきなり》」とせば、雨後《うご》の晴色《せいしよく》又《また》頼母《たのもし》敷きと、蜑《あま》の苫屋《とまや》に膝《ひざ》をいれて雨の晴るゝを待つ。其《そ》の朝《あした》、天能《てんよ》く霽《は》れて朝日《あさひ》花やかにさし出《い》づる程《ほど》に、象潟に舟をうかぶ。先《ま》づ能因《のういん》嶋《じま》に舟をよせて、三年幽居《いうきよ》の跡をとぶらひ、むかふの岸に舟をあがれば、「花の上こぐ」とよまれし桜の老木《おいき》、西行法師の記念《かたみ》をのこす。江上《かうしやう》に御陵《みささぎ》あり、神功后宮《じんぐうこうぐう》の御《み》墓《はか》と云《い》ふ。寺を干満珠寺《かんまんじゆじ》と云ふ。此《こ》の處《ところ》に行幸《みゆき》ありし事《こと》いまだ聞かず。いかなる事にや。此の寺の方丈《はうぢやう》に座《ざ》して簾《すだれ》を捲《ま》けば、風景一眼《いちがん》の中に盡《つ》きて、南に鳥海天《てん》をさゝえ、其の陰《かげ》うつりて江《え》にあり。西はむや〱の関路《せきぢ》をかぎり、東に堤《つつみ》を築きて秋田《あきた》にかよふ道遥《はる》かに、海《うみ》北にかまえて浪打入《なみうちい》る所を汐《しほ》こしと云ふ。江《え》の縦横《じゆうわう》一里ばかり、俤《おもかげ》松嶋《まつしま》にかよひて又異《またこと》なり。松嶋は笑ふが如《ごと》く、象潟はうらむがごとし。寂《さび》しさに悲しみをくはえて、地勢魂《ちせいたましひ》をなやますに似《に》たり。

象潟や雨に西施《せいし》がねぶの花

汐越《しほこし》や鶴はぎぬれて海涼し

祭礼

象潟や料理何《なに》くふ神祭《かみまつり》　曾良

蜑《あま》の家《や》や戸板《といた》を敷きて夕涼み　みのゝ国の商人《あきんど》低耳《ていじ》

岩上《がんしやう》に雎鳩《みさご》の巣《す》をみる

波こえぬ契《ちぎり》ありてやみさごの巣　曾良

酒田《さかた》の余波《なごり》日を重《かさ》ねて、北陸道《ほくろくだう》の雲に望《のぞ》む。遙ゝ《えうえう》のおもひ胸をいたましめて、加賀《かが》の府《ふ》まで百卅里と聞く。鼠《ねず》の関《せき》をこゆれば越後《ゑちご》の地に歩行《あゆみ》を改めて、越中《ゑつちゆう》の国一《いち》ぶりの関に到《いた》る。此《こ》の間《かん》九日、暑湿《しよしつ》の労《らう》に神《しん》をなやまし、病《やまひ》おこりて事《こと》をしるさず。

文月《ふみづき》や六日《むいか》も常《つね》の夜《よ》には似ず
荒海《あらうみ》や佐渡《さど》によこたふ天河《あまのがは》

今日《けふ》は親しらず・子しらず・犬もどり・駒返《こまがへ》しなど云《い》ふ北国一《ほつこくいち》の難所《なんじよ》を越えてつかれ侍《はべ》れば、枕《まくら》引きよせて寐《ね》たるに、一間《ひとま》隔《へだ》てて面《おもて》の方《かた》に、若き女の聲二人斗《ふたりばかり》ときこゆ。年老いたるおのこの聲も交《まじ》りて物語《ものがたり》するをきけば、越後《ゑちご》の国新潟《にひがた》と云ふ所の遊女《いうぢよ》成《な》りし、伊勢参宮《いせさんぐう》するとて、此の関までおのこの送りて、あすは古郷《ふるさと》にかへす文《ふみ》したゝめて、はかなき言傳《ことづて》などしやる也《なり》。「白浪《しらなみ》のよする汀《みぎは》に身をはふらかし、あまのこの世をあさましう下《くだ》りて、定めなき契《ちぎり》、日ゝ《ひび》の業因《ごふいん》、いかにつたなし」と、物《もの》云《い》ふをきく〱寐入《ねい》りて、あした旅立つに、我〱《われわれ》にむかひて、「行衛《ゆくゑ》しらぬ旅路《たびぢ》のうさ、あまり覚束《おぼつか》なう悲しく侍《はべ》れば、見えがくれにも御跡《おんあと》をしたひ侍らん。衣の上の御《おん》情《なさけ》に、大慈《だいじ》のめぐみをたれて結縁《けちえん》せさせ給《たま》へ」と泪《なみだ》を落《おと》す。不便《ふびん》の事には侍れども、「我〱は所ゝ《ところどころ》にてとゞまる方《かた》おほし。只《ただ》人の行くにまかせて行くべし。神明《しんめい》の加護《かご》かならず恙《つつが》なかるべし」と、云捨《いひす》てて出《い》でつゝ、哀《あはれ》さしばらくやまざりけらし。

一家《ひとつや》に遊女《いうぢよ》もねたり萩《はぎ》と月

曾良《そら》にかたれば、書きとゞめ侍る。

くろべ四十八か瀬とかや、数しらぬ川をわたりて那古《なご》と云ふ浦《うら》に出《い》づ。擔籠《たこ》の藤浪《ふぢなみ》は春ならずとも、初秋《はつあき》の哀《あは》れとふべきものをと、人に尋ぬれば、「是《これ》より五里いそ傳《づた》ひして、むかふの山陰《やまかげ》にいり、蜑《あま》の苫《とま》ぶきかすかなれば、蘆《あし》の一夜《ひとよ》の宿かすものあるまじ」と、いひをどされてかゞの国に入《い》る。

わせの香《か》や分入《わけい》る右は有磯海《ありそうみ》

卯《う》の花山《はなやま》・くりからが谷をこえて、金沢《かなざは》は七月中《なか》の五日也《いつかなり》。爰《ここ》に大坂《おほざか》よりかよふ商《あき》人《んど》何處《かしよ》と云《い》ふ者有《あ》り。それが旅宿《りよしゆく》をともにす。一笑《いつせう》と云ふものは、此《こ》の道にすける名のほの〲聞《きこ》えて、世に知人《しるひと》も侍《はべ》りしに、去年《こぞ》の冬早世《さうせい》したりとて、其《そ》の兄追善《つゐぜん》を催《もよほ》すに、

塚《つか》も動け我が泣く聲は秋の風

ある草庵《さうあん》にいざなはれて
秋涼し手毎《てごと》にむけや瓜茄子《うりなすび》

途中唫《とちゆうぎん》
あか〱と日は難面《つれなく》もあきの風

小松《こまつ》と云ふ所にて
しほらしき名や小松吹く萩《はぎ》すゝき

此《こ》の所太田《ただ》の神社に詣《まう》づ。真盛《さねもり》が甲《かぶと》・錦《にしき》の切《きれ》あり。往昔《そのかみ》源氏《げんじ》に属《しよく》せし時、義朝公《よしともこう》より給《たま》はらせ給ふとかや。げにも平士《ひらさむらひ》のものにあらず。目庇《まびさし》より吹返《ふきがへ》しまで、菊《きく》から草《くさ》のほりもの金《こがね》をちりばめ、龍頭《たつがしら》に鍬形《くはがた》打つたり。真盛討死《さねもりうちじに》の後《のち》、木曾義仲願状《きそよしなかぐわんじやう》にそへて、此《こ》の社《やしろ》にこめられ侍《はべ》るよし、樋口《ひぐち》の次郎《じらう》が使《つかひ》せし事共《ことども》、まのあたり縁記《えんぎ》にみえ

たり。

　むざんやな甲《かぶと》の下《した》のきり〴〵す

山中《やまなか》の温泉《いでゆ》に行くほど、白根《しらね》が嶽跡《だけあと》にみなしてあゆむ。左の山際《やまぎは》に観音堂《くわんおんだう》あり。花《くわ》山《さん》の法皇《ほふわう》三十三所の順礼《じゆんれい》とげさせ給《たま》ひて後《のち》、大慈大悲《だいじだいひ》の像を安置《あんち》し給ひて、那谷《なた》と名付《なづ》け給ふと也《なり》。那智《なち》・谷組《たにぐみ》の二字をわかち侍りしとぞ。奇石《きせき》さま〴〵に、古松《こしよう》植ゑならべて、萱《かや》ぶきの小堂《せうだう》岩の上に造りかけて、殊勝《しゆしよう》の土地《とち》也《なり》。

　石山《いしやま》の石より白し秋の風

温泉《いでゆ》に浴《よく》す。其《そ》の功有明《こうありあけ》に次《つ》ぐと云《い》ふ。

　山中《やまなか》や菊《きく》はたおらぬ湯の匂《にほひ》

あるじとする物《もの》は久米之助《くめのすけ》とて、いまだ小童也《せうどうなり》。かれが父誹諧《はいかい》を好み、洛《らく》の貞室若《ていしつじやく》輩《はい》のむかし爰《ここ》に来《きた》りし比《ころ》、風雅《ふうが》に辱《はづか》しめられて、洛に帰りて貞徳の門人となつて世にしらる。功名《こうめい》の後《のち》、此の一村判詞《いつそんはんじ》の料《れう》を請《う》けずと云ふ。今更《いまさら》むかし語《がたり》とはなりぬ。

　曾良《そら》は腹を病《や》みて、伊勢《いせ》の国長嶋《ながしま》と云ふ所にゆかりあれば、先立《さきだ》ちて行くに、

　行き〳〵てたふれ伏《ふ》すとも萩《はぎ》の原《はら》　曾良

と書置《かきお》きたり。行くものゝ悲しみ、残るものゝうらみ、隻鳧《せきふ》のわかれて雲にまよふがごとし。予《よ》も又《また》、

　今日《けふ》よりや書付《かきつけ》消さん笠《かさ》の露《つゆ》

大聖持《だいしやうぢ》の城外全昌寺《じやうぐわいぜんしやうじ》といふ寺にとまる。猶《なほ》加賀《かが》の地也《ちなり》。曾良も前の夜《よ》此の寺に泊《とま》りて、

　終宵《よもすがら》秋風聞くやうらの山

と残す。一夜《いちや》の隔《へだ》て千里に同じ。吾《われ》も秋風を聞きて衆寮《しゆれう》に臥《ふ》せば、明《あけ》ぼのの空近う、讀経《どきやう》聲すむまゝに、鐘板《しようばん》鳴つて食堂《じきだう》に入《い》る。けふは越前《ゑちぜん》の国へと、心早卒《こころさうそつ》にして堂下《だうか》に下《くだ》るを、若き僧ども紙・硯《すずり》をかゝえ、階《きざはし》のもとまで追来《おひきた》る。折節《をりふし》庭中《ていちゆう》の柳《やなぎ》散れば、

　庭掃《は》きて出《い》でばや寺に散る柳

とりあへぬさまして草鞋《わらぢ》ながら書捨《かきす》つ。

越前《ゑちぜん》の境《さかひ》、吉崎《よしさき》の入江《いりえ》を舟に棹《さを》さして、汐越《しほこし》の松《まつ》を尋ぬ。

　終宵《よもすがら》嵐《あらし》に波をはこばせて
　月をたれたる汐越の松　西行《さいぎやう》

此《こ》の一首《いつしゆ》にて数景《すけい》盡《つ》きたり。もし一辨《いちべん》を加ふるものは、無用《むよう》の指を立つるがごとし。

　丸岡天龍寺《まるをかてんりうじ》の長老《ちやうらう》、古き因《ちなみ》あれば尋ぬ。又《また》金沢の北枝《ほくし》といふもの、かりそめに見送りて、此《こ》の處《ところ》までしたひ来《きた》る。所ゝ《ところどころ》の風景過《すぐ》さず思ひつゞけて、折節《をりふし》あはれなる作意《さくい》など聞《きこ》ゆ。今既《すで》に別れに望《のぞ》みて、

　物《もの》書きて扇《あふぎ》引きさく余波《なごり》哉《かな》

五十丁山に入りて永平寺《えいへいじ》を礼《らい》す。道元禅師《だうげんぜんじ》の御寺也《みてらなり》。邦機《はうき》千里《せんり》を避《さ》けて、かゝる山《やま》陰《かげ》に跡《あと》をのこし給《たま》ふも、貴《たふと》きゆへ有りとかや。

　福井《ふくゐ》は三里計《ばかり》なれば、夕飯《ゆふめし》したゝめて出《い》づるに、たそかれの路《みち》たど〳〵し。爰《ここ》に等《とう》栽《さい》と云《い》ふ古き隠士《いんじ》有《あ》り。いづれの年にか江《え》戸《ど》に来《きた》りて予《よ》を尋ぬ。遙《はる》か十《と》とせ餘《あま》り也《なり》。いかに老いさらぼひて有るにや、将《はた》死にけるにやと、人に尋ね侍《はべ》れば、いまだ存命《ぞんめい》して、「そこ〳〵」と教ゆ。市中《しちゆう》ひそかに引《ひき》入《い》りて、あやしの小家《こいへ》に夕皃《ゆふがほ》・へちまのは

えかゝりて、鶏頭《けいとう》・はゝ木《き》ゝ《ぎ》に戸《と》ぼそをかくす。さては此《こ》のうちにこそと、門を扣《たた》けば、侘《わび》しげなる女の出《い》でて、「いづくよりわたり給ふ道心《だうしん》の御坊《ごばう》にや。あるじは此のあたり何《なに》がしと云《い》ふものゝ方《かた》に行きぬ。もし用あらば尋ね給へ」といふ。かれが妻なるべしとしらる。むかし物がたりにこそかゝる風情《ふぜい》は侍《はべ》れと、やがて尋ねあひて、その家に二夜《ふたよ》とまりて、名月《めいげつ》はつるがのみなとにとたび立つ。等栽《とうさい》も共《とも》に送らんと、裾《すそ》おかしうからげて、路《みち》の枝折《しをり》とうかれ立つ。

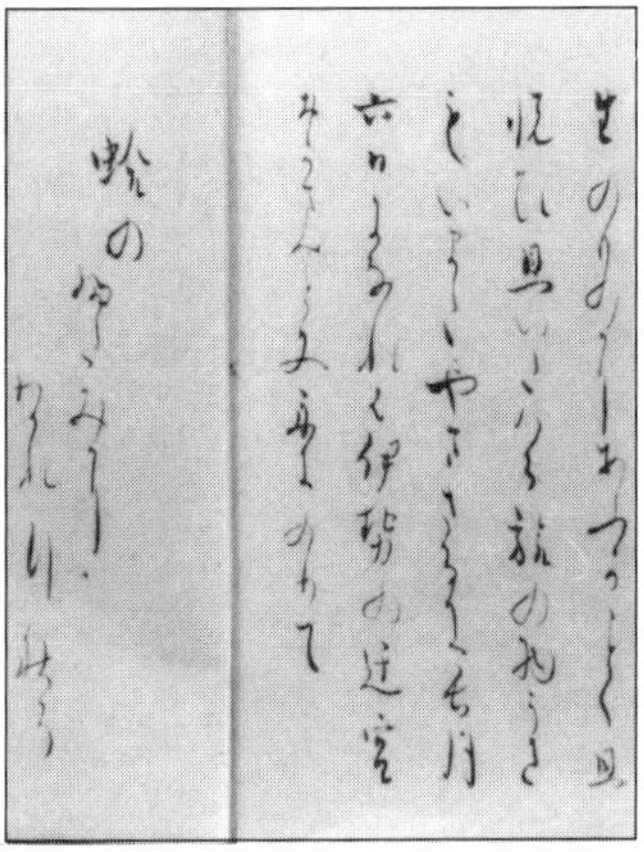
素龍清書本終章

漸《やうやう》白根《しらね》が嶽《だけ》かくれて、比那《ひな》が嵩《だけ》あらはる。あさむづの橋をわたりて、玉江《たまえ》の蘆《あし》は穂《ほ》に出《い》でにけり。鶯《うぐひす》の関《せき》を過ぎて、湯尾峠《ゆのをたうげ》を越ゆれば燧《ひうち》が城《じやう》、かへるやまに初鴈《はつかり》を聞きて、十四日の夕ぐれ、つるがの津《つ》に宿をもとむ。

その夜、月殊《こと》に晴れたり。「明日《あす》の夜《よ》もかくあるべきにや」といへば、「越路《こしぢ》の習《なら》ひ、猶明夜《なほめいや》の陰晴《いんせい》はかりがたし」と、あるじに酒すゝめられて、けいの明神《みやうじん》に夜参《やさん》す。仲哀《ちゆうあい》天皇の御廟也《ごべうなり》。社頭神《しやとうかみ》さびて、松の木《こ》の間《ま》に月のもり入《い》りたる、おまへの白砂《はくさ》霜《しも》を敷《し》けるがごとし。「往昔《そのかみ》遊行《ゆぎやう》二世《にせ》の上人《しやうにん》、大願發起《たいぐわんほつき》の事《こと》ありて、みずから草を刈《か》り土《ど》石《せき》を荷《にな》ひ、泥渟《でいてい》をかはかせて、参詣往来《さんけいわうらい》の煩《わづらひ》なし。古例《これい》今にたえず、神前《しんぜん》に真砂《まさご》を荷《にな》ひ給《たま》ふ。これを遊行《ゆぎやう》の砂持《すなもち》と申し侍る」と、亭主《ていしゆ》のかたりける。

月清し遊行のもてる砂の上

十五日、亭主の詞《ことば》にたがはず雨降る。

名月や北国日和《ほつこくびより》定めなき

十六日、空霽《そらは》れたれば、ますほの小貝《こがひ》ひろはんと、種《いろ》の濱《はま》に舟を走《は》す。海上七里《かいしやうしちり》あり。天屋何某《てんやなにがし》と云《い》ふもの、破籠《わりこ》・小竹筒《ささえ》などこまやかにしたゝめさせ、僕《しもべ》あまた舟にとりのせて、追風《おひかぜ》時のまに吹着《ふきつ》きぬ。濱《はま》はわづかなる海士《あま》の小家《こいへ》にて、侘《わび》しき法花寺《ほつけでら》あり。爰《ここ》に茶を飲み酒をあたゝめて、夕ぐれのさびしさ感《かん》に堪《た》へたり。

寂《さび》しさや須磨《すま》にかちたる濱の秋

浪《なみ》の間《ま》や小貝にまじる萩《はぎ》の塵《ちり》

其《そ》の日のあらまし、等栽《とうさい》に筆をとらせて寺に残す。

露通《ろつう》も此《こ》のみなとまで出《い》でむかひて、みのゝ国へと伴《ともな》ふ。駒《こま》にたすけられて大垣《おほがき》の庄《しやう》に入《い》れば、曽良《そら》も伊勢《いせ》より来《きた》り合《あ》ひ、越《えつ》人《じん》も馬をとばせて、如行《じよかう》が家《いへ》に入集《いりあつま》る。前《ぜん》川子《せんし》・荊口《けいこう》父子《ふし》、其《そ》の外《ほか》したしき人ゝ《ひとびと》日夜《にちや》とぶらひて、蘇生《そせい》のものにあふがごとく、且《かつ》悦《よろこ》び且《かつ》いたはる。旅の物《もの》うさもいまだやまざるに、長月六日《ながつきむいか》になれば、伊勢《いせ》の迁宮《せんぐう》おがまんと、又《また》舟にのりて、

蛤《はまぐり》のふたみにわかれ行秋《ゆくあき》ぞ

# 芭蕉資料展示機関

芭蕉関係の資料を収蔵・展示する機関のうち、若干を選んで掲げた。

**江東区芭蕉記念館** 135-0006 東京都江東区常盤一丁目六ノ三 電話〇三(三六三一)一四四八 都営地下鉄新宿線森下《もりした》駅下車、徒歩約七分。入館料一〇〇円。休館日＝月曜日・年末年始。芭蕉関係の資料の収集・展示を行なうほか、芭蕉関係の図書類の閲覧できる研究室もある。奇数月第四火曜日に芭蕉記念館俳句会、毎月第二土曜日にジュニア俳句教室を開催。館外には「草の戸も」「古池や」「川上と」の芭蕉句碑その他がある。

**芭蕉記念館** 962-0831 福島県須賀川市八幡町一三五 電話〇二四八(七二)一二一二 東北本線須賀川駅下車、長沼行きバスで八幡町下車（所要約十分）徒歩約三分、市役所入り口の右側。入館見学無料。休館日＝年末年始。芭蕉像掛軸や須賀川における芭蕉の足跡を中心とする『おくのほそ道』のビデオを放映する。なお、須賀川市の観光案内所も兼ねている。館の位置は、『曾良旅日記』四月二十三日の条に「寺々八幡ヲ拝」と見える、八幡神社・岩瀬寺のあったあたりで、その標柱が建ててある。近くの図書館には矢部文庫があり、矢部保太郎氏（俳号榾郎）の丁寧な俳書翻刻写本に特色が見られる。

**芭蕉・清風歴史資料館** 999-4221 山形県尾花沢市尾花沢三五五五ノ二 電話〇二三七(二二)〇一〇四 奥羽本線大石田駅下車、バス約一〇分で山形交通尾花沢営業所、さらに徒歩約八分。入館料二〇〇円。休館日＝月曜日・祝祭日の翌日・年末年始。芭蕉および清風関係の俳諧資料を中心に、尾花沢市の歴史資料や文献記録等を収集し、展観に供する。

**山寺芭蕉記念館** 999-3301 山形県山形市大字山寺字南院四二二三 電話〇二三六(九五)一二二一 仙山線山寺駅下車、徒歩約一〇分。入館料四〇〇円。休館日＝月曜日・年末年始。芭蕉の遺墨を中心に、蕉門俳人の墨跡、『おくのほそ道』関係資料を展示。映像展示も行なわれ、『おくのほそ道』関係の映画を観覧できる。常設展示のほかに、期間を限って企画展示も行なわれる。山寺向かいの高台に位置するので、名勝山寺の眺望を満喫することができる。

**出羽三山歴史博物館** 997-0211 山形県東田川郡羽黒町手向 電話〇二三五(六二)二三五五内線六五〇 羽越本線鶴岡駅・陸羽西線狩川駅下車、羽黒経由でバス停羽黒山頂終点より徒歩約一分。入館料二〇〇円。開館日＝四月下旬頃より一一月二三日まで無休。冬季は閉館。芭蕉関係では、天宥法印追悼句文・近藤左吉（図司呂丸）あて書簡等の真蹟、稿本『芭蕉庵三日月日記』の写本、「月山」銘の刀剣等の展示が見られる。

**本間美術館** 998-0024 山形県酒田市御成町七ノ七 電話〇二三四(二四)四三一一 羽越本

線酒田駅下車、徒歩約八分。入館料六〇〇円。開館日＝四月から一一月まで無休。ただし、一二月から三月までは月曜日・年末年始休館。芭蕉関係では、あふみや玉志亭唱和懐紙・仏頂和尚遺偈《ゆいげ》を収蔵、月渓筆蕪村句稿貼交屏風《はりまぜびょうぶ》は著名である。広大な庭園の風趣もまた格別なものがある。

**酒田市立光丘文庫**《こうきゅうぶんこ》　998-0037 山形県酒田市日吉町二丁目七ノ七一　電話〇二三四(二二)〇五五一　羽越本線酒田駅下車、徒歩約二五分、タクシー約八分。入館無料。休館日＝日曜日・祝祭日・年末年始。本間家の旧蔵書を主とする図書館。目録に登載されている俳諧書は二三二点三三九冊に及び、庄内の俳諧の歴史をそのままに反映しているところに特色があると称される。清風編の『稲莚』『一橋』、図司呂丸の聞書『七日草』や『図司呂丸伝書』、不玉編『継尾集』等が見られる。国文学研究資料館編『酒田市立光丘文庫俳書解題付庄内俳壇藁草』(昭和五八年、明治書院)が刊行されている。

**柿衛文庫**《かきもり》　664-0895 兵庫県伊丹市宮ノ前二丁目五ノ二〇　電話〇七二七(八二)〇二四四　福知山線伊丹駅・阪急伊丹駅下車、徒歩約八分。入館料二〇〇円（企画展は別料金）。岡田利兵衛氏(俳号柿衛)が系統的に収集された俳書を中心とする書籍約三五〇〇点、軸物・短冊などの真蹟類約三〇〇〇点を数える一大俳諧コレクションを収蔵・展示する。館内には図書室・閲覧室もあり、館蔵名品図録『柿衛清賞』は第五集を以て完結し、貴重な資料集となっている。

**芭蕉翁記念館**　518-0873 三重県上野市丸の内白鳳公園　電話〇五九五(二一)二二一九　関西本線伊賀上野駅より近鉄伊賀線上野市駅下車、徒歩約一〇分。入館料一五〇円。休館日＝月曜日・木曜日午後・祝祭日の翌日・年末年始。芭蕉ならびに蕉門関係の真蹟類や遺物を収蔵し、展観に供する。書庫には俳書約二五〇〇冊を含む蔵書より成る、いわゆる「芭蕉文庫」を収め、『芭蕉文庫目録』(昭和四七年、当館)が刊行されて閲覧の便がはかられている。付近には、芭蕉生家・愛染院(故郷塚)・蓑虫庵・様々園《さまざまえん》その他、芭蕉ゆかりの場所が多い。

**奥の細道むすびの地記念館**　503-0922 岐阜県大垣市馬場町一二四、大垣市総合福祉会館内　電話〇五八四(七八)八一八一　東海道本線大垣駅下車、バス停高橋下車、「奥の細道むすびの地」より水門川沿いに北へ徒歩約三分。入館無料。休館日＝年末年始のみ。芭蕉および芭蕉の俳友木因《ぼくいん》などに関する資料を展示する。『如水《じょすい》日記』『荊口《けいこう》句帖』(共に大垣市立図書館所蔵)の複製も陳列してある。『おくのほそ道』の旅を終えて大垣入りをした芭蕉・路通の服装は、『如水日記』九月四日の条に、「芭蕉、躰ハ布裏之木綿《もめん》小袖帷子ヲ綿入トス墨染細帯ニ布之編服《あみふく》。路通ハ白キ木綿之小袖、数珠《じゅず》を手に掛《かく》ル」と見えるが、この両人の服装が復元されていて目を惹く。また、芭蕉は竹戸《ちくこ》に連日按摩《あんま》をしてもらった礼に紙衾《かみぶすま》を与えたが、当館には再現作製された紙子《かみこ》が展示してある。

# 歌枕抄

『おくのほそ道』中の歌枕のうち、第一部にとりあげた所を適宜取捨して芭蕉の行程順に掲げ、関係ある名所和歌を若干ずつ挙げた。

**室の八島**

いかでかは思ひありとも知らすべき室の八嶋の煙ならでは　藤原実方（詞花集）

煙かと室の八嶋を見しほどにやがても空の霞みぬるかな　源　俊頼（千載集）

暮るゝ夜は衛士《ゑじ》の焼《た》く火をそれと見よ室の八嶋も都ならねば　藤原定家（新勅撰集）

**黒髪山**

身の上にかゝらん事ぞ遠からぬ黒髪山にふれるしら雪　源　頼政（新後拾遺集）

むば玉の黒髪山のいたゞきに雪もつもらばしらがとや見ん　隆源（堀川百首）

**那須野**

みちおほきなすの御狩《みかり》のやさけびにのがれぬ鹿の声ぞ聞ゆる　藤原信実（夫木和歌抄）

武士《もののふ》の矢なみつくろふこ手の上に霰《あられ》たばしる那須の篠原　源　実朝（金槐集）

**白河の関**

白川のせきまでゆかぬ東路も日数へぬれば秋風ぞふく　津守国助（続拾遺集）

わかれにし都の秋の日数さへつもれば雪の白川の関　大江貞重（続後拾遺集）

便《たより》あらばいかで都へつげやらむけふ白川の関はこえぬと　平　兼盛（拾遺集）

都をば霞《かすみ》とともに立ちしかど秋風ぞ吹くしら川のせき　能因法師（後拾遺集）

都にはまだ青葉にてみしかども紅葉ちりしく白川の関　源　頼政（千載集）

みて過ぐる人しなければ卯の花のさける墻《かき》ねやしら川の関　藤原季通（千載集）

東ぢも年も末にやなりぬらん雪ふりにける白川の関　僧都印性（千載集）

白川の関屋を月のもる影は人の心をとむるなりけり　西行法師（山家集）

**安積　山　沼**

あさか山かげさへ見ゆる山の井のあさき心をわが思はなくに　采女（万葉集）

みちのくの浅香の沼の花かつみかつみる人にこひやわたらん　読人不知（古今集）

花かつみかつみる人の心さへあさかの沼に成るぞ悲しき　源　信明（続後拾遺集）

**黒塚**

陸奥《みちのく》のあだちの原の黒塚に鬼こもれりといふはまことか　平　兼盛（拾遺集）

**信夫《しのぶ》　里　山　杜　浦　岡　原**

陸奥の忍ぶもぢずり誰ゆへにみだれんと思ふ我《われ》ならなくに　河原左大臣（古今集）

みちのくの忍ぶもぢずりしのびつゝ色には出《いで》じ乱れもぞする　寂然法師（千載集）

**武隈**

武隈の松はこのたび跡もなし千年《ちとせ》をへてや我《われ》はきつらん　能因法師（後拾遺集）

武隈の松は二木《ふたき》をみやこ人いかゞととはゞみきとこたへむ　橘　季通（後拾遺集）

武隈の松は二木《ふたき》をみきと云《いふ》はよく読めるに

はあらぬなりけり　僧正深覚（後拾遺集）

**宮城野**

宮城野の本荒《もとあら》の小萩露をおもみ風を待つごと君をこそまて　読人不知（古今集）

みさぶらひ御笠《みかさ》と申せ宮城野の木《こ》の下露《したつゆ》は雨にまされり　（古今集・東歌）

宮城野の露ふき結ぶ風の音に小萩がもとを思ひこそやれ　（源氏物語・桐壺巻）

**山榴岡《つつじがをか》**

とりつなげ玉田横野のはなれ駒つゝじが岡にあせみ花咲く　源　俊頼（松嶋眺望集）

**十符**

陸奥《みちのく》の十符の菅菰なゝふには君をねさせて我みふにねん　読人不知（夫木和歌抄）

水鳥のつららの枕隙もなしむべさえけらしとふの菅こも　源　経信（金葉集）

**壺碑**

陸奥のいはでしのぶはえぞしらぬかきつくしてよつぼの石ぶみ　源　頼朝(新古今集)

みちのくは奥ゆかしくぞおもはるゝつぼの石ぶみそとの浜風　西行法師（山家集）

**末松山**

君をおきてあだし心をわがもたば末の松山波もこえなん　（古今集・東歌）

契りきなかたみに袖をしぼりつゝ末の松山波こさじとは　清原元輔（後拾遺集）

**興井（沖の石）**

わが袖は汐干に見えぬ沖の石の人こそしらね乾くまもなし　二条院讃岐（千載集）

**野田玉川**

夕されば汐風こしてみちのくの野田の玉川千鳥鳴くなり　能因法師（新古今集）

みちのくの野田の玉川見渡せば汐風こして氷る月かげ　順徳院（続古今集）

**塩竈　浦　磯　籬が島**

陸奥はいづくはあれど塩竈の浦榜《こ》ぐ舟の綱《つな》手《で》かなしも　（古今集・東歌）

わがせこを都にやりて塩竈の籬《まがき》の嶋のまつぞ恋しき　（古今集・東歌）

世の中は常にもがもななぎさこぐ蜑の小舟の綱手かなしも　源　実朝（新勅撰集）

**松嶋　雄嶋**

松嶋や雄嶋が礒にあさりせし蜑《あま》の袖こそかくはぬれしか　源　重之（後拾遺集）

立ちかへり又もきてみん松島やをしまのとまや浪にあらすな　藤原俊成（新古今集）

松嶋やをしまの礒による波の月のこほりに千鳥鳴くなり　藤原俊成（新後撰集）

**陸奥山**

すめろぎの御代さかえむと東なるみちのく山に金花さく　大伴家持（万葉集）

**袖渡**

みちのくの袖のわたりのなみだ川こゝろのうちに流れてぞすむ　相模（新後拾遺集）

**尾駮御牧**

陸奥のをぶちの駒も野がふには荒れこそまされなつくものかは　読人不知（後撰集）

**真野萱原**

みちのくのまのゝ萱原遠ければ俤《おもかげ》にしてみゆといふものを　笠女郎《かさのいらつめ》（新千載集）

**衣河**

袂より落つるなみだはみちのくの衣川とぞいふべかりける　読人不知（拾遺集）

**小黒崎　美豆の小島**

を黒崎みづの小島の人ならば都の苞《つと》にいざといはましを　（古今集・東歌）

をぐろ崎みづの小島にあさりするたづぞ鳴くなる波立つらしも　太上天皇（続古今集）

**最上川**

最上川のぼればくだる稲舟のいなにはあらず此《この》月ばかり　（古今集・東歌）

最上川落ちまふ瀧の白糸は山のまゆよりくるにぞ有りける　源　重之（重之集）

**月之山**

月の山くもらぬかげはいつとなく麓の里に住む人ぞしる　加賀（夫木和歌抄）

久堅《ひさかた》の月の山べに家ゐしている時もなき影を見る哉　大進（夫木和歌抄）

**恋山**

こひの山しげきを笹の露分けて入初《いりそ》むるよりぬるゝ袖かな　藤原顕仲（新勅撰集）

恋の山入りてくるしき道ぞとはふみ初《そ》めてこそ思ひしりぬれ　源　有忠（新千載集）

**出羽**

たぐひなき思ひ出《いで》はの桜かなうす紅のはなの匂ひは　西行法師（山家集）

**象潟**

世の中はかくてもへけり象潟の蜑《あま》の笘屋を我が宿にして　能因法師（後拾遺集）

あめにます豊岡姫にこととはん幾代になりぬ象潟の神　能因法師（歌枕名寄）

**奈呉**

あゆの風いたく吹くらしなごの海士の釣する小舟漕ぎかくる見ゆ　大伴家持（万葉集）

湊風《みなとかぜ》さむく吹くらしなごの江に妻よびかはしたづ沢に鳴く　大伴家持（万葉集）

**多祜浦**

たごの浦の底さへ匂ふ藤浪をかざしてゆかむみぬ人のため　大伴家持（万葉集）

**有礒　海浜浦**

かゝらんと兼てしりせば越の海のありその波もみせまし物を　大伴家持（万葉集）

ありそ海の浜のま砂と頼めしは忘るゝ事の数にぞ有りける　読人不知（古今集）

**玉江**

玉江こぐ芦刈小舟さし分けてたれを誰とかわれは定めん　読人不知（後撰集）

夏苅の玉江の芦をふみしだきむれゐる鳥の立つ空ぞなき　源　重之（後拾遺集）

**朝水橋**

あさむつの橋は忍びて渡れどもとゞろくとなるぞ侘しき　（歌枕名寄）

**鴬の関**

鴬の鳴きつる声にしきられて行きもやられぬ関の原哉　源　仲正（歌枕名寄）

**帰山　敦賀**

我《われ》をのみ思ひ敦賀の越《こし》ならば帰るの山はまどはざらまし　読人不知（後撰集）

梓弓《あづさゆみ》つるがの山を春越えてかへれる鴈は今ぞなくなる　藤原為家（夫木和歌抄）

**色浜**

しほそむるますほの小貝拾ふとて色の浜とはいふにやあるらん　西行法師（山家集）

**二見浦**

今ぞしるふたみの浦のはまぐりを貝あはせとておほふなりけり　西行法師（山家集）

〔ま行〕



〔や行〕



〔わ行〕

〔た行〕



〔な行〕



〔は行〕

# 俳 句 索 引（初二句）

〔あ行〕



〔か行〕

本書は 1987 年 3 月 27 日
サンレキシカ・シリーズ　40
『「奥の細道」を歩く事典』の書名で
刊行されたものを改訂加筆した。

1994 年 6 月 3 日　初版発行

奥の細道の旅ハンドブック改訂版

2002 年 7 月 10 日　第 1 刷発行
2019 年 9 月 20 日　第 5 刷発行

著　者―久富哲雄（ひさとみ・てつお）
発行者―株式会社 三省堂 代表者 北口克彦
発行所―株式会社 三省堂
〒101-8371 東京都千代田区神田三崎町 2-22-14
電話 編集 (03) 3230-9411　営業 (03) 3230-9412
https://www.sanseido.co.jp/

印刷所―三省堂印刷株式会社
装　幀―菊地信義

落丁本・乱丁本はお取替えいたします

〈改訂奥の細道の旅ハンド・256pp.〉
ISBN978-4-385-41047-0